Série Fadas

Asas

Encantos

Ilusões

Destinos

APRILYNNE PIKE

Ilusões

2ª edição

Tradução
Sibele Menegazzi

BERTRAND BRASIL

Rio de Janeiro | 2013

Copyright © 2011 *by* Aprilynne Pike

Título original: *Illusions*

Capa: Silvana Mattievich

Foto de capa: © Clayton Bastiani/Trevillion Images

Editoração: FA Studio

Texto revisado segundo o novo
Acordo Ortográfico da Língua Portuguesa

2013
Impresso no Brasil
Printed in Brazil

Cip-Brasil. Catalogação na fonte
Sindicato Nacional dos Editores de Livros. RJ

P685i	Pike, Aprilynne
2ª ed.	Ilusões /Aprilynne Pike; tradução Sibele Menegazzi. — 2ª ed. — Rio de Janeiro: Bertrand Brasil, 2013.
	350p.: 23 cm (Fadas ; 3)
	Tradução de: Illusions
	ISBN 978-85-286-1597-5
	1. Romance americano. I. Menegazzi, Sibele. II. Título. III. Série.
	CDD: 813
12-4308	CDU: 821.111(73)-3

Todos os direitos reservados pela:
EDITORA BERTRAND BRASIL LTDA.
Rua Argentina, 171 — 2º andar — São Cristóvão
20921-380 — Rio de Janeiro — RJ
Tel.: (0xx21) 2585-2070 — Fax: (0xx21) 2585-2087

Não é permitida a reprodução total ou parcial desta obra, por
quaisquer meios, sem a prévia autorização por escrito da Editora.

Atendimento e venda direta ao leitor:
mdireto@record.com.br ou (0xx21) 2585-2002

*Para Gwendolyn, que esteve comigo
durante cada minuto da revisão.
Cada. Minuto.*

Um

Os corredores do colégio Del Norte High zumbiam com o caos típico do primeiro dia de aula quando Laurel se espremeu entre um grupo de alunos do segundo ano e avistou os ombros largos de David. Passou os braços pela cintura dele e pressionou o rosto contra sua camiseta macia.

— Oi — disse David, correspondendo a seu abraço. Laurel acabara de fechar os olhos, preparando-se para saborear o momento, quando Chelsea agarrou os dois de forma enérgica.

— Dá pra acreditar? Finalmente estamos no último ano!

Laurel riu e Chelsea os soltou. Vindo dela, a pergunta não era exatamente retórica; houvera momentos em que Laurel chegara a duvidar que eles sobreviveriam ao primeiro ano.

Quando David se virou para seu armário, Chelsea tirou da mochila a lista da professora Cain, de leitura obrigatória para as férias. Laurel disfarçou um sorriso; Chelsea tinha se preocupado com os livros opcionais durante o verão inteiro. Talvez até mais.

— Estou começando a achar que *todo mundo* leu *Orgulho e Preconceito* — disse ela, inclinando o papel na direção de Laurel. — Eu sabia que devia ter escolhido *Persuasão*.

Ilusões 8

— *Eu* não li *Orgulho e Preconceito* — retrucou Laurel.

— Ah, sim, você estava meio ocupada lendo *Os Usos Mais Comuns das Samambaias* ou coisa parecida. — Chelsea se aproximou para poder sussurrar. — Ou *Os Sete Hábitos dos Misturadores Altamente Eficazes* — acrescentou, com uma risada.

— *Como Fazer Antúrios e Influenciar Petúnias* — sugeriu David, erguendo as sobrancelhas. Ele se endireitou repentinamente, abrindo o sorriso ainda mais e levantando um pouco o tom da voz. — Oi, Ryan — disse ele, estendendo o punho fechado.

Ryan o cumprimentou e se virou para correr as mãos pelos braços de Chelsea. — Como vai a veterana mais sexy do colégio Del Norte? — perguntou, fazendo Chelsea soltar uma risadinha e colocar-se na ponta dos pés para um beijo.

Com um suspiro de contentamento, Laurel tomou a mão de David e se encostou nele. Fazia apenas uma semana que tinha voltado da Academia de Avalon e sentira muita saudade dos amigos — mais ainda do que no ano anterior, embora seu instrutor, Yeardley, a tivesse mantido ocupada demais para pensar a respeito. Havia aprendido a preparar várias poções e chegado mais perto de preparar outras. As misturas também estavam saindo de forma mais natural; já conseguia sentir diferentes ervas e essências e como elas deveriam ser combinadas. Com certeza, ainda não era suficiente para sair fazendo tudo sozinha, como sua amiga Katya, que já estava pesquisando novas poções, mas Laurel sentia-se orgulhosa de seu progresso.

Mesmo assim, era um alívio estar de volta a Crescent City, onde tudo era *normal* e ela não se sentia tão só. Sorriu para David quando ele fechou o armário e a puxou para perto. Parecia absurdamente injusto que ela e David só tivessem uma aula juntos naquele ano e, apesar de ter passado a última semana com ele, Laurel se flagrou aferrando-se aos últimos minutos antes que o sinal tocasse.

Quase não percebeu o leve formigamento que a fez querer virar e olhar para trás.

Estava sendo observada?

Mais curiosa do que com medo, Laurel disfarçou uma olhadela por cima do ombro jogando os cabelos louros para o lado. Mas seu observador foi instantaneamente identificado, e Laurel sentiu a respiração presa na garganta quando encarou um par de olhos verde-claros.

Aqueles olhos não deveriam ser verde-claros. Deveriam ser do tom profundo de verde-esmeralda que, anteriormente, combinava com os cabelos — que agora estavam inteiramente pretos, cortados curtos e penteados com gel num topete enganosamente casual. Em vez de uma túnica e de um calção tecidos à mão, ele usava jeans e uma camiseta preta que, por melhor que lhe caíssem, deviam ser terrivelmente sufocantes.

E estava usando sapatos. Ela nunca tinha visto Tamani usando sapatos.

No entanto, claros ou escuros, ela conhecia aqueles olhos — olhos que frequentavam seus sonhos de maneira intensa, tão familiares para ela quanto os seus próprios, ou os de seus pais. Ou os de David.

No instante em que seus olhares se encontraram, os meses passados desde a última vez que vira Tamani foram reduzidos de uma eternidade a um instante. No último inverno, num momento de raiva, ela o mandara embora, e ele obedecera. Ela não sabia para onde nem por quanto tempo, nem se jamais tornaria a vê-lo. Depois de quase um ano, estava perto de se acostumar à dor que sentia no peito toda vez que pensava nele. Mas, de repente, ele estava ali, próximo o suficiente para poder tocá-lo.

Laurel ergueu os olhos para David, mas ele não estava olhando para ela. Também tinha visto Tamani.

— Uau — disse Chelsea por trás do ombro de Laurel, interrompendo seu devaneio. — Quem é o novato bonitão? — O namorado dela, Ryan, soltou uma fungada de desdém. — É isso aí, ele é bonitão mesmo; e não sou cega — acrescentou Chelsea, objetivamente.

Laurel ainda não recuperara a fala, enquanto o olhar de Tamani passava dela para David e de volta a ela. Um milhão de pensamentos passaram pela sua cabeça. *Por que ele está aqui? Por que está vestido desse jeito? Por que não me avisou que viria?* Mal sentiu David soltar sua mão, que estava agarrada à camiseta dele, e entrelaçar dedos mornos aos seus, que de repente haviam ficado gelados.

— Aposto que são alunos de intercâmbio — disse Ryan. — Olha lá o professor Robinson desfilando com eles.

— Pode ser — disse Chelsea de forma evasiva.

O professor Robinson disse algo aos três alunos que o seguiam pelo corredor e Tamani virou a cabeça de forma que nem seu perfil podia ser visto. Como se libertada de um encanto, Laurel baixou os olhos para o chão.

David apertou sua mão e ela olhou para ele.

— É quem eu estou pensando?

Laurel assentiu, incapaz de usar a voz; embora David e Tamani só houvessem se encontrado duas vezes antes, ambas tinham sido... *memoráveis.* Quando David se virou para olhar para Tamani, Laurel fez o mesmo.

O outro garoto no grupo parecia encabulado, e a menina estava explicando alguma coisa a ele numa língua que, claramente, não era o inglês. O professor Robinson assentiu com a cabeça, aprovando.

Ryan cruzou os braços sobre o peito e sorriu.

— Está vendo? Eu disse. Intercâmbio.

Tamani transferiu o peso de uma mochila preta de um ombro para o outro, parecendo entediado. Parecendo *humano.* Isso, por si só, era quase tão dissonante quanto sua presença ali, para começar. E, então, tornou a olhar para ela, agora de forma menos óbvia, velando o olhar por trás dos cílios escuros.

Laurel se esforçou para respirar com naturalidade. Não sabia o que pensar. Avalon não o mandaria para lá sem motivos e Laurel não conseguia imaginar Tamani simplesmente abandonando seu posto.

— Você está bem? — perguntou Chelsea, aproximando-se de Laurel. — Está meio estranha.

Antes que pudesse se conter, Laurel lançou um olhar na direção de Tamani — movimento que Chelsea seguiu imediatamente.

— É *Tamani* — disse ela, esperando não parecer tão aliviada, ou assustada, quanto se sentia.

Provavelmente conseguiu, pois Chelsea apenas a encarou, com descrença.

— O bonitão? — sussurrou.

Laurel assentiu.

— Jura? — gritou Chelsea, apenas para ser detida por um gesto ríspido de Laurel, que olhava disfarçadamente para Tamani para ver se tinha sido flagrada. O indício de um sorriso num canto de sua boca lhe disse que sim.

Então, os alunos de intercâmbio seguiram o professor Robinson pelo corredor, distanciando-se de Laurel. Pouco antes que Tamani virasse a esquina, olhou para Laurel e deu uma piscadela. Não pela primeira vez, ela ficou imensamente grata por não poder ruborizar.

Virou-se para David. Ele a estava encarando, com os olhos cheios de indagações.

Laurel suspirou e levantou as mãos à sua frente. — Não tive nada a ver com isso.

— É uma coisa boa, certo? — disse David quando conseguiram se livrar de Chelsea e Ryan e estavam juntos na frente da sala onde Laurel teria sua primeira aula. Ela não se lembrava da última vez em que o sinal de aviso de um minuto para o início das aulas a deixara tão ansiosa. — Quer dizer, você achou que nunca mais fosse vê-lo, e agora ele está aqui.

— *É* bom vê-lo — disse Laurel baixinho, inclinando-se para passar ambos os braços pela cintura de David —, mas também estou preocupada com o significado disso. Para nós. Não *nós* — corrigiu Laurel, lutando contra o mal-estar incomum que parecia estar se colocando entre eles. — Mas deve significar que estamos em perigo, concorda?

David assentiu.

Ilusões 12

— Estou tentando não pensar nisso. Ele vai nos contar, em algum momento, não é?

Laurel olhou para ele com uma sobrancelha levantada e, após um instante, ambos caíram na risada.

— Acho que não podemos contar com isso, não acha? — David pegou a mão direita de Laurel, pressionando-a contra seus lábios e examinando a pulseira de prata e cristal que lhe dera havia quase dois anos, quando tinham começado a namorar. — Fico feliz que você ainda use isto.

— Todo dia — disse Laurel.

Querendo que eles tivessem mais tempo para conversar, ela puxou David para um último beijo antes de correr para a aula de sistemas de Governo e ocupar a última cadeira, ao lado da parede tomada de janelas. Janelas pequenas, mas ela se contentaria com qualquer quantidade de luz natural que pudesse conseguir.

Sua mente divagou enquanto a professora Harms entregava o plano de estudos e discorria sobre os requisitos da aula; era fácil se desligar, principalmente diante da súbita reaparição de Tamani. Por que ele se encontrava ali? Se ela *estava* correndo algum tipo de perigo, o que poderia ser? Não tinha visto um único troll desde que deixara Barnes no farol. Será que era algo a ver com Klea, a misteriosa caçadora de trolls que o matara? Ela tampouco fora vista ultimamente; pelo que Laurel sabia, Klea partira para outros terrenos de caça. Poderia se tratar de outra crise, completamente diferente?

Não obstante, David estava certo — Laurel sentia-se feliz em ver Tamani. Mais do que feliz. Sentia-se, de certa forma, confortada pela presença dele. E ele havia *piscado* para ela! Como se os últimos oito meses não tivessem existido. Como se ele nunca tivesse ido embora. Como se ela nunca tivesse se despedido dele. Seus pensamentos vagaram até os breves momentos que passara em seus braços, a maciez de seus lábios contra os dela naquelas poucas vezes em que seu autocontrole havia ido ralo abaixo. As lembranças eram tão vívidas que Laurel se flagrou tocando os lábios de leve.

A porta da sala de aula se abriu de repente, despertando Laurel de seus devaneios. O professor Robinson entrou, seguido de perto por Tamani.

— Desculpe pela interrupção — disse o professor. — Crianças? — Laurel detestava a forma como os adultos usavam uma palavra perfeitamente legítima num tom tão condescendente. — Vocês já devem ter ouvido falar que temos alguns alunos estrangeiros de intercâmbio vindos do Japão este ano. Tam — Laurel empalideceu ao ouvir o orientador usando o apelido que ela dera a Tamani — não está tecnicamente no programa de intercâmbio, mas ele acaba de se mudar para cá vindo da Escócia. Espero que vocês o tratem com a mesma cortesia que sempre usaram com nossos outros alunos de intercâmbio. Tam? Por que não nos fala um pouco de você?

O professor Robinson deu um tapinha amigável no ombro de Tamani. Os olhos do rapaz se dirigiram rapidamente para o orientador e Laurel imaginou como Tamani teria preferido responder. Mas a irritação em seu rosto durou menos de um segundo, e Laurel duvidava que alguém mais tivesse percebido. Ele deu um sorriso enviesado e encolheu os ombros.

— Eu me chamo Tam Collins.

Metade das meninas da sala suspirou de leve, diante do sotaque musical de Tamani.

— Eu sou da Escócia. Da região próxima a Perth... não da que fica na Austrália... e... — Ele fez uma pausa, como se procurasse por mais alguma coisa a seu respeito que os alunos pudessem achar interessante.

Laurel pensava em várias coisas.

— Moro com meu tio. Desde pequeno. — Então virou-se e sorriu para a professora. — E não sei nada sobre sistemas de Governo — disse ele, com riso na voz. — Não o daqui, pelo menos.

Ilusões 14

A turma inteira fora conquistada. Os rapazes assentiam levemente com a cabeça, as garotas cochichavam e até mesmo a professora Harms sorria. E ele nem sequer estava usando seu poder de atração. Laurel quase gemeu alto ao pensar na confusão que *aquilo* poderia criar.

— Bem, escolha um lugar — disse a professora, entregando um livro a Tamani. — Acabamos de começar.

Havia três cadeiras vazias na sala de aula e quase todo mundo que estava perto de uma se lançou numa campanha silenciosa pelo voto de Tamani. Nadia, uma das meninas mais bonitas da sala, foi a mais ousada. Ela cruzou e descruzou as pernas, jogou os cabelos castanhos encaracolados por cima dos ombros e se inclinou indicando com tapinhas nada sutis o encosto da cadeira à sua frente. Tamani sorriu, quase se desculpando, e passou por ela para ocupar uma cadeira na frente de uma menina que mal erguera os olhos do livro desde que ele entrara na sala.

A cadeira ao lado de Laurel.

Enquanto a professora Harms explicava as leituras obrigatórias diárias, Laurel se recostou na cadeira e encarou Tamani. Nem se preocupou em disfarçar; praticamente todas as meninas da turma estavam fazendo a mesma coisa. Era enlouquecedor ficar ali sentada em silêncio, a um metro de distância, enquanto um milhão de perguntas zuniam em sua mente. Algumas eram racionais. Outras, não.

A cabeça de Laurel já estava girando quando o sinal tocou. Era a sua chance. Ela queria fazer tantas coisas: gritar com ele, estapeá-lo, beijá-lo, agarrá-lo pelos ombros e sacudi-lo. Entretanto, mais do que qualquer coisa, queria passar os braços em volta dele, apertar-se de encontro a seu peito e confessar quanto havia sentido sua falta. Podia fazer isso com um amigo, não podia?

No entanto, não fora exatamente por isso que tinha ficado furiosa o bastante para mandá-lo embora, antes de mais nada? Para Tamani, nunca era apenas um abraço de amigo. Ele sempre queria mais. E, por mais lisonjeiras que sua persistência — e sua paixão — pudessem ser, a forma como ele tratava David, como um inimigo a ser destruído, não tinha nada de amável. Laurel ficara arrasada ao mandá-lo se afastar dela, e não tinha certeza se conseguiria passar por aquilo novamente.

Levantou-se devagar e olhou para ele, com a boca repentinamente seca. Assim que ele pendurou a mochila no ombro forte, virou-se e encontrou seu olhar. Laurel abriu a boca para dizer alguma coisa quando ele sorriu e estendeu a mão.

— E aí? — disse ele, quase animado demais. — Parece que vamos ser colegas de carteira. Queria me apresentar... Eu sou Tam.

As mãos balançavam para cima e para baixo, mas era tudo por conta de Tamani; o braço de Laurel estava frouxo. Ficou em silêncio por vários segundos até que o olhar cheio de significado de Tamani se intensificasse e se tornasse quase raivoso.

— Ah! — disse ela, atrasada. — Sou Laurel. Laurel Sewell. Prazer.

Prazer? Desde quando ela dizia "Prazer"? E por que ele sacudia a mão dela como se fosse um vendedor chato?

Tamani tirou um papel com os horários de aula do bolso de trás da calça. — Tenho aula de inglês agora, com a professora Cain. Você poderia me mostrar onde fica a sala de aula?

O sentimento que a engolfou seria de alívio pelo fato de eles não compartilharem a segunda aula, ou de decepção?

— Claro — respondeu com animação. — É logo ali, seguindo pelo corredor. — Laurel pegou suas coisas devagar, tentando ganhar tempo enquanto a sala se esvaziava. Então se inclinou para perto de Tamani. — O que você está fazendo aqui?

—Você está feliz em me ver?

Ela assentiu, permitindo-se sorrir.

Ele sorriu de volta, com um alívio indisfarçável iluminando seu rosto. Saber que ele também não tinha certeza fez com que Laurel se sentisse em pé de igualdade.

— Por que...?

Tamani balançou a cabeça de leve e fez um gesto na direção do corredor. Quando ela estava quase na porta, ele segurou seu cotovelo e a deteve.

Ilusões 16

— Encontre-me no bosque atrás da sua casa, depois da aula — pediu ele, baixinho. — Vou explicar tudo. — Ele fez uma pausa e, com uma rapidez extraordinária, levantou a mão para acariciar seu rosto. A sensação mal teve tempo de ser registrada antes que suas mãos estivessem novamente nos bolsos e ele saísse porta afora.

— Tama... Tam? — chamou ela, correndo para alcançá-lo. — Vou lhe mostrar aonde ir.

Ele deu um sorriso e soltou uma gargalhada.

— Ora, vamos — disse ele, quase baixo demais para que ela ouvisse. — Você acha que sou tão despreparado assim? Conheço esta escola melhor do que você. — E, com uma piscadela, ele se foi.

— Ai minha nossa! — gritou Chelsea, atacando Laurel pelas costas e praticamente arrancando seus dedos da mão de David. Ela pôs o rosto a milímetros do de Laurel. — O menino-elfo está na minha aula de inglês! Rápido, antes que o Ryan chegue... Você vai ter que me contar tudinho!

— Psssiu! — disse Laurel, olhando em volta. Mas ninguém estava escutando.

— Ele é um gato — disse ela. — Todas as meninas ficaram de olho nele. E o carinha japonês está na minha aula de Cálculo, mesmo tendo só quinze anos. Quando será que as escolas americanas vão se tocar que existe uma economia global lá fora, hein? — inquiriu ela. Então, fez uma pausa e arregalou os olhos. — Caramba, espero que ele não eleve o nível da aula.

David revirou os olhos, mas sorriu.

— Isso é o que todo mundo pensa de *você* — disse ele.

— Escute — disse Laurel, puxando Chelsea para mais perto —, eu ainda não sei de nada; ainda preciso conversar com ele, certo?

— Mas você vai me contar tudo, não é? — perguntou Chelsea.

— E não conto sempre? — provocou Laurel, sorrindo.

— Hoje à noite?

—Vamos ver — disse Laurel, virando-a pelos ombros e empurrando-a na direção de Ryan. —Vá!

Chelsea se virou e mostrou a língua para Laurel antes de se encolher sob o braço do namorado.

Laurel balançou a cabeça e se voltou para David.

— Somente uma aula juntos não é suficiente — disse ela, fingindo um tom austero. — De quem foi essa ideia, hein?

— Não foi minha, com certeza — disse David. Eles entraram na sala de aula e ocuparam um par de cadeiras no fundo.

Depois de tudo que já havia acontecido naquele dia, Laurel não devia ter ficado surpresa ao ver Tamani entrar na sua aula de Oratória. Quando David o viu, ficou tenso, mas relaxou assim que o outrora guardião de Laurel escolheu uma cadeira na frente da sala, a várias fileiras de distância.

Ia ser um longo semestre.

Dois

Com um suspiro profundo, Laurel largou a mochila sobre a bancada da cozinha. Parou em frente à geladeira para olhar o que tinha dentro e então se censurou pela tática óbvia de enrolação. Apanhou uma nectarina antes de fechar a porta, ainda que fosse apenas para justificar a procura.

Foi até a porta dos fundos e, como fazia com frequência, olhou para as árvores atrás de sua casa, procurando por algum sinal das fadas e elfos que agora viviam ali em tempo integral. Às vezes, falava com eles. Até lhes fornecia, ocasionalmente, poções e pós defensivos. Não sabia se as sentinelas os utilizavam, mas, pelo menos, não recusavam. Sentia-se bem em saber que estava ajudando, principalmente porque a necessidade de proteger sua casa havia tumultuado a vida de todos.

No entanto, diante da total ausência de qualquer sinal de atividade de trolls desde o ano anterior, aquilo mal parecia necessário. Parte dela queria sugerir que as sentinelas fossem embora, ainda que soubesse que não era tão simples assim. Jamison a advertira que os trolls preferiam atacar quando a presa estivesse mais vulnerável, e sua experiência havia comprovado a verdade daquilo. Gostasse ou não, era provavelmente mais seguro que as sentinelas continuassem ali, ao menos por enquanto.

Laurel abriu a porta dos fundos e se dirigiu até as árvores. Não sabia ao certo onde exatamente deveria se encontrar com ele, mas não tinha a menor dúvida de que Tamani a encontraria, como sempre. Parou de repente, quando contornou um carvalho frondoso e o viu tirando o pé do sapato, com um chute rápido e violento. Estava de costas para ela e já havia tirado a camisa; Laurel não pôde evitar admirá-lo. O sol se filtrava entre as copas das árvores e iluminava a pele morena de suas costas — mais escura que a de David — conforme ele se abaixava e puxava um cadarço teimoso. Com um resmungo abafado, ele finalmente desamarrou o sapato e o chutou na direção do tronco de um cipreste próximo.

Como se tivesse se libertado de grilhões em vez de roupas, os ombros de Tamani relaxaram e ele suspirou ruidosamente. Ainda que fosse um pouco baixo para os padrões humanos, seus braços eram delgados e longos. Espreguiçou-se, estendendo os braços abertos, os ombros largos formando o topo de um triângulo estreito que se afinava até sua cintura, onde o jeans pendia solto dos quadris. Os ângulos de suas costas captaram a luz do sol e, por um momento, Laurel imaginou que pudesse *vê-lo* absorvendo os raios nutritivos. Sabia que deveria dizer alguma coisa — anunciar sua presença —, mas hesitou.

Quando ele apoiou as mãos nos quadris que ela examinava e levantou o rosto para o céu, Laurel percebeu que era melhor fazer algum barulho antes que ele se despisse de mais alguma coisa. Pigarreou baixinho.

O sol lançou uma luz dourada nos cabelos de Tamani quando ele se virou, visivelmente tenso.

— É você — disse ele, parecendo aliviado. Então, um olhar estranho o dominou. — Há quanto tempo você está aí parada?

— Não muito — disse Laurel, depressa.

— Um minuto? — pressionou Tamani. — Dois?

— Hum, mais ou menos um, acho.

Tamani balançou a cabeça.

— E eu não ouvi nada. Malditas roupas humanas. — Sentou-se num tronco caído e arrancou um pé de meia. — Não são apenas desconfortáveis, são barulhentas! E qual é o problema com aquela escola? É tão *escura*.

Laurel disfarçou um sorriso. Ela havia dito a mesma coisa à mãe, depois de seu primeiro dia de aula na Del Norte.

— Você vai se acostumar — disse, entregando-lhe a nectarina. — Coma isto. Vai fazer você se sentir melhor.

Ele tomou a fruta da mão dela, tocando de leve em seus dedos.

— Obrigado — disse, baixinho. Então, hesitou, virou o rosto e deu uma mordida. — Eu treinei para isso. Sério! Mas nunca me fizeram ficar tanto tempo entre quatro paredes.

— Ajuda se você conseguir uma cadeira sob as janelas — sugeriu Laurel. — Aprendi isso do jeito mais difícil.

— E quem foi o desgraçado que inventou o jeans? — prosseguiu Tamani, mal-humorado. — Um tecido pesado, abafado? Sério que a raça que inventou a internet não é capaz de criar um tecido melhor do que o brim? Tenha dó!

— Você disse internet. — Laurel sorriu. — Isso é tão estranho.

Tamani apenas riu e deu outra mordida na nectarina.

— Você tem razão — disse ele com gratidão, levantando a fruta. — Isto ajuda mesmo.

Laurel se aproximou e sentou-se ao lado dele no tronco caído. Estavam próximos o suficiente para se tocar, mas era como se o ar entre eles fosse uma parede de granito. — Tamani?

Ele se virou para olhar para ela, mas não disse nada.

Sem saber ao certo se seria um erro, Laurel sorriu e se inclinou para a frente, passando os braços pelo pescoço dele.

— Olá — disse ela, com os lábios junto a seu ouvido.

Tamani a circundou com os braços, retribuindo o cumprimento. Ela começou a se afastar, mas ele segurou com mais força, implorando com as mãos para que ela ficasse. Laurel não lutou... percebeu que não queria fazê-lo. Depois de mais alguns segundos, ele a soltou, mas foi com uma relutância óbvia.

— Oi — disse ele, baixinho.

Olhando aqueles olhos verde-claros, ficou decepcionada ao perceber que a cor ainda a incomodava. Não estavam *diferentes*, na verdade; ainda eram os olhos dele. Mas ela achava a nova cor irracionalmente perturbadora.

— Olhe — disse Tamani, cauteloso. — Desculpe se tudo isso foi uma surpresa tão grande para você.

—Você podia ter me contado.

— E o que você teria dito? — perguntou ele.

Laurel começou a dizer alguma coisa, mas preferiu fechar a boca e sorrir com culpa.

—Você teria me dito para não vir, certo? — pressionou Tamani.

Laurel apenas ergueu uma sobrancelha.

— Portanto, eu não podia lhe contar — disse ele, dando de ombros.

Laurel estendeu a mão até o chão, arrancou uma folhinha de samambaia e começou a rasgá-la em pedaços. — Por onde você esteve? — perguntou ela. — Shar não quis me contar.

—A maior parte do tempo, na Escócia, como eu disse na sala de aula.

— Por quê?

Foi a vez de Tamani parecer culpado.

—Treinando.

—Treinando para quê?

— Para vir aqui.

— O tempo inteiro? — disse Laurel, numa voz que mal era um sussurro.

Tamani assentiu.

Laurel tentou afastar a mágoa que instantaneamente encheu seu peito.

—Você sabia, esse tempo todo, que iria voltar e ainda assim partiu sem se despedir?

Ela esperava que ele fosse ficar envergonhado, ou ao menos que se desculpasse, mas ele não o fez. Encarou o olhar dela sem nem piscar.

Ilusões 22

— Comparado com esperar que você viesse me dizer pessoalmente que havia escolhido David em vez de mim, e que nunca mais iria dar as caras?

Ela desviou o olhar, com a culpa sobrepujando seus sentimentos feridos.

— No que isso iria me beneficiar? Você teria se sentido melhor... até mesmo heroica... e eu teria parecido um idiota, indo para o outro lado do mundo para fazer o papel de amante desprezado. — Ele fez uma pausa, mordendo a nectarina e mastigando pensativamente por um momento. — Em vez disso, você tinha de sentir o peso das suas escolhas, e eu pude conservar um pouco do meu orgulho. Só um pouquinho — acrescentou —, já que, não obstante, eu ainda tive de ir para o outro lado do mundo e fazer o papel de amante desprezado. Como diria minha mãe: "Mesma fruta, galho diferente."

Laurel não tinha certeza se havia entendido direito a expressão. Mesmo após dois verões em Avalon, a cultura do povo das fadas ainda lhe escapava. Mas captou a ideia.

— O que está feito, está feito — disse Tamani, terminando a nectarina —, e sugiro que não percamos mais tempo com isso. — Ele se concentrou por um segundo antes de atirar o caroço com força na direção das árvores.

Ouviu-se um resmungo baixo.

— Pelo olho da Hécate, Tamani! Isso era mesmo necessário?

Tamani sorriu quando um elfo-sentinela alto, de cabelos cortados rentes, se materializou entre as árvores, esfregando o braço.

— Você estava espionando — disse Tamani, com leveza.

— Tentei lhes dar um pouco de espaço, mas foi você que me pediu para encontrá-lo aqui.

Tamani abriu os braços, admitindo derrota.

— *Touché*. Quem mais vem?

— Os outros estão vigiando a casa; não há necessidade de que venham se juntar a nós.

— Ótimo — disse Tamani, endireitando-se. — Laurel, você já tinha visto Aaron?

—Várias vezes — disse Laurel, sorrindo em cumprimento. "Várias" era provavelmente exagero, mas estava quase certa de que já tinham se visto uma ou duas vezes. No inverno passado, tentara sair e conversar com as sentinelas, fazer amizade. Mas elas sempre se curvavam diante dela, coisa que ela detestava, e ficavam em silêncio. No entanto, Aaron lhe parecia familiar.

Mais importante: ele não a corrigiu. Apenas assentiu com a cabeça — tão profundamente que foi quase uma mesura — e se voltou para Tamani.

— Não estou aqui como uma sentinela comum — começou Tamani, olhando para Laurel. — Estou aqui para ser o que sempre deveria ter sido: *Fear-gleidhidh*.

Laurel levou um momento para se lembrar da palavra. No outono anterior, Tamani lhe dissera que significava "acompanhante", e que se parecia com uma palavra que as fadas e elfos de inverno usavam para se referir a seus guarda-costas. Mas, de certa forma, era mais... pessoal.

— Tivemos inúmeros quase acidentes no ano passado — continuou Tamani. — Para nós, é difícil vigiar você enquanto está na escola, ou protegê-la bem em lugares lotados. Então, fui até a Mansão para receber treinamento avançado. Não posso me misturar com os humanos tão bem quanto você, mas posso me misturar o bastante para ficar por perto, em qualquer eventualidade.

— Isso é realmente necessário? — interrompeu Laurel.

Ambos se viraram para olhar para ela, com uma expressão surpresa.

— Não houve mais sinais de troll... nem de mais nada... em meses.

Um olhar foi trocado entre as duas sentinelas, e Laurel sentiu uma punhalada de medo ao perceber que havia algo que eles não lhe haviam contado.

— Isso não é... exatamente verdade — disse Aaron.

Ilusões 24

— Foram vistos *sinais* de trolls — disse Tamani, voltando a sentar-se no tronco caído. — Só não se viram trolls de fato.

— Isso é ruim? — perguntou Laurel, ainda pensando que o fato de não se verem trolls, por qualquer razão que fosse, era uma coisa boa.

— Muito — disse Tamani. — Vimos pegadas, cadáveres ensanguentados de animais, até mesmo eventuais fogueiras. Mas as sentinelas aqui estão usando tudo que utilizam nos portais: soros de rastreamento, armadilhas de presença, e nada disso registrou uma presença de troll que fosse. Nossos métodos consagrados simplesmente não estão encontrando os trolls, os quais nós *sabemos* que estão aqui, em algum lugar.

— Não poderiam ser... sinais *antigos*? Tipo, do ano passado? — perguntou Laurel.

Aaron começou a dizer alguma coisa, mas Tamani o interrompeu.
— Acredite em mim, são novos.

Laurel sentiu o estômago embrulhar. Provavelmente não queria saber o que Aaron estivera a ponto de dizer.

— Mas eu teria vindo, de qualquer maneira — prosseguiu Tamani. — Mesmo antes de você contar a Shar sobre o farol, Jamison queria me mandar para descobrir mais sobre a horda de Barnes — completou. — A morte dele nos deu um pouco de paz, mas um troll como ele teria tenentes, ou comandantes. Acho que podemos concluir que esta é apenas a calmaria antes da tempestade.

Agora, o medo começou a corroer suas entranhas. Era um sentimento ao qual Laurel havia se desacostumado, e ela não ficou nem um pouco contente com seu repentino retorno.

— Você também deixou quatro trolls adormecidos para Klea e provavelmente seja pedir muito que eles tenham simplesmente acordado, matado ela e seguido em frente com sua vida. É possível que ela os tenha interrogado e descoberto sobre você, talvez até sobre o portal.

Laurel ficou atenta na hora, sentindo-se em pânico.

— Interrogado? Da maneira como ela falava, imaginei que ela fosse apenas... matá-los. Dissecá-los. Eu nem mesmo...

— Tudo bem — disse Tamani. — Você fez o melhor que podia fazer, sob aquelas circunstâncias. Você não é uma sentinela. Talvez Klea os tenha matado de imediato; tentar interrogá-los teria sido suicídio para a maioria dos humanos. E também não sabemos quanto Barnes contou a seus lacaios. No entanto, temos de nos preparar para o pior. Se esses caçadores de trolls decidirem se tornar caçadores de fadas, então você poderia estar correndo mais risco do que nunca. Jamison queria enfrentar esses novos acontecimentos, por isso mudou um pouco os planos.

— Um pouco — ecoou Laurel, sentindo-se subitamente cansada. Fechou os olhos e cobriu o rosto com as mãos. Sentiu o braço de Tamani passar ao redor dela.

— Escute — disse Tamani a Aaron —, vou levá-la lá para dentro. Acho que terminamos por hoje.

Um empurrão de leve fez Laurel se levantar e se dirigir para sua casa sem nem dizer adeus. Caminhou depressa, afastando-se da mão de Tamani, querendo aumentar a distância entre eles e manifestar sua independência.

Ou, ao menos, o que restava dela.

Entrou pela porta dos fundos, deixando-a aberta para Tamani, e foi até a geladeira, onde pegou a primeira fruta que viu.

— Você se importaria se eu pegasse outra? — perguntou Tamani. — Aquela que você me deu ajudou muito.

Calada, Laurel lhe entregou a fruta, percebendo que não estava com o menor apetite.

— O que foi? — perguntou Tamani, finalmente.

— Não sei direito — disse Laurel, evitando seu olhar. — Tudo é tão... louco. Quer dizer — ergueu os olhos para ele —, estou feliz que você tenha voltado. Estou mesmo.

— Que bom — disse Tamani, com o sorriso um pouco trêmulo. — Estava começando a duvidar.

— Mas, então, você me diz que estou correndo todo esse perigo e, de repente, temo por minha vida de novo. Sem querer ofender, mas isso meio que ofusca a alegria.

Ilusões 26

— Shar queria mandar outra pessoa e não contar nada a você, mas eu achei que você preferiria saber. Mesmo que significasse... bem, isso tudo — disse ele, com um gesto vago.

Laurel considerou as palavras dele. Algo lhe dizia que era melhor assim, mas não tinha tanta certeza.

— Quanto perigo realmente estou correndo?

— Não sabemos ao certo — hesitou Tamani. — Definitivamente, tem alguma coisa acontecendo. Estou aqui há apenas alguns dias, mas as coisas que tenho visto... Você sabe alguma coisa sobre os soros de rastreamento?

— Claro. Eles mudam de cor, certo? Para mostrar quanto tempo tem um rastro? Ainda não sei fazê-los...

— Não precisa. Temos lotes feitos especialmente para rastrear trolls e humanos. Derramei um pouco num rastro recente e não houve *qualquer* reação.

— Então, nenhuma das suas magias está funcionando? — perguntou Laurel, sentindo um aperto na garganta.

— É o que parece — admitiu Tamani.

— Você não está me fazendo sentir nem um pouco segura — disse Laurel, tentando infundir um pouco de humor com um sorriso. Mas o tremor em sua voz a traiu.

— Por favor, não fique com medo — insistiu Tamani. — Não *precisamos* de magia... ela apenas facilita as coisas. Estamos fazendo todo o possível para patrulhar a área. Não estamos deixando nada ao acaso. — Ele fez uma pausa. — O problema é que não sabemos realmente o que estamos enfrentando. Não sabemos quantos eles são, o que estão planejando, nada.

— Então você está aqui para me dizer que tenho que ser supercuidadosa de novo — disse Laurel, sabendo que deveria se sentir grata, em vez de ressentida. — Fique em casa, mas ao pôr do sol você vira abóbora e tudo mais?

— Não — disse Tamani baixinho, surpreendendo-a. — Não estou aqui para lhe dizer nada disso. Eu não faço rondas, não vou caçar, apenas fico grudado em você.Você vive sua vida e continua com todas as suas atividades normais. Eu a mantenho em segurança. — disse ele, dando um passo à frente para afastar uma mecha de cabelo de seu rosto. — Ou morro tentando.

Laurel ficou congelada,sabendo que ele falava sério.Erroneamente, Tamani interpretou sua imobilidade como um convite e se inclinou para a frente, tocando seu rosto com a mão.

— Senti saudades suas — sussurrou ele, seu hálito leve no rosto de Laurel. Um suspiro suave escapou dos lábios dela antes que pudesse evitar e, quando Tamani se aproximou, seus olhos se fecharam como se por vontade própria.

— Nada mudou — sussurrou ela, o rosto dele a um fio de distância do seu. — Eu fiz a minha escolha.

A mão dele se deteve, mas ela sentiu o mais leve dos tremores em seus dedos.Viu-o engolir em seco uma vez antes de sorrir com cansaço e se afastar.

— Me perdoe. Eu me excedi.

— O que se supõe que eu faça?

— A mesma coisa que faz todos os dias — disse Tamani, dando de ombros. — Quanto menos mudanças na sua rotina, melhor.

— Não foi isso que eu quis dizer — disse Laurel, obrigando-se a olhá-lo nos olhos.

Ele balançou a cabeça.

— Nada. Sou eu quem tem que lidar com isso, não você.

Laurel olhou para o chão.

— Estou falando sério — disse Tamani, movendo-se sutilmente, colocando mais distância entre eles. —Você não tem que tomar cuidado comigo nem tentar ser minha amiga na escola. Eu apenas ficarei por perto, e tudo estará bem.

— Bem — repetiu Laurel, assentindo.

— Sabe aqueles apartamentos na rua Harding? — perguntou Tamani, parecendo novamente casual.

Ilusões 28

— Aqueles verdes?

— Sim. Estou no número sete — disse ele, com um sorriso brincalhão. — Para o caso de você precisar de mim.

Ele se dirigiu à porta da frente e Laurel o observou durante alguns segundos antes que a realidade voltasse.

— Tamani, pare! — disse ela, saltando da banqueta e correndo até a entrada da casa. — Não saia pela porta da minha casa sem camisa. Tenho vizinhos muito intrometidos.

Ela estendeu a mão para agarrar o braço dele. Ao se virar, quase instintivamente, a mão dele se ergueu para cobrir a dela. Tamani baixou os olhos para os dedos de Laurel, tão leves contra sua pele morena, e seu olhar subiu pela mão, pelo braço, o ombro, o pescoço. Ele fechou os olhos por um momento e respirou fundo. Quando os abriu novamente, sua expressão estava neutra. Sorriu com facilidade, deu um apertão na mão dela, então a soltou e deixou-a cair.

— É claro — disse, com leveza. — Vou sair pelos fundos.

Virou-se para ir à cozinha, mas, então, parou. Levantou a mão e tocou o colar que ele lhe dera — com seu anelzinho de fada, que pendia numa correntinha de prata. Ele sorriu suavemente.

— Fico feliz que você ainda use isto.

Três

A ESCOLA FICOU QUASE INSUPORTAVELMENTE ESTRANHA NOS DIAS QUE SE seguiram; a presença de Tamani na aula de sistemas de Governo levou Laurel à loucura; e a presença dele na aula de Oratória levou *David* à loucura. O fato de aparentemente ainda haver trolls nas redondezas de Crescent City teria, provavelmente, perturbado Chelsea mais do que ninguém, caso ela não estivesse tão feliz por ter um segundo representante do povo das fadas na Del Norte High. Contudo, embora estivesse sempre por perto, Tamani, na maior parte do tempo, ignorava Laurel e seus amigos. E, embora Laurel ficasse grata pela piscadela ocasional ou pelo sorriso secreto, até mesmo eles serviam para lhe lembrar dos perigos que podiam estar à espreita em cada esquina.

Mas com a volta dos deveres de casa, provas e trabalhos de pesquisa, Laurel se flagrou retomando a rotina escolar — com ou sem trolls, com ou sem Tamani. Ela sabia por experiência própria como era cansativo viver o tempo todo com medo, e se recusava a simplesmente *sobreviver* ao ensino médio. Queria viver sua vida e, embora detestasse admitir, sua vida não tinha muito espaço para Tamani.

Não sabia ao certo se deveria se sentir triste por isso, ou culpada, ou irritada. Houvesse ou não espaço em sua vida para Tamani, Laurel sabia que, na vida dele, havia pouquíssimo espaço para qualquer coisa, ou pessoa, além de Laurel. Ele vivia para protegê-la e jamais a desapontara. Já a havia irritado, frustrado, magoado, entristecido... mas jamais desapontado.

Às vezes se perguntava o que ele fazia quando ela não estava por perto. Mas, principalmente nas tardes, quando ela ficava deitada no sofá agarradinha com David, concluía que era melhor mesmo não saber. Ela e David não discutiam o assunto; ela lhe contara o que estava acontecendo, claro, mas há tempos eles haviam chegado à conclusão mútua e tácita de que, no que dizia respeito a Tamani, o silêncio valia ouro.

A sensação de formigamento por estar sendo observada era agora constante. Laurel tentava não pensar muito sobre quantas vezes seria real e quantas, imaginária. Mas geralmente *esperava* que fosse real, em particular quando um veículo de aparência suspeita passava em frente à sua casa.

Ou quando a campainha tocava inesperadamente.

— Ignore — disse David, erguendo os olhos de suas anotações claras e organizadas enquanto Laurel deixava as suas, confusas, caírem de seu colo. — É provável que seja um vendedor ou algo assim.

— Não posso — disse Laurel. — Minha mãe está esperando uma entrega da eBay. Tenho que assinar o recebimento.

—Volte logo — disse David com um sorriso.

Laurel ainda sorria quando abriu a porta. Mas, no instante em que viu o rosto conhecido, seu sorriso se esvaiu e ela tentou se recuperar, fingindo um novo. — Klea! Oi! Eu...

— Me desculpe por aparecer sem avisar — disse Klea com um sorrisinho afetado digno da Mona Lisa. Ela estava, como sempre, vestida da cabeça aos pés em roupas justas pretas, com seus óculos de lentes espelhadas cobrindo os olhos. — Eu tinha esperança de lhe pedir um favor.

Aquilo pareceu estranhamente direto, vindo de Klea. A mente de Laurel relembrou as palavras de Tamani na semana anterior, sobre a calmaria antes da tempestade. Esperou que não estivesse vendo a tempestade se aproximar.

— Que tipo de favor? — perguntou, grata pelo fato de sua voz soar estável, forte.

— Podemos conversar aqui fora? — perguntou Klea, indicando a varanda da frente com um gesto da cabeça.

Laurel a seguiu com hesitação, embora soubesse que ninguém chegava tão perto assim da casa sem que as sentinelas rastreassem todos os movimentos. Klea estendeu a mão na direção de uma garota que permanecia em silêncio, ao lado da cadeira de vime mais distante de onde estavam.

— Laurel, gostaria de lhe apresentar Yuki.

Era a garota que Laurel tinha visto com Tamani no primeiro dia de aulas — a garota japonesa de intercâmbio. Ela usava uma saia de brim cáqui e uma blusa leve e delicada, decorada com flores vermelhas. Era um pouco mais alta do que Laurel, mas a maneira como estava parada a fazia parecer muito pequena — braços cruzados, ombros curvados, queixo enterrado no peito. Laurel conhecia bem aquela postura; era a mesma que ela assumia quando sua vontade era de desaparecer.

— Yuki? — disse Klea. Yuki ergueu o queixo e levantou os longos cílios, dirigindo um olhar a Laurel.

Laurel piscou, surpresa. A garota tinha olhos elegantemente amendoados, mas eram de um verde chocantemente claro, que parecia discordar dos cabelos e da pele escuros. Muito bonita, no entanto... uma combinação extraordinária.

— Oi. — Sentindo-se sem jeito, Laurel estendeu a mão e Yuki a tomou frouxamente; Laurel soltou depressa. Tudo naquele encontro estava lhe parecendo estranho. — Você é nossa nova estudante de intercâmbio, certo? — perguntou Laurel, desviando os olhos para Klea.

Klea pigarreou.

— Não exatamente. Bem, ela *é* do Japão, mas nós falsificamos alguns documentos para conseguir que ela entrasse no sistema da sua escola. Classificá-la como estudante de intercâmbio era o jeito mais fácil.

Os lábios de Laurel formaram um "O" silencioso.

— Podemos nos sentar? — perguntou Klea.

Laurel assentiu, entorpecida.

— Como você talvez se lembre, no outono passado cheguei a dizer que poderia precisar da sua ajuda — começou Klea, reclinando-se na cadeira de vime. — Eu esperava que não fôssemos precisar, mas, infelizmente, precisamos. Yuki é... uma pessoa de interesse para a minha organização. Não uma inimiga — acrescentou ela rapidamente, interrompendo a pergunta de Laurel. Ela se virou para Yuki e acariciou seus cabelos longos, afastando-os de seu rosto. — Ela precisa de proteção. Nós a resgatamos dos trolls quando ela era apenas um bebê e a colocamos com uma família adotiva no Japão, o mais longe possível de quaisquer hordas conhecidas. — Klea suspirou. — Infelizmente, nada é à prova de erros. No outono passado, a família adotiva de Yuki... seus pais adotivos... foram assassinados por trolls que tentavam capturá-la. Mal conseguimos chegar a tempo.

Laurel olhou na direção de Yuki, que olhava para ela calmamente, como se Klea não tivesse acabado de falar sobre o assassinato de seus pais.

— Eles a mandaram para mim. De novo. Ela vem viajando conosco, mas realmente deveria estar na escola. — Klea tirou os óculos escuros, apenas o suficiente para esfregar os olhos com desânimo. Nem sequer estava sol, mas, obviamente, como Klea usava aqueles óculos ridículos até mesmo à noite, Laurel não ficou surpresa. — Além disso, conseguimos eliminar os trolls desta área no ano passado. Seja como for, não quero colocá-la novamente em perigo e certamente não quero que novos trolls a descubram. Então a colocamos na escola aqui.

— Não entendo. Por que aqui? Para que você precisa de mim?

— Laurel não via nenhuma razão para esconder seu ceticismo. Tinha visto o acampamento de Klea; no que dizia respeito a trolls, não podia pensar em ninguém que precisasse de menos ajuda do que Klea.

— Não vou precisar muito, com sorte. Mas estou num verdadeiro aperto. Não posso correr o risco de levá-la comigo numa caçada. Se eu a mandar muito longe, ela ficará vulnerável aos trolls que eu *não* conheço. Se não a mandar longe o bastante, qualquer coisa que passar por nossa rede poderia ir atrás dela. Você conseguiu enfrentar cinco trolls no ano passado, e Jeremiah Barnes era um caso especialmente difícil. Levando isso em conta, desconfio que você possa lidar com quaisquer... *elementos perigosos* que venham a aparecer na cidade. E achei que você seria uma boa pessoa para ficar de olho nela. Por favor? — acrescentou Klea, quase como algo secundário.

Tinha que ter mais coisas ali do que Klea estava dizendo, mas Laurel não conseguia imaginar o quê. Será que Yuki estava ali para espionar Laurel? Ou Laurel estaria permitindo que as suspeitas de Tamani a deixassem paranoica? Klea *havia* salvado a vida de Laurel... duas vezes! Ainda assim, sua relutância em confiar em Klea era uma sensação da qual não podia se livrar. Independentemente de suas histórias fazerem sentido e parecerem plausíveis, cada palavra que saía de sua boca parecia *errada*.

Será que Klea estava sendo deliberadamente misteriosa? Talvez por ser a primeira vez que Laurel a via à luz do dia, ou por se sentir mais encorajada pela proximidade de suas sentinelas protetoras, ou mesmo por ser agora um pouco mais madura e mais confiante, Laurel decidiu que já tinha aguentado o suficiente.

— Klea, por que você não diz apenas o que realmente veio fazer aqui?

Aquilo, estranhamente, fez Yuki soltar uma risadinha, ainda que leve. O rosto de Klea ficou momentaneamente sem qualquer expressão; então, ela sorriu.

Ilusões 34

— É isso que eu gosto em você, Laurel... você ainda não confia em mim, mesmo depois de tudo que fiz por você. E por que deveria? Você não sabe nada a meu respeito. Sua cautela lhe dá pontos. Mas eu preciso que você confie em mim agora, ao menos o bastante para me ajudar; então, vou ser direta com você. — Ela olhou para Yuki, que tinha os olhos fixos em seu colo. Klea se inclinou para a frente e baixou a voz. — Nós achamos que os trolls estão atrás de Yuki porque ela não é exatamente... *humana.*

Laurel arregalou os olhos.

— Nós a classificamos como uma dríade — continuou Klea. — Parece adequado. Mas ela é o único espécime que encontramos. Tudo que sabemos ao certo é que ela não é um animal; ela tem células vegetais. Parece obter nutrição do solo e da luz do sol, assim como de fontes externas. Não exibe nenhuma habilidade paranormal, como a força ou o poder de persuasão que vemos nos trolls, mas seu metabolismo é um pouco milagroso; portanto... enfim. Realmente preciso que você fique de olho nela. Podem se passar meses até que eu arrume um esconderijo permanente. Minha esperança é que consegui mantê-la escondida bastante bem até agora, mas, qualquer coisa, você será meu plano B.

Levou menos de um segundo para Laurel entender. Ela se virou para Yuki, e Yuki finalmente ergueu os olhos para Laurel. Olhos verde-claros. Eram espelhos dos olhos de Laurel. Dos olhos de Aaron. Dos olhos de Katya. E, ultimamente, dos olhos de Tamani.

Eram olhos de fada.

Quatro

LAUREL FECHOU A PORTA, DESEJANDO PODER VOLTAR NO TEMPO; TER ignorado a campainha, como David sugerira. Não que uma campainha sem resposta fosse deter Klea, mas...

— Então?

Laurel virou-se rapidamente, assustada pelo som da voz de Tamani, parado ao lado de David na sala. Ambos estavam de braços cruzados.

— Quando foi que *você* chegou aqui? — perguntou ela, confusa.

— Cerca de meio segundo antes que você atendesse a porta — respondeu David por ele.

— O que ela queria? — perguntou Tamani. Ele apertou os lábios e balançou a cabeça. — Não pude ouvir direito o que ela estava dizendo. Se eu não soubesse, poderia jurar que ela escolheu aquele lugar de propósito... como se soubesse que eu estava aqui.

Laurel balançou a cabeça.

— É a varanda, Tamani. É um lugar comum para se sentar e conversar.

Tamani não parecia convencido, mas não insistiu no assunto.

— Então, o que está acontecendo? Por que Yuki estava com ela?

— Quem é Yuki? — perguntou David.

— A menina do Japão — respondeu Tamani bruscamente. — A aluna de intercâmbio.

Ilusões 36

Laurel o encarou por um segundo, perguntando-se se ele já saberia. Mas lembrou-se de que haviam passeado pela escola juntos. Obviamente, Robinson teria feito as apresentações. Além disso, ele teria dito a ela se soubesse... ou não?

— Ela é uma fada — disse Laurel baixinho.

Um silêncio surpreso encheu seus ouvidos.

Tamani abriu a boca; então, parou e a fechou. Riu sem qualquer humor.

— Aqueles olhos. Eu deveria ter percebido. — Seu sorriso se transformou numa carranca cheia de determinação. — Então, Klea sabe sobre as fadas... temos que presumir que ela sabe sobre você.

— Não tenho certeza se ela sabe sobre as fadas — disse Laurel devagar. — Ela chamou Yuki de dríade. — Laurel se sentou no sofá, onde David imediatamente se juntou a ela, e relatou o resto da conversa enquanto Tamani caminhava pela sala. — Não gosto dela e não confio nela, mas não acho que Klea realmente saiba o que Yuki é.

Tamani ficou imóvel, pressionando os nós dos dedos na boca.

— Klea salvou nossas vidas. Duas vezes, inclusive — disse David.

— Mas trazer outra fada à Del Norte parece uma coincidência grande demais.

— Pois é — disse Laurel, tentando analisar seus sentimentos. Parte dela estava feliz da vida. Outra fada, vivendo como humana! E não apenas representando, como Tamani, mas criada desde cedo por pais adotivos. Aquela parte de Laurel queria abraçar Yuki e puxá-la para dentro de casa e interrogá-la sobre sua vida, suas técnicas de sobrevivência, sua rotina diária. O que ela comia? Já havia florescido? Mas revelar qualquer coisa a Yuki certamente significaria contar também a Klea, e isso *não* era algo que Laurel quisesse fazer.

— O que sabemos a respeito de Yuki? — perguntou David, olhando para Tamani, que novamente cruzou os braços e balançou a cabeça.

— Nada, basicamente. Mas ela está envolvida com Klea; então, sabemos que não se pode confiar nela — disse Tamani, sério.

— E se Klea estiver dizendo a verdade? — Quaisquer que fossem suas dúvidas sobre Klea, Laurel se pegou desejando que Yuki fosse, na pior das hipóteses, uma peça inocente do jogo. Não sabia ao certo por quê. Talvez fosse apenas um desejo natural de defender sua própria espécie. Além do mais, ela parecera tão tímida e acanhada. — Quer dizer, se ela estiver aqui para espionar, por que se revelaria?

— Existem muitas formas diferentes de espionar — disse Tamani devagar. — Yuki poderia ser uma distração, ou poderia estar se escondendo à plena vista. Saber que Yuki é uma fada não é nem de perto tão importante quanto saber *de que tipo*.

— A maioria de vocês não é de primavera? — perguntou David.

— Claro — concordou Tamani. — E um Traente poderoso, rodeado de humanos, equivale a um exército inteiro.

David empalideceu, mas Laurel balançou a cabeça.

— Klea disse que Yuki não tinha nenhum poder.

— Klea poderia estar mentindo. Ou Yuki pode estar escondendo suas habilidades de Klea. — Ele fez uma pausa, sorrindo. — Na verdade, *Yuki* poderia estar mentindo para *Klea*. *Isso* não seria ótimo?

— Então, qual é a pior das possibilidades? — perguntou David.

— Ela usar seu poder de atração em mim ou em Chelsea para que contemos os seus segredos?

— Ou ela é uma Cintilante e está aqui agora mesmo, invisível, ouvindo nossa conversa — disse Tamani.

— As fadas de verão podem fazer isso? — perguntou Laurel.

— Algumas, sim — respondeu Tamani. — Não que ela pudesse descobrir isso sem treinamento. Mas até o momento eu poderia afirmar que conhecia a localização de todas as fadas e elfos fora de Avalon; portanto, acho que tudo é possível. Pelo que sabemos, Yuki poderia ser uma fada de inverno — ele fechou os olhos, balançando de leve a cabeça. A ideia fez o estômago de Laurel se apertar. — Ou de outono. — Ele hesitou novamente; então, soltou de uma vez, como se com medo de que o interrompessem antes de terminar: — Ela poderia ser até mesmo a Misturadora que envenenou seu pai.

Laurel sentiu como se tivesse levado um soco no estômago. Conseguiu enunciar com dificuldade: — O quê?

— Eu... eu... — gaguejou Tamani. — Olhe, o negócio é o seguinte: ela pode ser inofensiva, mas também pode ser muito, muito perigosa. Portanto, temos de agir rapidamente — disse Tamani, evitando a pergunta.

Mas Laurel não o deixaria escapar tão facilmente.

— Você quer dizer dois anos atrás... quando ele ficou doente? Você disse que foram os trolls.

Tamani suspirou.

— *Podem* ter sido os trolls. Mas há séculos lidando com trolls, nunca os vimos usar veneno daquele jeito. Eles são brutais e manipuladores... mas não são Misturadores. Então, quando seu pai ficou doente...

— Você acha que foi uma fada de outono que fez aquilo? — perguntou Laurel, sem entender. De repente, tudo fez um horrível sentido.

— Sim. Não. *Talvez...*

— E você não me disse nada? — Laurel sentiu sua raiva aumentando. O que mais Tamani vinha escondendo? Ele, supostamente, deveria estar lhe ensinando sobre o reino das fadas, e não a mantendo na ignorância! — Fui à Academia *duas vezes* desde então! Onde basicamente todas as fadas e elfos de outono vivem! Você deveria ter dito alguma coisa!

— Eu *tentei* — protestou Tamani —, mas Shar me impediu. E ele fez certo. Nós investigamos. Além de você, nenhum Misturador passou pelos portais em décadas sem que houvesse uma supervisão constante. Não permitimos que fadas e elfos saiam de Avalon à toa.

—Vocês me deixaram sair — insistiu Laurel.

Tamani sorriu de leve, quase com tristeza.

—Você era muito, muito especial. — Ele pigarreou e continuou. — Ninguém queria que você fosse à Academia suspeitando que cada Misturador que encontrasse pudesse ter tentado matar seu pai. Sobretudo porque, provavelmente, não foi nenhum deles.

Laurel ponderou. Conhecia várias fadas de outono que eram especialistas em venenos animais. Inclusive Mara, que ainda guardava um rancor antigo.

— Mas agora você acha que Yuki teve alguma coisa a ver com isso? — perguntou, afastando aquele pensamento para se concentrar no assunto em questão.

— Talvez. Quer dizer, não parece provável. Ela é tão jovem. E, além do mais, Barnes se mostrou resistente às nossas poções; portanto, ele pode ter sido um troll excepcionalmente dotado também em outros aspectos. Tudo que sei ao certo é que Yuki não deveria estar aqui. Nenhuma fada ou elfo selvagem deveria estar aqui.

— Espere um pouco — disse David, inclinando-se à frente e colocando a mão na perna de Laurel. — Se Yuki envenenou seu pai, então Yuki tinha de estar trabalhando para Barnes... mas se Yuki estava trabalhando para Barnes, por que ela está agora com Klea? Klea *matou* Barnes.

— Talvez ela fosse prisioneira de Barnes e Klea a tenha resgatado — disse Laurel.

— Então, por que não contar isso a você? — perguntou David. — Por que mentir dizendo que Yuki é órfã?

— E voltamos à hipótese de Klea estar mentindo de novo — disse Tamani ironicamente.

Após um longo silêncio, Laurel balançou a cabeça.

— Não faz sentido. Nós não *sabemos* de nada. Só o que temos é o que Klea me contou. — Ela hesitou. — O que eu realmente queria é que Yuki contasse o lado dela da história.

Ilusões 40

— Impossível — disse Tamani, de pronto.

Laurel olhou feio para ele, irritada com sua rejeição. — Por quê?

Tamani viu a mudança em sua expressão e suavizou seu tom.

— Acho que é perigoso demais — disse ele, baixinho.

—Você não pode atraí-la? — perguntou David.

— Não funciona direito em fadas — disse Laurel. Mas havia funcionado com ela, antes que ela soubesse o que era... talvez David tivesse razão.

Tamani balançou a cabeça.

— É pior do que isso. Se não funcionar mesmo, é porque ela sabe sobre o poder de atração; daí ela saberá que eu sou um elfo. Não posso arriscar até que tenhamos mais informações.

— E como se supõe que conseguiremos mais informações? — perguntou Laurel, exasperada. O inacreditável da situação era sufocante. — Não sabemos quem está mentindo e quem está dizendo a verdade. Talvez ninguém esteja dizendo a verdade!

— Acho que precisamos falar com Jamison — disse Tamani após uma pausa.

Laurel viu-se concordando.

— Acho que é uma boa ideia — disse com cautela.

Tamani tirou alguma coisa do bolso e começou a digitar.

— Ai minha nossa, isto é um iPhone? — perguntou Laurel, levantando a voz inconscientemente, tanto em tom quanto em volume.

Tamani olhou para ela, com a expressão em branco.

— Sim.

— Ele tem um iPhone — disse Laurel a David. — Meu elfo-sentinela, que geralmente vive sem *água corrente*, tem um iPhone. Isso. É. Simplesmente. Ótimo. Todos os seres viventes do mundo inteiro têm telefone celular menos eu. É *incrível*. — Seus pais ainda insistiam que celulares eram para adultos e alunos universitários. *Tão* retrógrados.

— É essencial, para fins de comunicação — disse Tamani, na defensiva. — Tenho de admitir: humanos estão muito além do povo das fadas em termos de comunicação. Com isto aqui podemos mandar mensagens instantaneamente. Alguns botões, e posso falar com Shar! É espantoso.

Laurel revirou os olhos.

— Estou ciente do que eles fazem. — Ela fez uma pausa, com uma expressão triste nublando seu rosto. — Shar também tem um?

— É claro que... — disse Tamani pausadamente, sem responder à pergunta — não funciona tão bem para nós quanto para os humanos. Nosso corpo não conduz as correntes elétricas da mesma forma; então, às vezes, tenho que tocar a tela mais de uma vez para que reaja. Ainda assim, não posso reclamar.

David dirigiu a Laurel um sorriso de consolo.

— Pode ficar à vontade para usar o meu.

Tamani resmungou e murmurou uma palavra desconhecida baixinho. — Não responde. — Ele guardou o telefone no bolso e se empertigou com as mãos na cintura, parecendo pensativo.

Laurel o examinou, com seus ombros tensos, sua postura dominante. Ele tinha voltado há duas semanas, e a vida de Laurel se transformara num caos.

Um caos sexy, muito sexy.

Pelo menos, dessa vez ele estava vestindo uma camisa. Ela pigarreou e desviou o olhar, forçando seus pensamentos a voltar para onde deveriam.

— Precisamos ir até o seu terreno — disse Tamani, tirando um molho de chaves do bolso. — Vamos.

— O quê? Espere! — disse Laurel, colocando-se em pé e sentindo David fazer a mesma coisa a seu lado. — Não poderemos ir ao terreno hoje à noite.

— Por que não? Jamison precisa saber disso. Eu dirijo.

Ilusões 42

Aquilo soava tão errado vindo da boca de Tamani.

— Porque são quase seis da tarde. Meus pais vão daqui a pouco chegar em casa e ainda tenho deveres para fazer.

Tamani pareceu confuso.

— E daí?

Laurel balançou a cabeça.

— Tamani, não poderei ir. Tenho coisas a fazer aqui. *Você* irá. Você não precisa de mim. Além do mais — acrescentou, olhando rapidamente para o céu que estava ficando arroxeado —, ficará escuro logo. Essa história toda me deixou nervosa e eu me sentiria melhor se todos estivéssemos dentro de casa antes do pôr do sol. Foi você quem me disse que ainda há trolls por perto — acrescentou.

— É por isso que preciso ficar perto de você — insistiu ele. — É o meu trabalho.

— Bem, a escola é o *meu* trabalho — disse Laurel. — Sem falar em manter minha família e meus amigos em segurança. De qualquer forma, você tem seu telefone. Ligue para Shar de novo, mais tarde; peça a ele para marcar uma hora neste fim de semana para que Jamison saia e converse conosco. Temos somente meio-período na escola na sexta-feira, então poderemos ir depois da aula. Ou no sábado, quando teremos tempo de sobra para voltar antes do pôr do sol.

Tamani estava apertando os dentes, e Laurel podia ver que, embora não gostasse do que ela estava dizendo, ele sabia que fazia muito mais sentido do que dirigir a toda velocidade até o terreno, justamente quando o sol começava a se pôr.

— Está bem — disse ele, por fim. — Mas iremos na sexta, não no sábado.

— *Depois* da aula — disse Laurel.

— *Logo* depois da aula.

— Feito.

43   APRILYNNE PIKE

Tamani assentiu estoicamente.

— David deveria ir para casa, então. O sol vai se pôr logo.

E, com isso, ele se virou e se dirigiu aos fundos da casa. Laurel prestou atenção ao barulho da porta, mas não ouviu nada. Depois de alguns segundos, espiou na cozinha, mas ele não estava em nenhum lugar que pudesse ver.

David aconchegou o rosto no pescoço dela, a respiração quente contra sua clavícula. Ela queria abraçá-lo mais perto, mais forte, mas sabia que teria de esperar. A despeito das garantias de Tamani de que podia lidar com tudo, Laurel voltou a querer que David estivesse seguro em sua casa ao pôr do sol.

—Você realmente deveria ir para casa — sussurrou ela. — Não quero você lá fora depois que escurecer.

—Você não precisa se preocupar tanto comigo — disse David.

Laurel se afastou e olhou para ele.

— Preciso, sim — disse, baixinho. — O que eu faria sem você? — Era uma pergunta que não parecia mais tão hipotética, e ela não queria saber a resposta.

Cinco

TAMANI FECHOU A PORTA SEM FAZER RUÍDO, LANÇANDO-SE NUMA CORRIDA silenciosa em direção à linha de árvores. Não tinha muito tempo — uma das partes menos agradáveis do seu trabalho era cuidar para que David chegasse em casa vivo, uma vez que Laurel estivesse em segurança à noite. Manter o garoto humano respirando não era uma das prioridades mais altas na escala pessoal de Tamani, mas já que a felicidade de Laurel só ficava em segundo lugar para sua segurança, David também era vigiado.

Aaron esticou a mão para agarrar o braço de Tamani quando este passou pela árvore mais próxima.

— O que está acontecendo? — sussurrou.

— Temos problemas — respondeu Tamani, sério.

Problemas era dizer o mínimo. Agora que não tinha de parecer confiante e forte para o benefício de Laurel, Tamani se deixou cair no chão, correndo os dedos pelos cabelos — ainda não estava acostumado com os cabelos tão curtos — e deixou que seus temores o engolfassem. Não pela primeira vez, Tamani desejou que Jamison simplesmente ordenasse que Laurel voltasse de uma vez para Avalon. Mas Jamison insistia que ainda não era hora e que Laurel tinha de vir por vontade própria.

— Chegou outra fada — disse ele.

Aaron levantou uma sobrancelha.

— Shar não disse nada...

— Com a Caçadora. Não de Avalon.

A outra sobrancelha de Aaron se ergueu.

— Unseelie?

— Não parece provável. Ela deve ser algum tipo de... fada selvagem.

— Mas isso é impossível — disse Aaron, aproximando-se, com os punhos nos quadris.

— Eu sei — disse Tamani, olhando na direção da casa e vendo duas silhuetas se movendo pela cozinha à luz da tarde que se esvaía. Ele narrou a visita para Aaron, com o medo lhe apertando o peito enquanto as piores possibilidades passavam por sua cabeça.

— O que isso significa para nós? — perguntou Aaron.

— Não sei — respondeu Tamani. — Mais reforços, para começar.

— Mais? — Aaron o encarou com descrença. — Desse jeito teremos metade de Avalon aqui até o inverno.

— Não se pode evitar. Precisaremos de, pelo menos, um esquadrão vigiando a menina nova. Talvez dois. Jamison me prometeu mais sentinelas se precisássemos, e não quero tirar ninguém da casa de Laurel.

Tamani ergueu os olhos ao som do motor de um carro se aproximando. O carro de David — tinha um barulhinho característico que se tornara familiar demais nas últimas semanas. Estava na hora de ir. Pondo-se em pé, Tamani tirou o telefone do bolso. Tentaria ligar de novo para Shar enquanto seguia David. Ele se virou e colocou a mão livre no ombro de Aaron.

— Essa fada tem o potencial de destruir tudo pelo que nós trabalhamos. Temos que levá-la a sério.

Ele não esperou pela resposta de Aaron; saiu correndo atrás das luzes traseiras do carro de David.

Ilusões 46

O que quer que Yuki estivesse aprontando, aparentemente requeria que ela ignorasse Laurel de todas as formas possíveis.

A princípio, Laurel achou que Yuki fosse simplesmente tímida, já que qualquer tentativa de se aproximar dela resultava num pedido de desculpas sussurrado, seguido por uma retirada rápida. Mas, quando Laurel se limitou a sorrir para ela no corredor, Yuki passou a fingir que não via. Na quinta-feira, o simples fato de encontrar Yuki tinha se tornado um desafio, e os esforços de Laurel já estavam lhe deixando com dor de cabeça. Laurel não queria falar com Jamison antes de descobrir *alguma coisa* a respeito de Yuki, mas a fada esquiva não estava lhe dando outra opção.

Na sexta-feira de manhã, Tamani não se encontrava na aula de sistemas de Governo quando Laurel entrou. Já começava a se preocupar quando ele se jogou na cadeira, pouco antes que o segundo sinal tocasse. A professora Harms não anotou seu atraso, mas levantou uma sobrancelha ameaçadora que parecia dizer: "Na próxima".

— Shar ainda não atendeu — sibilou Tamani, assim que a professora Harms virou as costas para escrever no quadro.

Laurel lhe lançou um olhar preocupado.

— Nem uma vez?

— Nem uma vez. — Ele estava praticamente se retorcendo na cadeira. — Pode não ser nada — acrescentou, como se estivesse tentando convencer a si mesmo. — Shar odeia telefone. Ele acha que não deveríamos usar tecnologia humana; diz que sempre nos metemos em problemas quando usamos. Então, em regra, ele é teimoso o suficiente para não atender. Mas... pode significar que alguma coisa aconteceu. Está de pé o combinado para hoje, não é?

— Sim — disse Laurel seriamente. — Contei aos meus pais e tudo. Combinadíssimo.

— Ótimo — disse ele, parecendo mais nervoso do que animado.

— Vamos conseguir falar com Jamison? — perguntou Laurel.

Tamani hesitou e Laurel olhou para ele com expressão questionadora.

— Não sei — admitiu ele. — Shar é bem paranoico com relação a abrir o portão... principalmente sem aviso prévio.

— Nós *precisamos* ver Jamison — insistiu Laurel num sussurro. — Esse é o único propósito de irmos, não é?

Tamani olhou para ela por um momento com uma expressão estranha no rosto que quase fez Laurel pensar que ele estava bravo com ela.

— Para você, imagino — disse ele, carrancudo; então, se virou para a frente, rabiscando furiosamente enquanto Laurel fazia anotações. Laurel tentou captar sua atenção, mas ele olhava firmemente para longe dela. O que ela havia dito?

Assim que o sinal tocou, Tamani se levantou e se dirigiu rapidamente para a porta sem nem olhar para trás. Assim que ele saiu no corredor, Laurel ouviu um grunhido e ruídos de desentendimento. Esticando o pescoço, viu David e Tamani parados cara a cara, com alguns livros espalhados no chão a seus pés.

— Desculpe — murmurou David. — Não vi você.

Tamani olhou feio para David por um momento; então, baixou os olhos e resmungou um pedido de desculpas enquanto apanhava os livros, seguindo depois pelo corredor.

— O que foi aquilo? — perguntou Laurel quando ela e David se juntaram no corredor.

— Foi um acidente — disse David. — O sinal tocou e ele veio como um tufão. Nem tive tempo de sair da frente. — Ele hesitou antes de acrescentar: — Ele não parecia muito feliz.

— Está bravo comigo — disse Laurel, olhando para as costas de Tamani, que desaparecia em meio à multidão. — Não sei por quê.

— O que aconteceu?

Laurel explicou enquanto eles iam até seus armários, que ficavam lado a lado. Ser aluno veterano tinha seus benefícios.

Ilusões 48

— Será que é porque não fiquei muito preocupada com Shar? — perguntou ela.

David hesitou.

— Pode ser — admitiu. —Você não fica brava com ele quando ele não parece se preocupar comigo? Ou com Chelsea?

— Sim, mas é diferente. Você e Chelsea não são como Shar. Tamani não se preocupa com vocês porque vocês não têm importância para ele — disse Laurel, controlando a raiva que sempre sentia diante do desdém geral de Tamani pelos humanos. — Eu não estou preocupada com Shar porque ele é totalmente capaz de tomar conta de si mesmo. É uma... questão de respeito.

— Isso eu entendo, mas, se Tamani está preocupado — disse David, baixando a voz —, você não acha que talvez devesse também ficar?

Fazia sentido, e Laurel sentiu sua velha mágoa se dissipar — por ora.

—Você tem razão — disse ela. — Eu deveria pedir desculpas.

— Bem, você terá tempo de sobra para isso hoje à tarde — disse David, num tom de voz enganosamente animado.

Laurel riu, fingindo bufar.

— David, você está com ciúme?

— Não! Bem, quer dizer, adoraria passar a tarde com você; portanto, nesse aspecto, sim, acho que estou. — Ele deu de ombros. — Só queria poder ir também. — Ele fez uma pausa; então, olhou para ela com uma inocência óbvia. — Eu poderia esperar no carro.

— Não é uma boa ideia — disse Laurel baixinho, pensando na conversa que acabara de ter com Tamani. — Já estamos tentando entrar em Avalon sem ter avisado antes. Trazer você conosco os deixaria mais nervosos ainda.

— Está bem. — David fez outra pausa; então, inclinou a cabeça para perto dela e disse, num sussurro ardoroso: — Eu queria *muito* poder passar por aquele portal com você.

A garganta dela se apertou. Avalon era a única coisa que ela jamais poderia compartilhar com David. E não era apenas pelo fato de que o povo das fadas nunca permitiria que ele cruzasse o portal; Laurel se preocupava também sobre como David seria tratado, caso permitissem.

— Eu sei — sussurrou ela, levantando as mãos para tocar o rosto dele.

—Vou sentir saudades — disse ele.

Ela riu.

— Não estou indo já!

— Sim, mas agora você vai para a aula. Vou ficar com saudades até que termine.

Laurel deu um tapa brincalhão no ombro dele.

—Você é tão babão.

— Sim, mas você me ama.

— Amo — disse Laurel, encolhendo-se nos braços dele.

Quando as aulas terminaram, Laurel foi direto para o estacionamento, sabendo como Tamani estava ansioso. E, tinha de reconhecer, ela estava um pouco curiosa para ver que tipo de carro ele estava dirigindo. Não deveria se surpreender em ver que era um conversível. Tamani manteve-se em silêncio enquanto destravava a porta dela e baixava a capota do carro.

Durante os primeiros minutos, Laurel ficou simplesmente fascinada pela imagem de Tamani dirigindo. A novidade de vê-lo em situações tipicamente humanas estava começando a se desgastar, mas ainda não tinha acabado.

Quando Tamani entrou na rodovia, Laurel finalmente rompeu o silêncio.

— Me desculpe — disse.

— Pelo quê? — respondeu Tamani, exibindo um ar convincentemente indiferente.

— Por não levar você a sério. Com relação a Shar.

—Tudo bem — disse Tamani com cautela. — Eu exagerei.

— Não exagerou, não — insistiu Laurel. — Eu devia ter dado atenção.

Tamani ficou em silêncio.

Laurel permaneceu calada, sem saber o que dizer a seguir.

— Se alguma coisa acontecesse com ele, não sei o que eu faria — disse Tamani finalmente, as palavras saindo num turbilhão.

Sem querer interromper e fazê-lo se fechar, Laurel apenas assentiu.

— Shar é... eu poderia dizer que ele é como um irmão, se eu soubesse o que é isso. — Olhou para ela por um segundo antes de voltar os olhos para a estrada. — Tudo que sou agora devo a ele. Eu nem tinha idade suficiente para estar na guarda tecnicamente quando ele assumiu a responsabilidade de me transformar numa sentinela propriamente dita. — Finalmente, Tamani voltou a sorrir. — Ele é a principal razão pela qual pude me reencontrar com você.

— Ele estará bem — disse Laurel, tentando parecer convincente, não demonstrar indiferença. — De tudo que você me contou, e tudo que sei sobre ele, ele é realmente incrível. Tenho certeza de que está bem.

— Espero que sim — disse Tamani, acelerando um pouco mais.

Laurel contemplou a estrada, mas, pelo canto do olho, podia ver Tamani lançando olhares disfarçados para ela.

—Você mal fala comigo na escola — disse Laurel alguns minutos depois, quando Tamani tomou a via de ultrapassagem, passando por um comboio de caminhões. Ela estava impressionada. O carro tinha transmissão manual e ele trocava as marchas muito melhor do que ela quando começara a dirigir.

Tamani deu de ombros.

— Bem, supostamente não nos conhecemos, lembra?

— Sim, mas você conversa comigo na aula de Governo. Podia, ao menos, acenar nos corredores.

Tamani olhou rapidamente para ela.

— Não sei bem se seria uma boa ideia.

— Por que não?

— Por causa de Yuki. De Klea. Dos trolls. Pode escolher. — Ele fez uma pausa. — Me preocupo com tantas fadas e elfos juntos num mesmo lugar. Eu gostaria — acrescentou, sorrindo —, mas não acho que seja uma boa ideia.

— Ah, lógico! — disse Laurel com uma animação fingida. — Nós deveríamos esconder nossa amizade, e então, se alguém nos vir andando de carro por aí, vai deduzir que estou traindo meu namorado. Essa ideia é *muito* melhor. Por que não pensei nisso? — Ela olhou para ele de viés. — Confie em mim: numa cidade pequena, um escândalo atrai muito mais atenção do que vegetarianismo em grupo.

— O que você quer que eu faça? — perguntou Tamani.

Laurel pensou a respeito.

— Acene nos corredores. Diga oi. Não me ignore na aula de Oratória. Em algumas semanas, não vai parecer estranho para ninguém. Nem mesmo para Yuki, ou Klea, supondo-se que elas se importem.

Tamani sorriu.

— Mas você não se acha mesmo uma menina brilhante?

— Eu não acho — disse Laurel com uma risada, inclinando a cabeça levemente para o lado, de forma que o vento soprasse seus cabelos compridos e dourados para trás. — Eu sei. — Após uma pausa, ela acrescentou: — Você poderia ser amigo de David também. — Ela olhou para Tamani quando ele não respondeu. Ele tinha a testa franzida. — Vocês dois realmente têm muita coisa em comum, e nós estamos todos juntos nessa.

Ele balançou a cabeça.

— Não daria certo.

Ilusões 52

— Por que não? Ele é um cara legal. E faria bem a você ter alguns amigos humanos — disse ela, tocando no que desconfiava que fosse a raiz do problema.

— Não é isso — disse Tamani, fazendo um gesto vago com a mão.

— Então, por quê? — perguntou Laurel, exasperada.

— Apenas não quero me aproximar muito do cara cuja namorada tenho toda a intenção de roubar — disse ele, direto, sem olhar para ela.

Laurel olhou pela janela em silêncio pelo resto da viagem.

Seis

QUANDO CHEGARAM AO TERRENO, TAMANI SE VIROU PARA ELA.

— Fique aqui — disse, com os olhos fixos na linha de árvores. — Só até garantirmos que seja seguro — acrescentou.

Laurel aquiesceu; afinal, ele tinha treinamento de combate e ela, não. Ele soltou o cinto de segurança e saltou para fora do conversível sem nem se dar ao trabalho de abrir a porta.

Pouco antes que ele chegasse à sombra das árvores, alguém de verde saltou do lado direito de Tamani e o derrubou. A princípio, Laurel não pôde identificar o vulto que o jogara no chão, mas, assim que percebeu que era Shar, abriu a porta e correu até eles.

As duas sentinelas estavam engalfinhadas na terra, Tamani com os braços firmemente torcidos às costas, as pernas apertadas em volta da cintura de Shar, mantendo-o preso no chão. Cada um lutava para se livrar do outro, mas pareciam estar num impasse. Laurel cruzou os braços e sorriu, enquanto os dois elfos grunhiam ofensas em gaélico e acusações bizarras típicas do reino das fadas.

— Sua espora apodrecida! Quase me mata de preocupação.

— Sua sentinela florzinha, totalmente despreparada.

Finalmente, Tamani pediu trégua e eles se puseram de pé, limpando a poeira das roupas e tirando folhas dos cabelos. Laurel notou

Ilusões 54

que os cabelos de Shar, assim como os de Tamani, já não tinham as raízes verdes. Aparentemente, Tamani não havia sido o único a mudar de dieta.

— Por que você não atende o telefone, cara? Tentei ligar a semana inteira!

Laurel ergueu a mão para cobrir seu sorriso, enquanto ouvia o sotaque de Tamani ficar mais marcado a cada palavra. Shar mergulhou a mão numa bolsa em sua cintura e tirou seu iPhone com o mesmo olhar que a mãe de Laurel reservava aos restos que porventura encontrasse mofando no fundo da geladeira.

— Não sei mexer com esta droga de coisa — disse Shar. — Metade das vezes eu não sinto vibrar até que seja tarde demais, e, mesmo quando sinto, coloco na orelha como você disse e nada acontece.

— Você arrastou a barrinha? — perguntou Tamani.

— Que barrinha? O troço é mais liso que uma folha de azevinho — disse Shar, olhando para o telefone que, Laurel percebeu, ele segurava de cabeça para baixo. — Você me disse que era só pegar e falar. Foi o que eu fiz.

Tamani suspirou; então, estendeu a mão e deu um soco no ombro de Shar, que nem se mexeu, quanto menos recuou.

— Nem tem nada de que se lembrar! Ele diz na tela mesmo o que é para fazer. Vamos tentar de novo — disse Tamani, enfiando a mão no bolso.

— Agora não faz sentido — disse Shar, com azedume, os olhos se desviando para Laurel. — Agora eu posso ouvir você. — Virou-se e seguiu pela trilha. — Melhor sairmos das vistas. Com a nossa sorte, depois de seis meses sem trolls, pode passar um por aí enquanto estamos a céu aberto, olhando essas porcarias humanas.

Tamani ficou parado por alguns segundos com o telefone na mão; então, enfiou as mãos nos bolsos e foi atrás de Shar, olhando para trás com um dar de ombros para certificar-se de que Laurel os seguia. Mas Laurel pôde ver o alívio em seus olhos.

Cerca de três metros floresta adentro, Shar parou de repente.

— Então, por que vocês estão aqui? — perguntou, com o rosto muito sério, deixando de lado toda conduta brincalhona. — O plano nunca foi de você ficar indo e vindo o tempo todo. Você deve ficar em seu posto, no mundo humano.

Tamani também ficou sério.

— A situação mudou. A Caçadora matriculou uma fada na escola de Laurel.

As sobrancelhas de Shar se moveram; vindo dele, aquilo era uma reação enorme.

— A Caçadora voltou?

Tamani assentiu.

— E ela tem uma fada com ela. Como isso é possível?

— Não sei. Supostamente, Klea a encontrou no Japão, onde foi criada por pais humanos. Nós não sabemos do que ela é capaz, se é que pode ser de alguma coisa. — Os olhos de Tamani voaram até Laurel. — Contei a Laurel a respeito da toxina. A fada selvagem... Yuki... parece jovem demais para ter feito algo como aquilo, mas quem pode garantir?

Os olhos de Shar se estreitaram.

— Quantos anos ela parece ter?

— Menos de trinta. Mais de dez. Você sabe que é impossível saber com certeza. Mas, pelo que pude observar de seu comportamento, ela *poderia* ter uma diferença de um ou dois anos de Laurel.

Laurel nem sequer tinha considerado aquilo. Ela sabia que as fadas envelheciam de forma diferente dos humanos, mas as diferenças eram mais pronunciadas em fadas muito jovens — como a sobrinha de Tamani, Rowen — e nas fadas de meia-idade, que podiam passar um século com a aparência de um humano no auge da juventude. Yuki não parecia deslocada na Del Norte, mas isso só queria dizer que tinha, no mínimo, a mesma idade que seus colegas de classe.

Ilusões 56

Shar estava com o rosto franzido e pensativo, mas não fez mais perguntas.

— Agora que eu sei que você não virou purê sob as botas de algum troll, precisamos ver Jamison — disse Tamani. — Ele saberá o que fazer.

— Não podemos simplesmente convocar Jamison, Tam. Você sabe disso — disse Shar, sem rodeios.

— Shar, é importante.

Shar se aproximou de Tamani; suas palavras foram tão baixas que Laurel mal as escutou.

— A última vez que requisitei a presença de uma fada ou elfo de inverno foi para salvar a sua vida. Já vi fadas e elfos morrerem, quando Avalon poderia tê-los salvado, porque sabia que não poderia pôr minha terra natal em risco. Não chamamos fadas e elfos de inverno para *bater papo*. — Ele fez uma pausa. — Vou mandar um requerimento. Quando me trouxerem uma resposta, comunicarei a você. Isso é tudo que posso fazer.

A expressão de Tamani murchou.

— Eu pensei...

— Você *não* pensou — disse Shar com severidade, e a boca de Tamani se fechou depressa. Shar acompanhou sua repreensão com uma carranca, mas, depois de um instante, ele suspirou e sua expressão se suavizou. — E isso, em parte, é culpa minha. Se eu tivesse sido capaz de conversar com você naquela coisa ridícula, você não teria ficado tão preocupado, e eu poderia ter feito o requerimento há dias. Peço desculpas. — Ele colocou a mão no braço de Tamani. — *Realmente* é um assunto de grande importância, mas não se esqueça de quem você é. Você é uma sentinela; você é um elfo de primavera. Nem mesmo sua posição relevante muda isso.

Tamani assentiu solenemente, sem dizer nada.

Laurel ficou ali parada em silêncio por alguns segundos, olhando para os dois elfos com descrença. Apesar de ter enfatizado para Tamani que queria que Shar estivesse a salvo, *ela* viera para ver Jamison.

E não iria embora até que o visse.

Erguendo o queixo de forma desafiadora, Laurel se virou e dirigiu-se à floresta o mais rapidamente que podia sem correr.

— Laurel! — gritou Tamani imediatamente, às suas costas. — Aonde você vai?

— Vou para Avalon — disse ela, tentando manter a voz o mais firme possível.

— Laurel, pare! — disse Tamani, fechando a mão em volta de seu braço.

Laurel tentou se soltar, com a força de seus dedos ainda doendo em sua pele.

— Não tente me impedir! — disse ela, alto. — Você não tem nenhum direito! — Sem parar para olhar para ele, ela girou nos calcanhares e seguiu em frente. Conforme avançava, várias sentinelas se aproximaram da trilha, com as lanças erguidas, mas, assim que a reconheciam, recuavam.

Quando ela chegou à árvore que disfarçava o portal, esta estava protegida por cinco sentinelas completamente armadas. Respirando fundo e lembrando-se de que, o que quer que eles pudessem fazer, aqueles guerreiros jamais iriam, de fato, machucá-la, Laurel se dirigiu ao mais próximo deles:

— Sou Laurel Sewell, fada de outono aprendiz, enxerto no mundo humano. Tenho assuntos a tratar com Jamison, o elfo de inverno, conselheiro da Rainha Marion, e exijo entrar em Avalon.

Os guardas, claramente desconcertados por aquele espetáculo, inclinaram-se respeitosamente e dirigiram olhares questionadores a Shar,

Ilusões 58

que deu um passo à frente e também se inclinou. A culpa se avolumou no peito de Laurel, mas ela se obrigou a contê-la.

— É claro — disse Shar, baixinho. — Enviarei seu pedido imediatamente. No entanto, é prerrogativa das fadas e elfos de inverno decidirem se irão abrir o portal.

— Estou bastante ciente disso — disse Laurel, orgulhosa por sua voz não tremer.

Shar se inclinou novamente, sem corresponder a seu olhar. Ele circulou até o outro lado da árvore, e Laurel desejou que pudesse segui-lo e ver o que ele tinha feito — ver como ele se comunicava com Avalon. Mas, se o seguisse, correria o risco de destruir a ilusão de poder que, tinha de admitir, estava mantendo muito bem. Portanto, desviou os olhos e tentou parecer entediada, enquanto minutos silenciosos iam passando.

Finalmente, depois do que pareceram séculos, Shar surgiu de trás da árvore.

— Eles estão mandando alguém — disse. A voz estava somente um pouquinho áspera. Laurel tentou captar seu olhar, mas, embora seu queixo estivesse tão empinado quanto o dela, ele não olhou em seus olhos.

— Ótimo — disse ela, como se não estivesse nem um pouco surpresa. — Terei de ser acompanhada pelo meu, hã, guardião.

Ela indicou Tamani com um levíssimo gesto da cabeça. Quase tentou usar a palavra em gaélico que Tamani usava para se referir a si mesmo, mas não confiou que soubesse dizer corretamente.

— É claro — disse Shar, com os olhos ainda grudados no chão. — Sua segurança é da mais alta prioridade para nós. Sentinelas, meus primeiros doze à frente — ordenou.

Laurel mais sentiu do que viu Tamani mover-se adiante, mas, com uma inalação rápida, ele voltou a plantar ambos os pés no chão.

Doze sentinelas se adiantaram em fila, passando por um grande nó no tronco da árvore e colocando a mão espalmada sobre ele. Laurel se lembrou, com uma pontada de tristeza, da forma como Shar havia levantado a mão quase sem vida de Tamani até o mesmo nó quando ela o trouxera ali — quase morto — depois de ter tomado um tiro de Barnes.

Ela tentou não parecer impressionada conforme a árvore ia se modificando diante de seus olhos, transformando-se com um raio intenso de luz no portão de barras douradas que protegia o reino das fadas de Avalon. Além do portão, Laurel via apenas um negrume. Jamison ainda não havia chegado. Então, lentamente, como o sol se filtrando de trás de uma árvore, dedos pequenos surgiram e circularam as grades. Um instante depois, o portão se abriu, com a luz fluindo para preencher o espaço onde um momento antes havia somente escuridão.

Uma garota que parecia ter uns doze anos — *se fosse humana*, lembrou Laurel a si mesma; a jovem fada tinha provavelmente quatorze ou quinze — ficou parada ali na abertura, parecendo diminuta diante da altura do magnífico portal. Era Yasmine, a pupila de Jamison. Laurel baixou os olhos e inclinou a cabeça em respeito. Fazer seu papel significava seguir todos os passos. Ela se endireitou e olhou para trás.

E quase perdeu a coragem.

Odiava ver Tamani agir como um elfo de primavera. Ele tinha as mãos cruzadas às costas e seus olhos estavam baixos. Os ombros levemente curvados faziam-no parecer muito pequeno, a despeito de ser quinze centímetros mais alto que Laurel. Engolindo o nó que se formara em sua garganta, Laurel disse:

— Vamos — no tom mais dominante que conseguiu produzir, e deu um passo à frente.

A jovem fada de inverno sorriu para Laurel.

— Que bom vê-la novamente — disse Yasmine numa voz doce e tilintante. Seu olhar se dirigiu a Tamani e ela sorriu. — E Tamani. Que prazer.

Ilusões 60

O rosto de Tamani se suavizou num sorriso tão genuíno que fez o coração de Laurel se apertar. Mas ele se inclinou no momento em que ela encontrou seu olhar, e Laurel desviou os olhos. Não podia suportar tamanha obediência por parte de Tamani. Do orgulhoso e poderoso Tamani.

Yasmine deu um passo atrás, indicando que eles se adiantassem. Laurel e Tamani passaram por ela, mas, em vez de segui-los, Yasmine cumprimentou alguém. Laurel se voltou e viu Shar dar um passo à frente e se apresentar com uma mesura.

— Capitão? — perguntou Yasmine.

— Se for possível, já que você está aqui de qualquer maneira, será que eu poderia usar o portal de Hokkaido? Estarei pronto e à espera quando você voltar com o enxerto.

— É claro — disse Yasmine.

Shar passou pelo portal e Laurel se virou, vendo-o fechar-se imediatamente às costas dele, a escuridão filtrando-se atrás das grades.

— Só levará um momento para que as sentinelas em Hokkaido se preparem para a abertura — disse uma fada-sentinela pequena, de cabelos escuros, conforme se inclinava diante de Yasmine. Esta apenas assentiu, enquanto as sentinelas no lado de Avalon se reuniam ao redor do portal oriental. Laurel nunca tinha visto nenhum dos outros portais abertos.

— Você vai lá falar com *ela*, não vai? — Tamani sibilou para Shar.

Um olhar ríspido foi sua única resposta.

— Não faça isso, Shar — disse Tamani. — Você sempre fica deprimido por semanas. Não podemos permitir isso agora. Precisamos que você se concentre.

— É por causa da fada nova que irei até ela — disse Shar com seriedade. Ele fez uma pausa e seus olhos se desviaram rapidamente para Laurel. — Se essa fada nova foi criada como humana no Japão, sua aparência poderia ser uma prova do Glamour em ação. E, se for esse o caso, *eles* podem saber de alguma coisa. Quer você goste ou não, eles têm um conhecimento e uma experiência que nós não temos. Farei o que for necessário para proteger Avalon, Tam. Principalmente se... — Sua voz foi sumindo. — Só por precaução — disse ele, num sussurro.

— Shar... — começou Tamani. Então, ele apertou os lábios e assentiu com a cabeça.

— Capitão? — a voz sedosa de Yasmine os interrompeu.

— Claro — disse Shar, virando-se para longe.

Um arco de sentinelas se encontrava logo além do portal que Yasmine segurava aberto. Parecia quase idêntico ao círculo que sempre recepcionava Laurel, exceto que os guardas usavam mangas longas e calções grossos — uma imagem incomum, entre fadas e elfos. Uma lufada de ar gelado passou pelo portal, forte o bastante para fazer Laurel ofegar. Ela olhou para Shar, mas ele já estava seguindo em frente, tirando um manto volumoso de sua bolsa. Então, ele desapareceu e o portal se fechou atrás dele.

— Por aqui — disse Yasmine, tomando o caminho sinuoso que conduzia para fora do jardim murado. Meia dúzia de guardas, trajados em azul, passaram a acompanhá-los — eram os *Am fear-faire* de Yasmine, guardiães e companheiros quase constantes da jovem fada. Isso já seria razão suficiente para que Laurel não quisesse ser uma fada de inverno, por mais poderosas que fossem. Dava muito valor à pouca privacidade que tinha.

Caminharam em silêncio, passando pelos muros de pedra que cercavam os portais e adentrando a resplandecência natural de Avalon. Laurel se deteve um pouco para saborear o ar agradável da ilha; a perfeição pura da natureza de Avalon era suficiente para tirar o fôlego de qualquer um. A noite já estava caindo e um pôr do sol refulgente pintava a si mesmo no horizonte ocidental.

Ilusões 62

— Sinto muito que Jamison não possa ter vindo recebê-la pessoalmente — disse Yasmine, dirigindo-se a Laurel —, mas ele me pediu que a levasse até ele.

— Onde ele está? — perguntou Laurel. Não fora sua intenção incomodar Jamison no meio de algo importante.

— No Palácio de Inverno — disse Yasmine casualmente.

Laurel parou subitamente e olhou para o alto da colina, onde as decadentes torres de mármore branco do Palácio de Inverno já podiam ser vistas. Virou-se para Tamani. Ele olhava de forma resoluta para o chão, mas um leve tremor em suas mãos, entrelaçadas à sua frente, mostrou-lhe que a ideia de entrar no santuário das fadas e elfos de inverno o aterrorizava ainda mais do que a ela.

Sete

LAUREL ERGUEU OS OLHOS PARA O PALÁCIO DE INVERNO CONFORME SE aproximavam dele por um caminho íngreme. Tinha notado de longe as trepadeiras verdes que sustentavam grandes porções do edifício, mas, quando chegaram mais perto, pôde ver onde minúsculos filamentos brotavam das trepadeiras, enredando-se na pedra branca reluzente e envolvendo todo o castelo como num abraço de amante. Laurel jamais vira uma construção que parecesse tão *viva*!

No alto da encosta, chegaram a um enorme portal branco. A cada lado dele se estendiam as ruínas desmoronadas do que devia ter sido, um dia, uma muralha magnífica e, ao entrarem no pátio, Laurel percebeu que estava cercada de destruição. Relíquias esfaceladas — de estátuas e fontes a trechos da muralha destruída — sobressaíam de forma incongruente do gramado aparado com esmero. Em nenhuma outra parte de Avalon, Laurel vira tamanha decadência. Tudo na Academia era consertado assim que se quebrava, cada estrutura era meticulosamente cuidada. Em todas as outras partes de Avalon que tinha visitado, parecia acontecer o mesmo — mas não no palácio. Laurel não conseguia imaginar por quê.

Lá dentro, no entanto, o palácio estava repleto de fadas e elfos vestindo uniformes brancos impecáveis, polindo cada superfície e regando centenas de plantas em vasos caprichosamente elaborados. Havia a mesma sensação de esmero e luxuosidade que Laurel havia se acostumado a ver na Academia.

Ela e Tamani seguiram Yasmine até a base de uma escadaria ampla e magnífica. Quanto mais iam subindo, mais silencioso ficava o ambiente. A princípio, Laurel achou que fosse um truque acústico, mas, quando chegaram à metade da escadaria, o recinto inteiro estava em silêncio.

Laurel arriscou um olhar por cima do ombro. Tamani estava logo atrás dela, mas suas mãos, que haviam estado levemente trêmulas antes, agora se entrelaçavam com tanta força que Laurel imaginou que ele devia estar machucando a si mesmo. Todos os serviçais no piso abaixo olhavam-nos fixamente, com espanadores e regadores imóveis nas mãos. Até os *Am fear-faire* haviam parado aos pés da escada, deixando de seguir Yasmine quando esta começou a subir os degraus.

— Estamos indo para os aposentos superiores do Palácio de Inverno — sussurrou Tamani baixinho, com a voz tensa. — *Ninguém* vai aos aposentos superiores. A não ser as fadas e elfos de inverno, digo.

Laurel ergueu os olhos para o alto da escadaria. Em vez de se abrir a um vestíbulo amplo, como ela havia esperado, os degraus terminavam numa enorme porta dupla, de um dourado intenso que se podia vislumbrar entre uma densa folhagem de trepadeiras. Eram as maiores portas que Laurel já tinha visto. Pareciam grandes e pesadas demais para que Yasmine pudesse mover.

Mas a jovem fada sequer vacilou ao chegar a elas. Ergueu as duas mãos, com as palmas viradas para a frente, e fez um gesto leve de empurrar na direção das portas, sem, de fato, tocá-las. Houve um esforço visível em seu movimento, como se algo no ar estivesse reagindo à sua força e, gradualmente, com um farfalhar da folhagem, as portas se abriram, apenas o suficiente para eles passarem, um de cada vez.

Yasmine virou-se calmamente para Laurel, com expectativa no olhar. Após um instante de hesitação, Laurel passou pela porta, seguida por um Tamani ligeiramente mais relutante.

Era como andar sob a copa da Árvore do Mundo. O ar vibrava de magia — de *poder*.

— Normalmente, não permitimos a outras fadas e elfos acessar as câmaras superiores — disse Yasmine calmamente —, mas Jamison achou que algo capaz de fazer com que nosso enxerto exigisse um encontro com ele devia certamente demandar um nível de sigilo que apenas os aposentos superiores podem fornecer.

Laurel estava começando a se arrepender de sua pressa e das exigências impulsivas que fizera para chegar até ali. Perguntou-se o que Jamison faria quando descobrisse por que tinham ido até lá. Será que uma fada selvagem na escola de Laurel justificava tanta preocupação?

— Ele está aqui atrás — disse Yasmine, chamando-os para que atravessassem um ambiente amplo decorado em branco e dourado. Uma mistura eclética de objetos estava à mostra sobre pilares de alabastro: um quadro pequeno, uma coroa incrustada de pérolas, um cálice de prata cintilante. Laurel semicerrou os olhos ao observar um alaúde comprido feito de madeira muito escura. Inclinando a cabeça de lado, ela saiu do tapete azul-escuro que formava uma passarela ao longo da sala e se dirigiu até o alaúde, obedecendo a um impulso que parecia desnecessário questionar. Parou diante dele, não desejando nada além de tocar suas delicadas cordas.

Assim que fez menção de pegá-lo, a mão de Yasmine se fechou em volta de seu pulso e puxou seu braço com uma força surpreendente.

— Eu não tocaria isto se fosse você — disse ela, sem rodeios. — Peço desculpas, eu deveria ter avisado; nós todos estamos tão acostumados ao encanto que quase não sentimos mais.

Yasmine voltou com leveza até o tapete azul-escuro, os pés descalços mal fazendo ruído no piso de mármore. Laurel se virou para olhar para o alaúde. Ainda queria tocá-lo, mas a atração já não era tão forte quanto antes. Ela se afastou rapidamente, antes que pudesse pensar muito a respeito.

Ilusões 66

Eles viraram uma esquina no final da ampla sala. Quando Laurel finalmente viu Jamison, ele já tinha ouvido sua aproximação. Apartou-se do que quer que estivesse fazendo e caminhou na direção deles passando por um arco de mármore, fazendo gestos amplos com os braços ao se aproximar. De cada lado da arcada, duas paredes maciças de pedra deslizaram e se uniram com um ruído profundo e reverberante. Olhando por cima do ombro de Jamison, Laurel vislumbrou uma espada enterrada de ponta num bloco de granito baixo e sólido. A lâmina reluziu como um diamante polido antes de desaparecer por trás das paredes pesadas.

— Teve sorte? — perguntou Yasmine.

— Não mais do que o normal — disse ele com um sorriso.

— O que era aquilo? — perguntou Laurel, antes que pudesse se controlar.

Mas Jamison apenas dispensou a pergunta com um gesto.

— Um velho problema. E, como a maioria dos velhos problemas, não é nada urgente. Mas vocês — disse ele, sorrindo —, fico feliz em vê-los. — Ele estendeu uma das mãos para Laurel e a outra para Tamani. Laurel foi rápida em tomar a mão dele nas suas, ao mesmo tempo que inclinava a cabeça respeitosamente. Tamani hesitou, tomou a mão de Jamison num aperto de mãos tradicional; então a soltou e se inclinou formalmente sem dizer uma só palavra.

— Venham — disse Jamison, indicando uma salinha ao lado do vestíbulo de mármore —, podemos conversar aqui.

Laurel entrou no cômodo lindamente decorado e se sentou na ponta de um sofá de brocado vermelho. Jamison ocupou uma grande poltrona à sua esquerda. Ela olhou para Tamani, que ficou parado, hesitante. Ele olhou para o lugar no sofá ao lado dela e, então, mudando de ideia, ou talvez perdendo a coragem, encostou-se na parede e entrelaçou as mãos diante do corpo.

Yasmine ficou parada na entrada.

Jamison olhou para ela.

— Yasmine, obrigado por acompanhar meus convidados. Temos muito treinamento a fazer amanhã. O sol já quase se pôs e não quero que você fique exausta.

Laurel viu o início de um beicinho se formando nos lábios de Yasmine, mas, no último segundo, ela o desfez.

— É claro, Jamison — disse, educadamente, e então se retirou, lançando-lhes um último olhar antes de desaparecer na esquina.

Naquele momento, Laurel teve um lembrete incisivo de que, apesar de ser poderosa e reverenciada, Yasmine era ainda apenas uma criança — assim como Laurel, principalmente aos olhos de alguém tão idoso e sábio quanto Jamison.

— Então — disse Jamison quando os passos de Yasmine se esvaneceram —, o que posso fazer por você?

— Bem — disse Laurel timidamente, cada vez mais convencida de que suas ações no portal tinham sido precipitadas e injustificadas. — É importante — desabafou, finalmente —, mas não sei se justifica tudo isso — disse ela, indicando a grandiosidade que os cercava.

— Melhor pecar por excesso de precaução do que por excesso de confiança — disse Jamison. — Agora, conte-me.

Laurel assentiu, tentando conter seu nervosismo repentino.

— É a Klea — começou. — Ela voltou.

— Eu já esperava isso — assentiu Jamison. — Com certeza, você não achou que não a veríamos mais, não é?

— Eu não sabia — disse Laurel na defensiva. — Achei que talvez... — Ela se interrompeu. Aquele não era o ponto. Pigarreou e se endireitou. — Ela trouxe alguém. Uma fada.

Dessa vez, os olhos de Jamison se arregalaram e ele olhou para Tamani, que correspondeu ao olhar do idoso elfo, mas não disse nada. Após um momento, Jamison voltou sua atenção para Laurel.

— Continue.

Ilusões 68

Laurel contou a história de Klea: como Yuki fora encontrada quando era uma muda, como seus pais foram assassinados pelos trolls.

— Klea me pediu para ficar de olho nela. Ser sua amiga, eu acho. Porque ela sabe que eu consegui escapar dos trolls antes.

— Klea — disse Jamison baixinho. Ele olhou para Laurel. — Como ela é?

— Hã... ela é alta. Tem cabelos curtos castanho-avermelhados. É magra, mas não demais. Usa muito preto — terminou Laurel, dando de ombros.

Jamison a estava analisando, sem piscar; uma sensação de formigamento fez sua testa se aquecer. Era algo tão sutil que Laurel questionou se seria apenas sua imaginação. Após um momento, o olhar dele começou a ficar incômodo; no entanto, quando Laurel se virou para Tamani em busca de orientação, Jamison se endireitou e suspirou.

— Esse nunca foi meu maior talento — murmurou ele, parecendo decepcionado.

Laurel tocou sua testa. Estava fria.

— O que foi que você acabou de...

—Venha se sentar — disse Jamison, desviando-se da pergunta dela para se dirigir a Tamani. — Sinto que tenho que gritar para falar com você aí tão longe.

Rapidamente, mas com movimentos forçados que transmitiam relutância, Tamani se afastou da parede e ocupou o lugar ao lado de Laurel.

— Algum sinal de que essa fada tenha intenções hostis? — perguntou Jamison.

— Não. Na verdade, ela parece ser bem tímida. Reservada — disse Tamani.

— Algum sinal aparente de poder?

— Não que eu tenha observado — disse Tamani. — Klea alega que Yuki não tem nenhuma habilidade, além de ser uma planta. Ela a chamou de dríade, mas não temos como saber se é para despistar.

— Existe algum motivo para que acreditemos que essa fada selvagem seja uma ameaça para Laurel ou para Avalon?

— Bem, não, ainda não, mas... a qualquer momento... — Tamani se calou e Laurel o viu apertar o maxilar como costumava fazer quando tentava controlar suas emoções. — Não, senhor — disse ele.

— Tudo bem, então. — Jamison se levantou, e Laurel e Tamani também se puseram em pé. Tamani começou a se virar, quando Jamison o deteve, pondo a mão em seu ombro. — Não estou dizendo que você errou em vir aqui, Tam.

Tamani olhou para Jamison, com expressão cautelosa, e Laurel sentiu a culpa queimar dentro dela — afinal, fora *ela* quem tinha sido tão insistente. Quisera tanto ouvir o conselho de Jamison...

— Não poderíamos ter previsto esses acontecimentos. Mas — disse Jamison, levantando um dedo —, você pode descobrir que não houve tantas mudanças assim. Você já via Klea como uma possível ameaça à segurança de Laurel, não é verdade?

Tamani assentiu em silêncio.

— Então, talvez, essa tal de Yuki também seja. No entanto — prosseguiu ele, num tom de voz intenso —, se for esse o caso, então seu lugar... o lugar onde você *deve* estar... é ao lado de Laurel em Crescent City. Não aqui. — Jamison colocou ambas as mãos nos ombros de Tamani e o olhar deste baixou para o chão. — Seja confiante, Tam. Você sempre teve uma mente aguçada e uma intuição penetrante. Use-as. Decida o que tem de ser feito e faça. Eu dei a você essa autoridade quando o enviei.

Tamani assentiu com a cabeça, num movimento infinitesimal.

Laurel queria se manifestar, dizer a Jamison que era culpa dela, não de Tamani, mas sua voz ficou presa na garganta. Ela desejou, estranhamente, que eles não tivessem ido. Ser repreendido, mesmo que gentilmente, já devia ser bastante difícil para Tamani sem uma audiência para aumentar ainda mais seu constrangimento. Ela queria dizer alguma coisa, defendê-lo... mas não conseguia encontrar as palavras.

Ilusões 70

— De fato, tenho uma sugestão — disse Jamison ao guiá-los de volta à porta dupla que levava ao vestíbulo. — Seria sensato discernir a casta dessa flor silvestre... como uma precaução, mas também para o caso de ela ser útil para *vocês*.

Aquela possibilidade não havia ocorrido a Laurel. O que quer que Klea estivesse fazendo, se eles pudessem ganhar Yuki, talvez ela fosse a chave para os segredos de Klea. *Mas se ela for jovem demais para florescer...*

Antes que Laurel pudesse verbalizar sua dúvida, Jamison se virou para ela.

— Pode ser difícil descobrir os poderes dela. Uma parada na Academia para consultar seus professores pode ser necessária. Depois, de volta à Califórnia — disse ele com firmeza. — Não gosto da ideia de você tão longe das suas sentinelas depois do pôr do sol. Mas uma visita rápida ainda lhe permitirá chegar ao portal a tempo. Sei que é mais tarde aqui — acrescentou ele, indicando a janela panorâmica que se abria a um céu preto e aveludado, onde as estrelas já começavam a surgir.

Jamison os acompanhou pelas portas douradas, que se abriram sem mais que um leve movimento de seu pulso, e depois até o vestíbulo, lá embaixo. Agora estava praticamente vazio, com flores ligeiramente fosforescentes iluminando o espaçoso ambiente. O séquito de *Am fear-faire* de Jamison, no entanto, estava a postos e aguardando. Fecharam-se em volta dele assim que ele chegou ao final da escadaria.

—Yasmine se recolheu — disse Jamison quando eles passaram sob a entrada arqueada com os dragões —, então irei abrir o portal para vocês. — Ele riu. — Mas estes meus caules velhos se movem muito mais devagar que os seus, que são jovens. Vocês vão até a Academia. Eu irei até o Jardim do Portal e nos encontraremos lá daqui a pouco.

Laurel e Tamani deixaram o pátio uns cinquenta passos adiante de Jamison. Assim que saíram do alcance de seus ouvidos, Laurel diminuiu o passo, deixando-se ficar atrás para se colocar ao lado de Tamani na calçada ampla.

— Eu devia ter dito a ele que foi ideia minha — desabafou ela.

— Não foi ideia sua — disse Tamani baixinho. — Foi minha, no começo desta semana.

— Sim, mas fui eu quem insistiu para que viéssemos aqui hoje. Deixei que Jamison desse uma bronca em você quando ele deveria ter repreendido a mim.

— Por favor — disse Tamani com um sorriso no rosto —, eu concordaria em levar bronca por você todos os dias e ainda acharia um privilégio.

Laurel desviou os olhos, aturdida, e apressou o passo. O fato de estarem descendo a colina facilitava a rapidez, e logo as luzes da Academia surgiram através da escuridão, guiando seus passos. Laurel ergueu os olhos para a imponente estrutura cinzenta e um sorriso se espalhou em seu rosto.

Quando a Academia tinha começado a parecer um lar?

Oito

Enquanto o Palácio de Inverno repousava, a Academia estava em plena atividade, tanto por parte dos alunos quanto dos funcionários. No mínimo, sempre havia alguém trabalhando numa mistura que devia ser preparada à luz das estrelas. Enquanto caminhavam até a escadaria, Laurel acenou para algumas fadas e elfos que conhecia e todos arregalaram os olhos ao reconhecê-la. No entanto, condizentes com sua disciplina afiada, voltaram a seus projetos sem qualquer comentário e deixaram Laurel e Tamani em paz.

Assim que Laurel pôs o pé no primeiro degrau da escadaria, uma fada alta correu até eles. Ela usava as roupas modestas dos funcionários de primavera.

— Sinto muito, mas já passou do horário de visita. Vocês terão de voltar amanhã.

Laurel olhou para ela com surpresa.

— Eu sou Laurel Sewell — disse.

— Infelizmente, não posso deixá-la subir, Laurelsule — disse a fada com firmeza, juntando o nome e o sobrenome de Laurel.

— Meu nome é Laurel. Sewell. Aprendiz. Vou subir para o meu quarto.

Os olhos da fada se arregalaram e ela imediatamente se inclinou.

— Minhas mais humildes desculpas. Eu nunca a vi antes. Não reconheci...

— Por favor — disse Laurel, interrompendo-a. — Tudo bem. Terminaremos logo e, depois, irei embora de novo.

A fada parecia arrasada.

— Espero que não a tenha ofendido... não há nenhum motivo que a impeça de ficar!

Laurel se obrigou a sorrir calorosamente para a fada — certamente nova e preocupada em ser rebaixada de posição.

— Ah, não, não é por sua causa. Eu tenho que voltar ao meu posto. — Ela hesitou. — Você poderia... você poderia avisar Yeardley que estou aqui? Preciso falar com ele.

— No seu quarto? — sugeriu a fada, ansiosa em agradar.

— Seria perfeito, obrigada.

A fada se inclinou numa cortesia profunda, primeiro para Laurel e depois para Tamani, antes de sair correndo em direção aos aposentos dos funcionários.

Tamani tinha uma expressão estranha conforme Laurel o guiava até o andar de cima e ao longo do corredor. Um sorriso desabrochou em seu rosto quando ela viu os arabescos de seu nome gravado na familiar porta de cerejeira. Girou a maçaneta, que não tinha nem precisava de fechadura, e entrou em seu quarto.

Tudo estava exatamente como havia deixado, embora soubesse que os funcionários deviam entrar regularmente ali para tirar o pó. Até mesmo a escova de cabelo que esquecera ali ainda estava sobre a sua cama. Laurel a pegou com um sorriso e pensou em levá-la de volta consigo, mas decidiu guardá-la, em vez disso. Como uma escova extra. Afinal, havia comprado outra ao voltar para casa.

Olhou em volta à procura de Tamani. Ele estava parado na porta.

— Bem, pode entrar — disse ela. — Você já deveria saber, a essa altura, que não mordo.

Ele ergueu os olhos para ela e balançou a cabeça.

Ilusões 74

—Vou esperar aqui.

— Ah, não vai, não — disse Laurel com severidade. — Quando Yeardley chegar, terei que fechar a porta para não acordarmos os outros alunos. Se você não estiver aqui dentro, vai perder a conversa inteira.

Diante disso, Tamani entrou no quarto, mas deixou a porta aberta, ficando perto da saída. Laurel balançou a cabeça tristemente ao ir até a porta e fechá-la. Fez uma pausa, com a mão na maçaneta, e olhou para Tamani.

— Venho querendo me desculpar pela forma como agi antes — disse ela, baixinho.

Tamani pareceu confuso.

— Como assim? Eu disse para você, não me importo se Jamison colocar a culpa em mim, eu...

— Não é isso — disse Laurel, baixando os olhos para as próprias mãos. — Fiz uso da hierarquia para dar ordens a você lá no terreno. Fui brusca com você, atuei com arrogância. Na verdade, foi exatamente isso: uma atuação. Nenhuma das outras sentinelas me levaria a sério se eu não agisse como uma Misturadora chata com complexo de superioridade. — Ela hesitou. — Por isso, fiz aquilo. Mas foi tudo fingimento. Eu não... não penso dessa forma. Você sabe disso; eu *espero* que você saiba. Também não aprovo que outras fadas e elfos pensem dessa forma e... enfim, essa é uma discussão sem fim. — Ela respirou fundo. — O negócio é o seguinte: eu sinto muito. Nunca quis agir daquela maneira.

— Tudo bem — resmungou Tamani. — Preciso ser relembrado, às vezes, de qual é o meu lugar.

— Tamani, não — disse Laurel. — Não comigo. Não posso mudar a forma como o restante de Avalon trata você... ainda não, pelo menos. Mas comigo você nunca é *apenas* um elfo de primavera — disse ela, tocando em seu braço.

Ele olhou para Laurel, mas apenas por um segundo antes que seus olhos se focalizassem novamente no chão e uma ruga profunda se formasse entre suas sobrancelhas.

— Tam, o que foi? O que aconteceu?

Ele encontrou seus olhos.

— A fada de primavera lá embaixo, ela não sabia o que eu era. Só sabia que eu estava com você, e acho que ela deduziu que eu também fosse um Misturador. — Ele hesitou. — Ela se inclinou para mim, Laurel. Inclinar-se é o que *eu* faço. Foi estranho. Eu... meio que gostei — admitiu ele. E prosseguiu, confessando com o impulso do momento. — Ainda que somente por poucos segundos, eu não era um elfo de primavera. Ela não olhou para uma sentinela de uniforme e imediatamente me colocou no meu lugar. Foi... foi uma sensação boa. E ruim — contrapôs. — Tudo ao mesmo tempo. Foi como... — Suas palavras foram interrompidas por uma leve batida na porta.

A decepção tomou conta de Laurel por ter a conversa cortada.

— Deve ser Yeardley — disse ela baixinho. Tamani assentiu e foi se encostar novamente na parede.

Laurel abriu a porta e foi atacada por uma massa de seda cor-de-rosa.

— Pensei mesmo ter ouvido você! — gritou Katya, atirando os braços em volta do pescoço de Laurel. — E mal pude acreditar. Você não me disse que voltaria tão cedo.

— Nem eu mesma sabia — disse Laurel, sorrindo. Era impossível não sorrir perto de Katya. Ela usava uma camisola sedosa e sem mangas, com um decote profundo nas costas para acomodar a flor que lhe brotaria dentro de mais ou menos um mês. Ela havia deixado os cabelos louros crescerem até os ombros, o que a fazia parecer ainda mais jovem.

— De qualquer forma, estou feliz por você estar aqui. Quanto tempo vai poder ficar?

Laurel deu um sorriso de desculpas.

— Só alguns minutos, infelizmente. Yeardley já vem subindo e, quando eu terminar de falar com ele, terei de voltar ao portal.

— Mas está escuro — protestou Katya. — Você deveria, pelo menos, passar a noite aqui.

Ilusões 76

— Ainda é de tarde na Califórnia — disse Laurel. — Realmente preciso voltar para casa.

Katya sorriu de um jeito brincalhão.

— Se você precisa mesmo... — Ela olhou para Tamani, com um toque de flerte no olhar.

Laurel estendeu a mão para tocar no ombro de Tamani, impelindo-o a se aproximar um pouco.

— Este é o Tamani.

Para o desalento de Laurel, Tamani imediatamente se inclinou numa mesura respeitosa.

— Oh — disse Katya, percebendo. — Seu amigo soldado do Samhain, certo?

— Sentinela — corrigiu Laurel.

— Sim, isso mesmo — disse Katya, sem interesse. Ela agarrou ambas as mãos de Laurel e não deu sequer outro olhar a Tamani. —Agora venha aqui e me conte que coisa é esta que você está vestindo.

Laurel riu e deixou Katya sentir o tecido rígido de sua saia de brim, mas dirigiu a Tamani um sorriso apologético. Não que importasse; ele já tinha voltado a encostar-se na parede e olhava em outra direção.

Katya se jogou na cama, com as dobras macias de sua camisola de seda contornando suas curvas graciosas, o decote profundo atrás revelando uma grande extensão de pele perfeita. Fez com que Laurel se sentisse sem graça em sua camiseta de algodão e saia, e inspirou o desejo fugaz de não ter trazido Tamani ali em cima. Mas ela afastou o pensamento e se juntou à amiga. Katya tagarelou sobre coisas sem importância que haviam acontecido na Academia desde a partida de Laurel no mês anterior, e Laurel sorriu. Apenas um ano atrás, ela não teria acreditado que a intimidante e desconhecida Academia pudesse ser um lugar em que pudesse rir e conversar com uma amiga. No entanto, tinha sentido a mesma coisa com relação à escola pública, no ano anterior àquele.

As coisas mudam, disse a si mesma. *Inclusive eu.*

Katya ficou séria de repente e estendeu a mão para tocar com os dedos cada lado do rosto de Laurel.

—Você parece feliz novamente — disse Katya.

— Pareço? — perguntou Laurel.

Katya assentiu.

— Não me leve a mal — disse ela, naquele jeito formal que Katya tinha —, foi ótimo ter você aqui durante o verão, mas você estava triste. — Ela fez uma pausa. — Eu não quis me intrometer. Mas agora você está feliz de novo. E eu fico contente.

Laurel ficou em silêncio... e surpresa. Ela *estivera* triste? Aventurou-se a olhar para Tamani, mas ele não parecia estar escutando.

Uma batida vigorosa soou à porta, e Laurel pulou de sua cama e correu para abrir. Ali estava Yeardley, alto e imponente, usando apenas um calção amarrado na cintura. Seus braços estavam cruzados diante do peito nu e, como de hábito, ele não usava sapatos.

— Laurel, você pediu para me ver? — Seu tom era severo, mas havia calor em seu olhar. Depois de dois verões trabalhando juntos, ele parecia ter desenvolvido um pouco de ternura por ela. Não que fosse possível saber disso diante da quantidade enorme de dever de casa que ele lhe dava. Ele era, acima de qualquer coisa, um tutor exigente.

— Sim — respondeu Laurel rapidamente. — Por favor, entre.

Yeardley foi até o centro do quarto e Laurel começou a fechar a porta.

—Você quer que eu saia? — perguntou Katya baixinho.

Laurel olhou para a amiga.

— Não... não, acho que não — disse ela, olhando de relance para Tamani. — Não é nenhum segredo; não aqui, pelo menos.

Tamani encontrou seu olhar. Havia tensão em seu rosto, e Laurel meio que esperou que ele a contradissesse, mas, após um momento, ele desviou os olhos e deu de ombros. Ela se voltou para Yeardley.

Ilusões 78

— Preciso de um jeito de testar qual é a... hã... estação de alguém. — Laurel não usaria a palavra *casta*. Não na frente de Tamani. De preferência, nunca.

— Fada ou elfo?

— Fada.

Yeardley deu de ombros, indiferente.

— Fique atenta à flor dela. Ou à produção de pólen nos elfos das proximidades.

— E se for uma fada que ainda não floresceu?

— Você pode ir à sala de registros... fica lá embaixo... e procurar informações sobre ela.

— Não é aqui — disse Laurel. — Na Califórnia.

Os olhos de Yeardley se apertaram.

— Uma fada no mundo humano? Além de você e da sua comitiva?

Laurel assentiu.

— Unseelie?

Os Unseelie ainda eram um mistério para Laurel. Ninguém falava diretamente sobre eles, mas ela havia entendido, ao ouvir coisas aqui e ali, que todos eles viviam numa comunidade isolada do lado de fora de um dos portais.

— Acho que não. Mas existe uma certa... confusão no que diz respeito ao histórico dela; portanto, não podemos ter certeza.

— E *ela* não sabe de que estação é?

Laurel hesitou.

— Se sabe, não é algo que eu possa perguntar a ela.

A compreensão surgiu no rosto de Yeardley.

— Ah, entendo. — Ele suspirou e pressionou os dedos nos lábios, ponderando. — Acho que nunca ninguém me perguntou esse tipo de coisa. E a você, Katya?

Quando Katya negou com a cabeça, Yeardley prosseguiu:

— Nós mantemos registros meticulosos de cada muda em Avalon, então esse problema apresenta um desafio singular. Mas deve haver *alguma coisa*. Talvez você mesma possa formular uma poção?

— Estou preparada para isso? — perguntou Laurel, com esperança.

— É quase certo que não — disse Yeardley em seu tom mais objetivo. — Mas nem sempre a prática leva à perfeição, afinal. Acho que seria bom para você começar a aprender os conceitos básicos da preparação. E este parece um bom momento para começar. Um pó de identificação, como o Cyoan — disse ele, referindo-se a um pó simples que identificava humanos e não humanos. — Exceto que você teria de descobrir o que separa as castas em nível celular, e não estou ciente de muitas pesquisas nesta área. É que simplesmente não *leva* a lugar algum.

— E quanto às membranas tilacoides? — perguntou Katya baixinho. Todos se voltaram como uma só pessoa para olhar para ela.

— Como? — perguntou Yeardley.

— Membranas tilacoides — continuou Katya, um pouco mais alto dessa vez. — No cloroplasma. As membranas tilacoides dos Cintilantes são mais eficientes. Para iluminar suas ilusões.

Yeardley inclinou a cabeça.

— Verdade?

Katya assentiu.

— Quando eu era mais jovem, às vezes, roubávamos os soros fosforescentes para luminárias e... hã... os tomávamos. Fazia com que brilhássemos no escuro — disse ela, baixando os cílios ao relatar a travessura infantil. — Eu... tinha uma amiga de verão e ela nos acompanhou, um dia. Mas, em vez de brilhar por uma noite, ela ficou brilhando por três dias. Levei anos para entender por quê.

— Excelente, Katya — disse Yeardley, com uma distinta nota de prazer na voz. — Eu gostaria de discutir esse tema mais a fundo com você na aula, algum dia dessa semana.

Ilusões 80

Katya assentiu entusiasticamente.

Yeardley se voltou para Laurel.

— É um começo. Concentre-se nas plantas com qualidades fosforescentes que possam mostrar evidência de uma tilacoide mais eficaz e tente repetir o tipo de reação que se obtém com o pó Cyoan. Eu irei trabalhar pessoalmente com Katya, aqui na Academia.

— Mas e se ela não for uma fada de verão?

— Então, você estaria vinte e cinco por cento mais perto do seu objetivo, não é mesmo?

Laurel assentiu.

— Preciso anotar isso tudo — disse ela, sem querer admitir a Yeardley que não tinha a menor ideia do que Katya estava falando. Mas David provavelmente saberia. Laurel pegou algumas fichas de estudo de sua escrivaninha, onde, depois do verão passado, os funcionários sempre as mantinham em grande quantidade, e se sentou ao lado de Katya, que por sua vez começou a falar baixinho enquanto Laurel ia anotando os conceitos básicos e esperava fervorosamente que a terminologia biológica fosse a mesma em Avalon que no mundo humano.

— Faça a experiência quando você puder, e veremos o que Katya e eu poderemos inventar aqui — disse Yeardley. — Infelizmente, isso é tudo que posso fazer por você esta noite. Foi bom ver você novamente, Laurel.

Reprimindo a decepção, Laurel sorriu para as costas de Yeardley quando este deixou o quarto, fechando a porta atrás de si. Depois do quase chilique que tivera para conseguir chegar até ali, a visita inteira parecia ter sido bastante improdutiva.

—Você ouviu só? — disse Katya, num tom de voz baixo, mas excitado. — Ele vai trabalhar pessoalmente comigo. Agora eu faço parte da sua comitiva — acrescentou ela, pegando a mão de Laurel. — Vou ajudar com uma poção que pode ser usada no mundo humano. Estou tão animada!

Ela agarrou o ombro de Laurel, puxou-a e a beijou em ambas as faces antes de correr porta afora.

— Na próxima vez que você vier aqui — disse ela, enfiando a cabeça pelo vão da porta —, venha me ver primeiro, está bem? — Ela fechou a porta com um clique, deixando o quarto silencioso e vazio.

— É melhor nos apressarmos — disse Laurel a Tamani, passando por ele sem olhar em seu rosto. Não queria que ele visse seu desânimo.

Após uma caminhada curta e silenciosa de volta ao portal, eles se aproximaram do círculo de *Am fear-faire* de Jamison, todos em posição de sentido, mas Jamison não se desviou da conversa em voz baixa que estava tendo com Shar. Após alguns segundos, ambos assentiram; então, olharam para Laurel e Tamani.

— Sua visita à Academia foi proveitosa? — perguntou Jamison.

— Ainda não, mas espero que logo seja — respondeu Laurel.

— Vocês estão prontos, então? — perguntou Jamison.

Eles assentiram, e Jamison estendeu a mão para o portal. Conforme este se abriu, ele olhou primeiro para Shar, depois para Tamani.

— A Caçadora e a Flor Silvestre devem ser vigiadas de perto, mas vocês não devem permitir que elas absorvam toda a sua atenção. O que resta da horda de Barnes certamente estará em busca de uma oportunidade para atacar. Se vocês precisarem de qualquer coisa... reforços, suprimentos, *qualquer coisa...* é só pedir.

— Nós precisaremos de mais sentinelas. Para a Flor Silvestre — disse Tamani. Ali, longe do Palácio e da Academia, ele estava novamente confiante, falando com facilidade e coragem.

— É claro — respondeu Jamison. — Qualquer coisa que vocês precisem e mais. Nós *vamos* manter Laurel em segurança, mas ela deve ficar em Crescent City. Principalmente para que possamos ver como esses eventos vão se desenrolar.

Laurel ficou pouco à vontade diante de como aquilo soava à "Laurel é a isca". Mas Tamani nunca havia falhado antes em protegê-la e ela não tinha nenhum motivo para acreditar que ele falharia agora.

Nove

ASSIM QUE O PORTAL SE FECHOU, TAMANI VIROU PARA SHAR, ESPERANDO — e duvidando — que seu velho amigo estivesse bem.

— Então, você conseguiu o que queria?

Shar balançou a cabeça.

— Na verdade, não. Mas, provavelmente, consegui o que merecia.

Não seja tão duro com você mesmo, pensou Tamani, mas não disse nada. Nunca dizia. Por mais difícil que fosse para Shar ir até o Japão, Tamani duvidava que a experiência seria tão ruim quanto o tormento emocional no qual ele sempre mergulhava depois.

— Quem você foi visitar, Shar? — perguntou Laurel.

Shar respondeu a pergunta com silêncio. Tamani apoiou a mão na parte baixa das costas de Laurel e, gentilmente, a empurrou para que andasse um pouco mais rápido. Agora não era hora de fazer perguntas a Shar sobre Hokkaido.

Pararam na margem do bosque, e um sorriso brincou nos cantos da boca de Shar.

— Rápido — disse ele, provocando Tamani. — O sol já vai se pôr e amanhã você tem escola.

Tamani engoliu sua frustração. Detestava aquelas aulas idiotas e Shar sabia disso.

— Apenas atenda sua droga de telefone da próxima vez, está bem? — ralhou Tamani em despedida.

A mão de Shar foi até a bolsa onde o telefone estava guardado, mas não disse nada.

Quando ele e Laurel já estavam no conversível, Tamani deu ré até a estrada e ajustou o piloto automático do carro a uma velocidade consideravelmente mais baixa do que quando tinham vindo para o terreno. O sol ainda demoraria uma hora para se pôr, a brisa estava fresca e ele tinha a companhia de Laurel. Não havia qualquer necessidade de pressa.

Percorreram uma parte do caminho em silêncio antes que Laurel finalmente perguntasse:

— Aonde foi Shar?

Tamani hesitou. Não era realmente prerrogativa sua revelar os segredos de Shar e, tecnicamente, ele só devia contar a Laurel as coisas que ela precisava saber para cumprir sua missão. Mas ele preferia pensar naquela ordem em particular como uma questão de *opção*; além disso, era no mínimo plausível que os Unseelie tivessem alguma coisa a ver com a aparição de Yuki.

— Ele foi visitar a mãe dele.

— Em Hokkaido?

Tamani assentiu.

— Por que ela mora no Japão? Ela é sentinela lá?

Tamani balançou a cabeça num movimento mínimo e rígido.

— A mãe dele é Unseelie.

Laurel suspirou.

— Nem sequer sei o que isso quer dizer!

— Ela foi banida — disse Tamani, tentando pensar numa maneira melhor de dizer aquilo... uma forma que soasse menos cruel.

— Tipo, exilada? É isso que quer dizer Unseelie?

— Não... exatamente. — Tamani mordeu o lábio inferior e suspirou. *Por onde eu começo?* — Era uma vez — começou ele, lembrando-se

Ilusões 84

de que os humanos gostavam de começar suas histórias mais precisas daquela forma —, havia duas cortes de fadas e elfos. A rivalidade entre elas era... complicada, mas se resumia ao contato com os humanos. Uma corte era amigável com os humanos, e os humanos a chamavam de Seelie. A outra corte procurava dominar os humanos, escravizá-los, atormentá-los por diversão ou matá-los, por esporte. Eles eram os Unseelie.

— Em algum momento, houve uma dissensão na Corte Seelie. Havia fadas e elfos que acreditavam que a melhor coisa que podíamos fazer pelos humanos era deixá-los em paz. Isolacionistas, basicamente.

— Não é como as fadas e os elfos vivem agora?

— Sim — disse Tamani. — Mas nunca foi assim. Os Seelie até fizeram alianças com alguns reinos humanos... inclusive com Camelot.

— Mas essa aliança falhou, certo? — perguntou Laurel. — Foi o que você me contou no festival, no ano passado.

— Bem, deu certo durante algum tempo. Em certos aspectos, o pacto com Camelot foi um enorme sucesso. Com a ajuda de Artur, os Seelie expulsaram os trolls de Avalon para sempre e perseguiram os Unseelie até que estes praticamente fossem extintos. Mas, com o tempo, as coisas... degringolaram.

Era doloroso para Tamani passar por cima de tantos detalhes, mas, no que dizia respeito aos Unseelie, era difícil decidir onde terminava uma explicação e começava outra. E levaria horas para explicar tudo que tinha dado errado em Camelot. Principalmente levando em conta que, mesmo em Avalon, a história era antiga o bastante para que sua exatidão fosse questionada. Alguns alegavam que as memórias reunidas na Árvore do Mundo mantinham a história pura, mas, tendo conversado pessoalmente com os Silenciosos, Tamani não achava que as respostas dadas ali eram suficientemente diretas para que fossem qualificadas como fatos históricos.

Ele teria de fazer o melhor possível com o que tinha em mãos.

— Quando os trolls invadiram Camelot, foi a prova final de que mesmo o nosso envolvimento bem-intencionado com os humanos estava fadado a terminar em desastre. Os isolacionistas assumiram o poder. Todos os demais foram designados como Unseelie.

— Então, parte da Corte Seelie se transformou na nova Corte Unseelie?

Tamani franziu a testa.

— Bem, não existe uma "Corte" Unseelie há mais de mil anos. Mas Titânia foi destronada, Oberon foi coroado como o rei legítimo e o decreto universal foi que, para o bem da raça humana, as fadas e elfos deixariam os humanos em paz para sempre. Todos foram convocados a voltar para Avalon, Oberon criou os portais e, de modo geral, temos vivido em isolamento desde então. Mas a ideia de que o povo das fadas deveria se intrometer nos assuntos humanos, seja como benfeitores *ou* conquistadores, vem à tona de vez em quando. Se alguém se mostra entusiasmado demais com essa noção, é exilado.

— Para Hokkaido?

Tamani assentiu.

— Há um... campo de detenção, não muito longe do portal. Nós os enviamos para lá porque não podemos tê-los em Avalon causando agitação, mas também não queremos que se intrometam com os humanos. Eles não são exatamente um reino à parte, mas todos se referem a eles como os Unseelie.

— Quando a mãe de Shar foi... expulsa?

— Há talvez uns cinquenta anos? Antes que eu brotasse.

— Cinquenta? — Laurel riu. — Quantos anos tem o Shar?

— Oitenta e quatro.

Laurel balançou a cabeça com espanto.

— Nunca vou conseguir me acostumar com isso.

— Vai, sim — disse Tamani, cutucando-a no lado do corpo —, quando *você* fizer oitenta.

— Então, por que Shar foi vê-la hoje? Ele acha que Yuki é Unseelie? E o que ele quis dizer com Glamour?

Ilusões 86

Tamani hesitou. Agora eles estavam realmente entrando em território obscuro.

— Está bem, a questão sobre o Glamour é a seguinte: é uma completa loucura. Mas é o tipo de loucura que parece plausível o bastante para absorver a pessoa. Portanto, o que vou dizer agora, você deve entender que... ninguém realmente acredita. Ninguém de mente sã, pelo menos. E o simples fato de tocar no assunto em Avalon já pode causar problemas.

Quando Laurel se endireitou um pouco mais no banco e cruzou as mãos no colo, Tamani percebeu que sua advertência tinha conseguido apenas provocar ainda mais seu interesse. Às vezes, ela podia ser tão *humana*!

— Deixe-me começar com isto: você já se perguntou por que os humanos se parecem tanto a nós?

— Acho que geralmente não vejo dessa forma — disse Laurel, brindando-o com um sorriso —, mas, claro, David diz que deve ser uma evolução convergente; nós pertencemos a... hã... nichos ecológicos semelhantes. Como tubarões e golfinhos, só que... mais próximos.

Tamani suprimiu uma careta; não tinha sido sua intenção trazer David para a conversa.

— Bem, os Unseelie acreditam que fomos nós que fizemos isso conosco... que, antes do Glamour, nós não nos parecíamos em nada com os humanos. Que éramos mais como plantas.

— Como assim, com pele verde e tudo mais? — perguntou Laurel.

— Quem sabe? Mas os Unseelie acham que uma de suas antigas rainhas, uma fada de inverno chamada Mab, usou seu poder para modificar toda a nossa raça... para nos fazer parecer mais humanos. Alguns pensam que ela estava atendendo nosso desejo de nos misturarmos ao mundo humano. Outros acham que foi um castigo, por tentarmos viver como humanos, nos apaixonar por eles, esse tipo de coisa. Mas todos concordam que uma muda que brota próxima a um povoado humano se parecerá fisicamente aos humanos que vivem ali.

— Portanto, uma fada nascida, hããã... brotada no Japão parece japonesa. — Tamani podia ouvir Laurel fazendo as conexões conforme ela falava. — Isso parece algo fácil de testar. Todas as crianças Unseelie pareceriam japonesas. Então, Shar foi ver se Yuki escapou da... prisão Unseelie?

— Exceto que os Unseelie estão proibidos de Jardinar; então, não tem de onde sair uma fada jovem, ali no campo. Não houve um só brotamento fora de Avalon em mais de mil anos. E nós não exilamos mudas.

— Espere, o que isso quer dizer, proibidos de Jardinar?

— Eles não... têm permissão de se reproduzir — disse Tamani, desejando que ela não tivesse perguntado.

— E como é que eles os impedem de fazer isso? — perguntou Laurel com irritação.

— As fadas de outono lhes dão algo — disse Tamani. — Que destrói a habilidade das fadas de florescer. Sem flores não há mudas.

— Eles as mutilam? — disse Laurel, os olhos faiscando.

— Não é exatamente uma mutilação — disse Tamani, desamparado.

— Não importa! — exclamou Laurel. — Ninguém tem *nenhum* direito de se meter com esse tipo de escolha!

— Eu não faço as regras — disse Tamani. — E não estou tentando dizer que estão fazendo a coisa certa. Mas olhe pelo ponto de vista de Shar. Como sua mãe sempre foi uma Unseelie em segredo, Shar aprendeu sobre o Glamour quando era muda. Entre outras coisas... — acrescentou Tamani, enigmaticamente. — Então, sua mãe foi classificada como Unseelie e enviada a Hokkaido. Hoje contamos a ele sobre uma fada que vem do Japão, onde mantemos os Unseelie. O fato de que Yuki alega ter brotado no Japão, e que ela pareça japonesa, não prova que o Glamour seja real; você mesma já viu como nossa aparência é diversificada, pelos padrões humanos. No entanto, na mente de Shar, é apenas mais uma coisa que a conecta aos Unseelie.

Ilusões 88

— Então, por que você não mencionou os Unseelie antes, quando Yuki apareceu?

Eles pararam no primeiro sinal vermelho em Crescent City e Tamani se virou para encarar Laurel.

— Porque acho que Shar está tirando conclusões precipitadas. Os Unseelie são estritamente vigiados e com razão. — Tamani fez uma pausa, lembrando-se de uma vez em que tinha acompanhado Shar a Hokkaido. Tinha sido assustador ouvir as completas insanidades que saíam da boca de fadas e elfos cujos olhares eram tão nítidos e inteligentes: conspirações e mundos secretos e histórias de magia negra que eram claramente impossíveis. — Eu vi as instalações; eles mantêm registros cuidadosos de todos que estão ali. Uma vez que você vai para aquele campo, não sai mais até morrer.

— Então, se Yuki não é Unseelie, o que ela é?

— Isso é o que precisamos descobrir — disse Tamani, voltando a olhar para a estrada. — A ideia de uma fada selvagem, sem afiliação aos Seelie ou aos Unseelie... não é algo que esperamos encontrar um dia. Mas não vejo nenhuma alternativa convincente.

— O que fazemos agora, então? — perguntou Laurel, olhando para ele. Seu olhar sincero era tão aberto, tão confiante; seus olhos verde-claros luziam na luz minguante do dia. Tamani não percebeu que havia começado a se inclinar na direção dela até que teve de se deter e recuar.

O próximo passo seria envolver Laurel, mesmo que ele desejasse poder mantê-la totalmente de fora.

— Klea deu a você a oportunidade de fazer amizade com Yuki. Com sorte, você conseguirá descobrir mais coisas.

Laurel assentiu.

— Com sorte. Mas ela não parece gostar muito do plano de Klea. Tenho a sensação de que ela está me evitando.

— Bem, continue tentando — disse Tamani, esforçando-se para soar otimista. — Mas tome cuidado. Ainda não sabemos o que ela pode fazer, ou se ela pretende ferir você.

Laurel baixou os olhos para seu colo.

— E trabalhe numa forma de descobrir de que casta ela é — acrescentou Tamani. Então, lembrando-se que Laurel não gostava daquela palavra, por razões que ele desconfiava que jamais fosse entender, ele se corrigiu. — Estação, quero dizer. Só o fato de sabermos isso já faria uma grande diferença. Daí, pelo menos, saberíamos *alguma coisa*.

— Está bem.

Tamani parou o carro na entrada da casa de Laurel e ela olhou para seu lar. Pondo a mão na maçaneta da porta, Laurel, então, fez uma pausa.

— Shar é... Unseelie?

Tamani balançou a cabeça.

— A mãe dele tentou criá-lo assim, mas Shar nunca acreditou muito. E, depois de conhecer a companheira dele, Ariana, a última coisa que ele quer é ser expulso de Avalon. Ariana e a muda deles, Lenore, são o universo de Shar. No que diz respeito a ele, nenhum preço é alto demais pela segurança delas... ou pela segurança de Avalon. Ainda que signifique que sua própria mãe tenha de viver e morrer no exílio.

— Só queria saber — disse Laurel baixinho.

— Ei, Laurel — disse Tamani, segurando no pulso dela antes que ela saísse de seu alcance. Ele queria pegar aquele pulso e puxá-la para mais perto, envolvê-la em seus braços e esquecer tudo mais. Suas mãos começaram a tremer com o desejo e ele as forçou a ficar imóveis. — Obrigado por ter vindo comigo hoje. Sem você, não teríamos conseguido entrar.

— Será que valeu a pena? — perguntou ela, com o pulso frouxo na mão dele. — Não descobrimos nada. Eu tinha a esperança... achei que Jamison soubesse de alguma coisa. — Ela olhou para ele, os olhos agora apenas refletindo a decepção que devia ter sentido a tarde toda.

Ilusões 90

Tamani engoliu em seco; detestava desapontá-la.

— Foi por mim — disse ele baixinho, focando os olhos nas mãos deles, tão perto de se entrelaçarem. Ele não queria soltar. Mas, se não o fizesse, em alguns segundos ela iria sutilmente puxar a mão, e isso seria pior. Forçou seus dedos a se abrirem, viu o braço dela cair junto ao corpo. Pelo menos, assim a escolha era dele.

— Além disso — acrescentou ele, tentando parecer casual —, foi bom que Jamison descobrisse sobre Yuki e Klea. Shar é meio... independente. Ele gosta de descobrir as coisas sozinho, antes de repassar qualquer informação. Ele é teimoso. — Tamani se reclinou no banco do motorista, com um braço apoiado no volante. — Vou falar oi para você nos corredores da escola, na próxima semana — disse, sorrindo. E com os pneus cantando no asfalto, afastou-se acelerando da casa de Laurel, resistindo à tentação de olhar para trás.

Ele dirigiu até seu apartamento vazio. Nem se deu ao trabalho de acender as luzes; em vez disso, sentou-se no escuro, enquanto o sol se punha e a sala ia ficando mais escura. Tentou não pensar muito no que Laurel iria fazer naquele fim de semana. Mesmo com a privacidade que se esforçava para conceder a ela — e não apenas para ser educado —, já havia testemunhado mais beijos carinhosos e abraços íntimos do que queria pensar. Desconfiava que todos os fins de semana fossem a mesma coisa, e não tinha certeza quanto mais poderia aguentar.

Obrigando-se a se levantar, Tamani foi até a janela que se abria para a fileira de árvores atrás do condomínio de apartamentos. Jamison havia dito a ele para confiar em si mesmo e era o que iria fazer. Alguns dias atrás, havia seguido Yuki até a casinha na qual só podia supor que ela morasse. A unidade de sentinelas que iria vigiá-la em tempo integral só chegaria dentro de mais um ou dois dias. Isso queria dizer que ele dormiria muito pouco aquela noite; por ora, ele mesmo a vigiaria.

Dez

— Muito estranho — disse David quando ambos estavam sentados na cama de Laurel, conversando sobre sua ida a Avalon e ignorando os livros didáticos espalhados à sua volta.

— Não é mesmo? Eu meio que tinha deduzido que ser expulso por causa de suas crenças fosse uma coisa humana. O que, pessoalmente, acho bastante irônico.

David riu.

— Já eu estava pensando nessa coisa de você romper as leis da física ao viajar milhares de quilômetros ontem em... dois segundos.

— Cada um do seu jeito — disse Laurel, dispensando o comentário dele com um sorriso. — Então, você descobriu alguma coisa sobre a membrana que Katya falou?

— Acho que sim — disse David. Então, num tom de provocação: — E você, descobriu?

— Talvez. Pelo que li na internet, a membrana tilacoide é onde ficam os cloroplastos. Então, toda conversão de luz solar em energia ocorre ali.

— Obtivemos a mesma resposta, então — disse David sorrindo. — Sua amiga Katya disse que, nas fadas de verão, as tilacoides são mais eficientes. Acho que isso significa que elas retiram maiores quantidades de energia de menores quantidades de luz solar.

— Provavelmente porque sua magia usa luz — disse Laurel, lembrando-se dos "fogos de artifício" a que tinha assistido no festival de Samhain no ano anterior.

— E Katya descobriu isso porque ela e suas amigas basicamente beberam o equivalente a bastões fluorescentes, certo? — perguntou David, sem se dar ao trabalho de disfarçar o quanto estava achando divertido.

— Essencialmente — disse Laurel, revirando os olhos.

— Gostaria de poder fazer uma coisa dessas.

Laurel ergueu uma sobrancelha para ele.

— Não, é sério — disse David. — Você consegue imaginar que legal seria? Tipo, no Halloween, você poder dar uma espécie de ponche fosforescente para as crianças antes de elas saírem para pedir doces e, assim, elas estarem mais seguras.

— Algo me diz que a segurança de um bando de crianças não foi a primeira coisa a passar pela sua cabeça — disse Laurel.

— Bem, talvez também fosse divertido pular de trás de uma árvore à noite, todo verde e luminoso.

— Isso é mais provável. — Laurel baixou os olhos para as parcas anotações que Katya a ajudara a fazer. — Parece que, se eu conseguisse uma amostra de células e as tratasse com uma substância fosforescente, poderia observar quanto tempo as células iriam manter o brilho e, assim, excluir facilmente a possibilidade de ser de verão.

— Não sei se será assim tão simples — disse David, rolando até ficar de bruços e se aproximar de Laurel. — A amiga de Katya provavelmente continuou brilhando porque, por ela estar viva, a membrana tilacoide processou toda a substância fosforescente. Se você tivesse uma amostra, as células não estariam mais vivas e crescendo. Você teria de encontrar uma maneira de manter a amostra com vida. Ou testar diretamente na pele de Yuki.

— Algo me diz que ela não vai concordar com isso — disse Laurel ironicamente.

Ambos se recostaram, momentaneamente, em silêncio.

— É possível manter flores frescas com açúcar, certo?

David deu de ombros.

— Acho que sim.

— E quando fomos jogados no rio Chetco pelos trolls de Barnes, Tamani colocou um curativo em mim e me colocou sob uma luz que me ajudou a sarar. Era como... uma luz do sol portátil. E se eu conseguisse, de alguma forma, sem que ninguém notasse... — balançou a cabeça, tentando não se preocupar agora com aquele empecilho —, obter uma pequena amostra de Yuki. Eu poderia colocá-la numa solução de água com açúcar e, então, expô-la àquela luz especial. Você acha que seria o suficiente para mantê-la viva e em processo?

— Talvez. Quer dizer, se fosse uma planta comum, eu estaria cético, mas as fadas são a forma mais evoluída de planta, certo?

Laurel assentiu.

— E essa luz é uma coisa mágica das fadas; então, pode ser suficiente. Você sabe fazer essa coisa de luz?

— Não, é algo muito, muito avançado. Mas Tamani pode conseguir uma para mim.

— Você sabe fazer a coisa fosforescente?

Laurel assentiu.

— Acho que sim.

— E você vai tomar um pouco, uma noite dessas, para brilhar no escuro?

Laurel ficou de queixo caído.

— Não!

— Ah, por favor? Seria o máximo. — Agora ele estava de joelhos, com as mãos apertadas, e extremamente animado. — Se *eu* pudesse, faria com certeza.

— Não.

— Vamos lá!

— Não!

David a cutucou nas costelas.

Ilusões 94

—Você ficaria linda. Como um anjo brilhante.

— Provavelmente só pareceria radioativa, isso sim. Não, obrigada.

Ele a agarrou, então, prendendo-a e fazendo cócegas nos lados de sua cintura até ela ofegar.

— Pare!

Ele afastou as mãos dela e se deitou a seu lado.

— Você é incrível, sabia? — disse ele, afastando uma mecha de cabelo da testa dela.

—Você também é.

Ele torceu o nariz e balançou a cabeça.

— Que seja. Um dia desses, você vai se cansar de mim e me deixar de lado.

Ele estava sorrindo, mas havia uma levíssima nota de seriedade em sua voz.

— Nunca vou me cansar de você, David — disse Laurel baixinho.

— Espero mesmo que não — respondeu ele, enterrando o rosto no pescoço dela. — Porque, se isso acontecer, temo que a vida humana cotidiana vai parecer, para *mim*, a coisa mais chata do mundo.

Laurel procurou por Tamani assim que chegou à escola, na segunda-feira. Perguntou-se o que ele teria feito durante todo o fim de semana — principalmente diante de suas novas descobertas. E estava ansiosa para descobrir se ele conseguiria arrumar um globo de luz para ela. Demoraria alguns dias para fazer a substância fosforescente, mas ela esperava testar sua nova teoria em si mesma, nas próximas semanas.

Bem a tempo de usar um pedaço de sua própria flor.

Tinha descoberto o carocinho se formando ao sair do chuveiro e sentiu o formigamento familiar onde os cabelos tocavam suas costas. Era cedo ainda, mas o verão tinha sido mais quente que de costume, e a Mãe Natureza parecia ansiosa para compensar no outono. O ar havia refrescado e as folhas já estavam começando a mudar de cor. A época de neblina começara, e o início das manhãs era sempre nublado. E Laurel era tão afetada pelo clima quanto qualquer outra planta em Crescent City.

Ainda assim, apesar de já vir esperando que sua flor brotasse mais cedo, o caroço nunca começara a aparecer em setembro. Parada diante do espelho, olhava para seu reflexo.

— Lá vamos nós de novo — sussurrara.

Não que houvesse qualquer motivo para sussurrar. Sua flor era um segredo que ela guardava do mundo, mas não de sua família. Depois do ano anterior, quando suas mentiras quase tinham custado sua vida — e a de Chelsea —, Laurel havia adotado a honestidade como norma. E, levando em conta de quantas pessoas já tinha de se esconder, era agradável ser apenas ela mesma em casa. Seus pais sabiam de tudo: sobre ela e sua identidade como fada, que Tamani agora estava na escola e até mesmo sobre Yuki.

Não mencionara como se *sentia* com relação a Tamani, e podia ter diminuído a importância do significado de Yuki ser uma fada, mas seus pais não precisavam de uma análise detalhada de tudo que acontecia na sua vida. Eles eram pessoas inteligentes e podiam tirar suas próprias conclusões.

Laurel não viu Tamani em meio à enxurrada de alunos, mas David estava esperando por ela em frente aos armários.

— Que surpresa encontrar você aqui — disse ela, puxando-o para um abraço carinhoso.

Ele tomou o rosto dela com a mão, afastando com o polegar uma mecha de cabelo de seus olhos e levantando seu queixo. Laurel sorriu, prevendo um beijo.

— Oi, Laurel.

Laurel e David se viraram para ver Tamani acenando ao passar, sorrindo — provavelmente de satisfação ao ter sido bem-sucedido em interromper a exibição pública de afeição. Laurel o observou se afastar e percebeu que os olhos dela e os de David não eram os únicos a acompanhar seus movimentos.

Ilusões 96

Yuki, parada no outro lado do corredor, também estava observando, com os olhos fixos nele com uma expressão estranha, quase melancólica.

— Que estranho — disse Laurel, baixinho.

— Nem me fale — resmungou David, com os olhos fixos às costas de Tamani.

— Não ele — disse Laurel, agarrando o braço de David com firmeza. — Yuki.

O olhar de David se deslocou rapidamente até Yuki, que tinha se virado para seu armário e estava tirando alguns livros da prateleira de cima.

— O que tem ela?

— Não sei. Ela olhou para ele de um jeito esquisito. — Laurel fez uma pausa. — Eu deveria ir falar com ela... ainda se espera que eu "conquiste sua amizade". Isso é um jeito mais simpático de dizer "espionar" — acrescentou ela, num sussurro.

David assentiu e Laurel começou a se afastar. Fez uma pausa para apertar a mão dele, daí foi rapidamente até Yuki.

— Oi, Yuki! — disse Laurel, encolhendo-se diante do tom metálico de sua voz.

O jeito tímido como Yuki abaixou a cabeça disse a Laurel que ela também tinha ouvido.

— Oi — respondeu ela, educada.

— Não conversamos muito ultimamente — disse Laurel, tentando encontrar alguma coisa relevante para dizer. — Só queria ter certeza de que você está se adaptando bem.

— Estou legal — disse Yuki, mal-humorada.

— Bem — disse Laurel, sentindo-se a maior idiota do mundo —, me avise se você precisar de alguma coisa, combinado?

Algo brilhou nos olhos de Yuki e ela deu um passo para a lateral do corredor, saindo do fluxo de alunos e puxando Laurel junto.

— Olha, só porque Klea decidiu ir até você para pedir ajuda não significa que eu realmente precise dela.

— Eu não me importo — disse Laurel com sinceridade, colocando a mão no ombro de Yuki. — Quer dizer, fiquei tão perdida quando entrei na escola. Só posso imaginar que você esteja sentindo a mesma coisa.

Yuki, então, dirigiu a ela um olhar furioso e Laurel sentiu a boca ficar seca. Yuki puxou o ombro para se livrar de sua mão.

— Estou *bem*. Já sou bem grandinha e posso cuidar de mim sozinha. Não preciso da sua *orientação*, e certamente não preciso da sua compaixão. — Então, ela se virou, com sua saia azul-clara girando ao redor das pernas, e seguiu pelo corredor.

— Caramba — disse Laurel a ninguém em particular —, foi super bem.

Essa mesma linha de acontecimentos se repetiu, quase sem variação, no dia seguinte, e novamente dois dias depois.

— Sério, ela me odeia — sussurrou Laurel para Tamani mais perto do final daquela semana, enquanto a professora Harms discursava tediosamente sobre a Guerra de 1812. — Eu não fiz nada!

— Precisamos trabalhar mais na sua simpatia — disse Tamani, rindo.

— Será que vale a pena? Você acha que ela vai simplesmente contar a história da vida dela para nós?

— Você já ouviu aquele ditado sobre manter seus amigos perto e seus inimigos mais perto ainda?

— Não sabemos se ela é uma inimiga.

— Não — concordou Tamani —, não sabemos mesmo. Mas, de qualquer forma, devemos mantê-la por perto.

— E o que eu devo fazer? Já ofereci minha ajuda e contei a você o que aconteceu.

— Ora, vamos — disse Tamani, em voz baixa, mas com um toque de reprimenda. — Você não iria detestar alguém que se aproximasse e fosse assim tão condescendente?

Ilusões 98

Laurel tinha de admitir que ele estava certo.

— Não sei que outra coisa posso fazer.

Ele hesitou; então, olhou para a professora Harms e se inclinou um pouco mais perto.

— Por que você não me deixa tentar?

— Tentar... fazer amizade com ela?

— Claro. Nós temos um monte de coisas em comum. Bem, mais do que ela sabe... mas ambos somos estrangeiros e novos em Crescent City. E... — disse ele, levantando as sobrancelhas — você tem de admitir que eu sou bonito e carismático.

Laurel apenas o encarou.

— Além disso, agora estou cumprimentando você nos corredores. — Aquilo, certamente, era verdade. Cerca de três vezes por dia e geralmente cronometrado de forma a lograr o máximo de interrupções de beijos.

— Sem dúvida, está mesmo — disse Laurel simplesmente.

— Então, eu desenvolvo uma amizade com você, e também com ela e, daqui a algumas semanas, as estradas podem convergir, só isso.

— Poderia dar certo — concordou ela, intimamente agradecida pela desculpa para não ter mais conversas desajeitadas com Yuki. Sua mãe sempre lhe dissera que não se podia forçar alguém a gostar de você, e os últimos dias tinham sido definitivamente uma prova daquilo.

— Além do mais, eu não tenho nenhuma conexão com Klea... que ela saiba, pelo menos. Eu poderia ter mais sorte tirando informações dela.

Laurel sequer cogitava que Tamani não pudesse obter exatamente as informações que quisesse, de praticamente qualquer pessoa. Ela se reclinou na cadeira e deu de ombros.

— Ela é toda sua.

Tamani parou o carro ao lado de Yuki, que caminhava pela calçada em direção à casinha onde ela parecia ficar durante todo o tempo em que não estava na escola. Como ela não se voltou, ele gritou:

— Quer uma carona?

Ela, então, se virou, de olhos arregalados, com os livros agarrados junto ao peito. O reconhecimento surgiu no mesmo instante, mas ela rapidamente se concentrou no chão à sua frente e balançou a cabeça de forma quase imperceptível.

— Ah, vamos lá — disse Tamani com um sorriso brincalhão. — Eu não mordo... muito.

Ela ergueu novamente os olhos para ele, concentrando-se.

— Não, obrigada.

— Está bem — disse ele, após um minuto. — Como quiser. — Acelerou, passando por ela e, então, estacionou no acostamento. Ele estava se levantando do banco quando Yuki se aproximou do carro, olhando para ele em total confusão.

— O que você está fazendo?

Tamani fechou a porta.

— Você não quis uma carona; então, pensei que é um lindo dia para caminhar.

Ela parou.

— Você está brincando comigo?

— Bem, você não *precisa* caminhar comigo, mas, se não o fizer, vai parecer muito estranho que eu esteja falando sozinho. — Então, ele se virou e começou a andar com tranquilidade. Contou até dez em sua cabeça, bem devagar, e, assim que chegou a nove, ouviu o ruído do cascalho conforme ela apressava o passo para alcançá-lo. *Perfeito*.

— Me desculpe — disse ela ao se aproximar. — Não quero ser antissocial, é só que não conheço ninguém ainda, de verdade. E eu *não* aceito carona de estranhos.

— Não sou um estranho — disse Tamani, certificando-se de corresponder a seu olhar hesitante. — Provavelmente fui a primeiríssima pessoa que você conheceu na escola. — Ele deu uma risada. — Além do Robinson, quer dizer.

Ilusões 100

— Você nem pareceu ter me visto — disse Yuki, com cautela.

Tamani deu de ombros.

— Admito que estava bastante concentrado em entender as pessoas. Elas falam de um jeito engraçado aqui. Como se todos tivessem bolas de algodão na boca.

Ela riu abertamente e Tamani aproveitou a oportunidade para observá-la. Yuki era realmente bonita quando não estava olhando para o chão, e ele podia ver seus adoráveis olhos verde-claros. O sorriso dela também era bonito — outra coisa que ele não tinha visto com muita frequência.

— Eu sou Tam, a propósito — disse ele, estendendo a mão.

— Yuki. — Ela olhou para a mão dele por um momento antes de apertá-la com hesitação. Ele a segurou um pouquinho mais que o necessário, tentando tirar mais um sorriso dela.

— Você não tem... um aluno anfitrião para acompanhá-la? — perguntou Tamani quando eles se viraram e seguiram pela calçada. — Isso não faz parte da ideia de "intercâmbio"?

— Hã... — Ela colocou os cabelos atrás das orelhas, nervosa. — Na verdade, não. Meu caso é meio especial.

— Então, com quem você mora?

— Moro sozinha, na maior parte do tempo. Não *sozinha* sozinha — ela corrigiu apressadamente. — Quer dizer, minha anfitriã, o nome dela é Klea, ela vem dar uma olhada em mim todo dia e me visita com bastante frequência. Só que ela viaja muito a trabalho. Mas não diga nada na escola — acrescentou, parecendo quase chocada consigo mesma por estar contando a ele. — Eles acham que Klea passa muito mais tempo comigo.

— Não direi — disse Tamani, num tom deliberadamente casual. Como vigiava a casa dela, sabia que Klea não punha os pés lá havia mais de uma semana. — Quantos anos você tem?

— Dezesseis — respondeu ela, imediatamente.

Nem um segundo de hesitação. Se ela estava mentindo, era muito boa nisso.

— Isso é muito solitário?

Ela fez uma pausa, então, mordendo o lábio inferior.

— Às vezes. Mas, na maior parte do tempo, eu gosto. Quer dizer, ninguém me diz quando ir para a cama ou o que assistir na televisão. A maioria dos adolescentes mataria por isso.

— Eu sei que eu sim — disse Tamani. — Meu tio sempre foi bastante rígido comigo. — *Para dizer o mínimo*, acrescentou ele para si mesmo. — Mas, quanto mais velho eu fico, mais liberdade ele me dá.

Yuki virou na entrada de uma casinha sem nem sequer pensar.

— É aqui? — perguntou Tamani.

Não que ele realmente precisasse perguntar. Reconheceu a casinha à primeira vista. Era coberta de heras e tinha um quarto pequeno nos fundos, com uma área comum por trás da porta de entrada. Ele sabia que a colcha de sua cama era roxa e que ela tinha fotos de estrelas famosas, arrancadas de revistas, penduradas em suas paredes. Também sabia que ela não gostava tanto de ficar sozinha quanto alegava e que passava bastante tempo deitada de costas em sua cama apenas olhando para o teto.

O que ela não sabia era que, enquanto estivesse em Crescent City, jamais estaria sozinha em casa.

— Humm... é — disse ela rapidamente, espantada, como se não houvesse percebido quanto eles tinham andado.

— Vou deixar você aqui, então — disse Tamani, sem querer exceder sua acolhida logo no primeiro encontro. Ele fez um gesto indicando o caminho por onde tinham vindo com o polegar. — Meio que deixei meu carro um pouco longe, lá na estrada.

Ela sorriu de novo, mostrando uma covinha leve na bochecha esquerda que pegou Tamani de surpresa. Não que fossem excepcionalmente raras entre as fadas, mas, com sua simetria inerente, ter uma só

Ilusões 102

em um lado era bem incomum. No entanto, Tamani não pôde evitar sorrir de volta. Ela parecia, de fato, ser uma menina doce. Ele esperava que não fosse fingimento.

— Então — disse ele, já se afastando lentamente de costas —, se eu disser "oi" para você amanhã, você vai me responder?

Seu passo vacilou somente um pouco quando ela não respondeu.

— Por que você está fazendo isso, Tam? — perguntou ela, após uma longa pausa.

— Fazendo o quê? — perguntou Tamani, parando.

— Isto — perguntou ela, gesticulando entre eles dois.

Ele fez o possível para parecer ao mesmo tempo brincalhão e encabulado.

— Eu menti — disse ele, cuidadosamente. — Eu notei você naquele primeiro dia. — Ele deu de ombros e olhou para os próprios pés. — Notei você logo de cara. Só demorei um pouco para criar coragem de me aproximar, acho.

Ele olhou para ela, viu o enrijecimento nervoso em seu pescoço e soube, antes mesmo que ela respondesse, que ele havia vencido.

— Está bem — disse ela, baixinho. — Vou responder a seu "oi".

Onze

LAUREL SE OLHOU NO ESPELHO, TENTANDO DECIDIR SE O CAROÇO EM SUAS costas estava realmente tão grande quanto lhe parecia, ou se estava exagerando as coisas. No fim, apenas soltou os cabelos nas costas e esperou que desse certo. David tinha ido mais cedo para a escola para uma reunião da National Honor Society e Laurel decidiu ir a pé para que, assim, pudesse voltar de carro com ele depois da aula. Deu uma olhada no relógio e, então, desceu a escada correndo para chegar a tempo. Antes de sair, Laurel pegou uma maçã da sempre presente cesta de frutas sobre a bancada, gritou um tchau rápido para os pais e seguiu para o solzinho da manhã.

— Aceita uma carona? — chamou uma voz quando o conversível de Tamani parou ao lado dela. Laurel hesitou. Ela era sua amiga, sabia que, tecnicamente, não havia nada de errado em pegar carona com ele. Por outro lado, ele havia deixado muito claras as suas intenções e ela não queria encorajá-lo, ou, pior ainda, dar-lhe falsas esperanças como havia feito, inadvertidamente, no ano anterior. No entanto, ir de conversível era tão revitalizante quanto caminhar e, em alguns aspectos, ainda melhor — ela adorava a sensação do vento em seu rosto.

— Obrigada — disse com um sorriso, abrindo a porta e entrando no carro.

Ilusões 104

— Como vão indo os processos de Mistura? — perguntou Tamani, quando se aproximavam do estacionamento da escola.

— Quase terminei a etapa de conservação do segundo lote de substância fosforescente — disse Laurel. — O processo é lento, mas tenho quase certeza de que, dessa vez, fiz tudo certo.

— Na hora certa, então. Eu trouxe um presente para você — disse Tamani, entregando-lhe um pacote pequeno, embrulhado em tecido.

Laurel podia ver, pelo tamanho e forma, que era o globo de luz que ela havia pedido.

— Obrigada! Com sorte, florescerei amanhã e, então, poderemos começar a descobrir algumas coisas.

— Qualquer coisa que você precisar — disse ele. — No entanto, fiquei pensando se você não deveria testar o experimento em fadas vivas primeiro. Quer dizer, agora, se entendi direito, você vai tentar manter as células vegetais vivas *e* testar a substância fosforescente nelas. Não seria melhor testar uma coisa de cada vez? Não que eu queira dizer a você como ser uma Misturadora — acrescentou Tamani, rapidamente.

— Não, você tem razão — disse Laurel com relutância, lembrando-se de como David havia lhe implorado para tomar o líquido fosforescente. — É que não posso simplesmente ir à escola brilhando, entende?

— Bem, talvez não seja preciso. Quer dizer, estamos quase no fim de semana. Katya não disse que essa coisa só dura de um dia para o outro? E, se nós dois tomássemos, poderíamos ver se há alguma diferença entre quem é de primavera e quem é de outono.

— Pode ser — disse Laurel, distraída. — Ainda não tenho certeza se é uma boa ideia beber essa coisa, mas talvez possa ser aplicada diretamente...? — Sua voz foi diminuindo enquanto ponderava sobre formas de testar suas teorias.

— Laurel?

Ela rapidamente voltou à atenção.

— O quê?

Ele riu.

— Eu disse seu nome umas três vezes.

Estavam no estacionamento. Um punhado de alunos passava pelos carros estacionados a caminho da escola, contornando o conversível de Tamani.

— Escute — disse Tamani, desviando sua atenção. — Na verdade, eu também queria falar com você sobre Yuki.

— O que tem ela?

— Eu fiz... um primeiro contato, acho. Acompanhei-a até em casa, no outro dia.

— Ah, que bom, que bom — disse Laurel, sentindo-se estranhamente exposta, ali sentada no conversível de Tamani no estacionamento da escola. Olhou rapidamente para a porta de entrada e viu David esperando no alto da escada. Sua reunião devia ter terminado um pouco mais cedo. Ele estava olhando para o carro e, após um momento, veio na direção deles, percorrendo depressa a curta distância.

— Portanto, vou continuar trabalhando nisso e, espero, ela começará a ganhar simpatia por você... — a voz de Tamani foi sumindo e seus olhos se focaram em algo acima da cabeça de Laurel.

Laurel se virou e deu com os olhos de David e seu sorriso meio rígido.

— Deixe que eu abra para você — ofereceu ele, abrindo a porta do carro do lado dela.

— Claro, obrigada — respondeu Laurel, pendurando a bolsa no ombro e saindo.

— Eu não sabia que você precisava de carona — disse David, os olhos dardejando entre ela e Tamani. — Você podia ter me ligado.

— Você tinha uma reunião — disse Laurel, dando de ombros. — Pensei que pudéssemos voltar juntos à tarde, então vim a pé.

— E eu passei por acaso — disse Tamani, a voz muito calma e casual.

Ilusões 106

— Aposto que sim — disse David a Tamani, colocando o braço em volta dos ombros de Laurel e afastando-a do carro.

— Laurel? — chamou Tamani. — Então, aquela coisa lá? Talvez este fim de semana? — Ele deixou que as palavras saíssem cheias de insinuações. David mordeu a isca.

— Que coisa? — perguntou David, a voz agora decididamente tensa.

— Não é nada — disse Laurel baixinho, colocando-se entre os dois na esperança de que, se não pudessem se ver, parariam de se atacar. — Ele vai me ajudar com... aquela coisa que nós conversamos. A testar a... coisa.

— Não íamos estudar para o SAT, o exame de admissão às universidades, no fim de semana? — perguntou David, parecendo desapontado.

— Acho que ela tem problemas maiores que seus exames humanos.

— Ah, tenham dó! — sibilou Laurel, dirigindo seu olhar furioso agora aos dois garotos. — O que é isso, hein?

David cruzou os braços com cara de culpa e Tamani parecia uma criança pega com a mão no pote de biscoitos. Laurel olhou de um para o outro e baixou a voz.

— Escute aqui, nós temos um monte de coisas acontecendo, e a última coisa que eu preciso é ficar de babá de vocês dois. Portanto, vamos parar com isso, tá? — Sem mais nem uma palavra, ela bateu a porta do carro e caminhou rapidamente para a escola.

— Laurel, espere! — chamou David.

Mas ela não esperou.

Ele a alcançou em frente a seus armários.

— Olhe, me desculpe. Eu apenas... fiquei louco da vida quando vi você com ele. Foi bobagem minha.

— Foi mesmo — retrucou Laurel.

— É só que... eu não gosto nada que ele esteja aqui. Bem, ele se comportava bem antes, mas agora ele sempre vem cumprimentar você quando nós estamos juntos e está se oferecendo para ajudar com os estudos... — Ele sorriu, envergonhado. — Se você bem se lembra, foi assim que eu seduzi você, uma vez.

— Não é nada disso — disse Laurel, fechando o armário. — Isso é algo realmente importante e não posso lidar com o seu ego no momento.

— Não é ego — disse David, na defensiva. — Nós dois sabemos que ele quer ser mais do que apenas sua sentinela. Acho que é totalmente compreensível que eu esteja um pouco incomodado com isso.

—Você está certo — retrucou Laurel. — Se você não confia em mim, é compreensível mesmo. — Ela se virou e foi para sua primeira aula, recusando-se a olhar para trás.

— Garotos são impossíveis! — bufou Laurel, deixando sua mochila cair no chão ao lado do caixa, na loja de sua mãe.

—Ah, isso é música para os meus ouvidos — disse a mãe com um sorriso.

Laurel não pôde evitar sorrir de volta, mesmo revirando os olhos.

— Então, posso supor que você esteja fugindo dos tais garotos? — perguntou ela. — Seu plano de fuga inclui um pouco de trabalho braçal?

— Sempre fico contente em ajudar aqui, mãe.

Desde que Laurel e sua mãe tinham acertado os ponteiros no ano anterior, Laurel se via ajudando na loja da mãe até mesmo mais do que na livraria do pai, que ficava ao lado. Sua mãe tinha agora um funcionário em meio expediente, o que fazia com que fosse um pouco mais difícil conversar abertamente, mas, num dia de semana, no meio da tarde, a loja era toda delas.

— O que posso fazer? — perguntou Laurel.

—Tenho duas caixas de mercadorias novas — respondeu a mãe. — Se trabalharmos juntas, poderemos ordenar tudo e conversar ao mesmo tempo.

Ilusões 108

— Fechado.

Elas trabalharam em silêncio por um tempo até que a mãe de Laurel finalmente abordasse o assunto.

— Então... David anda falhando um pouco no quesito namorado?

— Mais ou menos — murmurou Laurel. — Bem, não de verdade, ele só não está lidando muito bem com as coisas. Eu lhe contei sobre Tamani, certo?

— Contou — disse sua mãe, sorrindo maliciosamente —, mas desconfiei que houvesse mais nessa história.

— Bem, mais ou menos. Ele começou a interferir um pouco no nosso relacionamento. E David está com ciúmes.

— Ele tem motivos para ter ciúmes?

Laurel considerou a pergunta, não muito certa de qual seria a resposta.

— Talvez?

— Isso é uma pergunta?

Ambas riram e foi como se um peso palpável tivesse sido tirado dos ombros de Laurel, ao dividir a história com a mãe.

— Parece que você soube se defender muito bem — disse sua mãe. Depois de uma pausa, ela perguntou: — Vocês terminaram?

— Não! — respondeu Laurel com veemência.

— Então, você ainda está feliz com ele?

— Sim! — insistiu Laurel. — Ele é ótimo. Só houve um dia ruim. Você não termina com alguém por causa de um dia ruim. Ele está tenso por causa de Tam...ani — consertou. Havia se acostumado a ouvir seu apelido na escola.

— Mas você também gosta de Tamani?

— Não sei — sussurrou Laurel. — Quer dizer, gosto, mas não é a mesma coisa que com David. — Laurel deitou a cabeça no ombro da mãe, sentindo-se mais confusa do que nunca. — Eu amo David. Ele esteve comigo durante *tudo*. — Ela riu. — E quando digo tudo, você sabe a que me refiro.

— Ah, se sei — disse a mãe com ironia. — Mas o amor é algo que deve ser ao mesmo tempo egoísta e generoso. Você não pode se obrigar a amar alguém porque acha que deve. O mero fato de *querer* amar alguém não é suficiente.

Laurel olhou para a mãe, em choque.

— Você está me dizendo para terminar com David? — A ideia quase a aterrorizou.

— Não — disse sua mãe. — Não estou dizendo isso. Eu gosto de David. Ainda nem conheci Tamani... coisa que você deveria remediar, a propósito. — Ela fez uma pausa e pousou sua mão sobre a de Laurel. — Só estou dizendo que você não deveria ficar com ele pelos motivos errados, ainda que sejam motivos nobres. Ninguém deve a ninguém ser sua namorada. É uma escolha que você refaz todos os dias.

Laurel assentiu devagar; então, fez uma pausa.

— Eu o amo, mãe.

— Sei que sim. Mas existem vários tipos diferentes de amor.

Doze

ESTIMULADA PELO INCENTIVO DE SUA MÃE, LAUREL DECIDIU QUE NÃO havia nenhum motivo que a impedisse de convidar Tamani para vir à sua casa. Como amigo. Então, na sexta-feira à noite, ela ligou para o iPhone dele pela primeira vez e perguntou se ele queria ir até lá no sábado, ajudá-la na pesquisa. E, com pesquisa, ela queria dizer *pesquisa*. Sua mãe não estaria em casa para, de fato, conhecer Tamani — sábado era seu dia mais ocupado na loja —, mas seu pai ainda estaria em casa. Era um começo.

A campainha tocou, e o pai de Laurel gritou que atenderia. De jeito nenhum ela conseguiria chegar antes dele à porta. Sua segunda opção era protelar. Olhou novamente por cima do ombro, examinando sua flor no espelho. Estava tão bonita, e inteira, como sempre. Depois que um troll arrancara um punhado de suas pétalas no ano anterior, havia ficado preocupada que não fosse crescer da mesma forma. Felizmente, a nova flor não parecia ter sido afetada em absoluto pelo trauma. Ainda era de um profundo tom de azul-escuro no centro, clareando até ficar quase branca nas pontas. As pétalas se abriam numa estrela de quatro pontas que, mesmo agora que ela já sabia o que era, pareciam asas. Às vezes, quando não a estava assustando ou causando inconvenientes, Laurel adorava sua flor.

E apresentar Tamani para seu pai enquanto estava em flor, definitivamente, se qualificava como inconveniente.

Tentando dominar os nervos, Laurel ajustou a frente-única verde e alisou a calça capri antes de ir até a porta do quarto e abrir uma frestinha. Escutou durante alguns segundos até ouvir o sotaque suave de Tamani se propagando escada acima. Seria pior do que um desastre descer com a flor de fora, só para descobrir que a campainha tinha sido tocada por um vizinho conversador.

Não pela primeira vez naquela manhã, pensou em ligar para David. Ele lhe mandara um e-mail na noite anterior e pedira desculpas de novo, mas ela ainda não respondera. A verdade era que não sabia o que dizer. Cerca de uma hora atrás, tinha pegado o telefone e começado a discar. Mas, enquanto estivesse fazendo aquela experiência com Tamani, não seria o momento de resolver seus problemas com David, e sabia que não seria capaz de se concentrar se David viesse e ainda houvesse tensão entre eles. *Vou ligar para ele assim que Tamani for embora*, prometeu a si mesma.

Podia ouvir Tamani e seu pai conversando enquanto descia lentamente pela escada. Era esquisito ouvi-los juntos e ela se sentiu estranhamente enciumada. Por dois anos, Tamani tinha sido um segredo *dela* — sua pessoa especial. Exceto por algumas vezes com David, ela nunca o dividira com ninguém. Às vezes, desejava poder voltar a como as coisas costumavam ser. Quando ele tinha olhos verde-escuros e cabelos compridos e não usava sapatos nem calça jeans. Quando ele era somente dela.

Quase não percebeu quando o murmúrio da conversa cessou. Todos os olhos estavam nela.

— Ei — disse, acenando.

— *Ei* mesmo! — retrucou seu pai, a voz alta de animação. — Olhe só para você! Não sabia que estava em flor.

Laurel deu de ombros.

Ilusões 112

— Não é nada importante — disse, tão casualmente quanto possível, com Tamani parado logo ali, olhando fixamente para sua flor com uma expressão cautelosa.

De repente, ele enfiou as mãos nos bolsos.

Ah, é mesmo.

— Então — disse Laurel, forçando-se a sorrir enquanto seu pai continuava olhando feito bobo para suas pétalas e Tamani, deliberadamente, desviava o olhar. — Pai, Tamani. Tamani, Pai.

— Pois é, Tamani estava me contando um pouco sobre a vida de sentinela. Acho simplesmente fascinante.

— Você acha tudo que se refere ao povo das fadas fascinante — disse Laurel, revirando os olhos.

— E por que não acharia? — Ele cruzou os braços diante do peito e olhou para ela com orgulho.

Laurel se contorceu, diante da atenção.

— Bem, temos trabalho a fazer — disse Laurel, inclinando a cabeça na direção da escada.

— Dever de casa? — perguntou seu pai, claramente cético.

— Coisa de fada — respondeu Laurel, balançando a cabeça. — Tamani, generosamente, concordou em doar seu corpo para a minha pesquisa. — As palavras saíram da boca de Laurel antes que ela se desse conta de como soavam mal. — Quer dizer, ele vai me ajudar — corrigiu-se, sentindo-se uma idiota.

— Excelente! Posso ver? — perguntou seu pai, falando mais como um menino do que como um homem adulto.

— Claro, não vai ser nem um pouco estranho ter meu pai me observando por cima do ombro, não é? — disse Laurel, animada.

— Está bem — disse ele, movendo-se para lhe dar um abraço. Com a boca perto de seu ouvido, ele sussurrou: — Você está maravilhosa. Deixe a porta do quarto aberta.

— Pai! — sibilou Laurel, mas ele apenas levantou uma sobrancelha para ela. Ela arriscou uma olhadela na direção de Tamani, mas ele apenas parecia pensativo. — Está bem — disse ela, então se afastando em direção à escada. — É por aqui — disse a Tamani.

Tamani ficou parado por um segundo, então foi até o pai de Laurel e estendeu a mão, que Laurel notou que estava temporariamente sem pólen, provavelmente cortesia do forro do bolso de Tamani. — Foi um prazer conhecê-lo, Sr. Sewell — disse ele.

— Igualmente, Tam.

Laurel se retesou. O apelido parecia duas vezes mais bizarro vindo da boca de seu pai. — Teremos que conversar mais, um dia desses. — completou ele.

— Claro — disse Tamani, estendendo a outra mão para o ombro do pai de Laurel. —- Mas, por ora... nossa, é sábado, sua loja deve estar supermovimentada.

—Ah, geralmente só tem movimento depois do meio-dia — disse ele, apontando para o relógio que marcava pouco mais de onze horas.

— Claro, mas as aulas começaram há apenas algumas semanas e as pessoas sempre precisam de livros para a escola, certo? Aposto que todos estão muito ocupados lá na loja e precisando da sua ajuda. O senhor deveria ir para a livraria. Ajudar. Nós ficaremos bem aqui.

Levou cerca de três segundos para Laurel perceber o que estava acontecendo.

— Sabe, você tem razão — disse seu pai, a voz soando um pouco distante. — Eu deveria ir ajudá-los.

— Bem, foi bom conversar com o senhor pelo menos um pouco. Tenho certeza de que o verei novamente em breve.

— É, seria ótimo! — disse o pai de Laurel, parecendo um pouco mais normal. — Bem, vocês dois, ao trabalho; eu acho que vou ajudar Maddie na loja. É sábado; aposto que está movimentada. — Ele pegou as chaves do carro e saiu porta afora.

— Muito bem — disse Laurel, virando-se para Tamani —, isso não foi nem um pouco legal.

— O quê? — perguntou Tamani, parecendo genuinamente confuso. — Eu consegui que ele saísse.

— Ele? Esse *ele* é meu pai!

— Um pouco de atração não vai lhe fazer mal — protestou Tamani. — Além disso, vivo sozinho há anos... Não lido bem com pais me rodeando.

— Minha casa, minhas regras — disse Laurel com severidade. — Não faça isso de novo.

— Está bem, legal — disse Tamani, erguendo as mãos à frente. Ele fez uma pausa e olhou para onde ela estava parada, alguns degraus acima. — Ele estava certo, você está mesmo maravilhosa.

Sua raiva se evaporou e ela se pegou olhando para o chão, tentando pensar em algo que dizer.

— Vamos — disse Tamani, passando por ela, um verdadeiro modelo de despreocupação. — Vamos começar.

Ao longo dos últimos anos, o quarto de Laurel tinha mudado de um quarto típico de adolescente para um laboratório de química cor-de-rosa e sedoso. As cortinas transparentes e a colcha feminina eram as mesmas, e os prismas pendurados na janela ainda cintilavam ao sol, lançando arco-íris pelo quarto. Mas, em vez de se refletir em CDs, maquiagem, livros e roupas, a luz recaía sobre frascos, pilões e reagentes — sacos de folhas, garrafas de óleos e cestos de flores secas.

Pelo menos, seu quarto estava sempre cheiroso.

Laurel se sentou na cadeira da escrivaninha e indicou uma banqueta cor-de-rosa para Tamani, tentando não pensar na frequência com que David havia se sentado no mesmo banco para vê-la trabalhar.

— Então — disse Tamani, falando mais para sua flor do que para seu rosto —, o que você já fez, até agora?

— Hã... — disse Laurel, tentando ignorar o aperto em seu peito —, não muito, na verdade. Fiz a substância fosforescente direito, isso é bom. Tentei fazer um pouco de pó de Cyoan também, mas está muito além da minha capacidade.

— Por que Cyoan? Isso não vai lhe dizer nada a respeito de uma fada.

— Mas nós queremos algo similar. E, às vezes, quando uma Mistura está realmente indo bem e eu cometo um erro, tenho essa sensação de que, bem, nem sei como descrever. É como quando estou tocando violão e toco uma corda e soa bem, mas sei que está errado porque não é aquilo que eu estava *procurando*...

Tamani sorria, de forma desamparada.

— Não faço a menor ideia do que você está dizendo.

Laurel riu.

— Nem eu! Eis o problema. Acho que Katya está certa, que tipos diferentes de fadas devem processar a luz de forma diferente. Por exemplo, eu gosto da luz do sol, mas não a utilizo realmente nos meus processos de Mistura. E as fadas e elfos de primavera... acho que vocês são adaptáveis. Quer dizer, você, às vezes, fica acordado a noite inteira, não fica?

— Frequentemente — disse Tamani, num tom cansado que sugeria que ele vinha passando várias noites acordado ultimamente.

— E as sentinelas em Hokkaido podem suportar uma grande quantidade de frio.

Tamani hesitou.

— Bem, sim, mas elas têm ajuda das fadas de outono para isso. Elas lhes fornecem um chá especial feito de...

— Bryonia dioica, eu me lembro — disse Laurel. — Mas, ainda assim, a energia tem de vir de algum lugar. E as fadas e elfos de inverno usam uma tonelada de energia quando eles... o que foi? — indagou ela, quando Tamani exibiu um estranho brilho nos olhos.

— Olhe só para você — disse ele, o orgulho permeando seu tom. —Você é incrível. Você entende totalmente dessas coisas. Eu sabia que você retomaria imediatamente seu papel de fada de outono.

Laurel ocultou um sorriso enquanto pigarreava e se ocupava à toa com uma mistura já pulverizada no fundo de seu pilão.

— Então, o que nós fazemos? — perguntou Tamani.

— Não sei. Ainda não acho que deveríamos beber esta coisa. Pensei se talvez não faria algum efeito na nossa pele...

Imediatamente, Tamani ofereceu seu antebraço.

Ilusões 116

— ... mas não vou começar a testar coisas aleatoriamente. Misturar é um trabalho bastante interativo — disse Laurel. — Quero dizer, depende do toque — emendou. — Ou seja, antes de testar qualquer coisa, quero sentir sua estrutura celular, o que significa que, antes de mais nada, preciso tocar... você.

Daria para dizer aquilo de um jeito pior?, pensou Laurel com desânimo enquanto via Tamani tentar, sem sucesso, conter seu divertimento.

— Está bem — disse ele, de novo estendendo a mão, que cintilava de pólen e parecia mais que um pouco mágica.

— Na verdade — disse Laurel devagar —, o que eu realmente gostaria de fazer é... que você... — Pausa. — Tirasse a camisa, fosse até a janela e se sentasse sob o sol. Assim, suas células poderiam começar a fazer fotossíntese de forma ativa, depois de ter ficado em repouso, e eu poderei, com sorte, sentir essa atividade.

— Isso quase faz sentido — disse Tamani com um sorrisinho. Ele foi até o banco sob a janela e se sentou, então ficou esperando que ela viesse se sentar atrás dele. Laurel tomou o cuidado de não deixar que nenhuma parte dos dois se tocasse. Não só porque não era uma boa ideia e atrapalhava seriamente sua concentração, mas tinha aprendido que, se conseguisse manter o resto de seu corpo longe de qualquer tipo de material vegetal, seus dedos pareceriam mais receptivos.

— Está pronta? — perguntou Tamani, a voz baixa e vagamente sugestiva.

Laurel olhou de relance pela janela. O sol havia acabado de sair de trás de uma nuvem.

— Perfeito — disse, baixinho. — Vá em frente.

Tamani esticou os braços alongados acima da cabeça, tirando a camiseta.

Laurel lutou para se concentrar. Moveu as mãos até as costas de Tamani e estendeu os dedos sobre sua pele. As pontas dos dedos pressionaram somente um pouco, conforme fechava os olhos e tentava sentir, não Tamani em particular, mas sua dinâmica celular.

Ela inclinou a cabeça de lado enquanto o sol aquecia as costas de suas mãos. Levou apenas um momento para que percebesse seu erro. Ela agora estava bloqueando a pele de Tamani dos raios do sol. Com um suspiro de frustração, levantou as mãos e voltou a posicioná-las, dessa vez mais para baixo, ao longo de suas costelas onde o sol havia acabado de bater. Ela o sentiu mover-se um pouco, mas estava em estado de concentração agora, e nem mesmo Tamani podia afetá-la.

Muito.

Laurel tinha aprendido com Yeardley a sentir a natureza essencial de qualquer planta que tocasse. Ele lhe garantira que, com prática e estudo, essa sensação, com o tempo, iria lhe dizer tudo que precisava saber sobre uma planta — particularmente o que podia fazer ao ser misturada com outras plantas. Deveria ser capaz de fazer a mesma coisa com Tamani. E, se conseguisse encontrar alguma maneira de sentir as diferenças entre eles dois...

Mas, toda vez que pensava ter sentido algo, a sensação desaparecia. Não tinha certeza se era porque estava continuamente bloqueando a luz do sol, ou porque as diferenças que estava procurando simplesmente não existiam. E, quanto mais tentava, menos parecia encontrar. Quando finalmente se deu conta de que estava apertando tanto Tamani que seus dedos doíam, já não podia sentir qualquer diferença em absoluto.

Soltou Tamani e tentou não notar os leves sulcos que havia deixado em suas costas.

— E então? — perguntou Tamani, virando-se para ela e recostando-se na janela sem fazer qualquer movimento para vestir a camiseta de novo.

Laurel suspirou, sendo engolfada pela frustração.

— Havia... alguma coisa, mas é como se tivesse desaparecido.

— Quer fazer de novo? — Tamani se inclinou para a frente, aproximando o rosto do dela. Ele falou baixinho, sério. Não havia qualquer sinal de flerte ou provocação.

Ilusões **118**

— Não acho que iria ajudar. — Ainda estava tentando distinguir as sensações que tivera na ponta dos dedos. Como se fosse uma palavra na ponta da língua, ou um espirro interrompido, tão perto que insistir só serviria para fazê-las desaparecer. Ela fechou os olhos e colocou os dedos nas têmporas, massageando-as devagar, sentindo a vida em suas próprias células. Como sempre, uma sensação muito familiar.

— Gostaria... gostaria de poder... sentir você melhor — disse ela, querendo ter uma forma melhor de dizer aquilo. — É que... não consigo atingir o que estou procurando alcançar. É como se a sua pele estivesse no caminho. Na Academia, eu poderia cortar e abrir minha amostra, mas, obviamente, essa não é uma opção no momento — disse ela com uma risada.

— O que mais você pode fazer quando não consegue distinguir o que uma planta faz? Além de cortá-la, quero dizer — perguntou Tamani.

— Posso cheirá-la — respondeu Laurel automaticamente. — Posso sentir o gosto das que não são venenosas.

— Sentir o gosto?

Ela olhou para Tamani, para seu meio sorriso.

— Não — disse ela, sabendo instantaneamente o que ele tinha em mente. — Não, não, não, n...

Suas palavras foram interrompidas quando duas mãos empoeiradas de pólen seguraram seu rosto e Tamani pressionou a boca contra a sua, abrindo seus lábios.

Estrelas explodiram na cabeça de Laurel, com cinzas multicoloridas se unindo num pastiche torrencial, num folhear acelerado de páginas com plantas e todo tipo de loucura. Por sua mente, de forma espontânea, derramaram-se pensamentos fugazes e difíceis de captar que a deixaram eufórica e enjoada ao mesmo tempo. *Misture com estames de copo-de-leite para uma potente antitoxina. Revitalização etária em animais quando fermentada com ambrósia. Bloqueador de atração injetável, pétalas de rosa, fotorresistor, unguento margaridas bálsamo infusãovenenonéctarmorte...*

— Laurel se afastou de Tamani com um empurrão, zonza demais para estapeá-lo.

— Laurel? Laurel, você está bem?

Laurel recaiu em sua cadeira e levou os dedos aos lábios.

— Laurel, eu...

— Eu disse que não. — Laurel podia perceber que seu tom de voz era vazio. Distante. Mas sua mente girava em turbilhão. Sabia que deveria estar furiosa, mas a presença de Tamani mal estava sendo registrada, bloqueada pelas sensações que haviam assaltado sua mente.

— Você não queria. Eu tinha, pelo menos, que tentar. Não tive nenhuma intenção...

— Teve, sim — disse Laurel.

A pesquisa era uma desculpa conveniente, mas Tamani vira uma oportunidade e a aproveitara. Felizmente para ele, tinha funcionado. Mais ou menos. Ela olhou para ele, entorpecida. Gradualmente, deu-se conta de que ele não fazia ideia do que havia acabado de acontecer.

— Você quer que eu peça desculpas? Eu peço, se é tão importante assim para você. Eu...

Laurel pôs um dedo sobre os lábios dele, silenciando-o. Ao tocá-lo, o avassalador fluxo de informações não se repetiu, mas as imagens estavam frescas em sua memória. *Será que é sempre assim com as outras fadas e elfos de outono?*, perguntou-se. *Ou foi somente um lance de sorte?*

Sua expressão devia ser de perplexidade, porque Tamani deu um passo para trás, para fora do alcance de Laurel, e levantou as mãos, suplicante.

— Olhe, eu só pensei...

— Cale a boca — disse Laurel. Seu tom ainda foi vazio, mas ela já não se sentia tão entorpecida. — Vamos lidar com isso depois. Quando você me beijou, tive um monte de... ideias. De poções que nunca ouvi falar. — Ela pensou na forma em que a palavra *veneno* tinha invadido sua mente. — Acho que talvez sejam proibidas.

— Por quê?

— Estou fazendo isso do jeito errado, Tamani. Não preciso tocar em você. Pode ser que tenha que testar minhas poções em você, supondo-se que encontre as plantas certas, mas tocar em você não me revelará como fazer poções *para* você.

Levou um momento para que ele processasse o que ela estava dizendo.

— E o que foi que lhe revelou, Laurel?

— Me revelou como fazer poções *com* você.

— Hécate Sagrada, pétalas, galhos e ar — praguejou Tamani, com o rosto cheio de preocupação. —Você pode *fazer* isso?

— Com prática e estudo — disse Laurel baixinho. Quantas vezes Yeardley lhe dissera aquelas mesmas palavras — Eu... eu não acho que é algo que eu deveria saber — disse baixinho. — Não sei por quê.

— Isso não faz o menor sentido. Certamente as demais fadas e elfos de outono sabem, não é?

— Não sei. Ninguém nunca me disse nada. Por que... — ela estava tendo dificuldade para formular um pensamento coerente. Quem, em sã consciência, pensaria em usar outra fada ou elfo como *ingrediente*? — Por que isso nunca aconteceu antes? — finalmente indagou. — Não é como se eu nunca tivesse... beijado você antes.

O sorriso de Tamani ficou um pouco doloroso.

— Humm, eu posso ter mordido a língua com bastante força, antes de beijar você.

Os pensamentos de Laurel se detiveram bruscamente.

— Isso é nojento!

— Ei — disse Tamani, dando de ombros —, foi *você* quem disse que cortava as coisas e as provava, e eu sabia que você não iria querer tentar nenhuma dessas coisas sozinha.

Ele estava certo. Claramente, tinha feito diferença. Tocá-lo de forma casual, ou até mesmo beijá-lo, não era suficiente. E, no entanto...

— Você deveria ir embora — disse Laurel, séria. O entorpecimento estava se esvaindo. Tamani a tinha *beijado*! Sem permissão. *De novo*! Sabia que deveria ficar furiosa, mas, de alguma forma, a raiva não conseguia superar o choque que sentia com sua nova descoberta.

— Se faz com que você se sinta melhor, doeu pra caramba — admitiu Tamani, com o queixo num ângulo estranho.

— Sinto muito. E, pelo menos dessa vez, você não me beijou enquanto David estava olhando — acrescentou Laurel. — Mas não devia ter beijado de jeito nenhum.

Tamani apenas assentiu antes de se virar e sair do quarto em silêncio.

Quando ele se foi, Laurel levou mais uma vez a mão aos lábios e se perdeu em pensamentos. Não pensamentos sobre Tamani, pelo menos dessa vez. Pensamentos de poções, pós e venenos que, de alguma forma, sabia que jamais deveria ter descoberto.

Treze

NA SEGUNDA-FEIRA, HAVIA FLORES NO ARMÁRIO DE LAUREL. NÃO ROSAS grandes e chamativas. Apenas flores silvestres, colhidas à mão e atadas com uma fita e, por isso, ela soube que eram de David. Ele não era do tipo que fazia estardalhaço com presentes, atraindo mais atenção para si mesmo do que para o sentimento.

E, também por isso, havia achado o ciumento e possessivo David tão desconcertante.

— Me desculpe — disse David, aproximando-se em silêncio por trás dela.

Laurel baixou os olhos para as flores, mas ficou calada.

— Passei totalmente dos limites. Surtei. — Ele se encostou em seu armário e passou as mãos pelos cabelos. — Simplesmente não gosto que ele esteja aqui. Não gostei desde o começo. Tentei disfarçar e lidar com isso, mas acho que perdi o controle na semana passada.

— Eu não fiz nada de errado — disse Laurel, evitando seu olhar, enquanto empilhava livros dentro de seu armário.

— Eu sei — disse David. — É isso que estou tentando dizer, aparentemente sem sucesso. O problema não é com você, é comigo. — Então se virou para ela, os olhos azuis sinceros. — Eu sei o que ele quer, e não quero que ele o consiga. Acredite — disse, tentando dissipar a tensão com uma risada —, se você tivesse uma namorada tão genial quanto eu, você também surtaria ao pensar em perdê-la.

— Eu tinha um namorado tão genial quanto a sua namorada — disse Laurel, sem se virar.

— Vou melhorar — disse David, apoiando-se agora em seu armário de forma que pudesse olhar para o rosto dela. — Prometo.

Laurel ficou olhando fixamente para o armário, sem querer admitir que metade da sua raiva era dirigida a si mesma. Queria que David confiasse nela, que soubesse que ela não iria deixar que Tamani a roubasse dele. Mas David tinha todos os motivos para desconfiar de Tamani; e como poderia pedir a David para confiar nela, se nem ela confiava muito em si mesma?

— Eu devia ter ligado para você antes — disse David, tirando Laurel de seus devaneios.

— Eu devia ter respondido o seu e-mail — admitiu Laurel. — Eu ia responder. Mas acabei perdendo a coragem.

— E então... estamos bem? — perguntou David, hesitante.

Aquele era o momento — o momento de dizer tudo a ele. Admitir que ela havia errado tanto quanto ele. Ela abriu a boca e...

— Oi, Laurel.

Laurel e David se viraram para olhar para Tamani, que lhes dirigia seu cumprimento matinal. Laurel olhou novamente para David e perdeu a coragem.

— Sim, estamos bem — disse ela, baixinho.

David soltou um suspiro e passou os braços ao redor de Laurel.

— Obrigado — disse, suavemente. — Eu realmente sinto muito.

— Eu sei — disse Laurel, com a culpa queimando no estômago.

Depois de uma pausa, ele prosseguiu:

— Nós não conseguimos estudar para o SAT no fim de semana passado. Que tal esta semana?

Laurel suspirou, desejando de todo coração não ter concordado em refazer o exame.

Ilusões 124

— Não poderemos estudar para outra coisa qualquer? Nem sei por que você está perdendo tempo com isso. Você teve uma pontuação altíssima na última vez.

— Sim, mas isso foi há séculos. Tenho quase certeza de que poderei fazer melhor dessa vez. — Ele parou. — Além do mais, quero apoiar você.

Laurel franziu os lábios. Não gostava muito de ser lembrada de que sua pontuação anterior não fora exatamente alta. O que justificava se preparar melhor dessa vez.

— Enfim — David se apressou a dizer —, nós sempre estudamos juntos e eu queria ter certeza de que ainda podemos fazer isso.

— Claro que sim — disse Laurel, colocando a mão no braço dele. — Não vou parar de fazer as coisas com você só porque você é um bobo. — Laurel sorriu para que ele visse que ela estava brincando e, após uma hesitação mínima, ele riu.

— E então, depois da aula?

— Claro.

— Beleza. — Ele hesitou e, em seguida, arriscou um beijo rápido. — Eu te amo — disse.

— Eu sei — respondeu Laurel, perguntando-se de onde aquela resposta tinha saído.

— Vou com você até sua sala.

Enquanto colocava a mochila no ombro, Laurel vislumbrou Tamani encostado no armário de Yuki, sorrindo e conversando com ela. Como se sentisse que ela o estava observando, Tamani olhou em sua direção e encontrou seu olhar durante o mais ínfimo dos instantes, antes de se voltar para Yuki e sorrir novamente.

Laurel não percebeu que havia parado de caminhar até sentir os dedos de David puxando-a à frente. Rapidamente, retomou o passo.

— Ora, ora, ora — disse ela, baixinho.

— O que foi? — perguntou David.

— Tamani está realmente fazendo... progresso com Yuki.

David se virou um pouco e olhou para o outro lado do corredor, onde Tamani e Yuki continuavam conversando, Yuki claramente concentrada em cada palavra de Tamani. David deu de ombros.

— Não era esse o plano?

— Mais ou menos — disse Laurel, perguntando-se por que a cordialidade de Tamani a incomodava tanto. Seria porque ele tinha conseguido fazer amizade com Yuki depois que Laurel falhara?

— Imagino que pensei que ele fosse tentar convencê-la a ser *minha* amiga.

Depois de beijar David distraidamente, Laurel entrou em sua aula de sistemas de Governo, ocupou seu lugar de costume e esperou que Tamani viesse se sentar a seu lado. Podia sentir uma dor de cabeça começando. *Ótimo.* Justamente o que faltava para completar sua manhã.

Tamani entrou correndo e deslizou para sua cadeira no momento em que o sinal final tocou. Ele usava luvas pretas de couro com as pontas dos dedos cortadas até a primeira articulação.

— O que é isso? — disse Laurel, franzindo o nariz. — As luvas sem dedos já não estão mais na moda desde... bem, desde os anos 80. Você parece um idiota.

— Melhor parecer um idiota do que uma aberração que solta purpurina pelas mãos — sibilou Tamani, mal-humorado. — Pelo que essa molecada sabe, de repente isso é a última moda na Escócia.

Laurel sentiu-se mal por não ter percebido; afinal, era o fato de estar perto da *sua* flor que fazia surgir pólen nas mãos dele.

— Ah. O que você está fazendo com Yuki? Achei que você fosse *nos* aproximar, e não que fosse virar o melhor amigo dela — sussurrou enquanto a professora Harms fazia a chamada.

— Eu *não* virei o melhor amigo dela — sibilou Tamani.

— Olha, pois parecia — murmurou Laurel.

Tamani deu de ombros.

— Tenho um trabalho a fazer aqui — sussurrou. — Faço o que for necessário.

Ilusões 126

— Inclusive tirar vantagem de uma fada sem noção nenhuma?

— Não estou *tirando vantagem* dela — sussurrou Tamani de volta, com um toque de irritação na voz. — Só estou sendo amigável. E se, no fim, ela for completamente inocente nessa história toda, então ela terá alguém que poderá responder a todas as perguntas que tiver sobre si mesma. — Após uma longa pausa, ele acrescentou: — Funcionou bem com você.

— Não funcionou *tão* bem assim — disse Laurel causticamente. — Não sou *exatamente* sua namorada, sou? — Ela se virou para a frente antes que Tamani pudesse responder e levantou a mão. — Estou morrendo de dor de cabeça; posso ir rapidinho até o meu armário? — perguntou Laurel à professora. Laurel não queria pensar em Tamani nem em David no momento. Só fazia com que se sentisse ainda pior.

Garotos idiotas.

— Dendriforme — disse David, erguendo os olhos de seu livro preparatório para o SAT.

Laurel gemeu.

— Já não terminamos? Acho que já revisamos umas duzentas palavras.

Ela nem sequer estava exagerando. No entanto, o dia tinha sido muito bom. A segunda e a terça, um pouco estranhas, mas tudo havia retomado o ritmo costumeiro e, agora, Laurel estava, de fato, conseguindo estudar um pouco. Eles questionavam um ao outro, recompensando as respostas corretas com beijos e, no intervalo, terminavam os deveres de casa de suas aulas individuais num silêncio amigável. Era como se as coisas estivessem voltando ao normal.

Laurel gostava do normal.

— Só essa última — insistiu David. — É adequada.

— Dendriforme — disse Laurel, franzindo o rosto. — Algo com forma de dedo? — disse ela, com um sorriso.

David revirou os olhos.

— Muito engraçado. Não, na verdade, é algo que você é.

— Ah, irritada. Cansada. Esgotada. Estou esquentando?

— Está bem — disse David, fechando o livro. — Vou aceitar sua indireta antes que você me enfie o livro goela abaixo. Podemos parar. — Ele fez uma pausa. — Só quero que você se saia bem.

— Não acho que se matar de estudar um dia antes do exame vai me ajudar muito. Não mesmo — insistiu Laurel.

David deu de ombros.

— Mal não faz.

— Para você é fácil falar — disse Laurel, esfregando os olhos. Ela se dirigiu para a cama, passando os dedos pelos ombros de David, e, então, se deitou ao lado de seu próprio livro preparatório.

— Quer que eu lhe pergunte sobre outra matéria? Talvez matemática?

Laurel fez uma careta.

— Odeio matemática.

— Exatamente por isso você tem que se dedicar mais a ela. Além disso — acrescentou ele —, foi sua nota mais alta na última vez, mesmo sem fazer simulado. Acho que você tem grandes chances de melhorar. Quer dizer, não ajudou muito o fato de que você nem tenha tido aula de matemática no último semestre. A aula de trigonometria deveria ajudar bastante, dessa vez.

Laurel suspirou e virou sua flor para a janela ensolarada.

— Às vezes, não consigo nem ver sentido nisso tudo — disse, mal-humorada. — Não importa quantos pontos fiz no SAT. Por que estou refazendo o exame?

Tinha feito sentido refazer a prova, inicialmente. Estimulada pela sugestão de David, ela havia pesquisado sobre o curso de enfermagem da Universidade de Berkeley e descoberto quantos pontos precisava para ser admitida. Ela até estudara, um pouco. Mais ou menos. Mas o exame não havia sido como ela esperara; para começar, significava

Ilusões 128

mais de quatro horas numa sala sem janelas. Tinha ido pessimamente na redação e nem sequer conseguira terminar uma das seções de vocabulário. E só havia chutado cerca de um terço das questões de matemática. Mesmo antes que chegasse seu resultado, com uma pontuação abaixo da média, ela já sabia que não tinha ido bem. Em certos aspectos, aquilo facilitou sua decisão, principalmente por ter dominado uma nova poção no mesmo dia em que recebeu o resultado. Era praticamente um sinal. Ela não iria para a faculdade; iria estudar na Academia de Avalon. Era, claramente, o seu destino.

Mas ela sabia que *poderia* ir melhor.

— Laurel — disse David, num tom permeado de frustração —, você vive dizendo isso e eu ainda não entendo por quê. Por que você não pode ir para a faculdade?

— Não é que eu não possa ir — disse Laurel. — Eu apenas... não tenho certeza se quero.

David pareceu preocupado, mas disfarçou rapidamente, antes que a consciência de Laurel pudesse doer muito.

— Por que não? — perguntou.

— Estou ficando realmente boa no processo de Mistura — disse Laurel. — Estou falando sério, o Tama... Todo mundo está impressionado com o meu progresso. Minha prática está começando a mostrar resultados e estou conseguindo dominar perfeitamente essa coisa da intuição. Funciona. *Eu* faço com que funcione. É o máximo, David!

— Mas, você tem certeza? Quer dizer, você não precisa passar o tempo todo em Avalon para melhorar. Pode praticar aqui. Olhe só para o seu quarto... você superou até a mim no quesito nerdice — disse David com uma risada. —Você pode continuar... fazendo isso, e ainda ir para a faculdade. — Ele hesitou. —Você poderia continuar com seus estudos de fada em vez de arrumar um emprego, já que a mensalidade não será problema para você.

— Para você também não, sr. Só Tira Nota Dez.

— Bem, é por isso que a minha mãe finalmente me deixou sair do *meu* emprego. — Ele sorriu. — Investindo financeiramente no meu futuro de uma forma totalmente diferente agora

— E a vantagem de ter mais tempo para passar com a namorada é adicional — respondeu Laurel, puxando a cabeça dele para perto e beijando-o, tanto para mudar de assunto como também porque queria. Os braços dele se fecharam em sua cintura, tocando de leve suas pétalas, mas sem se demorar ali.

Estavam deitados na cama de David, com o joelho de Laurel passando por cima do quadril dele. Só o fato de estarem ali deitados juntos já parecia amenizar as frustrações das últimas semanas. Ela aninhou a cabeça no ombro dele e fechou os olhos, lembrando-se de por que gostava tanto de estar com David. Ele era dela... sempre fora, para ser honesta... desde o primeiro dia. E ele era sempre tão calmo, mesmo diante de coisas chocantes como flores brotando nas suas costas, trolls jogando-os em rios, espiões do reino das fadas. Coisas que, certamente, fariam qualquer um correr para a colina mais próxima. E, provavelmente, também para os jornais. Só aquilo já fazia de David uma das pessoas mais leais que já conhecera.

Passou os dedos distraidamente pelas costelas de David e ergueu o rosto para encostar a testa no rosto dele.

— Laurel?

— Hmm? — perguntou Laurel, sem abrir os olhos.

— Posso apenas dizer... e me deixe terminar antes de você dizer qualquer coisa... que eu acho que você deveria se esforçar muito em seu exame de SAT dessa vez e se candidatar a algumas faculdades. Você estudou tanto nos últimos meses, de qualquer jeito. Por que jogar isso fora?

Ele fez uma pausa, mas Laurel ficou em silêncio.

— O negócio é que — continuou ele — o fato de se candidatar, e até mesmo de ser aceita, não significa que você tenha que ir. Mas quando você se formar e... — Ele hesitou e Laurel mordeu o lábio, sabendo que era difícil para ele sequer dizer aquilo. — E você tiver que começar a tomar decisões, eu não... quero que você se sinta restringida. É bom ter opções.

Os minutos se passaram em silêncio enquanto Laurel pensava a respeito. David estava certo, ela não *tinha* de ir somente por ter sido aceita. E sabia muito bem que o fato de ter uma opinião naquele momento não significava que teria a mesma opinião mais tarde. Muitas coisas haviam mudado em sua vida, assim como em sua cabeça, ao longo dos últimos anos. Geralmente para melhor.

— Está bem — disse ela, baixinho.

Sabia que quando David disse: "É bom ter opções", ele estava na verdade dizendo: "Não faça uma escolha que irá certamente nos separar." Era sua maneira de se aferrar pelo maior tempo possível, inclusive mantendo a possibilidade de ser para sempre.

Mas aquilo não fazia com que ele estivesse errado.

Quatorze

— ELA FICA LÁ DENTRO O TEMPO TODO — DISSE TAMANI A AARON no meio do caminho entre a casa de Laurel e a de Yuki. — Faz o dever de casa, lê, assiste à televisão. Não vejo nenhuma evidência de que ela esteja tramando alguma coisa.

Haviam passado mais de quinze dias desde que eles tinham descoberto que Yuki era uma fada, e ainda não havia nada que indicasse que ela sequer compreendesse o que era, muito menos que tivesse um plano mestre envolvendo a morte de Laurel.

— Todos os guardas dizem que os turnos mais entediantes são quando a estão vigiando — respondeu Aaron. — E não estou fazendo graça. Não acontece nada. Nem de suspeito nem de normal.

— Não podemos retirá-los — disse Tamani —, mas realmente parece um desperdício de recursos, não?

Aaron ergueu uma sobrancelha.

— Foi assim que me senti durante a maior parte do último ano — disse, ironicamente.

Tamani engoliu a resposta que lhe subiu aos lábios. Ele teria achado a mesma coisa, caso fosse um observador isento. Mas qualquer esforço é válido quando se está protegendo alguém que se ama.

— Será que... — ele parou, de repente. Alguém estava se movimentando com estardalhaço pela floresta, vindo na direção deles.

Ilusões 132

Aaron e Tamani correram para trás das árvores, com a mão nas armas, quando duas figuras disformes saíram da escuridão, caminhando pesadamente. *O que era aquilo?* Durante meses eles vinham esquadrinhando a floresta à procura de trolls, para que agora dois encontrassem a *eles*? Com a mão livre, Tamani sinalizou para Aaron.

O meu morre, o seu fala.

Aaron respondeu assentindo com a cabeça.

Quando o primeiro troll passou, à distância de um braço, Tamani saiu de trás da árvore, sacando a faca num movimento em arco que produziu um corte longo e pouco profundo nas costas do inimigo, que se virou para encará-lo, atacando com uma mão retorcida e cheia de garras — era um contra-ataque às cegas, em reflexo. Tamani se desviou facilmente do golpe e, então, com uma força selvagem, enterrou a faca até o cabo na órbita do olho do troll. Torceu a lâmina vigorosamente e a criatura desmoronou no chão.

A uma curta distância, Aaron havia conseguido fazer vários cortes nos braços e pernas do outro troll, tornando seus movimentos mais lentos. Debilitar um troll não era fácil — melhor matá-los rapidamente —, mas Tamani precisava de informações. Felizmente, duas armas podiam enfraquecer um troll mais rápido do que uma. Apoiando um pé no pescoço do troll caído, Tamani arrancou a faca de seu crânio. Fios de sangue, negros à luz das estrelas, escorreram da ferida. Ele olhou para cima bem a tempo de ver Aaron desaparecer na escuridão; aparentemente, o outro troll decidira fugir. Tamani pensou em ir atrás deles, mas mudou de ideia. Aaron era mais do que capaz de resolver tudo sozinho.

Então, ergueu o troll caído segurando sob seus braços e o arrastou para fora da trilha, caso viessem outros pelo mesmo caminho. Quando havia se afastado o suficiente, vasculhou o corpo em busca de qualquer pista do que ele pudesse estar fazendo ali. O Troll estava desarmado — não que trolls realmente precisassem de armas — e vestia um poncho de aniagem enlameado e um macacão preto. Nisso não havia nenhuma pista, a não ser o fato de que os trolls de Barnes geralmente se vestiam de forma parecida. Os bolsos da criatura estavam vazios, nenhum indício de onde ele viera nem do que estava procurando.

Chutando o corpo morto, Tamani subiu novamente até a trilha, então seguiu o rastro que Aaron havia deixado, encontrando-o em menos de um minuto. Sua faca estava guardada na bainha e ele parecia ileso, mas não havia nenhum troll à vista, ferido ou não.

— Eu o perdi — disse Aaron, balançando a cabeça

— Você o *perdeu*? — perguntou Tamani, incrédulo. — Ele estava a dois passos de você!

— Muito obrigado pela informação, Tam. Eu nem estava mesmo me sentindo um fracasso — disse Aaron causticamente.

— Me conte o que aconteceu.

— Ele simplesmente... desapareceu. — Ele chutou um torrão de terra. — Já rastreei uma porção de trolls nesta vida e nada desse tipo jamais aconteceu até eu vir para cá.

— Ele se enfiou na terra? — perguntou Tamani, procurando sinais de esconderijos na vegetação rasteira.

Aaron balançou a cabeça.

— Eu estava atento a isso. Eu o estava perseguindo e ele se encontrava diante dos meus olhos. Fui pegar uma faca para atirar nele... pensei em atingi-lo no tendão do joelho, e olhei para baixo por um segundo. Meio segundo, na verdade. E ele sumiu.

— Como assim, sumiu?

— Sumiu! Desapareceu no ar. Escafedeu-se. Estou lhe dizendo, Tamani, aquele troll simplesmente sumiu. Não deixou sequer um rastro!

Tamani cruzou os braços, tentando compreender tudo aquilo. Aaron era um dos melhores rastreadores que já havia conhecido. Se ele estava dizendo que não havia rastro, então não havia rastro. Mas isso não queria dizer que fazia sentido.

— Pensei ter ouvido passos — prosseguiu Aaron. — Mas até estes logo desapareceram.

Tamani engoliu em seco, tentando conter o medo incômodo em seu estômago.

— Envie batedores — disse Tamani baixinho. — Tente encontrar uma pista.

— Não existe nenhuma pista a encontrar — insistiu Aaron. Então, ele recuou e se empertigou um pouco. — Vou obedecer qualquer ordem que você me der, Tamani. E se você quer uma dúzia de batedores rastejando por esta floresta, é isso que terá. Mas eles não irão encontrar nada.

— O que mais podemos fazer? — perguntou Tamani, sem conseguir evitar o desespero em sua voz. — Preciso mantê-la em segurança, Aaron.

Aaron hesitou.

— Qual delas?

Tamani fez uma pausa; eles estavam vigiando Yuki ou estavam protegendo-a?

— Ambas — disse, enfim. — Esses trolls poderiam estar se dirigindo a qualquer das duas casas. Tem mais alguma coisa que tenhamos visto?

— Carcaças de vacas comidas, trilhas abertas entre as árvores. A mesma coisa que vemos há meses — disse ele, olhando na direção do horizonte. — Eles estão por aí, ainda que não possamos vê-los.

— Alguma chance de que tenham sido somente esses dois? — perguntou Tamani, embora já soubesse a resposta.

— Não, a não ser que estivessem comendo por doze. Ou vinte. Acho que esses dois apenas se descuidaram.

— É mais do que isso — disse Tamani, balançando a cabeça. — Eles pareciam quase... confusos. Tenho certeza de que ficaram surpresos ao nos verem, mas não estavam sequer armados. O meu mal conseguiu se defender.

— O meu tampouco se defendeu muito — concordou Aaron.

— Tenho que ir logo — disse Tamani baixinho, após um momento. — Laurel vai para Eureka fazer uma prova qualquer. Eu irei segui-la. Você fica encarregado da Flor Silvestre. Já faz semanas que não vemos Klea... ela deve vir a qualquer momento. Se ela aparecer, preciso que você escute tudo que elas conversarem e me conte depois. Mesmo que seja algo que você não ache relevante. Quero saber cada palavra que elas disserem.

Aaron assentiu estoicamente e Tamani se virou, correndo pela floresta na direção da casa de Laurel. Ele passou a caminhar quando se aproximou da linha de árvores atrás da casa e viu o brilho das luzes acesas na cozinha. Uma onda de ternura o engolfou ao ver o rosto dela surgir na janela, olhando para as árvores. Procurando por ele.

Ela não sabia que ele estava ali, mas era fácil fingir que sim, ao vê-la. Seus olhos ainda estavam um pouco sonolentos e ela comia frutas vermelhas, uma de cada vez, mastigando atentamente. Ele podia quase imaginar que eles estavam tendo uma conversa. Algo trivial e sem importância, em vez das discussões opressivas que eram obrigados a ter ultimamente. Algo que não fosse sobre trolls e poções e mentiras.

Quando aceitara — praticamente implorara, na verdade — por essa nova missão, ele deduzira que iria conseguir passar mais tempo com Laurel, recobrar a amizade e a intimidade que haviam compartilhado na infância — coisa que sentira um pouco no ano anterior, quando a levara a Avalon. Mas, agora, isso parecia uma piada. Suas obrigações eram vê-la todos os dias com David e passar seu tempo tentando encantar outra pessoa. Yuki era boazinha e tal, mas não era Laurel. Ninguém era Laurel.

Tamani sorriu enquanto Laurel continuava a olhar pela janela. Queria sair de trás de sua árvore, apenas para ver o que ela faria.

Poderia haver tempo. Uma conversa durante o café da manhã, sobre nada mais complicado do que a beleza do nascer do sol. Ele tinha quase criado coragem para fazer isso quando escutou o barulhinho conhecido de motor. Praguejou baixinho quando o Civic de

Ilusões **136**

David chegou à entrada da casa. Então, correu novamente até a sebe no final da rua onde seu próprio carro estava parado. Não queria ver os dois se cumprimentando, os beijos e abraços que David recebia tão casualmente.

Algum dia, disse Tamani a si mesmo. *Algum dia, serei eu.*

— E então? — perguntou David quando saíam da sala de aula, deixando para trás quatro horas de prova.

— Não me pergunte ainda — disse Laurel, com o pânico permeando sua voz, enquanto pendurava a mochila no ombro e percorria o comprido corredor rumo à saída e um pouco da tão necessária luz do sol. Eles tinham ido de carro até um colégio de segundo grau em Eureka para fazer a prova — na mesma sala de aula sem janelas. Laurel sentira cada minuto de seu confinamento e pretendia compensá-los o mais rapidamente possível. Assim que passou pela sombra da entrada, uma brisa leve de outono acariciou seu rosto. Ela respirou fundo e parou de andar, abrindo os braços para abarcar a luz do sol. Então, sentou-se nos desconhecidos degraus da entrada e apenas curtiu o fato de haver terminado.

Após um ou dois minutos, David se sentou ao lado dela.

— Eu trouxe uma coisa para você.

Ele lhe entregou uma garrafa de Sprite gelada que devia ter acabado de comprar de uma máquina. Até a umidade da condensação por fora da garrafa era revigorante.

— Obrigada.

Ele esperou enquanto ela abria a garrafa e tomava um gole demorado.

— Você está bem? — perguntou, finalmente.

— Agora, melhor — disse ela com um sorriso. — Só precisava sair daquela sala.

— Então... — disse ele, abordando o assunto com cuidado. — Como foi?

Ela sorriu.

— Acho que fui bem. Melhor.

— É?

— E você?

Ele deu de ombros.

— Não sei. Difícil dizer. — Fez uma pausa. — Cara, bem que eu gostaria de fazer mais pontos do que a Chelsea.

—Você é tão malvado. Sua média de notas é, tipo, zero vírgula zero dois melhor que a dela. Você não pode deixar que ela ganhe essa?

David sorriu.

— A gente vem competindo desde a quinta série. Mas é numa boa... juro.

— Que bom — disse Laurel, inclinando-se para um beijo, depois pousando a cabeça no ombro dele.

— Então — disse David, um pouco hesitante —, o que você acha desse baile Sadie Hawkins, no qual as meninas é que convidarão os meninos para ir?

Laurel riu e balançou a cabeça.

— Não podiam ter esperado mais uma semana e programado para meados de novembro? Você sabe, mais perto do verdadeiro Dia de Sadie Hawkins? — Ela fungou. — Acho que não querem os pais ultrarreligiosos e antipagãos reclamando de novo, como no ano passado. É apenas uma festa de Halloween, só que sem as fantasias.

— No entanto — disse David —, poderia ser divertido. Não que eu esteja convidando você — disse ele, tocando seu nariz —, já que a escolha é das damas, mas, *se* você fosse me convidar, e *se* Chelsea fosse convidar Ryan, e *se* vocês duas decidissem ir juntas, talvez pudéssemos ir todos juntos. Só estou sugerindo — disse ele, com um sorriso e um dar de ombros.

— Nossa, quanto *se*, meu amigo — perguntou Laurel. — Espero que sua empreitada se realize sob circunstâncias favoráveis.

Ilusões 138

—Você é terrível — disse David, inclinando-se à frente para beijá-la de novo.

— Pois é — concordou Laurel —, mas você me ama.

— Amo, sim — disse David, em voz baixa e rouca. — Eu te amo em intensa profundeza.

— Ah, não é assim que se faz — disse Laurel, rindo enquanto os lábios de David faziam cócegas em seu pescoço.

— Foi só o que consegui pensar, de improviso — disse David, rindo. — Admito ter sido derrotado por você. — Ele se afastou para poder olhá-la novamente no rosto. — De novo.

Laurel apenas sorriu.

— Laurel, sério — disse ele, e então fez uma pausa. — Estou orgulhoso de você.

— David...

— Por favor, me deixe terminar — interrompeu ele. — Deve ser difícil tirar notas decepcionantes e, daí, pegar firme e estudar para uma prova que você já fez, principalmente quando pode nem ser muito importante a nota que você tirar. Acho que é realmente admirável.

— Obrigada — disse Laurel, séria. Então, sorriu. — E *essa* palavra você usou corretamente.

— Venha aqui, sua...! — disse David, agarrando-a pelo braço e puxando-a para seu colo, apertando-a enquanto ela gritava e ria.

David deixou Laurel em casa assim que o sol começou a desaparecer no horizonte, fazendo com que o céu parecesse estar em fogo. Enquanto o via se afastar com o carro, ela se perguntou o que iria fazer caso sua pontuação realmente melhorasse.

— Laurel!

Laurel deu um pulo quando o sussurro baixo veio da lateral de sua casa. Olhou naquela direção e viu Tamani, apontando a cabeça por trás do muro.

—Venha aqui — disse ele, inclinando a cabeça.

Depois de um momento de hesitação, ela deixou a mochila na varanda e o seguiu.

— O que você quer? — perguntou ela, em voz baixa. — Aconteceu algum problema?

— Não, na verdade, não — disse Tamani. — Bem, mais ou menos. Nós... encontramos alguns trolls hoje de manhã.

—Vocês o *quê*?

— Nós cuidamos deles — disse Tamani, estendendo as mãos para tranquilizá-la. — Só não quero que você ache que estou escondendo alguma coisa de você. Sinceramente, é melhor que os tenhamos encontrado agora.

— Por quê? — perguntou Laurel, hesitando em acreditar naquilo.

— Porque significa que, de fato, vimos um. Fazia meses que não víamos nenhum.

— Mas está tudo bem? — perguntou Laurel, quase sarcasticamente.

— Está sim, de verdade. Ainda estamos em alerta total, mas não quero que você se preocupe. De qualquer forma, não foi para lhe contar isso que eu vim — disse Tamani, desculpando-se. — Só queria conversar. Já faz algum tempo...

Isso era verdade; Laurel o vinha evitando durante a semana toda. Porque ele a havia beijado e ela não queria falar a respeito. Porque David não gostava dele. Porque ele estava olhando para Yuki do jeito que costumava olhar para ela.

Como ela não respondeu, Tamani enfiou as mãos nos bolsos e chutou a grama.

— Como foi hoje?

— Bem, acho que eu fui bem.

— Ótimo. — Ele fez uma pausa. — Você fez mais alguma experiência? Com o globo, por exemplo?

Laurel suspirou.

— Não. Acho que você está certo quanto a eu testar primeiro o líquido fosforescente na minha pele. Mas vivo postergando porque,

Ilusões 140

então, não vou ter mais desculpas para não cortar um pedacinho da minha flor, como planejei originalmente. Você deve me achar uma banana. Quer dizer, você mordeu sua língua até cortá-la, e eu estou com medo de tirar um fragmento das minhas pétalas.

— Não, tudo bem. Você vai pensar em alguma coisa — disse Tamani, parecendo distraído.

Laurel assentiu. Não sabia o que dizer. Estava a ponto de abrir o jogo e perguntar a Tamani o que ele queria quando ele soltou:

—Tem um baile na escola, na sexta-feira que vem.

Uma estranha sensação de déjà-vu recaiu sobre Laurel; ficou surpresa por perceber que preferiria o silêncio carregado.

— Pode ser que você não conheça a tradição, mas a escolha é das damas — disse ela, rapidamente. — Isso quer dizer que você não deveria estar me convidando. É a menina que tem que convidar.

— Eu sei — disse Tamani asperamente. — Eu não estava tentando convidar você.

—Ah — disse Laurel, praticamente querendo que a terra se abrisse para engoli-la. — Bem, ótimo.

—Yuki me convidou.

Laurel não pôde dizer nada. Não deveria ter ficado surpresa. A bem da verdade, Yuki provavelmente só tinha chegado na frente de uma fila enorme de meninas, esperando para avançar.

— Eu só... — Ele ficou em silêncio por um longo instante e Laurel se perguntou se ele iria terminar a frase. — Queria perguntar a você — ele finalmente continuou — se existe algum motivo pelo qual eu não deva aceitar. — Então, olhou para ela com olhos verde-claros que brilhavam à luz do pôr do sol.

Não... a luz nos olhos de Tamani era muito mais que um reflexo. Era o fogo que derretia a raiva dela e que arrasava sua resolução toda vez que a via. Ela piscou e se obrigou a desviar o olhar antes que aquela luz a cegasse.

— Não, é claro que não — disse, tentando manter o tom casual. —Você deveria ir, sim. Quer dizer, é isso que deveríamos estar fazendo, não é? Tentando descobrir coisas sobre Yuki?

— Sim, isso mesmo — disse ele. A derrota em sua voz quase levou Laurel às lágrimas. — Na verdade, pensei que seria ótimo se eu e Yuki e você e... e David... pudéssemos ir juntos. Talvez pudéssemos finalmente diminuir a distância entre você e Yuki. E será à noite; portanto, eu me sentiria melhor se pudesse estar perto de você. Caso aconteça alguma coisa. — Ele sorriu com tristeza. — É meu trabalho, sabe?

— Sim, claro — disse Laurel, subitamente desesperada para entrar em casa. —Vamos todos conversar sobre isso na segunda-feira. Talvez possamos também convidar Chelsea e Ryan — disse, englobando também o plano original de David.

— Quanto mais gente, melhor; é assim que vocês falam, certo? — disse Tamani, com uma risada cansada.

— Isso mesmo — disse Laurel. — Bem, preciso entrar. Meus pais ainda nem sabem que já voltei — acrescentou, com um sorriso.

— Claro. Melhor você ir.

Laurel assentiu e se virou, indo até a varanda. Ela abriu a porta e tinha acabado de entrar quando Tamani a chamou novamente.

— Laurel?

Ela segurou a porta justo quando ia fechá-la.

— Sim?

— Me desculpe. Sobre... quando eu estive na sua casa. Aquilo que eu fiz. Foi inapropriado.

— Tudo bem — disse Laurel, engolindo suas emoções. — Eu descobri algo sobre... você sabe. Então, foi sorte. Nós ainda somos amigos. — Ela sorriu da melhor forma que podia. — Tenha uma boa noite, Tamani.

— Você também — ele sorriu para ela em resposta. Não foi um sorriso muito convincente.

Quinze

COM ISSO, LAUREL PASSOU DE EVITAR TAMANI PORQUE ESTAVA BRAVA COM ele a evitá-lo porque falar com ele era estranho e confuso. Mas os planos para o baile já haviam sido feitos, e Laurel tinha uma tarefa a cumprir. Foi à casa de Chelsea na semana seguinte, sentindo-se culpada por não ter dedicado tempo suficiente à sua melhor amiga nas últimas semanas. Desculpou-se profusamente e fez o possível para colocar a culpa nos exames de SAT.

— Acha que você foi melhor, dessa vez? — perguntou Chelsea, animada.

— Acho — disse Laurel, ainda espantada com o fato de a prova ter parecido muito mais fácil, depois de ter estudado adequadamente. — E vou em frente. Vou me candidatar a algumas faculdades.

— Eu acho isso excelente, Laurel — disse Chelsea, num tom estranhamente distante.

— Verdade? — disse Laurel, cutucando-a um pouco.

Chelsea olhou para ela, com um sorriso estampado no rosto.

— Verdade. David tem toda razão sobre essa coisa das opções.

— É bom ter opções, mas seria mais fácil se eu simplesmente soubesse o que quero — disse Laurel. — Você sabe exatamente o que você quer desde os... quê? Dez anos de idade?

Chelsea assentiu e, então, para surpresa de Laurel, explodiu em lágrimas.

— Chelsea! — disse Laurel, correndo até a cama e abraçando a amiga, que havia escondido o rosto nas mãos e arfava em busca de ar, entre um soluço e outro. — Chelsea — disse Laurel mais gentilmente. — O que está acontecendo?

Lágrimas de empatia subiram a seus olhos enquanto Chelsea continuava chorando. Após vários minutos, ela respirou fundo e riu, ao mesmo tempo em que esfregava os olhos com as mãos, tentando secá-los.

— Me desculpe — disse ela. — É bobagem.

— O que é bobagem?

Chelsea afastou a preocupação de Laurel com um gesto da mão.

— Cara, você já tem tanta coisa com que lidar no momento, não precisa ouvir sobre as minhas agruras, não acha?

Laurel colocou as duas mãos nos ombros de Chelsea e esperou que ela levantasse os olhos e correspondesse ao seu olhar.

— Se o mundo fosse acabar amanhã, não haveria nada mais importante do que ouvir sobre os seus problemas — disse Laurel, com a voz firme e forte. — Me conte.

Os olhos de Chelsea lacrimejaram novamente. Ela respirou fundo e esfregou as pálpebras avermelhadas.

— Ryan recebeu suas pontuações do SAT há algumas semanas.

— Ah, não... foram péssimas?

Chelsea balançou a cabeça.

— Foram bastante boas, na verdade. Não tanto quanto as minhas, mas nem as do David são *tão* altas quanto as minhas.

Laurel sorriu e revirou os olhos.

— Então, qual é o problema?

— Eu estava no quarto dele outro dia... ele teve de ir para baixo para falar com a mãe... enfim, o formulário impresso com as pontuações

estava em cima da escrivaninha. E eu meio que estava bisbilhotando um pouco e olhei a lista de faculdades em que ele está interessado e...
— Ela hesitou. — Ele não enviou os resultados para Harvard.

Harvard era a primeira opção de faculdade para Chelsea; ela vinha querendo estudar lá desde o ensino fundamental. Todo mundo sabia disso. Todo mundo.

— Talvez não houvesse lacunas suficientes — disse Laurel, tentando tranquilizar a amiga. — O pessoal do SAT só envia automaticamente para quatro faculdades, certo?

— Ele só anotou duas — disse Chelsea ressentida. — UCLA e Berkeley. Ele nem sequer tentou enviar para Harvard... quer dizer, eu sempre soube que talvez não fôssemos para a mesma faculdade, mas ele disse que, pelo menos, iria se candidatar!

Laurel queria oferecer algum tipo de consolo, mas não sabia o que dizer. Lembrou-se de Chelsea lhe dizendo que ela e Ryan haviam concordado que ambos se candidatariam à Harvard e à UCLA, e então esperariam para ver onde seriam aceitos. Ryan, aparentemente, tinha mudado de ideia.

— Você... perguntou a ele por quê? — disse Laurel finalmente. — Talvez ele não quisesse que os pais dele soubessem que planejava se candidatar à Harvard. Você sabe como o pai dele é controlador.

— Pode ser — disse ela, dando de ombros.

— Você deveria perguntar a ele — disse Laurel. — Ora, vamos, vocês estão namorando há mais de um ano. Deveriam ser capazes de conversar sobre essas coisas.

— Talvez eu não *queira* saber. — Chelsea se recusou a olhar nos olhos de Laurel.

— Chelsea! — disse Laurel com um sorriso. — Você é a proponente suprema da honestidade total! — Ela fez uma pausa e deu uma risadinha. — Proponente. Eis uma palavra do SAT.

Chelsea apenas levantou uma sobrancelha.

— Estou falando sério. Se nosso relacionamento está fadado a terminar logo, talvez eu prefira não saber desde quando ele está pensando nisso. E se ele está fazendo isso para agradar o pai, talvez seja uma boa surpresa.

— Pode ser — disse Laurel. — Mas o fato de não saber não vai ficar corroendo você por dentro?

Chelsea fez uma careta.

— Aparentemente, sim.

— Então, pergunte.

Elas ficaram em silêncio por algum tempo, e Laurel se admirou ao ver como se preocupar com os problemas alheios a impedia de se preocupar com os próprios. Ainda que por pouco tempo.

—Viu, Chelsea — perguntou Laurel baixinho quando uma ideia começou a tomar forma em sua mente. —Você tem compromisso esta noite?

— Agora? — perguntou Chelsea, olhando pela janela.

Laurel olhou rapidamente para fora.

— Temos uma hora, se nos apressarmos — disse ela, enfiando os pés nas sandálias.

— Hã, está bem...

Elas desceram a escada, e Chelsea gritou para a mãe que iria sair por uma hora. Sua mãe respondeu que era noite do espaguete e que, por favor, ela voltasse a tempo para o jantar. Laurel raramente tinha visto uma conversa na casa de Chelsea que não envolvesse gritos. Não gritos de raiva, mas do tipo que ocorre quando todo mundo está com pressa e não pode perder os dez segundos necessários para parar o que estão fazendo e se aproximar o bastante para ouvir a outra pessoa falar num tom de voz normal. Mas, também, numa casa com três meninos menores de doze anos, gritar provavelmente *fosse* o tom de voz normal.

— Então, aonde estamos indo? — perguntou Chelsea ao apertar o cinto de segurança do carro.

— À casa de Yuki — disse Laurel.

—Yuki? — E, após uma pausa. —Vamos espioná-la?

Ilusões 146

— Não! — disse Laurel, embora soubesse que a pergunta fosse inteiramente racional. — Achei que pudéssemos convidá-la para ir à Vera's.

— Para... tomar um suco? — perguntou Chelsea. A abençoada casa de sucos naturais de frutas e sem leite Vera's tinha conquistado o status de loja favorita de Laurel.

— Sim, claro — disse Laurel, dando seta ao se aproximar da rua da casa de Yuki. — Klea quer que eu fique de olho nela; Tamani quer que eu fique de olho nela. Eu estava pensando que nós todos poderíamos ir àquele baile de outono juntos.

— Então, vamos aparecer, do nada, na frente da casa dela, sequestrá-la, dar suco de frutas para ela e convidá-la para um encontro. Genial — disse Chelsea com sarcasmo.

— Eu compro uma daquelas trufas de alfarroba que você gosta tanto — disse Laurel sorrindo quando elas estacionaram na frente da casa de Yuki.

Chelsea levou a mão ao coração de forma melodramática.

— Se você vai usar meu amor pelo chocolate contra mim... não me resta escolha senão me derreter feito... um bombom sob o sol. Ou o que quer que seja — disse ela quando Laurel a olhou. — Minhas metáforas são péssimas. Vamos lá.

A casa de Yuki era aproximadamente do tamanho da garagem de Laurel. Ficava afastada da estrada e praticamente oculta por duas árvores densas e malcuidadas que cresciam na frente da calçada. Segundo Aaron, Yuki ficava quase sempre sozinha ali, mas até agora ninguém da vizinhança tinha se preocupado por causa disso. Era possível que simplesmente nem houvessem notado.

Nesse caso, eram bem menos abelhudos do que os vizinhos de Laurel.

Elas tocaram a campainha da casa, que pôde ser ouvida através da frágil porta de entrada e das janelas de vidro simples. Apesar das alegações de Klea de que Yuki estava ali para sua própria proteção, a segurança não parecia ser uma prioridade.

— Acho que ela não está em casa — disse Chelsea, sussurrando.

Laurel indicou com a cabeça a bicicleta que Yuki costumava usar para ir à escola. — A bicicleta dela está aí. E não acho que ela tenha carro.

— Isso não quer dizer que ela não tenha saído para uma caminhada — retrucou Chelsea. — Ela é... como você.

Laurel inspirou e prendeu a respiração por um instante.

— Está bem — disse. — Obviamente, isso não vai funcionar.

— Ainda tenho que ir à Vera's? — perguntou Chelsea, quando deram meia-volta.

O clique no trinco fez Laurel olhar novamente para a porta. Reprimiu a vontade de alisar a saia cáqui e ajeitar o cabelo. O rosto de Yuki apontou por uma fresta na porta e ela ficou olhando com óbvia surpresa por um momento, antes de abrir a porta completamente.

— Oi — disse Laurel, tentando não soar animada demais. — Você está ocupada?

— Não muito — disse Yuki, com cautela.

— Nós estamos indo à Vera's e achamos que você pudesse querer vir com a gente — disse Laurel, com o que esperava que fosse um sorriso acolhedor.

— Aquela mercearia? — Ela não parecia menos tensa. Na verdade, parecia ainda mais desconfiada.

— Eles fazem uns sucos de frutas maravilhosos. Nada além da fruta congelada e do sumo. — Laurel se perguntou se seria estranho demais que ela estivesse descrevendo os sucos em detalhe. — São tão bons! Você deveria vir.

— Hã... — Yuki hesitou, e Laurel pôde ver que ela estava procurando uma forma de dizer não.

— Eu dirijo — disse Laurel, tentando facilitar.

— Ah, está bem, acho — disse Yuki, tentando produzir um sorriso que não parecesse inteiramente falso. Laurel só podia imaginar como ela devia se sentir solitária, ali sozinha. Laurel a vira conversando com uma porção de pessoas diferentes nos corredores da escola, mas Aaron lhe garantira que nunca vinha ninguém à casa dela.

— É por minha conta — disse Laurel, estendendo o braço para o carro.

Yuki ficou em silêncio durante todo o percurso, enquanto Laurel e Chelsea tentavam manter uma conversa sobre a aula de psicologia que faziam juntas — o que acabou sendo mais tedioso do que a aula em si. Pelo menos, quando chegassem à Vera's, teriam algo com que ocupar a boca, uma desculpa para ficar em silêncio.

Depois que todas escolheram suas sobremesas, elas se sentaram numa mesa do lado de fora, com um guarda-sol que não bloqueava em nada o sol que já estava se pondo — do jeito que Laurel gostava.

— Isto é bom mesmo — disse Yuki finalmente, com um indício de sorriso.

— Achei mesmo que você fosse gostar — disse Laurel, pegando com a colher um pouco de seu suco congelado de manga com morango.

— Então — disse Chelsea, obviamente tentando puxar conversa —, como é a escola no Japão?

Yuki, subitamente, pareceu entediada. — Praticamente como a daqui, só que com uniformes.

— Ouvi dizer que vocês têm escolas de reforço e muitas horas de aula por dia. Seu amigo, o... hã, June? Ele é superinteligente.

— Jun — corrigiu Yuki, suavizando a pronúncia do J e fazendo Chelsea enrubescer. — Eu não o conheço muito bem. E eu nunca fui a uma dessas escolas *juku*. Muita gente nunca vai.

— Conte para a gente um pouco sobre você, então — intrometeu-se Laurel.

Yuki deu de ombros, desviando o olhar.

— Não há muito que contar. Eu gosto de ler, bebo chá verde demais, faço *ikebana* e escuto música dos anos 70 que ninguém nunca ouviu falar.

Laurel riu. Tanto ela quanto Chelsea sabiam que havia *tantas* coisas mais a respeito de Yuki; e Yuki também sabia. Mas Yuki não sabia quanto Laurel sabia, e não fazia ideia de que Chelsea soubesse de qualquer coisa.

— O que é *ikebana*? — perguntou Chelsea, pronunciando cuidadosamente cada sílaba.

— Arranjos de flor. Artísticos. Você provavelmente acharia chato.

Arranjos de flor?, pensou Laurel, endireitando-se na cadeira. Perguntou-se se aquilo poderia ser um eufemismo para alguma espécie de magia; no entanto, também podia ser apenas um sinal de que Yuki se sentia atraída pela natureza, como qualquer outra fada.

— Não, parece interessante — disse Chelsea, mas estava claro que ela não tinha a menor ideia do que dizer a seguir.

As três se ocuparam com a comida.

— Ah, viu — começou Laurel. Era agora ou nunca. — O Tama... hã... disse que você o convidou para o baile Sadie Hawkins? Ou Baile de Outono? Como quer que tenham decidido chamar.

Os pôsteres espalhados pela escola eram confusos, para dizer o mínimo. Laurel tinha a impressão de que alguém do conselho estudantil havia pesquisado Sadie Hawkins na Wikipedia *depois* que metade dos pôsteres já tinham sido impressos.

Yuki assentiu.

— Convidei, sim. Como você conhece o Tam? — perguntou, olhando intensamente para Laurel.

— Ele... hã... senta do meu lado na aula de sistemas de Governo — respondeu Laurel. — Eu estava contando a ele que Chelsea e eu geralmente vamos juntas a esse tipo de evento e ele se mostrou interessado. Talvez pudéssemos ir todos juntos.

— Com certeza — disse Chelsea, com um toque de sarcasmo na voz que Laurel esperou que Yuki não percebesse.

— Acho que seria fascinante.

Fascinante?

Ilusões 150

— Ótimo. Está combinado, então! — disse Laurel. — Se estiver tudo bem para você, quer dizer — acrescentou Laurel, voltando sua atenção para Yuki.

— Claro — disse Yuki, sorrindo agora para Chelsea. Ela parecia totalmente sincera. Tanto que doeu na consciência de Laurel. — Acho que seria legal fazer algo em grupo. Menos pressão, sabe? Quer dizer, eu nem conheço Tam muito bem e, no entanto... — Sua voz foi diminuindo.

Com um olhar penetrante na direção de Laurel, Chelsea pegou sua colher, lambeu e disse: — Bem, eu acho que ele é um gato.

Ambas as fadas desviaram cuidadosamente o olhar.

— Fala sério, o que foi aquilo? — disse Laurel, depois de deixar Yuki em casa após a dolorosa e constrangedora meia hora que haviam acabado de passar juntas.

— O quê?

— O lance de Tamani ser um gato?

Chelsea deu de ombros.

— Ué, ele é mesmo.

— A última coisa que quero conversar com Yuki é sobre Tamani.

— Por quê? — perguntou Chelsea, com um sorriso forçado.

— Porque ela é uma fada e eu não quero que ela fique desconfiada — disse Laurel, com indiferença.

— Lóóógico — arrastou Chelsea. — Qual é o lance entre você e Tam, hein?

— Por favor, não o chame dessa forma — retrucou Laurel, sabendo que era totalmente injustificável. — O nome dele é Tamani, e eu sei que você tem que chamá-lo de Tam na escola, mas será que poderia usar o nome completo quando estivermos sozinhas?

Chelsea ficou em silêncio, olhando para Laurel.

— O que foi? — Laurel finalmente perguntou, exasperada.

— Você não respondeu minha pergunta — disse Chelsea seriamente. — O que há entre você e Tam*ani*? — perguntou, enfatizando o nome completo.

Laurel agarrou o volante.

— Nada — disse ela. — Fazer amizade com Yuki supostamente era o meu trabalho. Eu falhei. Então, Tamani teve que fazê-lo e acho que eu me sinto culpada. Odeio decepcioná-lo. Ele é meu amigo.

— Amigo — disse Chelsea, impassível. — É por isso que David se transforma num dragão cuspindo fogo toda vez que os dois estão no mesmo ambiente.

— Ele não faz isso.

— Ele faz um bom trabalho para disfarçar, quando você está por perto, porque não quer dar uma de namorado ciumento. Mas, acredite em mim, ele fica tenso no segundo em que Tamani passa perto dele.

—Verdade? — perguntou Laurel, enchendo-se de culpa.

— Sim. Você acha que aquele confronto na semana passada foi um incidente isolado? A tensão vem se acumulando desde o primeiro dia de aula. Vocês dois não conversam sobre essas coisas?

— Por que é sempre culpa minha que Tamani esteja apaixonado por mim? — disse Laurel, mais alto do que pretendia. — Eu não fiz nada!

— Ora, vamos, Laurel — disse Chelsea, agora em voz baixa. — Eu entendo que Tamani goste de você, mas, sinceramente, isso não importa. A metade dos caras da nossa turma gosta de você. Você é maravilhosa. Eu vejo como eles olham para você. Isso não incomoda David. Acho até que o deixa *feliz*. Ele está namorando a garota mais sexy da escola, e todo mundo sabe.

— Não sou a garota mais sexy da escola — disse Laurel rigidamente, estacionando o carro na frente da casa de Chelsea. Sabia que era bonita, mas havia um monte de meninas bonitas na Del Norte. E Chelsea era uma delas.

—Você *é* a garota mais sexy da escola — repetiu Chelsea —, e o Capitão Ciência é o seu namorado. Você não conhecia David antes do ensino médio; então, deixe-me explicar para você: no momento em que você deu a ele um pouco de atenção, mudou a vida dele. Ele faria qualquer coisa por você. E ele realmente não é do tipo ciumento.

Ilusões 152

— Estou começando a achar que *todos* os garotos são do tipo ciumento — resmungou Laurel.

— Estou dizendo: David não está furioso com Tamani por ter ciúmes dele. David está furioso com Tamani porque *você* está com ciúmes.

Laurel deitou a cabeça sobre o volante, derrotada.

— Ele realmente está apaixonado por você? — perguntou Chelsea depois de um momento longo e silencioso.

— Sim — admitiu Laurel, olhando para Chelsea, mas deixando a cabeça encostada ao volante.

Chelsea ergueu as sobrancelhas.

— Bem, boa sorte com isso.

Dezesseis

— NÃO SEI POR QUE ISTO AQUI ESTÁ ME INCOMODANDO TANTO ESTE ano — disse Laurel, no corredor da escola, escondendo-se atrás do físico muito maior de David para ajustar a echarpe em volta de sua flor.

— Talvez seja porque não vai poder deixá-la solta no sábado — sugeriu David. — Meio como os músculos que ficam doloridos se você não dá descanso a eles, ou algo assim.

— Pode ser — concordou Laurel. — E no fim de semana não vai ser nem um pouco diferente.

— Você acha que precisará faltar ao baile? — perguntou David, ocultando um sorriso. — Eu não me importaria.

David não tinha ficado muito contente ao saber que eles iriam ao baile com Tamani; embora, ao ouvir que Yuki seria a acompanhante de Tamani, sua atitude tivesse melhorado. Minimamente.

— Sei que você não se importaria — disse Laurel —, mas Chelsea, sim. Ela precisa disso. Principalmente depois da última semana. Vai ser uma noite importante para ela e Ryan.

— Você tem certeza mesmo de que não poderei simplesmente dar um soco na cara do Ryan? — resmungou David. Era interessante ver como David era protetor com relação a Chelsea. Laurel sabia que a amizade deles existia havia anos, mas, quando contara a David sobre os resultados do SAT de Ryan, meio que esperava que ele defendesse Ryan; afinal, os dois também eram amigos, e Chelsea ainda se recusava a pedir uma explicação a Ryan.

— Nada de "socos", David — ralhou Laurel —, em *ninguém*.

— Sim, mamãe — disse David, revirando os olhos.

— Ah, e Tamani quer que a gente se encontre antes do baile: eu, você e Chelsea. — Ele tinha soltado aquela em Laurel na aula de sistemas de Governo, sem dar muita explicação. — Reunião de estratégia, ou sei lá, imagino. Ele diz que é importante. — Laurel esfregou as têmporas. O estresse com Yuki era quase pior do que ter trolls à espreita. Pelo menos com os trolls, as coisas eram claras. Os trolls gostavam de tesouros, de vingança e de esquartejar as pessoas membro a membro. Pelo que Laurel sabia, Yuki e Klea eram aliadas valiosas; por outro lado, podiam estar ocupadas planejando sua morte, ou coisa pior. Laurel desconfiava que fosse essa incerteza o que estivesse provocando suas dores de cabeça lancinantes, ultimamente.

— Está muito ruim hoje? — perguntou David, passando as mãos por seus ombros e se inclinando para encostar a testa na dela.

Laurel assentiu, num movimento diminuto que não afastou a testa de David da sua; gostava da sensação de seu rosto tão próximo.

— Só preciso ir um pouco lá fora — disse Laurel baixinho. — Sair desses corredores.

— Oi, Laurel.

Laurel ergueu os olhos e viu Yuki. Sorrindo.

Para ela.

Seus olhos se dirigiram a Tamani, que estava logo atrás de Yuki.

— Oi — respondeu Laurel, um pouco nervosa.

— Olhe — disse Yuki —, eu queria agradecer por você ter passado em casa no outro dia.

— Ah — disse Laurel, flagrando-se sem palavras. — Tudo bem. Quer dizer, deve ser estranho estar num lugar totalmente novo.

— Às vezes é mesmo. E... — Seus olhos foram até Tamani e ele sorriu, encorajando-a. — Não tenho sido muito amigável, e você foi muito legal.

— Sério — disse Laurel, sentindo-se estranha. — Não foi nada de mais.

— Então, você se importaria se eu e Tam almoçássemos com vocês? Vocês sempre comem lá fora, não é?

— Eu gosto de sair — disse Laurel, sentindo-se vagamente na defensiva. — Hã, claro, você pode ir conosco. Se quiser. — *É para isso que temos trabalhado*, lembrou a si mesma.

Tamani e Yuki se afastaram para buscar o almoço, e Laurel se virou para seu armário. A dor de cabeça estava piorando. Ficou feliz que fosse hora do almoço. Sair da escola por alguns minutos geralmente ajudava.

— Você está bem? — perguntou David, trancando seu armário, segurando o almoço embaixo do braço.

— Ela vai perceber como eu me alimento — disse Laurel. — Por que Tamani não impediu isso?

Mas ela sabia por quê. O risco valia a pena. Provavelmente.

David não respondeu, apenas passou o braço em volta dos ombros dela conforme caminhavam em direção à porta.

Chelsea e Ryan e alguns outros companheiros já estavam sentados e ajeitando o almoço quando Laurel e David chegaram, momentos antes de Tamani e Yuki. O grupo mal olhou quando Tamani e Yuki se sentaram; geralmente, outras pessoas iam e vinham. Yuki se sentou bem ao lado de Laurel. Tamani se sentou ao lado de Yuki.

Lá se vai a discrição por água abaixo, pensou Laurel. Três alunos do ensino médio, sentados um ao lado do outro, não comendo nada além de frutas e vegetais. Perfeito. Não iria atrair atenção *nenhuma*. Laurel hesitou antes de abrir sua salada. Pelo menos, tivera um pouco de tempo extra naquela manhã para preparar seu almoço: sua salada colorida parecia mais uma refeição do que a costumeira meia xícara de espinafre com alguns morangos, ou o pedaço de fruta e o saquinho de cenouras. Ela tirou da bolsa uma lata de Sprite e fez um certo estardalhaço ao abri-la e tomar um gole demorado.

Yuki não parecia nem um pouco constrangida ao pegar seu próprio almoço. Laurel não pôde evitar olhar fixamente para o pequeno pote, que continha um bocado pálido e retangular, do tamanho de um sanduíche, com tirinhas verdes amarradas ao redor.

— O que é isto? — perguntou Laurel, esperando que soasse como uma pergunta simpática.

Yuki olhou para ela.

— Rolinho de repolho — respondeu, simplesmente.

Laurel sabia que deveria deixar por isso mesmo, mas nunca tinha comido nada que se parecesse àquela coisa que Yuki mordia naquele instante, e sua curiosidade foi maior que a cautela.

— O que é isto que está em volta?

Yuki olhou para ela com surpresa.

— *Nori*. Hã, é alga marinha, basicamente. Você já deve ter visto em sushis.

Laurel se voltou para seu próprio almoço antes que chamasse muita atenção a ambas as refeições. Sentiu-se, de repente, solitária ao observar Yuki comendo seu rolinho de repolho e tomando seu chá verde gelado. Como seria ter uma amiga fada vivendo no mundo humano? Alguém com quem trocar segredos de camuflagem e receitas de almoço? Ela se deu conta de como ela e Yuki poderiam se dar bem. Se apenas tivesse uma forma de saber que Yuki não era uma ameaça... para ela ou para Avalon.

—Você não vai comer? — perguntou Yuki.

Laurel ergueu os olhos, mas Yuki não estava falando com ela; falava com Tamani, que estava deitado casualmente na grama. Ele deu de ombros.

— Estou bem. Normalmente saio, mas queria fazer companhia para você hoje — disse ele com um sorriso cativante, tocando o joelho dela.

Laurel virou para o lado oposto a Yuki, sentindo toda a simpatia se esvair.

— Quer um pouco do meu? — perguntou Yuki.

Laurel não se virou, mas ouviu, e se perguntou como Tamani iria se sair.

— Ah, não, obrigado. Tudo bem. Não gosto muito dessas coisas naturais.

Laurel quase engasgou com sua Sprite. Viu que Tamani a observava com riso nos olhos. Colocou a mão na coxa de David e desviou propositalmente os olhos de seu malicioso guardião.

Tamani se sentiu estranhamente como um professor, ao ficar em pé diante de Laurel e de seus amigos antes do baile. Ele lhes havia pedido que chegassem cedo à casa de Laurel, enquanto Ryan ainda estivesse no trabalho, para que pudessem conversar à vontade.

— Em primeiro lugar, quero advertir vocês sobre o troll que encontramos...

— Laurel disse que foi um troll *morto* — interrompeu Chelsea, o rosto empalidecendo um pouco.

Tamani ainda não sabia bem o que pensar de Chelsea, mas ela parecia ser uma boa pessoa.

— Quando eu terminei com ele, ele estava morto, sim — confirmou Tamani.

Ele quase sorriu diante do gesto de cabeça satisfeito de Chelsea. Nunca havia conversado com ela especificamente sobre sua experiência, no outono anterior, mas desconfiava que ter sido sequestrada por trolls fosse uma introdução bastante traumática ao mundo sobrenatural.

Ilusões 158

— Mas houve um que conseguiu fugir. E o fato de termos nos encontrado com eles é um sinal claro de que estão ficando mais descuidados, ou mais atrevidos. Seja como for, precisamos tomar muito cuidado esta noite. Principalmente com Yuki e Ryan conosco.

— Você já viu a Klea? — perguntou Laurel.

Tamani pressionou os lábios e balançou a cabeça.

— Não, mas Yuki mencionou tê-la visto outro dia. Então, há uma possibilidade de que Yuki esteja fugindo das sentinelas, o que não parece provável, ou que Klea esteja conseguindo passar incógnita por elas... o que parece ainda menos provável. Talvez Yuki esteja simplesmente mentindo, mas eu não sei por quê. Não sei o que pensar nesse caso.

— Me perdoe por observar o óbvio — disse David num tom que Tamani não gostou muito —, mas nós não poderíamos simplesmente chamar Klea? Quer dizer, Laurel tem o número dela. Caramba, *eu* tenho o número dela.

— E dizer o quê? — perguntou Tamani, claramente irritado. — Que ela deveria vir tomar um chá conosco?

— Poderíamos inventar alguma coisa. Fingir que Yuki precisa dela.

— E daí ela chegaria, descobriria que Yuki não precisa de ajuda nenhuma e perguntaria por que nós mentimos. E aí? — Ele ficou calado o suficiente para ressaltar que David não tinha resposta antes de prosseguir: — Por mais preocupado que eu esteja com Klea, estou mais preocupado com Yuki no momento. Uma vez que tenhamos descoberto se ela é ou não perigosa, Klea volta imediatamente a ser a primeira na lista de prioridades.

— Estou trabalhando nisso — disse Laurel, parecendo desamparada. — Cortei um pedacinho da minha flor e coloquei sob o globo de luz, num pouco de água com açúcar. Quando acrescentei o líquido fosforescente, durou algumas horas; então, acho que o globo está funcionando.

— E era isso que você queria que ele fizesse, certo? — perguntou Tamani.

Muito do trabalho de Misturadora que Laurel fazia o confundia, mas ele adorava observar seu progresso no papel de fada.

— Sim, mas não sei quanto isso nos ajuda. Tentei na minha pele e ela reage e brilha por algum tempo, mas poderia ser diferente nos cabelos ou em algumas gotas de seiva, ou em outra coisa totalmente diferente. O que preciso é de alguma amostra de Yuki para que possa usar a mesma amostra tirada de mim e, assim, comparar maçãs com maçãs.

— Farei o melhor que puder para conseguir a amostra dela — disse Tamani, tentando pensar numa maneira.

— Aposto que sim — disse David, baixinho.

Tamani apenas olhou feio para ele.

— Rapazes... — disse Laurel num tom de advertência.

— Desculpe — resmungou David.

Laurel olhou fixamente para Tamani, mas ele não disse nada. Não tinha feito nada de errado.

— Eu também queria falar sobre segurança — disse Tamani, desviando o olhar de Laurel. — Quero que todos nós fiquemos juntos sempre que possível. Os trolls já rastrearam Laurel antes pelo perfume de sua flor, e estaremos fora de casa depois do pôr do sol; então, precisamos ficar alertas e próximos. Com sorte, será uma noite tranquila.

— Que delícia — disse Chelsea, revirando os olhos.

— Tranquila no *bom* sentido — disse Tamani, abrindo um sorriso. Ele estava começando a gostar da garota humana. Pegou seu celular, verificando as horas. — Preciso ir buscar Yuki dentro de quinze minutos.

— E minha mãe chegará a qualquer momento para me ajudar a preparar uns petiscos adequados para fadas — acrescentou Laurel.

— Então, estamos todos preparados — disse David, esticando o braço sobre o encosto do sofá e pousando-o em volta dos ombros de Laurel.

Ilusões 160

— Podemos jogar "Vinte Perguntas" agora? — perguntou Chelsea.

Todos os olhares se dirigiram a ela.

— Não com você — disse Chelsea; então, apontou para Tamani. — Com ele.

Tamani a encarou por um longo momento, em silêncio.

— Infelizmente, não conheço esse jogo.

— Ah, é fácil — disse Chelsea. — Você joga com Laurel o tempo inteiro, mas ela nunca faz perguntas divertidas. Embora ela tenha, de fato, me contado que algumas peças de Shakespeare são lendas do povo das fadas. Venho esperando há *séculos* para perguntar a você todas as coisas realmente interessantes!

— Hã, está bem — disse Tamani, sem saber ao certo o que Chelsea consideraria *realmente interessante*.

— Então, é só Shakespeare ou há mais histórias que existem em ambas as culturas?

— Ah — disse Tamani, rindo. Ele se afundou numa poltrona perto de Chelsea. — Existem várias. Em Avalon, nós adoramos histórias. As fadas e os elfos de verão dedicam a vida a contar histórias, através da dança, da música ou da pintura. Mas os humanos são infinitamente mais criativos, sempre pensando em novas formas de deixar a história interessante contando-a da maneira errada. Não obstante, muitas de suas histórias têm raízes no mundo das fadas.

Chelsea não se deixou abalar.

— *Cinderela*.

— Não — disse Tamani. — Quer dizer, as fadas nem sequer usam sapatos, na maior parte do tempo. E encontrar alguém se baseando apenas no tamanho do sapato? Isso não faz sentido para humanos *ou* fadas e elfos.

— E quanto à fada madrinha? — perguntou Chelsea.

— Desnecessária. Podemos fazer abóboras ficarem daquele tamanho sem magia. E nem mesmo uma fada ou um elfo de inverno poderia transformar um rato num cavalo.

— *A Bela e a Fera.*

— É a história de uma fada que se apaixonou por um troll. Deixa a maioria das mudas morrendo de medo. No entanto, o troll nunca se revela um príncipe encantado.

— *Rapunzel.*

— Tônico para o crescimento dos cabelos que deu terrivelmente errado.

Chelsea soltou um gritinho.

— *O Pequeno Polegar.*

— Isso é apenas anatomia básica mal-interpretada. Nós *nascemos* das flores, mas nunca somos tão pequenos assim. Porém, sabe-se que alguns Cintilantes maldosos estimularam essas ideias errôneas de elfos minúsculos.

— Conte-me uma que me surpreenderia.

Tamani pensou por um momento.

—Você conhece *O Flautista de Hameln*?

Chelsea ficou inexpressiva por um instante.

—Você quer dizer de Hamelin?

— É, acho que sim. Não é uma história, é verdade — disse Tamani, muito sério. — E quase não foi alterada. O Flautista era um elfo de primavera muito poderoso. A maior parte de nós só consegue atrair um ou dois animais de cada vez, mas o Flautista podia atrair uma cidade inteira. Ele, no final, foi executado por aquela façanha.

— O que ele fazia com as crianças? — perguntou Chelsea.

— É meio que uma longa história. Depois de tudo, no entanto, ele as fez pular de um despenhadeiro. Matou todas.

Chelsea e Laurel ficaram em silêncio, olhando horrorizadas para Tamani.

— Talvez não seja nossa história mais feliz — disse Tamani, encabulado.

— E quanto às lendas de Camelot — disse Chelsea, recuperando-se primeiro. Seus olhos cintilavam de uma maneira que disse a

Ilusões 162

Tamani que aquilo, na verdade, era o que ela tinha querido perguntar todo o tempo.

— O que tem?

— Laurel me contou as partes que você contou para ela, e que o Rei Artur foi real e tudo mais. Mas e quanto ao resto? Lancelot? Guinevere? A Távola Redonda?

Tamani hesitou; não tinha certeza se queria contar aquela história, principalmente com David por perto. Mas pareceria ainda mais estranho *não* contar, agora que Chelsea o embalara.

— Laurel contou a você sobre os Unseelie, certo?

— Sim — disse Chelsea, enlevada.

— Então, você sabe que os Seelie se aliaram ao Rei Artur?

— A Rainha Titânia que providenciou tudo.

— Sim. E, à moda humana, a aliança foi selada com um casamento.

— Como assim, tipo entre um humano e alguém do povo das fadas? — perguntou Chelsea.

— Sim, exatamente assim — riu Tamani. — Guinevere era uma fada de primavera, como eu.

Chelsea arregalou os olhos.

— Mas eu achei que o objetivo da aliança pelo casamento era produzir um herdeiro que pudesse governar ambos os reinos...

— Não está muito claro se os Seelie sabiam que Guinevere não podia ter filhos de Artur. Nós éramos muito menos sofisticados naquele tempo... Mas é possível que soubessem e simplesmente... tenham deixado de mencionar isso a Artur.

Chelsea ficou de queixo caído.

— Havia muitas fadas e elfos na corte de Artur, incluindo Nimue e seu filho, Lancelot. Lancelot era amigo de Artur, mas ele era também o *Fear-gleidhidh* de Guinevere.

— O quê?

Tamani sentiu um estranho ímpeto de orgulho pelo fato de que Laurel não houvesse compartilhado aquele termo com seus amigos.

163   APRILYNNE PIKE

— Quer dizer vigia. Guardião. — Significava mais do que isso, mas Tamani já estava se sentindo um pouco exposto.

— Então, Guinevere se casou com Artur e, quando seu elfo-guardião meteu o bedelho na história e a roubou, foi o fim de Camelot? — To'dos olharam quando David falou.

— Pode distorcer a história como você quiser — disse Tamani, a voz firme —, mas Lancelot era o menor dos problemas de Artur. Quando ficou óbvio que o Rei Artur e Guinevere não teriam um filho, muitos cavaleiros humanos alegaram se tratar de bruxaria. Guinevere se voltou para Lancelot tanto em busca de amor quanto de segurança. Mas as coisas em Camelot já estavam indo mal e digamos apenas que Guinevere quase foi queimada na fogueira antes que Lancelot a resgatasse e a levasse de volta para Avalon.

— E daí, se Lancelot não estivesse por lá? — perguntou David. — E se Guinevere realmente tivesse tido a chance de fazer com que o relacionamento com Artur desse certo? Ainda acho que Lancelot foi o culpado por tudo.

Tamani viu Laurel e Chelsea trocarem olhares. Era óbvio que ninguém mais estava falando sobre Lancelot e Guinevere. Sem querer afligir Laurel, Tamani fingiu checar o telefone e se levantou.

— Talvez — disse ele. — Mas Artur foi um grande rei, especialmente para um humano, e, se você quer saber a minha opinião, ele preferiria perder um desafio a obter uma vitória fácil. — Lançou um longo olhar para David; então, sorriu. — Voltarei logo — disse, girando as chaves do carro na ponta do dedo indicador. E saiu da sala, fechando a porta atrás de si sem nem olhar para trás.

Dezessete

LAUREL TOMOU UM DESCANSO DA PISTA DE DANÇA QUENTE E ABAFADA e entrou no ligeiramente menos quente, embora densamente perfumado, banheiro. Olhou sob a porta de cada reservado, mas não havia ninguém ali. Sozinha por um momento, ela se espreguiçou cuidadosamente e ajustou a blusa sobre sua flor — um pouco dolorida por estar presa durante tantos dias seguidos —; então, suspirou e encostou a cabeça no espelho frio.

Ela gostava realmente de bailes. Pelo menos, durante a primeira hora. Mas, depois de algum tempo, o ambiente parecia escuro demais e não havia janelas ensolaradas para lhe proporcionar um pouco de revitalização. Além disso, a música parecia ainda mais alta aquela noite, e sua dor de cabeça tinha voltado com força total.

Isso vai me ensinar a não ficar acordada tanto tempo depois do pôr do sol, imagino.

No entanto, só restava pouco mais de meia hora. Laurel se inclinou sobre a pia e salpicou água gelada no rosto. Secando-a com papel-toalha, observou sua pele clara no espelho e, ainda que fosse apenas um desejo, sentiu que sua cabeça estava um pouco melhor. Estava contente que fosse um baile informal; todo mundo de camiseta. Não achava que fosse conseguir encarar roupas formais naquela noite.

165   APRILYNNE PIKE

Os três casais tinham começado a festa na cozinha de Laurel, com os petiscos caseiros de sua mãe. Fora interessante observar Yuki pelo canto dos olhos. Ela havia levado os petiscos cuidadosamente até o nariz, tentando concluir o que havia neles, antes de dar a primeira mordida hesitante. Na verdade, ela era bastante simpática. Muito tímida, mas Laurel sentia que havia mais coisas ali que não conseguia ver. Era divertido tê-la por perto, desde que Laurel não pensasse muito no fato de que a única razão de todos estarem juntos era porque Yuki era o *par* de Tamani.

Depois dos aperitivos, eles se apertaram no conversível — ideia de Tamani, para mantê-los juntos. Graças aos céus, os bancos eram inteiriços. Não havia cintos de segurança suficientes, mas, desde que a pessoa sentada no meio do banco dianteiro — Yuki, no caso, espremida entre Tamani e Laurel — colocasse uma jaqueta ou algo assim em seu colo, não dava para ver. Como se existisse um policial na face da Terra capaz de multar Tamani.

Laurel estava deixando a água da pia correr lentamente por seus dedos quando escutou que começava a tocar uma de suas músicas favoritas. Sentindo-se reanimar um pouco, voltou à pista de dança e encontrou David. Com um rosnado brincalhão, saltou sobre ele por trás. Ele agarrou seus braços e se dobrou para a frente, levantando-a e fazendo-a gritar. Então, ele a girou e a puxou de encontro ao seu peito, encostando o nariz ao dela.

— Dançamos? — sussurrou ele.

Ela sorriu e assentiu.

David tomou sua mão e a puxou até o meio da pista de dança. Laurel se aconchegou em seu peito e David a abraçou apertado, passando os braços por suas costas; um acima da flor e o outro, abaixo.

Conforme a música foi terminando, David sorriu e Laurel deu uma pirueta. Ela riu, adorando a forma como as luzes giravam quando ela olhava para cima. Laurel estava na terceira pirueta quando viu

Ilusões 166

Tamani pelo canto dos olhos. Ele estava a vários metros de distância, dançando com Yuki.

Durante a maior parte da noite, tinham dançado com cautela, naquela falta de jeito típica dos primeiros encontros, os corpos alguns centímetros afastados. Agora, Yuki havia se aproximado mais e encostara a têmpora no rosto de Tamani. Os braços de Tamani estavam soltos em volta das costas dela, e sua testa, franzida, mas ele não aumentou a distância. Não a afastou. Enquanto Laurel olhava, ele suspirou e inclinou a cabeça contra a de Yuki.

O casal estava girando, devagar, e de repente os olhos de Tamani se encontraram com os de Laurel. Ela esperava que ele fosse se sentir culpado, se afastar e fazer com que Yuki parasse de abraçá-lo. Mas ele não fez nada disso. Seu olhar estava firme, calmo, sem emoção. Então, de forma muito deliberada, fechou os olhos e encostou o rosto à testa de Yuki. Algo dentro de Laurel congelou.

David a puxou para que ela voltasse a encará-lo. Quando ela ergueu os olhos, ele estava sorrindo carinhosamente para ela. Ele não havia testemunhado o momento — aquele péssimo, terrível momento. Ela se obrigou a sorrir para ele quando a música lenta terminou e uma outra, alta e enérgica, começou a tocar.

Os dedos de David se entrelaçaram aos dela, e eles saíram da pista de dança, Laurel se forçando a não olhar para trás. Quando pararam e ela pôde se virar sem deixar David desconfiado, Laurel varreu com os olhos o ambiente lotado à procura de Tamani. Finalmente o identificou no lado oposto do ginásio, rindo de algo que Yuki estava dizendo.

— Ei, David — disse Laurel, mal conseguindo sorrir, com o nó que se formara em sua garganta. — Só faltam quinze minutos para o baile acabar; você acha que poderíamos ir embora um pouco mais cedo?

David olhou para ela com preocupação nos olhos.

—Você está bem?

— Sim — respondeu Laurel, ainda sorrindo. — Só estou com dor de cabeça. Estive quase a noite inteira, na verdade. — Ela deu uma risada curta. — Juro que sou alérgica a essa escola. E a música alta não ajuda nada.

— Claro — disse David. Então, puxando-a para perto, sussurrou em seu ouvido: — Depois dessa última dança, acho que a festa está mesmo no fim.Vou chamar o *Tam* — disse ele com uma risada. — Imagino que ele e Yuki também já estejam prontos para ir, quer admitam ou não. — Ele se virou para ir e Laurel esticou a mão, puxando-o de volta.

— Não podemos simplesmente ir a pé? — perguntou. — Não é nem um quilômetro até a minha casa. Costumávamos ir caminhando o tempo todo, antes de termos carro.

O rosto de David ficou sério.

— Tem certeza? Achei que todos devêssemos ficar juntos.

— Sim, mas... — Seus olhos se desviaram até Tamani. Ele ainda não os vira, mas era só uma questão de tempo. — Não houve nenhum *perigo* real nos últimos meses. Há, provavelmente, um milhão de sentinelas na cidade, neste momento.

— E ao menos um troll — observou David.

— Além disso — disse Laurel, ignorando o comentário —, nunca vou a lugar algum sem meu confiável kit de fada de outono — disse ela, aproximando-se do cabideiro e pegando sua bolsa. — Vamos estar seguros. Por favor? Não ficamos sozinhos a noite toda. Só quero um pouco de tranquilidade.

— Está frio.

Laurel sorriu.

— Eu vou manter você aquecido.

— Não vai nada, você praticamente tem sangue frio — disse ele, rindo. Mas agarrou sua jaqueta de um cabide e apoiou a mão nas costas dela, guiando-a em direção às portas duplas de saída do ginásio.

Ilusões 168

Foi um alívio imenso sair do ginásio e entrar no átrio silencioso, onde havia apenas algumas pessoas conversando.

— Obrigada — disse Laurel; então, apontou para a porta dos fundos. —Vamos por ali.

Só haviam dado alguns passos quando as portas do ginásio se abriram com tudo, chocando-se nas paredes atrás deles. Laurel e David se viraram e viram Tamani sair do ginásio feito um tufão, os olhos varrendo o ambiente até se iluminarem ao ver Laurel.

— Aí está você — disse ele, assim que se aproximou deles. — Aonde você vai?

—Vou para casa — disse Laurel, sem corresponder a seu olhar.

— *Nós* vamos para casa. Não é tão longe assim; vocês podem ficar até o fim do baile.

— Nem sonhando — disse Tamani, a voz tensa.

— Ei! — disse David. — Calma lá.

Tamani suspirou e baixou o tom da voz.

— Laurel, por favor, espere. É meu trabalho proteger você e não posso fazer isso se você sair correndo sozinha no meio da noite.

— Ela não está sozinha — retrucou David.

— Mas é como se estivesse.Você não pode protegê-la.

— Eu...

— Nem pense em fingir que está com a sua arma hoje — disse Tamani, interrompendo David. — Inspecionei você antes de virmos.

David fechou a boca. *Com que frequência será que David ainda carrega sua arma?* Ela certamente teria notado... não podia ser com tanta frequência assim. Ou podia?

Tamani fechou e abriu os punhos; então, levantou a cabeça, parecendo extraordinariamente calmo. — Não estou tentando me meter no seu caminho, David. Apenas temos que seguir o plano, não importa se as coisas parecem seguras. Por favor, esperem enquanto eu chamo os outros, para que possa levá-los para casa. Então, deixo vocês lá e vocês...

poderão fazer o que quiserem. Mas me deixem levá-los para casa em segurança. Por favor?

Laurel olhou para David, mas sabia que ele ficaria do lado de Tamani. De qualquer jeito, ele também não queria que ela fosse a pé para casa.

— Está bem — disse Laurel, numa vozinha.

— Obrigado. — Tamani se virou e correu de volta ao ginásio. Assim que as portas se fecharam atrás dele, Laurel sentiu a mão de David em seu ombro.

— Me desculpe por não ter tirado a gente de lá rápido o bastante — disse David. Então, após um momento de hesitação: — Mas acho melhor mesmo desse jeito.

— Não vai acontecer nada! — disse Laurel, exasperada. — Não acontece nada há meses; não vai acontecer nada esta noite!

— Eu sei — disse David, segurando ambas as mãos dela. — Mas não custa nada prevenir. Quando chegarmos lá, mandaremos todo mundo para casa, e você e eu assistiremos a um filme e esqueceremos todo o resto, combinado? Mais dez minutos e seremos apenas você e eu, está bem?

Laurel assentiu, sem confiar em si mesma para falar. Aquilo era exatamente o que queria. Exatamente o que precisava. De uma noite com David.

Logo Tamani veio do ginásio com os outros três.

Laurel forçou um sorriso e olhou para eles.

— Me desculpem por ser uma estraga-prazeres — disse com animação. — Estou com uma dor de cabeça terrível e a música a está piorando ainda mais.

— Sem problemas — disse Chelsea, passando o braço pelo de Laurel. — O baile já terminou, praticamente.

Após um momento de comunicação silenciosa com Chelsea, Laurel entrou no carro de modo a se sentar entre os dois rapazes e Chelsea se acomodou na frente, com Yuki e Tamani. Depois de dirigir

Ilusões 170

a ela um olhar demorado e questionador, Tamani se virou para a frente e deu a partida no carro.

Laurel observou as casas escuras, pensando no absurdo que era Tamani achar que ela precisava de proteção contra aquilo. Não importava o que Jamison dissera a ela tanto tempo atrás, a respeito das vênus-caça-moscas. Barnes estava morto. Barnes tinha sido inteligente; fazia sentido que ficasse de tocaia, planejando e maquinando até Laurel baixar a guarda. O que quer que ainda restasse de sua horda não parecia estar fazendo nada além de se esconder e, na falta disso, morrer.

No meio do caminho, numa parte vazia da estrada, a visão periférica de Laurel registrou uma sombra grande, que então avançou na frente do carro de Tamani. Laurel nem sequer teve tempo de gritar antes que os freios guinchassem — tarde demais. O carro se chocou contra alguma coisa, com um ruído repugnante, e Laurel foi atirada com força contra seu cinto de segurança, a tira cortando seu ombro antes de puxá-la para trás e apertá-la de encontro ao banco.

A seu lado, David praguejou e puxou seu cinto de segurança. Laurel pôde ver o branco dos airbags murchos na frente de Tamani e de Chelsea.

Airbags.

Cintos de segurança.

Yuki.

As portas se abriram e todos tentaram se soltar dos cintos, mas Laurel viu apenas Yuki, curvada sobre o painel do carro. Ela gemeu e começou a se levantar, e gotas claras de seiva escorreram por sua testa. Nenhum dos rapazes estava prestando atenção; todos tinham corrido para ver o que Tamani havia atropelado. Laurel precisava fazer alguma coisa; era perigoso demais que Ryan visse aquilo.

— Chelsea, me dê sua camiseta! — sibilou Laurel enquanto engatinhava por cima do banco da frente.

— Mas...

— Agora! — gritou Laurel, desejando explicar que não podia usar a dela por causa da flor.

Chelsea hesitou; então, arrancou a camiseta pela cabeça, revelando um sutiã meia-taça de renda preta. Querendo se desculpar, Laurel pegou a camiseta e se inclinou à frente, pressionando-a na cabeça de Yuki.

— O que...? — murmurou Yuki, piscando.

— Fique imóvel — disse Laurel, em voz baixa. — Nós batemos em alguma coisa; você cortou a cabeça. Você tem que ficar quieta ou *todo mundo vai descobrir* — disse ela, instilando o máximo de significado possível em suas últimas palavras.

Os olhos de Yuki se arregalaram e ela assentiu; então, se encolheu de dor.

— Ai — disse ela, entre dentes cerrados, conforme a dor penetrou sua desorientação.

Laurel ergueu os olhos ao ouvir gritos vindos da frente do carro. Iluminadas pelos faróis altos do conversível havia três figuras de macacão azul-marinho desbotado, os rostos desiguais e raivosos distinguindo-os instantaneamente.

Trolls.

Então, de repente, alguém voou pelo ar, caindo sobre o capô do carro. Sua cabeça bateu com força no para-brisa, acrescentando uma rachadura em forma de estrela às gretas que Yuki já havia criado.

— Ryan! — gritou Chelsea, mas a cabeça de Ryan tombou para o lado e seus olhos tremularam um pouco antes de se fechar.

— Dê-nos a garota — grunhiu um dos trolls —, e ninguém mais terá que se machucar.

Tamani saltou para a frente, dando um chute na lateral da cabeça do troll, que ressoou com um *crack!* O troll cambaleou um pouco para trás, enquanto Tamani pulava de lado, evitando o soco desajeitado de outro troll.

— Chelsea! — disse Laurel com vigor. — Pegue a camiseta... pressione à cabeça de Yuki.

Ilusões 172

— Não posso — disse Chelsea, tentando passar por cima dela. — Tenho que... Ryan... tenho que ir...

Laurel agarrou o braço de Chelsea.

— Chelsea, se você for lá, só irá atrair a atenção deles para Ryan. Você precisa ficar aqui e me ajudar. É a melhor forma de ajudar o *Ryan*.

Os olhos de Chelsea estavam arregalados e tomados de pânico, mas ela assentiu.

— O.k.

— Agora assuma meu lugar aqui.

As mãos quentes de Chelsea deslizaram sobre as de Laurel para que pudesse substituí-la.

— Yuki! — Laurel segurou o rosto de Yuki, tentando fazê-la se concentrar, mas seus olhos ainda estavam um pouco vagos. — Use seu celular. Chame Klea! — Não havia como esconder aquilo dela... então, bem que poderiam pedir sua ajuda.

Laurel pulou para o banco de trás e pegou sua bolsa, vasculhando à procura de um globo de vidro de açúcar do tamanho de uma bola de gude grande. Apertando-o no punho fechado, ela saltou pela porta do lado do passageiro e correu até a frente do carro. Assim que contornou a luz dos faróis, alguém a agarrou pela cintura, atirando-a no chão. Ao cair, ela jogou a bola aos pés de Tamani e a ouviu se estilhaçar.

Uma fumaça densa se ergueu do calçamento, engolfando os lutadores numa bruma que refratava os raios de luz dos faróis. Assim que viu a fumaça começar a se espalhar, Laurel virou seu ombro e deu uma forte cotovelada em seu atacante.

David grunhiu e agarrou o braço dela, protegendo-se de um segundo golpe.

— Sou eu! — disse ele numa voz sufocada. — Eu não podia deixar que eles vissem você.

— Desculpe! — sussurrou Laurel, voltando sua atenção para a fumaça. Era tão densa que não podia ver qualquer movimento. Fixou os olhos com força, desejando que a poção funcionasse.

Algo saiu da nuvem aos tropeções e Laurel sentiu seu coração disparar, mas era Tamani. Ele se apoiou no capô do carro e levantou as duas pernas para chutar com força os dois trolls que o seguiam. Eles caíram para trás, dando a ele tempo suficiente para erguer duas facas à sua frente e dar um golpe em forma de arco com uma delas, fazendo voar respingos de sangue. O troll diante dele recuou, desaparecendo na fumaça, e Tamani voltou sua atenção para os outros.

— Eles não deveriam ser capazes de lutar! — disse Laurel, o pânico apertando seu peito. O globo continha um soro que atacava as íris dos animais, cegando-os temporariamente, mas não tinha nenhum efeito em fadas ou elfos. — Eles deveriam estar inutilizados! David, preciso fazer alguma coisa. — Ela tentou se levantar do chão, mas os braços de David a prendiam como um torniquete.

— O quê? E se matar? — sussurrou David. — Acredite em mim, a melhor coisa que você pode fazer por ele neste momento é ficar quieta.

Ele estava certo, mas Laurel se sentia uma completa traidora ao agachar-se novamente, escondida de forma segura nos braços de David, e vendo Tamani lutar por sua vida. Pela vida de todos eles. Ela o viu girar, dar voltas e atacar; escutou o zunir das facas cortando o ar, os grunhidos dos trolls quando as lâminas de Tamani se afundaram em sua carne. Ele era rápido, mas Laurel sabia que ele tinha de ser — um ou dois golpes de um troll, e estaria tudo acabado. A luta não podia ter levado mais do que trinta segundos, mas pareceram passar horas antes de um dos trolls soltar um gemido agudo e desmoronar no chão. Os outros dois correram para longe do carro, dirigindo-se para a floresta.

Laurel espiou por trás do pneu, esperando pela próxima onda de trolls, mas estava tudo quieto.

Ela olhou pela porta, para dentro do carro, onde Chelsea estava sentada, com a camiseta ainda pressionando Yuki e os olhos fixos em Ryan, que jazia imóvel em cima do capô. Tamani estava dobrado ao meio, as mãos nos joelhos, firmando-se enquanto tentava recuperar o fôlego.

Ilusões 174

— Tam! — disse Laurel com desespero, a voz vacilando enquanto ela se levantava.

Os olhos de Tamani voaram até ela, mas apenas por um instante.

— David — chamou ele, enfiando os braços sob o corpo do troll caído —, me ajude! Rápido!

David correu para ajudar a levantar o pesado troll e eles o puxaram até a lateral da estrada, escondendo-o por trás de uma cerca.

— Eu cuido dele depois — disse Tamani, correndo de volta para o carro. — Agora, este aqui.

Era a primeira vez que Laurel podia olhar bem para o que havia pulado na frente do carro. Era definitivamente um corpo. Os olhos sem vida, o nariz bulboso e os tufos esparsos de cabelos finos provocaram arrepios na espinha de Laurel. Ele só usava farrapos de roupa e parecia mais animal do que humano — como Bess, o troll que Barnes mantinha preso numa coleira feito um cão.

— Um dos inferiores — disse Tamani. — Um sacrifício. Eles sabiam que ele iria morrer e o jogaram aqui, de qualquer jeito. Me ajude, David. — Ele agarrou o troll morto sob os braços e David apanhou as pernas curtas e grossas, virando a cabeça de lado para evitar a visão, ou talvez o cheiro.

Estavam correndo de volta para carro quando Ryan deu um gemido e tentou se virar.

— Ele está voltando a si — disse Laurel, agarrando o braço de David. — Precisamos colocá-lo de novo no carro, senão ele vai desconfiar.

David agarrou Ryan em torno do peito e o arrastou do capô, deixando-o cair de forma meio desajeitada no banco de trás do conversível.

— O que aconteceu? — perguntou Ryan, apalpando a própria nuca.

Laurel quase podia sentir todo mundo prendendo a respiração.

— Acidente de carro — disse Laurel, hesitante. — Você bateu a cabeça.

Ryan gemeu e disse: — Vou ficar com um galo amanhã, hein? — Ele fechou os olhos e resmungou alguma coisa, mas pareceu perder novamente a consciência.

Aquilo pôs todo mundo em ação. Tamani examinou Chelsea e Yuki.

—Você está bem? — perguntou a Yuki, num tom apressado.

— Ela está bem — disse Chelsea. — Telefonou para Klea. Mas parece estar bem desorientada.

Tamani suspirou.

— David — disse ele, virando-se.

David estava petrificado, vendo o estado de seminudez de Chelsea. Ele parecia completamente aflito.

— David! — disse Tamani, mais alto, tocando em seu ombro. David ergueu os olhos com um sobressalto, enrubescendo.

—Vocês precisam sair daqui agora, antes que apareça alguém para ver o que aconteceu — disse Tamani, sussurrando para que Yuki não o ouvisse.

— Aonde você vai? — perguntou Laurel.

— Eu tenho que rastreá-los. *Você* tem que ir para a sua casa.

— Mas o carro...

— Ainda funciona — disse ele, apertando as chaves na mão dela. — Por favor, vá. Leve-os para a sua casa. Vocês estarão seguros lá. — Ele começou a se virar e Laurel agarrou seu braço.

—Tam, eu...

Um raio explodiu na cabeça de Laurel. Ela tombou de joelhos e levou as mãos às têmporas conforme lâminas cortantes de dor dilaceravam sua consciência. Ela queria gritar, tentou gritar. Estava gritando? Não sabia dizer. Só o que podia ouvir eram estrondos, ruídos sem sentido.

E, assim como começou, parou.

Ilusões 176

Ela desmoronou na rua, devastada pela abrupta e chocante ausência de dor. Seus membros tremiam e ela demorou alguns segundos para perceber que estava ensopada porque seu corpo inteiro havia irrompido em suor — coisa que nunca experimentara antes. Alguém a chamava. David? Tamani? Não tinha certeza. Tentou abrir os lábios para responder, mas não podia movê-los. A escuridão foi tomando todos os cantos de sua visão e se sentiu agradecida. Percebeu braços se curvando sob ela, levantando-a; então, suas pálpebras estremeceram e a escuridão a engolfou.

Dez oito

TAMANI VIU, HORRORIZADO, LAUREL CAIR AO CHÃO. ELE EXAMINOU SEU corpo à procura de ferimentos, mas não viu nada.

— David — disse ele, correndo com urgência até o porta-malas do carro e enfiando a chave —, levante-a e a coloque no banco de trás.

— Não deveríamos movê-la — disse David, agachando-se ao lado dela.

— E o que você vai fazer? — disse Tamani, sua irritação explodindo. — Chamar uma ambulância? O mais importante a fazer neste momento é tirá-la daqui. Coloque-a no carro.

David a levantou com hesitação e a colocou ao lado de Ryan, que ainda estava desmaiado.

— E agora? — perguntou, olhando para Tamani.

Tamani olhou fixamente para seu cinto de utilidades, ali no porta-malas, esperando por ele. Podia ouvir Shar em sua cabeça, insistindo para que o apanhasse e fosse atrás dos trolls. Era o que seu treinamento ditava. Mas mesmo enquanto estendia a mão para pegá-lo, sabia que não poderia fazer aquilo. Laurel estava inconsciente em seu carro. Era incapaz de deixá-la ali naquela condição, assim como era incapaz de arrancar o próprio braço. Resmungando, fechou o porta-malas com força.

— Entre — Tamani disse a David.

Ilusões 178

Sentado no banco do motorista, ele prendeu a respiração enquanto dava a partida no carro. No segundo em que o carro pegou, Tamani acelerou com tudo, querendo colocar Laurel a salvo em casa o quanto antes.

— Quando chegarmos lá, quero que todo mundo entre — disse Tamani asperamente, a apenas instantes da casa de Laurel. — Vamos resolver o que fazer a partir dali. Vou levar Yuki — acrescentou ele, mais baixo, lembrando-se de que, ainda que os olhos dela estivessem fechados, ela poderia estar escutando.

Subiu no meio-fio e desligou o carro. Chelsea passou cuidadosamente Yuki para Tamani e correu para abrir a porta da frente. Tamani pegou Yuki nos braços, aconchegando-a contra seu peito, observando David pelo canto do olho com mais que um toque de ciúme conforme ele fazia o mesmo com Laurel. Chelsea havia conseguido amarrar sua camiseta em volta da cabeça de Yuki de tal forma que não escorregaria e Yuki poderia acreditar que seu segredo ainda estava em segurança.

Quando chegaram à porta, Chelsea já vinha trazendo o pai de Laurel, vestindo apenas calça de moletom e camiseta, até o carro batido, supostamente para ajudar com Ryan.

— O que aconteceu? — perguntou da porta a mãe de Laurel, com a voz em pânico.

— Atropelamos um veado — disse Tamani antes que mais alguém pudesse responder. Ele olhou significativamente para a mãe de Laurel até que seu olhar de ceticismo se desfizesse, e ela assentiu para ele, compreendendo. Indicou, então, uma poltrona onde Tamani colocou Yuki, enquanto David deitava Laurel no sofá. A mãe de Laurel imediatamente se agachou ao lado dela, acariciando seus cabelos

O pai de Laurel e Chelsea apareceram na entrada, apoiando Ryan entre eles. Ele havia despertado novamente, mas ainda estava bem desorientado.

—Você tem carro? — Tamani perguntou a Chelsea.

Ela negou com a cabeça.

— Ryan passou para me buscar.

— E quanto a ele?

Ela assentiu, de forma quase convulsiva.

— A caminhonete dele está aqui.

— Pegue as chaves dele; leve-o para casa.

Ele começou a se virar, mas a mão dela se fechou com firmeza em seu braço.

— O que devo dizer aos pais dele?

— Atropelamos um veado.

— Não deveríamos ficar movimentando-o tanto depois de um acidente de carro. Deveríamos ir a um hospital. Ele pode ter sofrido uma concussão.

— Faça o que tiver de fazer — disse Tamani, inclinando-se mais perto do ouvido dela —, desde que todos saibam que *nós atropelamos um veado.* — Ele fez uma pausa para despir sua camisa de botões, que colocou em volta dos ombros nus de Chelsea enquanto olhava firmemente em seus olhos. — Qualquer garota que tenha feito tanto quanto você esta noite é capaz de resolver mais essa para mim.

Um sorriso começou a se espalhar pelo rosto dela, e Tamani soube que tinha dito a coisa certa.

— E pode ter certeza de que eu vou manter você informada de tudo — acrescentou ele, sabendo que isso era a última coisa que a estava fazendo hesitar.

Chelsea assentiu; então, deixou que o pai de Laurel segurasse Ryan enquanto ela enfiava os braços pela camisa de Tamani e a abotoava apressadamente. Ajudando Ryan a entrar na caminhonete, Tamani se voltou para as pessoas que ainda estavam ali e tentou avaliar o prejuízo. Laurel ainda estava inconsciente, mas Yuki examinava o ambiente através das pálpebras semicerradas.

Tamani a observou enquanto ela estava distraída. Um instante depois de Laurel ter desmaiado, Tamani tinha olhado de relance para

Ilusões 180

Yuki e ela estava encarando Laurel. Ele tinha visto um brilho nos olhos de Yuki, algo de que não havia gostado nada. Talvez estivesse sendo paranoico, mas parecia que a coincidência sempre acompanhava Yuki da mesma forma como acompanhava Klea. E Tamani nunca confiara muito em coincidências.

Os trolls haviam exigido "a garota". Mas a qual delas se referiam? Não pela primeira vez, desejou poder simplesmente usar seu poder de atração em Yuki e lhe fazer umas perguntas. Mas sua identidade secreta era uma das poucas vantagens que ele tinha sobre ela; isso, supondo-se que fosse mesmo secreta. Aquela noite certamente lhe dera razões para duvidar. No entanto, por precaução, ele não podia se arriscar a perder aquela vantagem em troca de alguns minutos de perguntas e respostas que poderiam nem sequer levar a algum lugar.

Quando Yuki olhou para ele, Tamani imediatamente vestiu uma máscara de preocupação e se abaixou a seu lado.

— Você está bem?

Yuki sorriu e Tamani se obrigou a sorrir de volta.

— Agora estou melhor — disse ela, a voz um pouco rouca. Ela levou a mão à cabeça, ainda envolta pela camiseta de Chelsea. — O que aconteceu?

Tamani hesitou em responder.

— Eu atropelei um veado — disse, finalmente. — Você bateu a cabeça. — Ele se inclinou para a frente, decidido a pressioná-la um pouco enquanto ela ainda estava desorientada. — Chelsea amarrou a camiseta em volta do ferimento; você quer que eu dê uma olhada?

— Não — disse ela, depressa, os olhos arregalados. Então, sua expressão ficou neutra. *Novamente cautelosa.* — Está tudo bem — disse ela, a voz calma de novo. — Klea chegará logo; ela vai cuidar de mim.

Tamani se obrigou a assentir. O fato de Yuki ter chamado Klea apresentava uma oportunidade de segui-la, mas Laurel ainda estava inconsciente e, além disso, havia aqueles dois trolls a rastrear... sem falar de Ryan — ele não parecia se lembrar do confronto com os trolls, mas Laurel proibiria Tamani de usar um elixir da memória no garoto;

portanto, se ele se lembrasse de alguma coisa, Tamani teria mais um humano para vigiar. Ele fez uma careta; estava bem arranjado com trabalho.

— Foi Laurel quem me disse para chamá-la — continuou Yuki, parecendo entender mal a expressão dele. — Não me lembro bem do que eu disse, mas ela está vindo.

— Deveríamos pegar um pouco de papel toalha para você — disse David, falando em voz alta de repente.

A mão de Yuki voou instantaneamente à sua cabeça.

— Tudo bem — disse ela, sucinta. — Isto aqui está bem.

— Sim, mas Chelsea vai querer a blusa dela de volta — pressionou David. Com um olhar para Tamani, ele se inclinou mais perto de Yuki e sussurrou algo em seu ouvido. Após um momento, Yuki assentiu e ele saiu da sala.

— E quanto a Laurel, ela também bateu a cabeça? — perguntou Yuki depois de um instante de silêncio embaraçoso.

— Você não se lembra?

Yuki balançou a cabeça devagar.

— Não muito. Só me lembro da fumaça, de vozes e... — Ela fez uma pausa. — De Laurel desmaiar ou algo assim.

— Pois é, acho que ela se chocou contra alguma coisa na hora do acidente e não sentiu até que tudo terminou. Adrenalina, sabe? — disse ele com uma risada misteriosa. Mas Yuki não respondeu.

David voltou da cozinha com um rolo de papel toalha.

— Será que você pode dar um pouco de espaço? — disse ele incisivamente para Tamani.

Tamani se afastou, sem saber ao certo o que David estava tentando fazer ali. Claramente, ele dissera alguma coisa a Yuki para que ela soubesse que ele sabia sobre ela. Ou, pelo menos, sobre seu sangue não humano. E aquela informação era algo que Tamani *não* poderia ter.

— Olha quem eu encontrei — disse o pai de Laurel da porta, claramente tentando parecer animado, a despeito de ter enfrentado tantas

Ilusões 182

coisas inesperadas. — Ela chegou no instante em que Chelsea e Ryan estavam partindo. Klea, certo? Laurel nos contou , hã... muitas coisas a seu respeito.

Tamani não tinha certeza do que era mais forte, se o medo ou a curiosidade, quando se virou para cumprimentar Klea pela primeira vez. Ela se parecia exatamente a como Laurel sempre a havia descrito: vestida de preto dos pés à cabeça, na maior parte com couro justo, cabelos curtos castanho-avermelhados e óculos escuros. Ela exalava uma aura de intimidação, e Tamani imaginou que podia perceber as sentinelas de Laurel se aproximando mais.

Tamani observou Klea e Yuki o mais disfarçadamente que podia. Nos dois ou três segundos antes que Klea perguntasse: "Você está bem?", houve um diálogo silencioso entre as duas que ele gostaria de ser capaz de interpretar.

— Acho que sim — disse Yuki, assentindo lentamente.

Tamani analisou seus olhos baixos, seus ombros tensos. Ele tinha acabado de passar três horas com Yuki, as quais incluíam um acidente de carro e um ataque de trolls, e ela, em nenhum momento, tinha parecido tão aterrorizada quanto agora. Como Yuki passava tanto tempo sozinha, Tamani nunca havia considerado a possibilidade de ela ser uma prisioneira de Klea. Uma marionete, talvez, mas nunca uma prisioneira. Mas, vendo-a agora...

— Ela sofreu um corte na cabeça — disse David, e Tamani notou que ele segurava a camiseta suja com cuidado, mas de forma casual, atrás das costas. — Chelsea e eu a ajudamos a se limpar — disse ele, olhando nos olhos de Klea e carregando suas palavras de sentido.

Tamani viu as sobrancelhas de Klea se erguerem minimamente acima da moldura de seus óculos, e então ela assentiu.

— Está bem — disse ela, claramente não respondendo às palavras que David realmente dissera.

Como se sentindo o olhar de Tamani sobre ela, Klea se voltou para ele.

— E quem é você? — perguntou ela, sem se dar ao trabalho de ocultar sua desconfiança.

— Sou Tam — disse Tamani rapidamente, estendendo a mão enluvada. — O par de Yuki. Você deve ser a... hã, família anfitriã dela?

Klea olhou para a mão dele por um longo instante antes de apertá-la o mais brevemente possível.

— Eu sou da Escócia — acrescentou Tamani, deixando seu sotaque se intensificar um pouquinho. — Yuki e eu, nós dois somos estrangeiros. Nos conhecemos no primeiro dia. Eu... — Ele baixou os olhos, assumindo uma expressão encabulada. — Eu estava dirigindo. Sinto muito.

— Essas coisas acontecem — disse Klea, sem interesse. — Preciso levar Yuki para casa. — Ela se moveu em direção à poltrona, mas parou ao passar por Laurel. — Ela está bem? — perguntou Klea, com real preocupação na voz.

— Estávamos só esperando você chegar e pegar Yuki, antes de levá-la ao hospital — disse depressa o pai de Laurel, a mentira fluindo com facilidade.

— Claro — disse Klea bruscamente. — Não vou tomar seu tempo. — Ela ajudou Yuki a se levantar da poltrona, cobrindo a mão de Yuki com a sua e pressionando o papel toalha em sua testa. — Telefonarei para ver como Laurel está, dentro de alguns dias — disse ela, dirigindo-se vagamente a todos na sala.

— Certo — murmurou a mãe de Laurel. — Mas agora precisamos realmente levá-la ao médico.

— Claro — disse Klea, empurrando Yuki para a porta.

A porta se fechou atrás dela e todos na sala soltaram um suspiro baixo.

Exceto Tamani.

Ele correu até a janela da frente e espiou com cautela, vendo Klea colocar Yuki em seu carro, um elegante modelo preto de duas portas que parecia, mesmo aos olhos desacostumados de Tamani, *excepcionalmente* veloz, e então partir. Só quando viu formas escuras e ágeis passarem rapidamente sob a luz do poste, seguindo-as, foi que voltou sua atenção para a sala.

— David, onde você estava com a cabeça? — inquiriu Tamani. — Você revelou tudo!

— Mas valeu a pena — disse David, tirando a camiseta de trás de suas costas — Consegui isto.

— Por alguma razão, acho que Chelsea teria sobrevivido sem a camiseta — disse Tamani. — Sinceramente, do jeito que ela coleciona coisas de fadas e elfos, imagino que nunca mais verei a *minha* camisa.

—Você não está entendendo — retrucou David. — Estamos tentando obter uma amostra, certo? Isto aqui está ensopado da seiva dela!

Tamani ficou sem fala por um segundo. Era tão simples, tão óbvio, tão...

— Brilhante — confessou Tamani, de má vontade.

David apenas sorriu.

—Mãe? — a voz de Laurel estava rouca e fraca, mas todos a ouviram.

Seus pais correram até o sofá, e David se inclinou sobre o encosto, aproximando seu rosto de Laurel. Tamani se forçou a ficar onde estava, sentindo-se ainda mais deslocado do que no baile, ao ver Laurel rodopiar nos braços de David.

— Como cheguei aqui? — perguntou ela, desorientada.

— Nós a trouxemos para cá depois do acidente — disse David baixinho.

Laurel se recostou, parecendo um pouco confusa. Sua mãe apertou sua mão e se virou para Tamani.

— O que aconteceu exatamente? — perguntou. — E não me venha com essa de "atropelamos um veado".

David olhou para Tamani, permitindo que ele decidisse o que dizer. Mas Tamani sabia que não importava; Laurel iria lhes contar tudo, de qualquer maneira. Portanto, ele respirou fundo e contou a eles a história toda, sem omitir nada.

— E ela simplesmente apagou? — perguntou a mãe de Laurel quando ele terminou, pousando de leve a mão no rosto de Laurel. — O que aconteceu?

— Não tenho certeza — respondeu Laurel, suas palavras lentas e deliberadas. — Tudo havia terminado e eu estava ali parada quando, então, senti a dor de cabeça mais excruciante do mundo. E... acho que apaguei.

— Você tem certeza de que não bateu a cabeça durante o acidente?

— Acho que não — disse Laurel. — Não senti isso. Por um segundo, foi somente... dor. E um som retumbante na minha cabeça. E pressão. Depois, nada.

Seu pai olhou para Tamani.

— Trolls podem fazer isso?

Só o que Tamani podia fazer era dar de ombros.

— Não sei. Nunca aconteceu antes, mas parece que estou me deparando muito com esse problema, ultimamente.

— Minha poção não funcionou com eles — disse Laurel. — Deveria ter funcionado.

Após um instante de hesitação, David perguntou:

— Foi você quem fez?

Laurel revirou os olhos.

— Não — respondeu secamente —, não fui eu que fiz. Foi um dos alunos avançados de outono. Não sei quem.

— No entanto, poderia ter simplesmente dado errado, não? — insistiu David.

— As poções de outono sempre podem dar errado — admitiu Laurel. Ela fez uma pausa, lembrando-se. — Yuki, ela se machucou. — Ela disse devagar, como se até mesmo aquilo fosse um esforço.

— Sim — disse David. — Klea veio buscá-la há alguns minutos.

— Klea veio aqui? — perguntou Laurel, tentando se sentar. Sua mãe a ajudou, colocando o braço em volta de seus ombros. Os olhos de Laurel se fecharam por um segundo, como se estivesse a ponto de

Ilusões 186

perder novamente a consciência, e Tamani deu um passo adiante, involuntariamente, antes que eles se abrissem de novo.

— Não havia nada que eu pudesse fazer a respeito — disse David. — Mas demos a explicação mais rápida possível e conseguimos que elas fossem embora. Ela... ela sabe que Chelsea e eu sabemos sobre Yuki. Sinto muito, eu não sabia o que dizer.

— Tudo bem. Klea não *me* disse para não contar a vocês dois. E o Ryan e a Chelsea? Onde eles estão?

David hesitou.

— Eles foram para casa. Ou talvez para o hospital. Bem, Chelsea levou Ryan no carro dele. Onde quer que eles estejam, o pai dele provavelmente irá examiná-lo para ver se ele teve uma concussão. E nós, provavelmente, vamos ouvir um sermão porque não ligamos para o serviço de emergências.

Laurel deu de ombros.

— Posso aguentar um sermão do pai de Ryan. Melhor do que ele descobrir tudo. Então... Ryan não se lembra de nada?

— Parece que não. — suspirou David. — Para a nossa sorte, ele ficou realmente desorientado.

— E com certeza ele não se lembra dos trolls, não é? — perguntou Tamani.

— Não que eu saiba. Perguntei a ele da forma mais clara que me atrevia.

— Graças aos céus. E quanto à Yuki? — perguntou Laurel.

David olhou para Tamani.

— Não sei — admitiu Tamani. — Ela também parecia bastante desorientada. Não sei nem sequer se ela viu os trolls. Mas ela poderia facilmente estar mentindo por *minha* causa. Seja como for, ela está *agindo* como se não soubesse de nada. Pelo menos, para mim.

— Mas e...

— Já é suficiente — disse a mãe de Laurel, deitando-a novamente. — Você tem que parar de pensar em todo mundo e pensar em si mesma por um momento. Está se sentindo bem?

Laurel assentiu.

— Estou, sim — disse, e realmente parecia melhor. Ela abafou um bocejo. — Estou totalmente exausta, no entanto. Quer dizer, era por isso mesmo que estávamos vindo para casa, não é? — Ela riu de forma superficial, mas a risada murchou quando ninguém a acompanhou.

— Está bem — disse sua mãe, animada —, vamos colocar esta menina na cama.

— Tem mais uma coisa — disse Tamani, depressa.

— Não hoje — disse David.

— Amanhã poderá ser tarde demais — sibilou Tamani.

— Não briguem! — disse Laurel, seu tom fazendo com que Tamani se paralisasse a meio-caminho. Ele murmurou um pedido rápido de desculpa e se afastou de David.

— Sobre o que vocês dois estão falando? — disse Laurel, exausta. A fraqueza em sua voz fez Tamani querer correr até ela, tomá-la nos braços e levá-la para longe de tudo. De volta a Avalon, onde ninguém, nada daquilo, poderia feri-la novamente. Pela milionésima vez, ele questionou o que era que, naquele mundo — naquele garoto humano —, a tornava tão decidida a ficar ali. A colocar-se constantemente em perigo para protegê-los, quando tudo o que Tamani queria era que ela estivesse em segurança. Ela era forte — muito forte —, mas ele já tinha visto árvores maiores do que Laurel se quebrarem quando o vento soprava demais.

— Estou com a camiseta da Chelsea — disse David. — A que ela enrolou na cabeça machucada de Yuki. Eu... achei que você pudesse usá-la como amostra para a sua experiência.

Laurel arregalou os olhos.

— Sim! David, é perfeito! — Ao tentar se levantar, caiu de novo no sofá. Tanto David quanto Tamani deram um passo à frente, estendendo a mão. David olhou feio para Tamani. Tamani devolveu o mesmo olhar.

— Estou bem — disse Laurel. — Só me levantei rápido demais. Preciso da amostra — disse ela, e Tamani podia perceber que ela estava tentando manter a voz calma. — Tenho de prepará-la esta noite ou será tarde demais.

David segurou a camiseta.

— Vou levá-la lá para cima — disse ele.

— Vou lhe ajudar — ofereceu Tamani ao mesmo tempo. Houve um momento de tensão antes que a mãe de Laurel se levantasse e a ajudasse a se levantar do sofá.

— *Eu* levarei Laurel — disse ela numa voz muito gentil —, e Mark levará a camiseta. — David entregou a camiseta com relutância para o pai de Laurel. Amparando-se no ombro da mãe, evitou olhar para qualquer dos dois, mas sua mãe lançou a David e a Tamani um olhar que lembrou Tamani bastante vividamente de sua própria mãe. — Acho que vocês dois tiveram agitação demais para uma noite. Eu vou ajudar Laurel a preparar a amostra e, depois, ela precisa dormir. Tudo o mais poderá esperar até amanhã. David, você pode ficar à vontade para dormir no sofá, se quiser. Não tenho certeza se você deveria sair novamente na rua esta noite. — Então, quase como uma reconsideração, ela acrescentou: — Você também pode ficar, Tamani, mas...

— Obrigado, mas não — disse Tamani. — Ainda há muito trabalho a fazer esta noite, infelizmente.

— Suponho que você saiba sair sozinho — disse a mãe de Laurel, e Tamani teve quase certeza de que havia um toque de riso na voz dela, ao dizer aquilo. Mas ele apenas assentiu e observou enquanto Laurel e a mãe subiam lentamente a escada.

— Bem — disse David, voltando os olhos para Tamani.

Tamani não disse nada, simplesmente se virou e saiu silenciosamente pela porta dos fundos. Não tinha nenhuma paciência sobrando para lidar com David no momento.

Aaron apareceu ao lado de Tamani no instante em que este saiu da varanda dos fundos.

— Você gostaria de explicar o que acabou de acontecer? — perguntou ele, com a voz definitivamente tensa.

— Fomos atacados por trolls — retrucou Tamani, cansado de se controlar. — No entanto, se você ainda não soubesse disso, estaria falhando seriamente em seu trabalho.

— Nós chegamos segundos depois de você sair com o carro, mas era tarde demais. Encontramos rastros a seguir, mas nada mais.

— Espero que tenham seguido.

— É claro que seguimos — disse Aaron, incisivo. — Mas o rastro desapareceu. De novo. O que quero saber é por que você não os seguiu. Você os tinha dentro do alcance visual!

A culpa se avolumou no íntimo de Tamani, mas ele a afastou.

— Eu tinha que ficar com Laurel.

— Nós podíamos ter assegurado que ela chegasse em casa a salvo.

— Eu não sabia disso. Só sabia que vocês não estavam lá.

Aaron suspirou.

— Rastrear você dirigindo aquele veículo não é tão difícil quanto se poderia imaginar.

— O que é que na nossa vida *não* é difícil, Aaron?

— Você deveria tê-los seguido, Tamani. Esse é o seu trabalho!

— Esse é o *seu* trabalho! — retrucou Tamani, falando mais alto do que deveria. — O *meu* trabalho é proteger Laurel, e foi isso que eu fiz. — Ele se virou e entrelaçou os dedos atrás da nuca, deixando os cotovelos pendendo a cada lado do rosto, enquanto respirava várias vezes, tentando recuperar o controle. — Vou encontrá-los — disse ele, após uma longa pausa.

— Os rastros já estão mais frios do que gelo — disse Aaron, recusando-se a ceder.

— Não importa. Vou encontrá-los. Trabalharei horas extras depois que Laurel estiver em casa, à noite. Vou consertar isso — prometeu ele, mais para si mesmo do que para Aaron. Ele esperou a resposta de Aaron, mas esta não veio. Após um minuto, deixou cair os braços e se virou, mas estava sozinho no meio das árvores.

Dezenove

— PRECISAMOS CONVERSAR — DISSE CHELSEA, PEGANDO LAUREL PELO braço assim que a viu entrar na escola.

Laurel sorriu.

— Ah, estou bem, Chelsea, obrigada por perguntar. E você? Ficou com alguma dor por causa do acidente?

— Estou falando sério — sibilou Chelsea. — Precisamos conversar. Agora — acrescentou, a voz hesitando um pouco.

— Está bem — disse Laurel, percebendo que não era momento para brincadeiras. — Me desculpe, hã... vamos por aqui. — Ela apontou ao longo do corredor, em direção à salinha do zelador, que estava sempre aberta. Nunca havia gente ali. — O que está acontecendo? — disse ela, sentando-se no chão junto à parede e indicando o espaço ao seu lado para Chelsea.

Chelsea se juntou a ela, inclinando a cabeça para perto de Laurel.

— É o Ryan. Ele não se lembra do que aconteceu na sexta à noite.

Laurel pareceu confusa.

— Isso é normal nos ferimentos na cabeça, não é?

— Ele não se lembra de *nada*. Nem do acidente nem de quando eu o levei para casa; ele não se lembra de metade do baile, Laurel.

— Será que isso vai passar?

Chelsea levantou uma sobrancelha.

— Por alguma razão, acho que não.

Num momento de pânico, Laurel entendeu.

—Você acha que eu dei alguma coisa para ele? — disse Laurel, o mais alto que se atrevia.

O rosto de Chelsea imediatamente se suavizou. — Não, claro que não! — Ela hesitou. — Mas acho que *alguém* deu. E vamos dizer apenas que não acho que foram os pais dele.

— Você realmente acha que essa perda de memória dele é... anormal? — perguntou Laurel.

— Não faz sentido que seja outra coisa. Na sexta à noite, no caminho para casa, ele estava coerente e respondendo perguntas. Ele sabe menos hoje do que sabia uma hora depois do acidente.

— Por que você não me contou isso ontem?

— A princípio, eu não tinha certeza. Mas estávamos conversando pelo telefone ontem à noite e ele não se lembra de nada depois das dez da noite da sexta até a manhã do sábado. É uma janela de tempo grande demais. Meu irmão Danny teve uma concussão superséria no ano passado e ele só não se lembra de alguns minutos. Nada parecido a isso.

Laurel suspirou. Ela não sabia o que seria pior: se fora Tamani quem fizera aquilo, ou se fora Yuki.

— Laurel? — a voz de Chelsea agora era baixa.

— Sim?

—Você me disse, no ano passado, que iria fazer tudo que pudesse para proteger Ryan. Agora eu estou lhe cobrando essa promessa.

— Não posso desfazer o que aconteceu, dou a minha palavra de honra — disse Laurel. — Mas farei tudo que estiver ao meu alcance para garantir que não aconteça novamente.

Ambas se levantaram e voltaram para o corredor principal, que estava se enchendo de alunos. Laurel parou na frente de seu

Ilusões 192

armário, tentando decidir o que fazer. Vislumbrou o perfil delgado de Tamani pelo canto do olho e, cuidadosamente, seguiu-o pelos corredores, tentando não deixar óbvio demais que o estava observando.

Em vez de parar em seu próprio armário, Tamani fez uma pausa em frente ao de Yuki, aproximando-se dela. Laurel conseguiu dar uma espiada rápida no ferimento de Yuki, mas não havia muito que ver. O corte tinha sido justo na linha do cabelo, então ficava praticamente oculto. Além disso, ela, ou Klea, havia aplicado algum tipo de maquiagem na ferida que a fazia parecer uma cicatriz humana normal. Laurel tinha de admitir que havia sido um bom trabalho. A Misturadora nela queria dar uma olhada mais de perto, mas... simplesmente não era possível no momento. Principalmente com Tamani bloqueando sua visão.

Ele estendeu a mão e tocou na cabeça de Yuki, logo abaixo do corte, e então desceu o dedo por seu rosto. Sentindo a raiva se agitar em seu estômago, Laurel deu meia-volta. Não sabia ao certo qual deles tinha dado um elixir da memória para Ryan, mas *tinha* que ter sido um dos dois.

Laurel sentiu mãos fortes deslizando por seus quadris e o rosto ligeiramente áspero de David se encostando ao dela.

— Bom-dia — disse ela, com um sorriso.

— Você está...

— Por favor, não me pergunte se estou bem — interrompeu Laurel. — Estou bem.

— Eu ia perguntar se você estava... com fome — disse David, sorrindo.

Laurel revirou os olhos e Chelsea deu um tapa bem-humorado no ombro de David.

— Klea apareceu por lá de novo? — perguntou David, abrindo seu armário.

— Não desde as oito horas de ontem, quando você perguntou pela última vez — respondeu Laurel.

— Isso é estranho, não acha?

Laurel tinha de admitir que era. Klea estava sendo distante demais com relação aos acontecimentos.

— Temos um problema — disse Laurel, ficando séria. Todos ergueram os olhos quando tocou o sinal de cinco minutos para o início das aulas. —Versão resumida — emendou ela. — Alguém deu a Ryan um elixir de memória, e não fui eu; então, não sei se estou com raiva ou com medo, talvez um pouco dos dois.

—Você quer que eu converse com ele? — disse David, cruzando os braços sobre o peito e lançando um olhar irritado na direção de Tamani, no outro lado do corredor.

— Não — sibilou Laurel, puxando-o para que ficasse de costas para Tamani, mas sabendo que o elfo já teria percebido, de qualquer jeito. — Posso falar com ele pessoalmente, obrigada.

— Legal — disse David, com raiva.

— Além disso, não sabemos se foi ele — disse Laurel.

— Ah, tenha dó — argumentou David. — O que foi mesmo que ele disse, pouco antes de ir embora? — David imitou um sotaque escocês forçado. — "Ainda há muito trabalho a fazer esta noite."

— Ele pode ter se referido a qualquer coisa — disse Laurel, descendo a mão pelo braço de David. — Por favor, não tire conclusões precipitadas.

David pressionou os lábios.

— Está bem — disse ele. — Mas, se você mudar de ideia, é só me dizer.

— Pode deixar — disse Laurel com sinceridade, puxando-o pela frente de sua camiseta para um beijo. — Conversaremos mais tarde.

David se virou e seguiu pelo corredor, justo quando Tamani se despedia de Yuki e veio na direção de Laurel. No último segundo, Tamani olhou por cima de seu ombro, como se estivesse dando outra olhada em Yuki — mas seu movimento mudou de trajetória apenas o suficiente para que seu ombro se chocasse com o de David, que deu meia-volta, com as mãos abertas e levantadas.

Ilusões 194

— Ei!

Todos que estavam no corredor pararam para olhar.

Todos menos Tamani, que continuou andando. Mas ele levantou a mão, ainda com a luva preta sem dedo.

— Desculpa aí — disse, num sotaque que, estranhamente, parecia americano. — Foi mal. — Ele nem parou nem respondeu ao olhar de Laurel ao passar por ela, a caminho da turma deles.

Tamani não conseguiu olhar para Laurel quando ela sentou ao lado dele na aula de sistemas de Governo. Tinha agido errado em se chocar com David e sabia disso, mas, após passar o fim de semana inteiro tenso, seu mau humor fugira de controle.

E *podia* ter sido um acidente.

Por sua postura rígida, Tamani pôde ver que Laurel não engoliria aquilo. Ela estava furiosa com ele e ele, cansado de pedir desculpas.

Tinha de admitir, vê-la com David todo santo dia se mostrara mais difícil do que havia esperado. Para ser honesto, havia esperado que Laurel, àquela altura, já estivesse com ele. Sempre havia suposto que, se pudesse estar no mesmo lugar que ela por tempo suficiente, ele a conquistaria — despertaria a química que já se produzira entre eles tantas vezes no passado. Mas ele estava em Crescent City havia mais de dois meses e, claramente, aquilo não estava acontecendo.

Ele estava falhando, basicamente, em todos os aspectos. Havia perdido os trolls e não encontrara nem sequer um sinal deles o fim de semana inteiro; ainda não tinha ideia do que fazer com Yuki e, na única vez em que Klea dera as caras, ele não tinha podido fazer nada a respeito.

Talvez Shar estivesse certo. Talvez aquilo fosse *mesmo* má ideia. Talvez sempre tivesse sido má ideia. Mas agora não podia desistir; simplesmente não fazia parte da sua natureza. Tentou atrair o olhar de Laurel mais uma vez mas ela estava com a cabeça abaixada sobre o caderno e escrevia furiosamente, página após página, anotando cada palavra da professora Harms.

Tudo bem, pensou Tamani com teimosia, *também não quero falar com você*.

Quando a aula terminou, Tamani viu Laurel se virar para ele, mas, antes que ela pudesse dizer alguma coisa, ele lhe deu as costas, guardou os livros na mochila e a pendurou no ombro. Lançando um olhar rápido para ela, viu que ela o olhava com os olhos apertados; então, saiu da sala feito um tufão.

Tentou olhar por cima da cabeça dos alunos à sua volta, maldizendo sua pouca estatura. Mas conseguiu vislumbrar Yuki indo na direção de seu armário e se espremeu pela multidão para chegar até ela.

— Oi — disse ele, um pouco sem fôlego.

Ela arregalou os olhos e, então, olhou para o chão, tentando disfarçar um sorriso.

— Oi.

— Não estou com um *pingo* de vontade de assistir a aula. Está interessada em matar aula comigo?

Ela olhou para um lado e para o outro antes de dar um passo na direção dele e sussurrar:

— Matar aula? — numa voz tão aflita que parecia que ele tinha sugerido cometerem um assassinato.

— Claro. Você nunca fez isso?

Ela balançou a cabeça com força, de um lado para o outro.

Ele estendeu a mão.

— Topa?

Ela olhou longamente para a mão dele, como se fosse pular em cima dela e mordê-la. *Ou, mais provavelmente*, pensou Tamani, *como se fosse uma armadilha*.

— Está bem — disse ela, um sorriso cruzando seu rosto, conforme colocava sua mãozinha na dele.

Ilusões 196

— Está vendo? — disse Tamani, achando um pouco de graça. — Não foi tão difícil.

Ele sorriu e a puxou com ele, atravessando o mar de corpos, na direção da porta da frente. Ele já havia matado aula vezes suficientes para saber que não havia ninguém no estacionamento esperando para flagrar alunos vadios, mas o olhar de Yuki percorria cada canto do lugar como se esperasse que alguém saltasse de trás de uma moita para pegá-la.

Tamani abriu a porta do passageiro para ela e disse, antes de ir se acomodar no lado oposto:

— Vou deixar a capota levantada até sairmos do terreno da escola.

Yuki olhava fixamente para o para-brisa.

— Foi consertado — disse ela, surpresa. — O capô também.

— Pois é — disse Tamani casualmente. — Eu conheço um cara.

Conheço um cara que gosta de dinheiro, na verdade. Era engraçado como um pouco de dinheiro podia fazer com que as coisas fossem consertadas rapidamente no mundo humano. O mecânico havia insistido que não era possível em tão pouco tempo, mas, quando Tamani deixou cair um maço de notas de cem dólares no balcão, ele explicara que com *impossível* ele, na verdade, quisera dizer *absurdamente caro.*

Yuki se afundou no banco ao lado dele de forma a não ser vista pela janela, e Tamani abafou uma risada. Fada ou não, ela se sentia claramente intimidada pelas autoridades da escola humana; ela realmente sentia que estava fazendo uma coisa errada. Uma vez que haviam saído da propriedade e do campo de visão da escola, Tamani apertou o botão que abria a capota do carro e Yuki relaxou visivelmente, soltando os cabelos do rabo de cavalo e deixando que o vento os balançasse.

— Então, aonde estamos indo? — perguntou Yuki, a cabeça contra o apoio do banco.

— Não sei. Você tem algum lugar favorito?

Yuki franziu o rosto.

— Eu não tenho carro. Nunca posso ir muito longe.

Tamani não queria admitir que seu campo de ação também era limitado.Não podia se afastar muito de Laurel. Mesmo nunca tendo havido um ataque de troll na escola, não fazia sentido testar o destino.

Viu um parque à sua direita e estacionou atrás de uma moita para que o carro não pudesse ser visto da estrada principal.

— Que tal aqui?

— Para quê? — perguntou Yuki timidamente, sem erguer os olhos para ele.

Era óbvio o que ela estava pensando. E ele tinha sido *realmente* um pouco mais direto. Mas não queria dar continuidade a suas falsas intenções assim tão prontamente.

— Achei que pudéssemos apenas bater um papo — disse ele, num tom deliberadamente casual. — Não tenho ido à sua casa ultimamente, e na escola... tem tanta pressão. É melhor sair da escola para conversar direito.

— Num parque? — perguntou ela com um sorriso.

— Não vejo por que não — disse ele, inclinando a cabeça mais perto dela. — Você tem alguma coisa contra parques? — Sem esperar por uma resposta, ele saiu do carro, sabendo que ela o seguiria. De fato, dentro de alguns segundos, ele ouviu a porta do passageiro se fechar. Yuki o alcançou rapidamente.

— Então, você já está cansada de todo mundo pedindo para você dizer coisas em japonês? — perguntou ele, começando com um tópico agradável e neutro.

Ela revirou os olhos.

— Se estou! Todo mundo quer que eu ensine a eles como dizer seus nomes. E, quando digo que o nome deles seria igual no Japão, eles querem um nome japonês. E daí eles pronunciam tudo errado. Pelo menos, você fala inglês.

— É, mas eles ainda querem me ouvir dizer "Bom-dia"como os escoceses E eu não tenho coragem de dizer a eles que esse jeito de dar "Bom-dia!" que eles querem ouvir é, na verdade, irlandês, não escocês. — Não que Tamani soubesse disso antes de ter ido procurar na internet, depois da décima vez que alguém veio dizer a ele.

— E eles querem saber se eu assisto animê.

— E assiste? — perguntou Tamani, perguntando-se o que seria animê. Ele ia ter de perguntar a Laurel mais tarde. Se ela aceitasse falar com ele.

Ela fungou.

— Não. Assisto aos programas normais. HBO... — ela baixou a cabeça — e, tenho de admitir, um pouco de Disney Channel.

Tamani deu uma risadinha porque parecia ser o caso. Não fazia ideia de que estava rindo. Tinha aprendido sobre a televisão, mas nunca havia, de fato, assistido a nada. Sem contexto, era difícil aplicar muitos dos termos que havia aprendido na Mansão. E nunca havia conseguido decorar todas aquelas siglas dos nomes de canais.

— Então, como vão indo as coisas com você? — perguntou ele, agora sério, inclinando-se num trepa-trepa e analisando-a.

— Tudo razoavelmente bem. Nada de emocionante.

— Você não acha que o fim de semana passado foi emocionante? — disse ele sorrindo.

— Ah, hã, sim — respondeu ela, agora atrapalhada. — Aquilo foi emocionante. Eu quis dizer, além daquilo.

— Está tudo bem com Klea? — cutucou Tamani. — Ela não pareceu muito preocupada com o acidente.

— Sim, bem — começou Yuki, afastando-se de Tamani e subindo num balanço, agarrando-se às correntes para se equilibrar. — Ela é da polícia e vê coisas assim o tempo todo. Mesmo quando ela está preocupada, não demonstra muito.

— Você está contente em morar com ela? Bem, morar com ela, mais ou menos, como você disse.

— Claro. Não a vejo muito, mas está legal.

Tamani resolveu se arriscar, sabendo que ela não mostraria suas cartas a não ser que ele também se revelasse um pouco.

—Você pareceu... nervosa quando ela chegou. Quase com medo.

Yuki franziu a testa de forma quase imperceptível.

— Não fiquei com medo — disse ela, levantando o queixo uma fração de milímetro. Fez o balanço girar de um lado e do outro. — Detesto tirá-la do trabalho. Ela não gosta. Não que ela seja má, nada disso; apenas não é do tipo maternal. Ela espera que eu cumpra certas regras, e uma delas é não me meter em problemas. Não é algo ruim; ela tem grandes planos e não permite que nada nem ninguém se interponha em seu caminho. — Houve uma leve hesitação. — Quero ser assim, um dia — acrescentou ela, baixinho.

— Acho que você já é assim — disse Tamani. Ele se colocou atrás dela e agarrou as correntes de seu balanço, cuidadosamente fazendo-a parar. Então, pôs um pé no assento, encaixando-o entre os pés dela, calçados com sandálias. Dando impulso com o outro pé, ele subiu e lançou ambos num balanço, colando o peito às costas dela. Ele a sentiu prender a respiração. — Eu me preocupo com você sozinha o tempo todo. Lidando com ela. Ela me dá medo. Eu não queria contar a ela que eu é que estava dirigindo.

Yuki sorriu para ele, claramente achando graça.

Ele hesitou, tentando usar a deixa de forma a produzir o melhor efeito possível:

— Se acontecer qualquer coisa, se você tiver qualquer problema... com ela, com qualquer pessoa... você vai me contar?

Ela olhou para ele por um longo tempo, os rostos a apenas centímetros de distância, antes de assentir devagar.

—Vou — sussurrou ela.

E, pela primeira vez, Tamani acreditou em Yuki.

Vinte

DEPOIS QUE TAMANI DESAPARECEU DURANTE METADE DO DIA E A ignorou no restante do tempo, Laurel cansou de fingir que estava tudo bem e desmarcou sua costumeira sessão de estudos na casa de David, dizendo-lhe que precisava ficar um pouco sozinha. David aceitou estoicamente e sem fazer qualquer comentário. Talvez porque tivessem passado o fim de semana inteiro juntos ou se falando pelo telefone. Ou, talvez, porque, quando Tamani *finalmente* voltou, ele passou a tarde toda bajulando Yuki.

Ao chegar em casa, Laurel arrastou a mochila escada acima, gostando da forma como ia dando pancadas no caminho, parecendo uma criança petulante pisando duro ao subir a escada. Pensando bem, ela estava mesmo se sentindo como uma criança petulante. Tamani devia ter dopado Ryan, mesmo sabendo que Laurel não aprovaria. E ele devia saber que ela sabia. Era a única razão lógica para ele tê-la ignorado daquela forma.

Ela *não* estava brava pelo fato de Yuki ter uma queda por Tamani. Isso era problema *dele*.

Laurel abriu a porta de seu quarto e abafou um grito. Tamani estava sentado no banco sob a janela, com uma faca prateada dançando de forma elaborada em seus dedos.

—Você me assustou! — disse ela, em tom de acusação.

Tamani deu de ombros.

— Desculpe — disse, fazendo a faca desaparecer em alguma dobra de suas roupas.

Laurel franziu os lábios e lhe deu as costas, fingindo procurar algo na mochila. Ela o ouviu suspirar, levantando-se.

— Me desculpe, de verdade — disse ele, parando atrás dela. — Não quis assustar você. Você não estava aqui quando cheguei. Então... fui entrando.

—A porta estava trancada! — disse Laurel. Ela girara sua chave na fechadura havia menos de trinta segundos.

— Fechaduras humanas? Faça-me o favor — disse Tamani. — É a mesma coisa que deixar a porta aberta.

—Você não deveria estar aqui sem permissão — resmungou ela, recusando-se a abrir mão tão facilmente de sua raiva.

— Peço desculpas. De novo — disse ele, com um toque mínimo de tensão na voz. — Quase nunca venho aqui, senão quando preciso entregar algo como... — ele fez um gesto vago indicando a mesa dela — você sabe. Não fico seguindo você, ou espiando pelas janelas nem nada assim.

— Ótimo. — Mas ela não conseguia pensar em mais nada que dizer. Então, pegou o único dever de casa que tinha, uma tarefa de Oratória que não havia pensado sequer em olhar até depois do jantar, e sentou-se à sua escrivaninha, fingindo ler.

—Você está chateada? — perguntou Tamani.

— Se estou *chateada*? — perguntou ela, batendo as mãos na mesa e virando-se para encará-lo. —Você está de brincadeira? Você me ignorou o fim de semana inteiro, provocou uma briga com David no corredor, drogou o Ryan e deixou que a idiota da Yuki ficasse babando em cima de você o tempo todo. Não estou "chateada", Tamani, estou fula da vida!

Ilusões 202

— Droguei o Ryan? O que aconteceu com Ryan?

Laurel levantou a mão.

— Nem pense em bancar o inocente para cima de mim. Já estou cheia disso.

— O que aconteceu com Ryan? — repetiu Tamani.

Laurel jogou as duas mãos para o ar.

— Alguém lhe deu uma poção de memória. Há uma janela de doze horas de que ele simplesmente não se lembra. Conveniente, não?

— Na verdade, é, sim — disse Tamani.

— Eu sabia — disse Laurel. — *Sabia*! Eu disse para você jamais usar poções na minha família e nos meus amigos novamente. Fui bastante clara!

Tamani apenas ficou calado, olhando para ela.

— Mas não — continuou Laurel, sentindo como se algo houvesse explodido dentro dela e, agora que havia começado a colocar tudo para fora, não podia mais parar. — Não, você tem que ser Tamani, o cara que sempre tem um plano. Tamani, o cara que manipula os humanos estúpidos e sem valor nenhum. Tamani, o cara que faz tudo às minhas costas e mente para mim!

Ele devolveu o olhar dela e o manteve até que foi ela quem desviou os olhos.

— Você nem ao menos vai perguntar?

— Perguntar o quê?

— Se realmente fiz isso.

Laurel revirou os olhos.

— Você fez? — perguntou ela, mais para apaziguá-lo do que qualquer outra coisa.

— Não.

Ela só hesitou por um instante.

— Uma das suas sentinelas fez?

— Não que eu saiba. E, se elas fizeram, foi uma violação de uma ordem direta e farei com que sejam retiradas de seu posto aqui e mandadas de volta a Orick.

Ela, então, olhou para ele em choque. A voz de Tamani estava firme demais, estável demais. Ele não estava mentindo. Laurel se sentiu completamente envergonhada.

—Verdade? — perguntou baixinho.

—Verdade.

Ela se afundou na cadeira, sentindo a mágoa que alimentara durante todo o dia se desfazer.

— Imagino que eu já devesse estar acostumado, a essa altura — disse ele com calma.

— A quê? — perguntou Laurel, sem ter certeza se queria ouvir a resposta.

— À forma como você não confia em mim.

— Eu confio em você — retrucou Laurel, mas Tamani apenas balançou a cabeça.

— Não confia, não — disse ele, rindo com amargura. — Você sente *segurança* comigo; segurança com relação às minhas habilidades. Se você estiver com problemas, sabe que eu irei salvá-la. Não é a mesma coisa que ter confiança. Se você confiasse em mim, teria, ao menos, me perguntado antes de supor que eu era culpado.

— Eu deveria ter perguntado — explodiu Laurel, sentindo-se insuportavelmente pequena. Mas ele não estava olhando para ela; olhava fixamente pela janela. — Eu ia perguntar, mas você estava me evitando! O que eu devia pensar? — Ela se levantou e foi até ele, querendo que ele se virasse e olhasse para ela. — Sinto muito — sussurrou finalmente às costas dele.

— Eu sei — disse ele com um suspiro profundo. Mais nada.

Ela pousou a mão no ombro dele e o puxou.

— Olhe para mim.

Ele se virou e, quando seus olhos se encontraram com os dela, ela desejou que ele não o houvesse feito. A dor irradiava de seu rosto — dor e traição. Ele cobriu a mão dela com a sua e a dor se transformou em desejo.

Ilusões 204

Desesperada para olhar para qualquer lugar que não os olhos de Tamani, Laurel analisou a mão que cobria a sua, ao mesmo tempo tão familiar e tão estranha. As mãos de Tamani não eram como as de David, grossas e fortes. Elas não eram muito maiores que as de Laurel, com dedos longos e delgados e unhas de formato perfeito. Ela abriu a mão sob a dele, movendo-se de forma muito leve para permitir que seus dedos se entrelaçassem. Podia sentir os olhos de Tamani sobre ela enquanto fitava suas mãos, desejando tanto aquilo.

E sabendo que não poderia ter.

Relutando em seguir em frente, incerta de como recuar, Laurel olhou desesperadamente para Tamani. Ele pareceu entender sua súplica silenciosa. A decepção cobriu a face dele, mas com ela também a determinação. Soltou sua mão, deixando um vestígio cintilante em sua pele. Então, retirou a mão dela de seu braço, afastando-a lentamente até que voltasse a pender frouxa ao lado de seu corpo.

— Sinto muito — sussurrou Laurel novamente, e sentia mesmo. Ela não queria machucá-lo. Mas não podia lhe dar o que ele queria. Muitas pessoas precisavam dela no momento e, às vezes, era como se estivesse decepcionando a todas elas.

Após um olhar demorado, Tamani pigarreou e se virou novamente para a janela.

— Então, nós sabemos que *eu* não dei nada a Ryan — disse Tamani, um tanto rígido. — E vou me certificar de que tampouco tenha sido outra sentinela. Mas, se assim for, então quem nos resta?

—Yuki parece ser a resposta mais óbvia. — Laurel foi até sua cama e se sentou, apoiando os cotovelos nos joelhos e o queixo nas mãos. — E *se* ela pode fazer elixires de memória, deve ser de outono.

— Sim. *Se.* — Tamani fez uma pausa, pensativo. — Mas, por que cargas-d'água ela daria a ele um elixir? Ele não se lembrava de nada.

— Mas ele *viu* os trolls, pelo menos por um segundo. Talvez fosse somente por precaução. Caso ele se lembrasse depois.

— É só que parece... tão desleixado. Ela tinha de saber que nós perceberíamos a perda de memória dele.

— A não ser... — hesitou Laurel. — A não ser que ela *não* achasse que iríamos perceber. Se ela não sabe que eu sou uma fada, poderia supor que eu não saiba a respeito dessas coisas.

— O que nos leva de volta a "se Klea estiver realmente dizendo a verdade", coisa que nenhum de nós acredita muito — disse Tamani, balançando a cabeça.

— Não confio em Klea, mas, além de nos dar armas e de aparecer em momentos convenientes, ela nunca fez nada de suspeito. Salvou a minha vida quase tantas vezes quanto você. Talvez devêssemos parar de ser paranoicos e apenas... confiar nela — disse Laurel, tentando colocar algo de entusiasmo na frase.

Tamani deu de ombros.

— Talvez. Mas eu duvido. — Provas circunstanciais não eram o bastante... se apenas eles pudessem ter certeza de que Yuki era Misturadora. — E quanto à sua experiência no fim de semana? Deu certo?

Laurel se deixou cair de costas no colchão, os braços abertos e estendidos.

— Depende. As células ficaram vivas sob o globo por tempo suficiente para processar o líquido fosforescente? Sim. Eu descobri alguma coisa de útil? Não.

— O que aconteceu?

Laurel se levantou e foi até a experiência que havia montado em sua mesa: dois frasquinhos de vidro com um resíduo transparente e pegajoso, e um globo de luz fechado ao lado. — Esta é a seiva de Yuki. Esta aqui é um pouco da minha. Eu não quis diluir em água com açúcar... nem tinha certeza se iria funcionar com o líquido fosforescente. Mas funcionou, e ambas as amostras brilharam. A minha só brilhou por meia hora. A de Yuki brilhou por quarenta e cinco minutos.

— Mas Katya disse que ela brilhou por uma noite inteira!

Laurel assentiu.

Ilusões 206

— Mas ela também disse que elas bebiam frascos inteiros dessa coisa, e faz sentido que a maior parte da fotossíntese ocorra na nossa pele. Não tenho certeza se uma diferença de quinze minutos exclui a possibilidade de que Yuki seja de outono.

— Você quer tentar com um pouco da minha seiva? Talvez haja uma diferença maior.

— Você se importaria?

Tamani sacou sua faca de prata e fez um corte raso em seu polegar antes que Laurel pudesse protestar. Ele espremeu umas gotas de seiva num frasco vazio. Laurel reabriu o globo de luz dourada e o colocou ao lado da amostra nova. Detestava que ele fosse tão disposto a se ferir por ela, mas agora que já o fizera, ela devia ao menos tentar valer a pena. Com um conta-gotas pequeno, adicionou um pouco de líquido fosforescente à seiva de Tamani, que imediatamente brilhou num leve tom esbranquiçado.

— É melhor eu ir — disse Tamani, sem olhar para ela, dirigindo-se à porta do quarto enquanto enrolava uma tirinha de tecido no polegar.

— Você não quer ver quanto tempo leva? — perguntou Laurel, de repente hesitante que ele a deixasse.

— Tenho certeza de que você vai me contar como foi.

— Vou acompanhar você até a porta — disse Laurel, levantando-se rapidamente, desesperada para ser uma anfitriã pelo menos razoável.

Eles desceram a escada até a porta da frente em silêncio. Tamani colocou a mão na maçaneta e abriu uma fresta antes de parar.

— Laurel... eu... acho que não consigo... — Ele molhou os lábios e houve uma determinação tão forte em seus olhos que a respiração de Laurel se acelerou.

Mas, no mesmo instante em que ela viu aquela intensidade, já havia desaparecido.

— Deixa pra lá — resmungou ele, abrindo a porta totalmente.

David estava parado na varanda, parecendo tão surpreso quanto Laurel.

— Encontrei seu caderno na minha mochila — disse ele, segurando um caderno verde de espiral. — Devo ter pegado os dois. Só queria devolver... — Sua voz foi diminuindo.

Havia uma expressão derrotada no rosto de Tamani que nem mesmo David poderia ter perdido. Ele baixou a cabeça e passou entre David e o batente da porta sem olhar para trás.

David observou Tamani desaparecer na curva da casa, e então se virou para Laurel.

— Obrigada — disse Laurel, pegando o caderno da mão dele.

Ele continuou olhando para ela em silêncio.

—Vejo você amanhã — disse Laurel com firmeza.

— Mas...

— Não tenho energia para conversar sobre isso... de novo — insistiu Laurel. — Se você ainda estiver incomodado amanhã, poderemos conversar a respeito. Mas, se esfriar a cabeça antes, ficarei extremamente agradecida — disse ela, dirigindo-lhe um sorriso tenso conforme fechava a porta entre ambos.

Vinte e Um

TAMANI VIU DAVID CORRER ATÉ O LADO DO MOTORISTA DO CARRO DE Laurel e abrir a porta para ela. Depois que entraram de mãos dadas pela porta da escola, Tamani tirou suas luvas da mochila. Estava tão cansado delas. Mais uma semana, talvez menos, e ele poderia jogá-las fora, de preferência para sempre.

Apertou os fechos de velcro no pulso e olhou para sua mão. Ainda podia sentir os dedos dela em seu ombro, a mão dela sob a sua. Talvez devesse ter tentado conseguir mais. Talvez tivesse conseguido mais. Mas por quanto tempo? Um dia? Talvez uma semana, antes que ela começasse a se sentir culpada e rompesse tudo novamente — rompesse com *ele* novamente?

Seguiu David e Laurel para dentro da escola. Assim que entrou, seus olhos a avistaram. Ela estava com David, como sempre, e ainda não o vira. O braço de David estava casualmente sobre os ombros dela, e Tamani se retorceu de ciúme. Sabia que, tanto para os humanos quanto para o povo das fadas, os romances normalmente eram transitórios, principalmente entre pessoas jovens. Laurel até lhe dissera, certa vez, que não estava à procura de seu "único e verdadeiro amor". Tamani se apegou àquelas palavras, embora o comportamento dela desde então não tivesse sido muito condizente com aquilo.

Tamani foi agarrado pelo pulso, trazendo-o de volta à realidade.

— Eu chamei você, mas você não ouviu — disse Yuki em seu perfeito inglês americano sem sotaque.

— Desculpe. — Estar sempre alerta era fundamental para o trabalho de Tamani. Um momento de distração poderia ser o fim de Laurel. Era por isso que Shar havia, a princípio, relutado em mandá-lo. Censurando-se por deixar que seus sentimentos por Laurel a pusessem em perigo, ainda que parca e brevemente, Tamani se virou e sorriu para Yuki, embora mantivesse um ouvido atento à conversa de Laurel.

Yuki retribuiu seu sorriso; então, perguntou se ele tinha assistido a um programa de televisão do qual ele nunca ouvira falar. Ele negou com a cabeça e lhe pediu que contasse a respeito. Depois disso, tudo mais foi tranquilo. Ela tinha a tendência a tagarelar sobre músicos humanos, fofocas da internet e programas de televisão com propostas ridículas e degradantes, mas isso fazia com que fosse fácil assentir com simpatia a tudo que ela dissesse.

Laurel tinha dado meia-volta e estava indo para sua primeira aula. Yuki se encontrava no meio da explicação de como os *aidoru* japoneses difeririam dos ídolos americanos; então, Tamani apenas mudou de posição, para ficar de olho em Laurel enquanto ela atravessava o mar de alunos. Nem sequer viu David, até que um ombro bateu contra ele, fazendo-o girar e puxar o braço de Yuki.

— Cuidado! — disse Tamani, controlando a vontade de quebrar o nariz de David. Ou o pescoço.

Mas David apenas olhou para trás com um sorriso satisfeito no rosto antes de seguir pelo corredor.

— Desculpa aí — disse ele, imitando o sotaque de Tamani. — Foi mal.

— Não sei o que Laurel vê nesse cara — disse Yuki com desaprovação. — Ela parece legal, acho. Mas ele é meio... intenso.

Tamani assentiu. Seus olhos procuraram novamente por Laurel enquanto Yuki tocava hesitantemente em seu ombro, perguntando se

Ilusões 210

ele estava bem. Tamani abriu a boca para tranquilizá-la quando seus olhos se depararam com o rosto de Laurel.

Ela estava olhando na sua direção, furiosa, com as mãos agarradas às alças da mochila. Tamani precisou olhar duas vezes para ter certeza, mas era verdade! O olhar de raiva não era para ele.

Era para David.

Era uma mudança agradável na rotina.

Mas não foi suficiente para dissipar a raiva de Tamani. Detestava não poder ir com tudo para cima de seu rival. Não podia brigar com David, não podia roubar Laurel, não podia cortejá-la da maneira que uma fada deveria ser cortejada — não sem delatar a ambos. Ele se sentou e espumou de raiva durante a aula de sistemas de Governo. Laurel estava sentada tão perto — a apenas centímetros de distância, na carteira ao lado —, mas de que servia aquilo? Ela poderia muito bem estar a cem quilômetros. Mil. Um milhão.

E, é claro, ela era uma fada de outono, o que o limitava em outros aspectos. Mas ele não gostava de pensar nisso.

Mais ou menos no meio da aula, Laurel lhe passou um bilhete. Ele olhou: eram os resultados do teste de fosforescência na seiva dele. Trinta e sete minutos. Bem entre Laurel e Yuki. Tamani tinha de admitir que não sabia bem o que aquilo significava... se é que alguma coisa. Pegou uma caneta e começou a escrever uma resposta. Rabiscou tudo e tentou novamente. Mas não eram as palavras certas. Será que ainda havia palavras certas que pudesse usar com ela? Com um suspiro, enfiou o bilhete na mochila junto com todas as suas palavras rabiscadas. Não olhou para Laurel; nem sabia se ela havia notado.

Laurel acenou para ele ao sair da sala de aula, com preocupação no olhar, mas até aquilo pareceu gozação, e Tamani se arrastou da carteira, apanhou seus livros e demais objetos insignificantes e teatrais, e se dirigiu para a aula seguinte.

Quando finalmente terminou a segunda aula, ele achou que já tinha aguentado o bastante. Acompanhou Yuki à terceira aula dela, mas não pôde suportar a ideia de ir para sua própria aula. Depois de perambular um pouco pelos terrenos da escola, seguiu para o estacionamento e se acomodou no banco de seu carro. Com a capota abaixada e a camisa desabotoada, curtiu a luz do sol que se filtrava pelas nuvens de outono.

Alguns minutos antes do sinal para o almoço, obrigou-se a voltar para a escola, chegando à mesma decisão que tomava ao menos duas vezes por semana. Toda tristeza, raiva e medo de que aquilo fosse o máximo que obteria em sua vida valia a pena. Ali, ele podia ver os olhos dela e se deleitar com seus sorrisos, mesmo quando ela não estava sorrindo para ele. Valia a pena sentir aquela dor todos os dias.

Mas nem por isso precisava gostar.

O corredor estava vazio. Ele tinha mais alguns minutos antes que a enxurrada de humanos fosse liberada e se derramasse para fora das salas de aula, todos se atropelando para chegar à comida, animais esfomeados que eram, todos eles. Girou o botão grudento de combinação de seu armário — não que fosse se importar se alguém surrupiasse alguma coisa guardada ali — e abriu a fechadura. Casualmente, jogou a mochila lá dentro e tentou decidir o que fazer durante o intervalo do almoço. Será que Yuki iria querer almoçar com o grupo de Laurel? Ele queria ver Laurel, mas não sabia se aguentaria ver David. Não hoje.

Tamani ouviu passos e se virou, vendo David vir pelo lado oposto do corredor, olhando feio para ele. Alguns alunos estavam por ali — deviam ter saído mais cedo da aula. Como era mesmo aquele ditado dos humanos, sobre falar no diabo?

Tamani sabia que deveria dar as costas, ignorar os olhares venenosos do rapaz e suas demonstrações pífias de superioridade. Sabia que não valia a pena entrar em conflito com um humano. E tinha um trabalho a fazer.

Mas, em vez disso, retribuiu o olhar raivoso de David, na mesma intensidade.

Ilusões 212

David diminuiu o passo; então, parou na frente de Tamani, o ar entre eles gelando perceptivelmente.

— Algum problema, Lawson? — perguntou Tamani.

David hesitou. Estava claramente fora de seu elemento. Mas Tamani sabia, após dois anos de experiência, como aquele garoto humano poderia ser teimoso e persistente. Ele não iria ceder.

—Você sabe qual é o meu problema — respondeu David.

— Deixe-me reformular — disse Tamani, dando dois passos à frente. —Você tem algum problema *comigo*?

— Não tenho nada *além* de problemas com você — disse David, igualando Tamani também com dois passos à frente, colocando-os à distância de um braço.

Tamani deu mais um passo adiante, reduzindo o espaço, e sentiu, mais do que viu, todos os olhares se virando para eles.

— Pode dizer o que você realmente está pensando — disse Tamani, tão baixo que duvidava que alguém mais tivesse ouvido.

— Nem mesmo meu vocabulário é suficiente para descrever — disse David, cruzando os braços sobre o peito.

Não era exatamente um insulto — bem, talvez para um nerd —, mas Tamani teve de admitir que fora espirituoso.

— Por sorte, eu conheço mais palavras do que você, *òinseach*. — Ele atirou a palavra em gaélico em David com mais desdém do que a tradução literal provavelmente garantiria. O sinal para o almoço tocou, mas Tamani mal o ouviu.

— Você só está me provocando — disse David, mas parecia incerto. Hesitante. —Você quer que eu irrite Laurel. Você quer que ela sinta pena de você.

Mais alunos estavam se juntando em volta deles, na esperança de assistir a algum show.

— De jeito nenhum — disse Tamani, tocando no peito de David com a ponta dos dedos. — Quero colocar você no seu lugar, *burraidh*.

— Ele empurrou apenas o suficiente para que David tivesse que dar um passinho atrás para manter o equilíbrio.

A combinação entre confusão e raiva surtiu o efeito desejado. David se moveu para a frente e empurrou Tamani. Este poderia ter se mantido imóvel, ou puxado David consigo para o chão, usando seu próprio impulso; em vez disso, Tamani cambaleou para trás e, então, se adiantou com ambas as mãos estendidas. Ele fez uma grande cena com o empurrão, mas colocou muito pouca força; ainda assim, David teve de dar dois passos atrás. Antes que ele pudesse se recuperar, Tamani se aproximou e empurrou uma vez mais, de forma que as costas de David se chocassem contra os armários, produzindo um ruído metálico.

— É briga! — gritou um aluno no meio da multidão. Outros começaram a cantarolar: — Briga! Briga! Briga!

Ah, sim, pensou Tamani. *Um animal acuado* sempre *irá lutar.*

Quando o punho de David atingiu o queixo de Tamani, este se viu obrigado a admitir que o garoto tinha um braço bom. Mas a dor de Tamani foi superada pela satisfação; David tinha dado o primeiro golpe. Agora estava liberado.

Vinte e Dois

LAUREL ESPERAVA FORA DA SALA DE CHELSEA E A AGARROU PELO BRAÇO assim que ela saiu.

— Você e Ryan vão almoçar com a gente hoje? — perguntou ela.

— Acho que sim — disse Chelsea. — Por quê?

— É que, às vezes, vocês dois somem — disse Laurel, embora eles parecessem estar sumindo cada vez menos, ultimamente. Chelsea se recusava terminantemente a confrontar Ryan sobre Harvard, e o fato de se manter calada parecia estar pesando. — Só queria confirmar.

A verdade era que não queria encarar David sozinha. Ainda não. Continuava furiosa por ele ter dado um "encontrão" em Tamani naquela manhã. Não achava que teria paciência para controlar o mau comportamento dos dois.

Laurel escutou a comoção antes mesmo de vê-la. Ela e Chelsea dobraram o corredor bem a tempo de assistir David enfiando um soco no rosto de Tamani. No instante que ela levou para piscar, Tamani já havia agarrado David pela camisa. Ao levar um golpe rápido no estômago, ele se dobrou ao meio, ofegando. Tamani continuou segurando e levantou a mão livre para golpear mais uma vez.

— Tamani! — Ela correu, empurrando as pessoas para fora do seu caminho para chegar até eles.

Tamani continuou agarrando a camiseta de David, mas, quando Laurel surgiu em meio à multidão, ele empurrou David, soltando a camiseta e deixando um círculo amarrotado onde a havia segurado.

— Que diabos vocês pensam que estão fazendo? — gritou Laurel, olhando de um para o outro.

— Ele começou! — gritou David, parecendo a ponto de atacar Tamani novamente.

— Ele me deu um *soco* — disse Tamani com calma, dirigindo sua queixa a Laurel, as mãos pousadas tranquilamente na cintura. — O que eu deveria fazer? Deixar?

—Você queria que eu batesse em você, e sabe muito bem disso — disse David, atirando-se para a frente. Ryan o agarrou pelo ombro e o puxou para trás. David se livrou do braço de Ryan com um safanão, mas não tentou atacar Tamani de novo.

— Ah, faça-me o favor — retrucou Tamani, olhando para David. —Você vem querendo brigar comigo desde o começo, confesse.

— Com todo prazer — resmungou David.

— Já basta! — exclamou Laurel. — Não acredito... que raio... deixa pra lá! — disse ela, levantando as mãos para cortar todo e qualquer protesto. — Vocês querem que eu escolha? Legal, vou escolher. Escolho me afastar dos dois! Não quero nenhum dos dois, se vão agir desse jeito. Estou cheia. — Ela girou nos calcanhares e começou a abrir caminho entre a multidão em direção à porta de entrada.

—Laurel! — O desespero na voz de David fez Laurel parar e se virar.

— Não — disse ela, com calma. — Não vou fazer isso de novo. Terminou. — Ela não olhou para trás ao sair correndo. Ouviu alguns passos, mas não podia parar... não queria parar.

— Sr. Lawson! O que significa isso? — Ela reconheceria aquela voz em qualquer lugar; era o sr. Roster, o vice-diretor. — Sr. Collins! Tam Collins, volte já aqui!

Laurel continuou correndo e ninguém a chamou. Saiu voando pela porta da frente, grata por ter ido com seu carro naquela manhã, em vez de com David... ou Tamani. Enfiou a chave na ignição e, pela primeira vez que podia se lembrar, saiu de sua vaga cantando pneu. O estacionamento ainda não estava lotado de alunos e Laurel não pisou no freio até chegar à primeira placa de Pare.

Suas mãos naturalmente giraram o volante na direção da rodovia 101, e somente quando já estava na metade do caminho foi que percebeu que estava indo para sua antiga casa. Achou meio irônico que, desde que se mudara de Orick, tivesse voltado lá principalmente para ver Tamani. Agora, estava fugindo dele.

E de David.

Não queria pensar naquilo.

Deparou-se com uma chuva leve no caminho, mas nem se deu ao trabalho de fechar as janelas do carro. O para-brisa estava salpicado de água e seu cabelo, um pouco úmido, mas ela apenas o afastou do rosto. Começou a chover forte quando ela tomou a entrada de terra da casa, e o ruído das gotas de chuva atravessando as copas das árvores se tornou quase ensurdecedor. Laurel fechou as janelas do carro, desceu e decidiu se abrigar na cabana, em vez de ir para a floresta.

Além do mais, não estava com humor para suportar sermões de Shar. Ele até *poderia* segui-la para dentro da casa, mas, na floresta, ele seria inevitável.

Distraidamente, Laurel remexeu na echarpe que amarrava sua flor. Suas pétalas murchas não se empinaram, curvando-se gradualmente até recuperar a forma normal enquanto ela ia até a porta da cabana, com a camiseta levantada acima da cintura. Forçou a chave na fechadura, emperrada pela falta de uso, e finalmente conseguiu fazê-la girar. Tinha acabado de pôr a mão na maçaneta quando ouviu outro veículo triturando o cascalho do caminho de entrada. Olhou em volta à procura de alguma coisa que pudesse usar como arma; então, se deu conta de que, se fosse alguém hostil, as sentinelas cuidariam dele.

Mas quando o conversível de Tamani apareceu na curva, uma nova espécie de temor tomou conta dela.

A capota dele estava abaixada e ele, ensopado.

— Laurel! — ele chamou, saltando do carro quase antes que este parasse por completo.

— Não! — gritou Laurel, acima do barulho da chuva que tamborilava forte no teto de folha de zinco da varanda. Ela colou as costas na porta, com a mão ainda fechada na maçaneta. — Eu vim aqui para *fugir* de você!

Tamani parou no portãozinho de madeira, a mão pousada na coluna da cerca. Então, adiantou-se, os olhos cheios de intenção.

— Não quero você aqui — disse Laurel conforme ele se aproximava.

— Já estou aqui — disse ele baixinho. Estava a apenas centímetros dela, mas não a tocou. Nem sequer tentou. — A questão agora é se você quer que eu *vá embora*.

— Quero — respondeu Laurel, a voz alta o bastante para ser ouvida acima da chuva.

— Por quê?

— Você... você deixa tudo confuso — disse ela, suas emoções transbordando em forma de lágrimas ardentes, que ela limpou com movimentos raivosos.

— Eu poderia dizer o mesmo sobre você — disse Tamani, seu olhar penetrando através dos olhos dela.

— Então, por que está aqui?

Ele ergueu as mãos e fez como se fosse colocá-las nos braços dela, mas, justo antes de tocá-la, parou e as deixou cair. Então, simplesmente, como se fosse toda a explicação de que ela precisaria na vida, ele disse:

— Porque eu te amo.

— Você tem um jeito engraçado de demonstrar.

Um suspiro profundo escapou dos lábios de Tamani.

— Olhe, não foi meu melhor momento, obviamente. Eu estava furioso. Me desculpe.

— E quanto a Yuki?

Ilusões 218

—Yuki? Eu... — Tamani franziu a testa, pensando. Então, seus olhos se arregalaram quando a ficha caiu. — Ah, Laurel, você não acha...

— Ela gosta de você de verdade.

— E eu trocaria todos os minutos que já passei com ela por um segundo com você. Cada instante que estou com Yuki é uma cena, um jogo. Tenho de descobrir o que ela é, o que ela sabe, para manter *você* em segurança!

Laurel engoliu em seco. Suas palavras *pareciam* verdadeiras. Por um momento, ela ponderou se aquela realmente *seria* toda a explicação de que precisava. Mas reuniu sua determinação; ele só havia respondido a metade da questão que interessava a ela. E, como ele não podia ler sua mente, se ela quisesse uma resposta, teria de fazer a pergunta.

— O que iria magoar mais você: que eu estivesse com David por amor, ou que estivesse com David para deixar você com ciúmes?

— Magoar...? — Tamani começou a responder instantaneamente, antes que percebesse a analogia. Então, ele parou e a observou, os dois parados ali na varanda da cabana, a chuva se transformando num sussurro estável sobre o telhado e as árvores. E, embora aquele fosse o único som em quilômetros, ela não conseguia ouvi-lo acima de sua própria respiração entrecortada.

Em voz baixa, quase baixa demais para se ouvir, Tamani disse:

— Eu jamais faria algo somente para magoar você.

— Não? — perguntou Laurel, muito mais alto que Tamani, sua voz se elevando a cada palavra ao fazer a pergunta que parecia vir cortando-a cada vez mais fundo a cada dia. — E lá no baile? Você estava dançando com Yuki e eu olhei para você. Você se virou e a apertou ainda mais. Por que você fez aquilo? Se não era para me magoar, por que, então?

Ele desviou os olhos, como se tivesse levado um tapa, mas não parecia culpado. Parecia *triste*.

— Eu fechei os olhos... — disse ele, a voz tão baixa e sufocada que ela mal o ouviu.

— O quê? — perguntou ela, sem entender.

Tamani levantou a mão e ela compreendeu que ele ainda não havia terminado... estava tendo dificuldade para falar.

— Fechei os olhos — repetiu ele, após algumas respirações superficiais — e imaginei que ela fosse você. — Ele olhou para ela, com o rosto sincero, os olhos honestos e a voz, uma canção de angústia.

Sem pensar, Laurel o puxou e sua boca encontrou a dele com uma paixão, uma fome que não tinha forças para controlar. Ele se apoiou no batente da porta com as duas mãos, como se tivesse medo de tocá-la. Ela sentiu a doçura de sua boca, sentiu o calor de seu corpo contra o dela. Laurel ainda estava com a mão na maçaneta; então a girou. O peso dos dois fez com que a porta se abrisse de supetão e, cambaleando para trás, com a mão enredada nos cabelos dele, Laurel o puxou para dentro.

Vinte e Três

ELES REALMENTE TINHAM FICADO TEMPO DEMAIS ALI — JÁ ESTARIA QUASE escuro quando voltassem para casa —, mas não paravam de encontrar motivos para ficar. Para continuar ali na cabana, de mãos dadas, ou rindo das lembranças de infância de Laurel, ou roubando apenas mais um beijo — um que se transformava em dois, daí em dez, depois em vinte. Ela sabia que, quando saíssem da cabana, tudo se complicaria novamente. Mas, durante aquelas poucas horas, na casa vazia e sem eletricidade, telefone, internet ou televisão, o mundo era somente deles.

Porém, não conseguiriam impedir que a noite chegasse. Ela cogitou a possibilidade de simplesmente ficar ali — estava segura na cabana, talvez até mais do que em sua casa. Mas, embora fosse o dever de Tamani mantê-la em segurança, era dever dela manter sua família a salvo. E não podia fazer isso a oitenta quilômetros de distância. Além do mais, seus pais provavelmente estariam preocupados. Quando ela finalmente caiu em si e se lembrou de que Tamani tinha um celular, ambos já estavam em carros separados, voltando para Crescent City.

A viagem foi rápida demais e logo ela estava a alguns quarteirões de casa. Olhou pelo retrovisor e acenou para Tamani quando ele tomou outro caminho, rumo a seu apartamento, olhando as luzes traseiras de seu carro até desaparecerem. Foi somente quando alguém buzinou atrás dela que Laurel percebeu que estava parada num sinal verde.

As estrelas já surgiam detrás das nuvens quando Laurel estacionou na entrada de sua casa. Ia tomar uma bronca e tanto. O carro de sua mãe estava na garagem, embora, aparentemente, o pai ainda não houvesse chegado. Guardando as chaves no bolso, Laurel tentou entrar em casa sorrateiramente, mas foi frustrada no mesmo instante pela mãe, que estava sentada na sala, tomando uma xícara de chá e lendo uma revista de jardinagem.

Laurel fechou a porta.

— Hã... oi — disse, finalmente.

Sua mãe a analisou por um minuto.

— Recebi um telefonema muito interessante da escola hoje.

Laurel se contraiu por dentro. Ocupou-se em liberar suas pétalas da echarpe de seda.

—Você faltou a todas as suas aulas da tarde.

A história que ela havia planejado contar durante o caminho para casa se evaporou. Portanto, ficou calada. Uma única pétala se soltou com a echarpe, e Laurel se perguntou se perderia todas elas naquela noite, ou se aquela tinha sido desprendida pelas atividades do dia.

— E daí você chega depois das sete, num dia de semana... sem qualquer aviso... e seus olhos estão brilhando como eu não via há semanas — completou ela, num tom terno.

— Me desculpe se deixei você preocupada — disse Laurel, tentando parecer sincera, mas disfarçando um sorriso. Seu pedido de desculpa *fora* sincero, mas o sorriso culpado diminuiria sua credibilidade.

— Não fiquei preocupada por muito tempo — disse sua mãe, girando as pernas sobre a lateral do sofá. — Eu aprendo rápido. Fui até o quintal e conversei com aquele seu amigo sentinela, o Aaron.

Laurel arregalou os olhos.

—Você falou com Aaron?

— Ele me disse que Tamani tinha feito contato por volta do meio-dia e que você estava em segurança com ele. Então, parei de me preocupar.

Ilusões 222

— Isso foi suficiente para você parar de se preocupar?

— Bem, parei de me preocupar com a sua *segurança*, de qualquer maneira. Vi o olhar daquele garoto na outra noite. Ele não deixaria que nada de ruim acontecesse com você.

Aquele sorriso que ela simplesmente não conseguia controlar voltou a brincar em seu rosto.

— Não pense que isso vai livrar a sua cara; você ainda merece um castigo. Falaremos a respeito quando seu pai chegar em casa. — Então, ela ficou séria. — Laurel, o que deu na sua cabeça? David sabia onde você estava?

O rosto de Laurel murchou e ela fez que não com a cabeça.

— E ele está em casa, morto de preocupação?

— Provavelmente. — Ela se sentiu péssima.

—Você não quer ligar para ele?

Ela balançou a cabeça de forma rígida, irregular.

— Oh. — Então, uma longa pausa. —Venha até a cozinha — disse ela por fim, puxando Laurel gentilmente pelo braço. —Vou lhe fazer uma xícara de chá.

No que dizia respeito à sua mãe, chá consertava tudo. Estava gripada? Tomasse um chá. Quebrara um osso? Tinha um chá para isso também. Em algum lugar da despensa de sua mãe, Laurel desconfiava que houvesse uma caixa de chá escrito: *Em caso de Armagedom, deixe em infusão por três a cinco minutos.*

Laurel se sentou numa banqueta e observou sua mãe preparar uma xícara de chá e, depois, misturar alguns cubos de gelo até que esfriasse.

—Vi que você acabou de perder uma pétala — disse ela, casualmente. —Você se importaria se eu conservasse algumas? Elas têm um cheiro realmente delicioso. Aposto que eu poderia fazer um pot-pourri excelente.

— Hã, claro — disse Laurel, tentando não achar esquisito sua mãe fazer alguma coisa com suas pétalas.

223 APRILYNNE PIKE

—Você tomou muita chuva hoje?

— Um pouco.

— Bem — disse a mãe de Laurel depois de colocar açúcar no chá, exatamente como Laurel gostava —, acabou meu estoque de conversa fiada. Você vai me contar o que aconteceu?

Laurel adiou somente mais alguns segundos enquanto sorvia o chá.

— David e Tamani tiveram uma briga na hora do almoço. Briga de socos. Por minha causa — disse, finalmente.

— David? Verdade?

— Pois é. Mas ambos têm estado bravos e deprimidos ultimamente. E houve alguns confrontos nas últimas semanas. Acho que eles apenas explodiram hoje.

Agora sua mãe estava sorrindo.

— Nunca tive dois garotos brigando por minha causa.

—Você diz isso como se fosse divertido. *Não é* divertido! — protestou Laurel. — Foi horrível. Eu parei a briga, mas foi demais para a minha cabeça. Portanto, fui embora.

— E... Tamani seguiu você?

Laurel assentiu.

— Aonde você foi?

— À cabana, em Orick.

— E Tamani se encontrou com você lá?

— Eu não pedi para ele ir — disse Laurel, na defensiva.

— Mas ele foi.

Laurel assentiu.

— E você o deixou entrar?

Outro assentimento.

— E daí... — Sua mãe deixou a pergunta no ar.

— E daí nós fomos à cabana. E ficamos por lá, de bobeira — remediou, sentindo-se uma imbecil.

Ilusões 224

— Ficar de bobeira — disse sua mãe ironicamente. — É assim que a garotada chama isso, hoje em dia?

Laurel escondeu o rosto nas mãos.

— Não foi... bem assim — murmurou em meio aos dedos.

— Ah, verdade?

— Está bem. Foi meio assim — disse Laurel.

— Laurel. — Sua mãe deu a volta na bancada e passou os braços em torno dela, encostando o rosto no alto de sua cabeça. — Está tudo bem. Você não tem que se defender para mim. Eu estaria mentindo se dissesse que fiquei surpresa.

— Eu sou realmente assim tão previsível?

— Só para uma mãe — disse ela, beijando o topo de sua cabeça. — Tive uma ideia. Por que você não telefona para Chelsea e diz a ela que está tudo bem e que ela pode repassar a informação para David? Ele já ligou para cá duas vezes.

— Boa ideia. — Laurel lhe dirigiu um sorriso, ainda que fraco. A bem da verdade, não era assim tão mais fácil encarar Chelsea do que David; mas, depois de tudo, se contentaria com o que fosse possível.

— Aiminhanossa — disse Chelsea, sem fôlego, antes mesmo de Laurel dizer alô. *Valeu, identificador de chamada.* — Você terminou com o David!

Laurel se encolheu um pouco.

— É, acho que terminei — admitiu.

— Na frente da escola inteira!

— Eu não queria que acontecesse na frente da escola inteira.

— Mas você queria que acontecesse?

Laurel suspirou, contente por ter decidido telefonar para Chelsea da privacidade de seu quarto em vez de lá embaixo, na frente de sua mãe. — Não, eu não queria que acontecesse.

— Então, você vai voltar atrás?

— Não — disse Laurel, estranhamente segura da resposta. — Não vou voltar atrás.

— Sério?

— Sim. Pelo menos... por ora.

— E o que isso quer dizer? Você agora está com Tamani? *Depois desta tarde?*

— Eu... não sei — admitiu.

— Mas pode ser que sim?

— Pode ser.

— Uau.

— Pois é. — Laurel brincou com um frasco de vidro de açúcar que estava em sua escrivaninha. Não sabia o que dizer. — Eu... hã... liguei para lhe dizer que estou bem, já que desapareci meio de repente hoje. Caso você estivesse preocupada... — Sua voz diminuiu quando ela escutou uma pancadinha na janela de seu quarto e se virou, vislumbrando um movimento fugaz do lado de fora. Tamani levantou a cabeça e sorriu. Laurel respondeu ao sorriso e quase deixou o telefone cair. — Bem, Chelsea, tenho que desligar — disse, num fôlego só. — Jantar.

— Às oito da noite?

— É — disse Laurel, lembrando-se do motivo pelo qual havia telefonado. — Você poderia... você se importaria de ligar para ele e dizer que estou em segurança?

— Ele? Quer dizer, David?

— Sim. Por favor?

Ela ouviu Chelsea suspirar e resmungar alguma coisa sobre "sobrar para ela".

— Você quer que eu diga mais alguma coisa?

— Não. Só que estou em segurança. Tenho que ir. Obrigada, Chelsea, tchau — disse ela rapidamente antes de desligar e jogar o telefone sem fio em cima da cama. Correu até o banco sob a janela e a destrancou.

Ilusões 226

— Posso entrar? — perguntou Tamani, com um sorriso suave, olhos carinhosos.

— Claro — disse Laurel, retribuindo o sorriso. — Mas você tem que ficar quieto; minha mãe está lá embaixo e meu pai deve chegar a qualquer minuto.

— Sou bom em ficar quieto — disse Tamani, passando silenciosamente por cima do peitoril da janela, com os pés descalços.

Laurel deixou a janela aberta, deliciando-se com o cheiro de chuva que pairava no ar. Ela baixou os olhos para o carpete. Então, Tamani estendeu a mão e entrelaçou os dedos aos dela. Ele a puxou gentilmente e passou os braços em volta de sua cintura.

— Senti saudades — sussurrou ele em seu ouvido.

Ela inclinou a cabeça para trás e olhou para ele.

— Achei que só fosse ver você amanhã.

Ele cobriu a mão dela com a sua, então a levou até os lábios e beijou lentamente cada dedo.

—Você achou realmente que eu pudesse ficar longe?

Soltando a mão dela, levantou seu queixo. Beijou primeiro suas pálpebras, uma, depois a outra, e Laurel ficou totalmente imóvel, a respiração rápida, enquanto ele beijava cada lado de seu rosto, então seu queixo e depois seu nariz. Ela queria agarrá-lo, puxá-lo para si e reacender as chamas que haviam queimado entre eles naquela tarde, mas se obrigou a ficar quieta até que ele pousou os lábios sobre os dela, a doçura de sua boca envolvendo-a. Tão lento, tão gentil.

Ela levantou as mãos até o rosto dele quando ele começou a se afastar. Não suportava a ideia de que aquele beijo tão doce terminasse. Em resposta, ele apertou os braços em volta dela e Laurel pressionou seu corpo contra o dele, desejando — por um momento — ser parte dele.

Virou-se quando ouviu uma batida na porta.

— Sim? — perguntou, esperando que sua voz não estivesse tão sem fôlego quanto ela se sentia. A maçaneta girou e, antes que Laurel pudesse dizer qualquer coisa, a porta se abriu.

— Seu pai chegou — disse sua mãe. — Desça e enfrente a fera.

Laurel se virou só um pouquinho e olhou pelo canto do olho.

Nada de Tamani.

Ela assentiu e seguiu a mãe pela porta, mal se atrevendo a olhar para trás.

— E então, qual é o tamanho do prejuízo? — Tamani estava estendido na cama de Laurel, e ela levou um susto ao fechar a porta do quarto.

— Onde você estava? — perguntou ela num sussurro.

— Quando em dúvida, enfie-se embaixo da cama — disse Tamani com um sorriso.

— Mas não dava tempo — protestou Laurel.

— Tempo suficiente para mim.

Laurel balançou a cabeça.

— Achei que estávamos ferrados.

— *Você* está ferrada? — perguntou Tamani. Laurel se perguntou se ele já havia dito *ferrado* antes na vida.

— Estou de castigo por uma semana — disse ela, dando de ombros e sentando-se ao lado de Tamani. Ainda parecia estranho tê-lo ali. Uma coisa era se perder num beijo, mas ter uma conversa trivial com Tamani parecia esquisito. Não era como conversar com David, que era uma constante em sua vida — confortavelmente familiar, como um par de chinelos prediletos. Será que Tamani poderia repor aquilo, agora que estava morando perto? Agora que ela o via todos os dias?

— Isso quer dizer que tenho que deixar você sozinha esta semana, para que você possa sentir o peso completo do seu castigo? — perguntou Tamani, com o rosto sério.

Laurel arregalou os olhos, mas a boca de Tamani se retorceu num sorriso e ela deu um tapa no braço dele.

Pegando a mão dela, segurou-a por um momento, antes de entrelaçar os dedos nos dela e puxá-la de encontro a seu peito.

Ilusões 228

— Isso significa que poderei vir fazer companhia a você? — perguntou baixinho, antes de se virar para olhar para ela com aqueles intensos olhos claros.

Laurel hesitou. Estivera com David durante quase dois anos, amando-o todos os dias. E, mesmo que tivesse rompido com ele, somente o fato de estar ali com Tamani já parecia um pouco traição. Estava cansada do ciúme de David, de suas mudanças de humor, mas será que aquilo significava que não estava mais apaixonada por ele? Além disso, David não era o único a quem tinha repreendido. Não duvidava de que fora Tamani quem provocara a briga, mas ali estava ela, recompensando seus atos. As virtudes dele brilhavam demais para que ela pudesse se concentrar em seus defeitos. Será que isso queria dizer que *estava* apaixonada por Tamani?

Seria possível estar apaixonada por duas pessoas ao mesmo tempo?

— Você vai dormir? — sussurrou Tamani.

— Hmm? — respondeu Laurel, piscando para abrir os olhos.

Tamani inclinou a cabeça um pouco mais perto de seu ouvido.

— Posso ficar? — sussurrou ele.

Laurel abriu totalmente os olhos.

— Aqui?

Ele assentiu.

— Tipo, a noite inteira?

Os braços dele a apertaram um pouco mais.

— Por favor? Só para dormir.

Ela inclinou a cabeça para trás, beijando-o rapidamente para suavizar a resposta.

— Não.

— Por que não?

— Porque é estranho. — Ela deu de ombros. — Além disso, meus pais não iriam gostar nem um pouco.

— Eles não precisam saber — disse Tamani com um sorriso.

— Eu sei — disse Laurel com seriedade, pousando a mão no peito de Tamani. — Mas *eu* saberia. Não gosto de mentir para eles. As coisas têm estado muito melhor desde que comecei a lhes dizer a verdade. Muuuuuuito melhor.

— Você não disse a eles que eu estava aqui antes, nem que estou planejando ficar por aqui esta semana.

— Não, mas essas coisas são pequenas. Isto é algo importante.

— Está bem — respondeu Tamani, inclinando-se para beijá-la mais uma vez. Ele sorriu quando a testa e a ponta do nariz deles se tocaram. — Não quero ir embora, mas irei se você mandar.

Laurel sorriu.

— Estou mandando — respondeu, bocejando.

Na manhã seguinte, Laurel não conseguia se lembrar de como ele tinha ido embora nem quando. Mas tinha ido, e havia uma única flor silvestre ao lado de seu travesseiro.

Vinte e Quatro

LAUREL FICOU SENTADA EM SEU CARRO, FAZENDO HORA, O MEDO SE ACUMU-lando em seu estômago. Era quase pior do que aquele primeiro dia de escola, mais de dois anos atrás. Naquele então, tinha ficado paranoica com medo de dar vexame na frente de um monte de estranhos. Agora, tinha que entrar e encarar o fato de que realmente dera vexame, na frente de um monte de pessoas que conhecia.

Entre elas, David.

Nunca achara que fosse sentir medo de ver David. Os sentimentos lutavam em seu íntimo: parte dela sentia falta dele e não queria admitir. Parte dela estava feliz por ter terminado e mostrado a ele de uma vez por todas que estava falando sério. E outra parte ainda queria correr até ele, chorando, e implorar seu perdão.

Ela trancou o carro, cogitando a possibilidade de ficar mais um pouco ali no estacionamento e entrar atrasada. Mas, depois de ter matado aula no dia anterior, não podia se arriscar. Seus pais tinham concordado que, nas atuais circunstâncias, seu castigo era prioridade deles, não do sistema educacional; portanto, sua mãe havia telefonado para a escola e justificado suas ausências. Mas Laurel sabia que seus pais iriam esperar que ela seguisse *todas* as regras da escola dali em diante.

Com um suspiro, Laurel se obrigou a ir até seu armário.

Conforme se aproximava da porta dupla de entrada da escola, uma delas se abriu, revelando David. Laurel parou de repente e ficou olhando para ele. Parecia tão triste. Não que ele estivesse de cara fechada — na verdade, conseguira dar um sorriso razoavelmente convincente. Mas seus olhos eram lagos profundos de uma tristeza tão intensa que ela quase perdeu o fôlego.

— Oi, Laurel — disse ele, a voz mal um sussurro.

Aquela parte dela que queria correr até ele e se atirar em seus braços ganhou impulso com isso.

E, então, ali estava Tamani, segurando a outra porta aberta.

— Oi, Laurel — disse ele, e seu sorriso era insolente, atrevido.

Laurel sentiu as pernas bambas.

— Não faça isso. — Foi um apelo abafado.

David girou nos calcanhares e se afastou sem dizer nada. Mas Tamani pareceu ficar confuso.

— Eu simplesmente não queria que ele incomodasse...

Laurel agarrou a frente da camisa de Tamani e o arrastou pela lateral do prédio.

— Ei, se você queria fugir comigo, era só pedir — disse Tamani com uma risada. Mas seu riso desapareceu quando viu a expressão de Laurel. — O que foi? — perguntou com sinceridade.

— Eu não sou sua namorada, Tam.

— Bem, obviamente não posso beijar você na frente de Yuki, mas...

— Não. Eu gosto de você. E não me arrependo do que aconteceu ontem, mas não sei o que significa. Ainda estou tentando entender as coisas. O fato de eu ter rompido com David não o transforma automaticamente em meu namorado.

Tamani hesitou; então, perguntou:

— Então, voltei à sala de espera?

— Mais ou menos. Talvez. Não sei! Mas, independente de qualquer coisa, eu não sou uma arma. Não vou deixar você me usar para se vingar dele.

Ilusões 232

— Ele fazia isso. O tempo todo — disse Tamani, exaltado.

— Sim — concordou Laurel —, e perdeu a namorada. É isso que você quer?

Tamani finalmente começou a se mostrar intimidado.

— Eu não *quero* um namorado, no momento, e se você quiser que eu mude de ideia um dia, espero que se comporte bem. — Ela lhe deu o olhar mais duro que podia e ele desviou os olhos.

— Então, você e David realmente terminaram? — Tamani perguntou.

— Não sei — disse Laurel. Era a única resposta que podia dar. — Por ora, sim. Eu preciso de um tempo. Um tempo para ser eu mesma. Apenas ser eu mesma. E isso também é para o seu bem — continuou Laurel antes que Tamani pudesse responder. — A gente não para de amar alguém de um dia para o outro. Não é assim tão simples.

— As melhores coisas na vida raramente são. — Tamani suspirou, fragilizado quando o sinal tocou, assustando Laurel.

— Nós deveríamos ir para a aula. Não posso chegar atrasada de jeito nenhum.

Tamani assentiu. Seu sorriso estava rígido, mas ele parecia tranquilo. Tão tranquilo quanto era possível ficar, sob aquelas circunstâncias. Impulsivamente, Laurel atirou os braços em volta dele e se apertou contra seu peito. Ele não tentou beijá-la e ela não ofereceu os lábios, mas era suficiente apenas sentir os braços dele ao seu redor. Para saber que, de alguma forma, tudo daria certo.

Com um último apertão, Laurel se virou na direção da entrada da escola e quase deixou cair a mochila quando viu Shar se aproximando pelo estacionamento, usando um jeans e uma camiseta solta, os cabelos presos num rabo de cavalo simples que caía sobre sua nuca.

— O que ele está fazendo aqui?

— Ah — disse Tamani, como se houvesse acabado de se lembrar —, o vice-diretor quer conversar comigo e com o meu "tio". Sobre, hã, ontem. — Tamani deu de ombros.

Laurel ergueu uma sobrancelha quando Shar chegou mais perto, com olhos de aço que absorviam tudo.

— Bem, apesar de isso ser algo que eu adoraria ver, preciso ir. — E, com isso, ela se virou na direção da entrada e saiu correndo para chegar à sala de aula antes do último sinal.

— Sr. Collins — disse o vice-diretor Roster, abrindo um arquivo e colocando-o em sua mesa antes de se acomodar na cadeira barulhenta.

Odeio ele, pensou Tamani.

— Obrigado por ter vindo — disse o vice-diretor, olhando para Shar.

Como Tamani já esperava, Shar se recusou a sentar-se. Apenas ficou ali parado, com os braços cruzados e olhando de cima para o humano com um ar inconfundível de superioridade. Tamani raramente o via diferente daquilo e cogitou quantas vezes Shar devia ter olhado daquela mesma forma para sua parceira, Ariana, e o que ela teria feito para desacostumá-lo daquele hábito. Teve que disfarçar a risadinha que escapou de sua garganta.

Os olhos de Shar dardejavam entre Tamani e o diretor.

— É claro — disse ele, com tranquilidade. — O que está acontecendo?

— Tam se envolveu em uma briga ontem — disse o vice-diretor, olhando severamente para Tamani.

Shar nem sequer piscou.

— Segundo me consta, Tam foi atacado e se defendeu.

O sr. Roster gaguejou:

— Hum, sim, bem, mas houve uma série de empurrões antes disso, provocando uma explosão por parte de...

— Portanto, só porque esse outro garoto não tem autocontrole, meu... — hesitou ele — sobrinho deve ser punido?

— Ambos os garotos se envolveram completamente numa troca de socos e ambos serão punidos, segundo nossas regras — disse o sr. Roster, agora com a voz firme. — Como essa é a primeira transgressão de Tam, obviamente esperamos que esse incidente não se repita...

Ilusões 234

— Não se repetirá — disse Shar, levantando uma sobrancelha para Tam. E, sem dúvida nenhuma, Tamani tinha recebido um sermão por ter deixado que seu temperamento fugisse ao controle, particularmente no que se referia a David, que, com seu conhecimento de Avalon, podia ocasionar muitos problemas para eles, caso um dia sentisse vontade de fazê-lo. A descompostura que Tamani recebera de seu superior era muito pior do que qualquer coisa que esse administrador humano pudesse sequer sonhar em fazer.

— Fico contente em ouvir isso. Agora, sr. Collins, eu queria aproveitar esta oportunidade para discutir outro assunto. Você pode não ter se dado conta de que seu sobrinho está indo mal em quase todas as matérias que ele está fazendo atualmente. Sua frequência é péssima e ele geralmente tumultua o ambiente da sala de aula.

Tamani sabia que essa última parte era uma mentira deslavada. Ele jamais causava qualquer distúrbio. Também nunca levantava a mão para responder às perguntas, pois, na maioria das vezes, apenas se mantinha em silêncio, atento a qualquer sinal de que algo houvesse entrado na escola com a intenção de machucar Laurel. Se não levassem em conta suas notas, ou seus ocasionais desaparecimentos, ele poderia ser considerado um aluno modelo.

— O que isso quer dizer? — A voz de Shar era objetiva, e o vice-diretor Roster ficou claramente nervoso.

— É... bem, nós normalmente suspendemos alunos que brigam, mas com três notas F, um D e um B, nós achamos que seria o caso de uma medida disciplinatória alternativa. Para estimular... melhoras.

Shar olhou inexpressivamente para o sr. Roster por um momento e Tamani tentou não sorrir. Apesar de todo o seu treinamento na mansão, Shar nunca tivera motivos para aprender as complicações do sistema humano de avaliação. Mas não se abalou.

— O que pode ser feito? — Tamani notou pela primeira vez como Shar falava de forma anacrônica, principalmente se comparado aos adolescentes com que Tamani conversava todos os dias. Na verdade, era uma benesse o fato de eles falarem inglês com sotaque... um bom sotaque sempre parece encobrir as estranhezas gramaticais.

— Bem, se ele quiser se formar junto com seus colegas de classe terá de melhorar essas notas. — O diretor cruzou as mãos sobre a escrivaninha à sua frente. — Pensei que talvez ele pudesse fazer aulas particulares.

— É claro. Se é isso que se faz necessário. — Ele deu um tapa no ombro de Tamani num gesto que este sabia que parecia amigável a um olhar mais desavisado... mas que formaria um hematoma ali depois. — Nós queremos que Tam se forme, naturalmente.

O diretor ouviria sinceridade naquelas palavras, mas apenas porque Shar já havia se cansado daquela reunião; um leve calor no peito de Tamani lhe disse que o poder de atração estava sendo usado ali. Shar e Tamani tinham concordado que havia testemunhas demais para que eles pudessem efetivamente apagar a briga de todas as memórias; portanto, para que se pudesse manter seu disfarce, não se administrariam poções de memória e Tamani iria aceitar qualquer castigo que a escola lhe aplicasse — desde que não comprometesse sua missão. Mas Shar também concordara que, desde que Yuki não estivesse suficientemente perto para sentir alguma coisa, eles poderiam usar o poder de atração para facilitar o processo.

No entanto, seria uma tarefa para Shar, em vez de Tamani. Shar era extremamente talentoso e podia aplicar seu poder de atração sem contato físico — algo que Tamani sempre havia invejado.

— Naturalmente — disse o vice-diretor Roster, sorrindo. — Agora, David Lawson... esse é o nome do garoto com quem Tam brigou... é um dos nossos melhores alunos. Vamos dar tanto a David quanto a Tam três dias de suspensão, a serem cumpridos dentro da escola, e achamos que talvez David pudesse passar esses dias dando aulas particulares a seu sobrinho. Acho que você irá concordar que estamos sendo muito benevolentes e, com sorte, isso dará aos garotos a oportunidade de acertar suas diferenças.

Ilusões 236

Tamani refreou um suspiro. Que perda colossal de tempo.

— Eles serão supervisionados, é claro — continuou o diretor, como se Shar se importasse. — Agora, se você puder assinar uns papéis — disse ele, deslizando uma folha adiante.

Tamani lançou um olhar para Shar, mas este ou não viu ou optou por ignorá-lo. — Tudo bem — disse ele. Pegando a caneta, conseguiu fazer um rabisco ilegível atravessado na linha da assinatura.

— Excelente — disse o vice-diretor Roster, levantando-se da cadeira e apertando a mão de Shar. — Tudo que desejamos é que nossos alunos tenham sucesso, e os pais, ou tios, no seu caso, são o principal fator para que isso ocorra.

— Vamos nos certificar de que as coisas melhorem — disse Shar. — Levarei Tam comigo até o estacionamento para conversarmos um pouco antes de mandá-lo de volta à aula.

— Ótimo, ótimo — disse o diretor com orgulho, certamente concluindo que Tamani estava prestes a receber mais uma bronca. Ele abriu a porta e indicou o corredor com um gesto.

Tamani sentiu os olhos do humano acompanharem-nos pelo corredor e até que eles saíssem. Caminharam em silêncio até o conversível de Tamani, onde Shar se deteve e se recostou no carro, virando-se para encarar Tamani.

— Bem, meu jovenzinho — disse ele, com o rosto sério —, o que você tem a dizer em sua defesa?

Ficaram se encarando por mais um momento. Tamani foi o primeiro a não aguentar, um riso baixo escapulindo de seus lábios; então, os dois elfos explodiram em risadas.

Vinte e Cinco

A AULA DE ORATÓRIA FOI UM TORMENTO.

Laurel podia sentir a tensão na sala e sabia que todo mundo também devia estar percebendo. Principalmente pelo jeito em que todos olhavam disfarçadamente para David e Tamani, que evitavam a todo custo olhar um para o outro. Ela tinha ouvido Tamani dizer a Yuki que teria de cumprir três dias de suspensão na escola com David, mas não tivera chance de falar pessoalmente com nenhum dos dois sobre o assunto. David tinha passado a hora do almoço no escritório do vice-diretor, acompanhado por sua mãe, e Tamani passara a hora do almoço com Yuki. Chelsea estava fora, num encontro de corrida de cross-country; então, Laurel passou o almoço se afligindo. Sozinha.

— Muito bem. — disse o professor Petersen, finalmente começando a aula, cerca de um minuto depois do sinal ter tocado. O minuto mais longo da vida de Laurel. — Todos vocês tiveram a chance de apresentar seus discursos. Porém, fazer um discurso, às vezes, não tem muito a ver com as palavras que você, de fato, está dizendo. Hoje vocês irão fazer o discurso de outra pessoa.

Ele esperou, como se aguardando uma reação. O que obteve foi silêncio.

— Cada um de vocês receberá um anúncio pessoal; terão sessenta segundos para ler e trinta segundos para apresentá-lo.

Ilusões 238

Aí, sim, começaram os murmúrios.

— Seu objetivo — disse o professor Petersen, acima do burburinho —, como um orador persuasivo, será convencer os indivíduos desta sala a quererem conhecê-los pessoalmente. Num encontro sem bebidas alcoólicas, é claro — acrescentou, rindo de sua própria piada boba. Após outro momento de silêncio, ele pigarreou e prosseguiu: — Passei muito tempo preparando esses materiais. Acho que farei com que valha dez por cento da nota de apresentação deste mês — declarou. — Vocês devem levar a sério! — A turma resmungou e o professor levantou as mãos. — A distribuição será aleatória. Façam um esforço, pelo menos! Vocês irão se surpreender com a diversão que podem ter em mãos.

Ninguém pareceu muito convencido.

Laurel passou os quinze minutos seguintes morrendo de vergonha de seus colegas de turma, não querendo que chegasse sua vez de se apresentar. Tratava-se, principalmente, de ler os anúncios melodramáticos do professor Petersen fazendo muitos olhares sedutores e poses exageradas. Laurel se perguntou se os adultos realmente escreviam coisas a seu respeito como *Sou um doce Romeu sem Julieta* ou *Sou audaciosa, ardente e animada* e, se sim, quanta seriedade poderia realmente haver por trás daquilo.

— Tam Collins.

Várias garotas que estavam sentadas perto de Laurel começaram a sussurrar com animação. Claramente, ainda não tinham perdido as esperanças. Laurel queria se afundar na cadeira e morrer.

Tamani pegou o pedacinho de papel do professor Petersen e se colocou diante da sala de aula, estudando-o por seus sessenta segundos.

— E comece... agora — disse o professor Petersen, reclinando-se em sua cadeira e cruzando os braços diante do peito.

Tamani ergueu os olhos do papel e, em vez de começar a falar, levou alguns segundos cruzando olhares com várias meninas da sala.

— Homem escocês solteiro — disse ele, em voz baixa, o sotaque mais marcado que de costume. — Procura uma linda mulher.

Todas as garotas humanas da turma suspiraram em uníssono. Laurel cogitou quantas outras liberdades Tamani havia tomado com o discurso que lhe fora entregue.

— Estou à procura da pessoa especial, aquela que me completa. Preciso de alguém com quem compartilhar minha vida e meu coração. Mais do que apenas diversão, procuro compromisso e... intimidade.

Àquela altura, se fosse qualquer outra pessoa discursando, se ouviriam assobios e gritinhos. Vinda dos lábios de Tamani, a frase realmente parecia sedutora e sexy.

— Sou um jovem de vinte e poucos anos que gosta de música alta, comida boa e... — fez uma pausa dramática — atividade física. Procuro alguém criativo, artístico... — seus olhos rapidamente se desviaram até Laurel, mas apenas por um segundo — e musical, para dividir meu amor pelas coisas belas. Você está à procura de algo real neste mundo de ilusões? Ligue para mim. Casos passageiros eu dispenso. *Eu* estou à procura do amor.

Sem outra palavra, Tamani amassou o papel em sua mão, guardou-o no bolso e voltou a se sentar.

Todas as garotas da turma explodiram em aplausos e ouviram-se alguns assobios agudos.

Laurel se contraiu e tombou a cabeça sobre a carteira. Não havia forma nenhuma de sair daquele buraco.

Depois das aulas, Laurel praticamente correu até seu carro. Sabia que tinha ido mal em sua apresentação do anúncio pessoal, mas, falando sério: quem esperaria coisa diferente naquele dia?

Ela havia conseguido passar o dia inteiro sem falar com David, mas não podia adiar a conversa para sempre. Não fazia ideia do que iria dizer. Que ainda o amava, só que não sabia se o amava da mesma forma? Ou que não tinha certeza se podia passar o resto da vida sem ter uma oportunidade de estar com Tamani — realmente estar com ele — com a consciência tranquila, para ver se era tão bom quanto

Ilusões 240

sonhava? Que tinha tomado uma decisão precipitada, que tinha sido um erro e que queria voltar? Que precisava de distância — de ambos, talvez — para decidir *o que* queria?

Não parecera ser um erro, quando ela estava lá na cabana. Mas naquela manhã, ver o rosto de David... fez com que sentisse saudades dele. Queria consertar tudo. Mas será que era porque o amava como amigo, ou porque o queria de volta?

Será que *ele* a queria de volta?

Não podia pensar muito naquilo enquanto trancava o carro e entrava em sua casa vazia de onde, conforme sua mãe lhe lembrara naquela manhã, ela não deveria sair. Nem era muito difícil: tinha um monte de dever de casa para fazer. E podia se dedicar a descobrir que tipo de fada era Yuki. Laurel mal podia acreditar que haviam se passado duas semanas desde aquele ataque dos trolls. Pareciam séculos. Mas assim era o tempo — voando quando ela queria que fosse mais devagar, depois se arrastando quando ela menos o podia suportar.

Mas, em vez de ir direto para o seu quarto, Laurel remexeu preguiçosamente numa pilha de cartas que estava sobre a bancada. Ainda se sentia frustrada por não ter descoberto nada conclusivo com os testes com a substância fosforescente. A seiva de Tamani havia brilhado durante pouco menos de quarenta minutos, um pouco mais que a de Laurel. Ela havia esperado descobrir uma diferença substancial entre tipos diferentes de fadas e elfos, mas, aparentemente, não seria com a seiva; pelo menos, não sem uma quantidade muito maior de amostras. Quis simplesmente poder concluir que Yuki fosse de primavera baseando-se nas probabilidades, mas deduções eram um luxo a que não se podia permitir.

Sob um cartão-postal da Publishers Clearing House, Laurel encontrou um envelope grande com seu nome. O resultado de seu SAT! Havia se esquecido completamente daquilo, pois fizera o exame há tanto tempo. Quando ela e David ainda estavam juntos. Ambos tinham planejado consultar os resultados pela internet, para se adiantar, mas Laurel claramente não fora a única a se esquecer. Pegou o abridor de cartas do suporte e cortou a ponta do envelope; então, ficou ali segurando-o com as duas mãos por um longo momento antes de tirar os papéis de dentro.

Quando finalmente conseguiu localizar suas pontuações, Laurel soltou um gritinho. Vários resultados acima da média. Um progresso *enorme*. Laurel correu até o telefone e digitou metade do número de David antes de perceber o que estava fazendo. Nunca tinha desejado aquilo. Independentemente do que acontecesse, queria, ao menos, que eles fossem amigos. Mas foi somente naquele exato momento que se deu conta de que talvez não fosse possível.

Não.

Jamais saberia se não tentasse. Terminou de digitar o número do telefone dele.

— Alô?

— David?

— Alô?

Era a caixa postal de David. Ele achou que seria espirituoso fingir que estava realmente atendendo o telefone. Laurel achava irritante, mas fazia meses que não deixava recado na caixa postal dele.

— Ah, quer saber de uma coisa? Deixe um recado.

Laurel desligou. Ele iria ver a chamada perdida e de quem era. Se tivesse recebido também o envelope, provavelmente seria capaz de adivinhar por que ela estaria ligando.

Laurel se afundou numa banqueta, segurando frouxamente suas pontuações, sentindo-se desanimada. Obviamente, romper com David não era a solução para todos os seus problemas. Era, sim, um problema. E, quanto mais esperasse para resolvê-lo, mais provável seria que David seguisse adiante, tomando a decisão por ela.

David seguindo adiante. Era um pensamento horripilante.

Ela apanhou suas pontuações e sua mochila e começou a subir a escada. Tinha que acalmar as coisas com Tamani e decidir o que realmente queria. Havia escolhido David antes, cem por cento, e, por um longo tempo, tinha sido maravilhoso. Ela queria aquele sentimento novamente, mas primeiro teria que decidir *com quem* desejava senti-lo. E, talvez, para isso, não deveria haver beijos por algum tempo. Em ninguém. Ela precisava manter a cabeça no lugar.

Laurel se assustou quando alguém bateu de leve em sua porta.

— Posso entrar?

Tamani.

Laurel enfiou as pontuações embaixo da mochila e foi até a porta de seu quarto, hesitando por um momento antes de deixá-lo entrar.

— Desculpe por não esperar na porta da frente — disse ele. — Mas, como você está de castigo, pensei que seria melhor que ninguém visse você me deixando entrar.

— Você finalmente aprendeu sobre meus vizinhos abelhudos — disse Laurel, forçando uma risada.

Tamani observou os próprios sapatos por um tempo. Então, ergueu os olhos, sorriu e deu um passo à frente, de braços abertos.

Todas as decisões, todas as promessas que ela fizera a si mesma com relação a dar um tempo para colocar a cabeça no lugar desmoronaram quando se aconchegou nos braços dele. Agarrou-se a ele e, mesmo quando ele tentou se afastar um pouco, com muita gentileza, ela o apertou ainda mais. Só mais um segundo, e ela o soltaria.

Mais um.

Ou mais dois.

Finalmente, ela soltou os braços e se obrigou a não olhar para ele. Se olhasse, nada a impediria de beijá-lo e, uma vez que aquilo acontecesse, estaria feito: não iria querer nada além dele pelo resto da tarde.

— Então — disse Laurel enquanto se sentava à escrivaninha, onde ele, definitivamente, não tinha como sentar ao lado dela —, como foi a conversa com Roster?

— Ridícula. Inútil. — Tamani revirou os olhos. Sentou-se na cama dela e se apoiou num cotovelo. Ela teve que agarrar os braços da cadeira para continuar ali sentada; cada fibra de seu ser queria se juntar a ele. Aconchegar-se em seu peito com a cabeça encaixada sob seu queixo, sentindo as vibrações na garganta dele enquanto ele falava e...

Concentre-se!

— Qual é o seu castigo? — perguntou Laurel, sem querer admitir que tinha escutado as fofocas pela escola e de que já fazia uma ideia.

— Três dias de suspensão na escola. *David* — disse o nome como se fosse um palavrão — vai me dar aulas particulares, para salvar minhas notas.

— Está falando sério? — perguntou Laurel, mais alto do que tinha pretendido. Nenhuma das suas fontes lhe havia contado que eles iriam estudar juntos. Isso era ruim.

Tamani bufou.

— Bem. — Laurel ficou em silêncio por alguns segundos. — Ele realmente *é* um bom professor particular. — Ela sabia que Tamani ficava tenso quando ela elogiava David, mas como não fazê-lo? Após anos estudando em casa, tinha sido David quem a ensinara a lidar com o sistema educacional público.

— Não duvido. Mas o mero conceito de notas é bastante ofensivo. Nunca vi um indicador mais arbitrário e pouco informativo. A forma como os humanos medem suas diferenças é...

— Pior do que como vocês fazem em Avalon?

Tamani apertou os lábios.

— Bem, enfim, o bom é que não sou um aluno de verdade. Senão, teria de fazer algo drástico. Não sei o que vou fazer com David durante três dias.

— Seja legal com ele — disse Laurel.

— Nós seremos supervisionados, Laurel.

— Estou falando sério. Nada de ficar contando vantagem, nem de provocá-lo, nada. Seja legal.

— Nada de provocações, prometo.

Laurel assentiu com aprovação, mas não sabia bem o que mais poderia dizer. Finalmente, decidiu simplesmente mudar de assunto. — Então, Shar vai ficar por aqui agora?

Tamani negou com a cabeça.

— Só por uns dias. Ele tem trabalho a fazer lá no seu terreno.

Ilusões 244

— Como ele vem até aqui? Ele também tem carro? — A ideia de todas as fadas e elfos dirigindo por lá a fez rir.

Mas Tamani pareceu ficar um pouco desgostoso.

— Tamani de Rhoslyn, sentinela, *Fear-gleidhidh* e chofer, a seu dispor.

— Quando? Achei que você me vigiasse, o tempo todo.

— Menos quando sei que você está em casa. E durante a noite. E não se esqueça — acrescentou ele com um sorriso —, eu tenho um celular... Aaron me liga se qualquer coisa der errado. — Ele se inclinou para a frente, sua camisa parcialmente desabotoada concedendo a ela uma visão esplêndida. — E, então, volto correndo para salvar você.

Laurel reprimiu o calor eufórico que se espalhava por seus membros.

— Isso é bom — disse ela.

Então, atinando que talvez, só talvez, ela não sentiria o peito tão apertado se suas costelas não estivessem amarradas por uma echarpe, desfez o nó e deixou suas pétalas murchas se soltarem. O que restava delas. Tinham caído durante todo aquele dia. Amanhã cedo ela poderia parar totalmente de se esconder. Seria um alívio.

Ficou momentaneamente estática ao se dar conta de que poderia ser a última vez em sua vida que teria de escondê-la. Se estivesse em Avalon, não seria preciso. A faculdade, por outro lado, significaria, ao menos, mais quatro anos tendo de esconder sua flor. Seus resultados do SAT ainda estavam escondidos embaixo da mochila. Eram suficientemente altos para entrar numa boa faculdade. Davam até mesmo uma chance razoável de concorrer à Berkeley. As notas abaixo da média que conseguira na primavera passada basicamente tinham decidido por ela, principalmente por terem sido seguidas por um verão fora de série na Academia. Mas e agora? Havia um caminho completamente novo que poderia tomar, se quisesse.

Ter opções estava começando a parecer mais um castigo do que uma bênção.

Vinte e Seis

TRÊS DIAS INTEIROS, TRANCADO NUMA SALA COM O SR. ROBISON E DAVID.

Fazendo dever de casa.

Fingindo fazer dever de casa.

E trocando olhares irritados.

No primeiro dia, David tinha lançado mais olhares furiosos do que Tamani. Mas também, levando-se em conta que Tamani tinha sido o vencedor, fazia todo sentido.

Bem, vencedor mais ou menos.

Durante um dia perfeito, Tamani tinha, de fato, cogitado se seria possível morrer de felicidade. Estar com Laurel, com ela, de verdade, segurando-a nos braços enquanto ela sorria para ele — era melhor do que jamais havia sonhado. Tudo mais em sua vida empalidecia em comparação. Tornar-se a mais jovem sentinela em comando em três gerações? Um sucesso secundário. Treinar como especialista principal em interação humana aplicada? Nada mais que os ossos do ofício. Mas estar com Laurel? Essa era sua conquista suprema, e ele havia surpreendido a si mesmo com a facilidade com que assumira o papel. Como ela se encaixava perfeitamente em seus braços. A alegria completa que sentia quando ela sorria para ele. Nada mais importava.

Ilusões 246

Ele recuperaria aquilo. Tinha se achado determinado antes, mas apenas havia perseguido um sonho. Agora ele sabia o que estava perdendo e era capaz de qualquer coisa, se significasse mais um dia como aquele que haviam compartilhado na cabana.

Quando Tamani percebeu que estava sorrindo, pigarreou e se obrigou a fazer cara feia de novo e fingir se concentrar na explicação de David sobre o teorema de Pitágoras. *Que perda de tempo.*

— Rapazes, se me dão licença, vocês parecem estar indo bem com esta tarefa. Preciso sair um minuto.

Tamani reprimiu uma risada. A "supervisão" deles era uma piada. O sr. Robison já tinha saído da sala quatorze vezes aquele dia... o dobro do que fizera no dia anterior. E, sempre que o fazia, David simplesmente se fechava. Não respondia a nada que Tamani perguntasse. Apenas ficava ali sentado, olhando fixamente para as lousas penduradas na frente da sala. Quando o sr. Robison voltava, David retomava o que quer que estivessem fingindo estudar. Era surreal, na verdade: ele recomeçava no ponto exato onde havia parado. O sr. Robison não parecia notar.

O que irritava Tamani era a forma como David parecia estar sofrendo tanto com o castigo quanto por ter perdido Laurel. No que dizia respeito a Tamani, castigos simplesmente faziam parte da vida. Você os encarava e seguia em frente — não havia motivo para parar e se arrepender.

Certamente não para Tamani.

Ele especulou se o motivo pelo qual os humanos não conseguiam se livrar de suas ansiedades era porque viviam sempre tão confinados. Devia ser difícil suportar quando a pessoa não podia respirar ar fresco e resolver as coisas de forma construtiva, com um pouco de trabalho braçal honesto. Antes mesmo que Tamani completasse dez anos, havia passado vários anos no campo com seu pai, ou consertando barragens com o companheiro de sua irmã, ou ainda fazendo pequenos serviços para sua mãe na Academia. Os humanos, por outro lado, eram enfileirados e colocados em currais feito gado. Talvez funcionasse para eles... talvez animais gostassem de ficar trancados. Mas Tamani tinha lá suas dúvidas.

Fazia cinco minutos que o sr. Robison tinha saído. Faltava apenas uma hora para o sinal de encerramento. Tamani duvidou que eles o vissem novamente antes do dia seguinte.

— Você está lutando uma batalha perdida, sabe? — disse Tamani. — Sempre esteve.

Como se poderia prever, David não disse nada.

— Fadas e humanos simplesmente não podem ficar juntos. Você teve uma oportunidade boa e, francamente, fico feliz que você estivesse lá para protegê-la quando eu não podia estar. Mas simplesmente não dá certo. Vocês são diferentes demais. Podemos ser parecidos fisicamente, mas fadas e elfos têm muito pouco em comum com os humanos.

Ainda nenhuma resposta.

— Vocês não poderão ter filhos.

Com isso, David se virou e olhou para Tamani. Era a primeira reação verdadeira que tinha obtido desde o começo da "suspensão". David até abriu a boca para dizer alguma coisa; então, a fechou novamente e lhe deu as costas.

— Pode ser sincero. Supostamente, deveríamos estar resolvendo nossas diferenças, certo? — Tamani soltou uma risada. — Embora, talvez, não fossem nessas diferenças que eles estavam pensando.

David encarou Tamani, ignorando a piada.

Tamani percebeu, de repente, como David parecia *jovem*. Ele se esquecia, às vezes, de que David, Laurel e seus amigos eram mais jovens — em alguns aspectos, *muito* mais jovens — do que ele. Ele estava se fazendo passar por um aluno humano em idade escolar, mas, na verdade, era um oficial da Guarda. Conhecia seu lugar, sabia qual era seu papel, com uma certeza que alguns humanos jamais adquiriam. A quantidade

Ilusões 248

de liberdade que as crianças humanas tinham devia ser paralisante. Não era de surpreender que demorassem tanto para se tornar adultos.

— Só estou tentando ajudá-lo a entender, só isso — disse Tamani.

— Não preciso da sua ajuda.

Tamani assentiu. Não gostava de David, mas era difícil odiá-lo quando ele já não era mais um obstáculo a ser vencido. Em muitos aspectos, Tamani podia simpatizar com ele. E, certamente, não podia criticar o gosto de David.

Quinze minutos se passaram em total silêncio. Depois, meia hora. Tamani se perguntava se poderia simplesmente desaparecer meia hora antes do final da suspensão quando David falou.

— Muita gente não pode ter filhos... os pais de Laurel, por exemplo.

Tamani já tinha até se esquecido de que mencionara filhos. Parecia estranho que, depois de quase dois dias inteiros de silêncio, David se aferrasse àquele ponto em particular. — Concordo, mas...

— Então eles adotam. Ou apenas ficam juntos, os dois. Você não precisa ter filhos para ser feliz.

— Talvez não — admitiu Tamani. — Mas ela também irá viver cem anos mais do que você. Você realmente quer fazê-la assistir à sua morte? Quer adotar filhos e fazê-la assistir à morte *deles*, de velhice, enquanto ela ainda parece ter quarenta anos?

— Você acha que eu não pensei nisso? A vida é assim. Quer dizer, não para vocês, já que vocês têm seus remédios perfeitos e tal. — Ele disse aquelas palavras em tom de chacota e Tamani reprimiu sua raiva; o próprio David já não havia se beneficiado dos elixires das fadas? — Mas é assim que é aqui. Você não sabe se vai morrer no mês que vem, ou na semana que vem, ou daqui a oitenta anos. É um risco que você corre e que vale a pena, se as pessoas realmente se amam.

— Às vezes, amar não é suficiente.

— Isso é o que você diz a si mesmo — replicou David, olhando para Tamani francamente. — Faz com que você tenha certeza de que vencerá, no fim.

Aquilo o atingiu um pouco; era *mesmo* algo que vinha dizendo a si mesmo, frequentemente, durante os últimos anos.

— Eu sempre tive certeza de que iria vencer — disse Tamani baixinho. — Só queria saber *quando*.

David fez um ruído de escárnio e desviou o olhar.

—Você se lembra do que eu disse sobre Lancelot?

— Ele era o elfo-guardião de Guinevere — disse David —, pelo menos, segundo a *sua* versão da história.

Tamani suspirou. O garoto estava sendo difícil, mas, ao menos, estava escutando.

— *Fear-gleidhidh,* de fato, significa "guardião", mas talvez não no sentido que você está pensando. *Fear-gleidhidh* equivale a um... cuidador, como um protetor. O trabalho de Lancelot incluía proteger a vida de Guinevere, mas também era tarefa dele proteger Avalon... fazer o que fosse necessário para que Guinevere tivesse sucesso em sua missão. Garantir que ela não voltasse atrás.

— E você é o *Fear-gleidhidh* de Laurel.

— Não sei quanto Laurel contou a você sobre isso, mas eu a conheci... antes. Desde o dia em que Laurel partiu de Avalon, fiz tudo que podia para ser designado seu guardião. Todas as escolhas que fiz na vida, todos os minutos de treinamento, foram em busca dessa posição. Porque eu queria que quem quer que estivesse lá fora vigiando-a fosse alguém que a amasse... e não um comandante indiferente. Quem melhor para guiá-la e protegê-la do que alguém que a amasse tanto quanto eu?

David balançou a cabeça com tristeza e começou a falar.

Tamani o interrompeu.

— Mas eu estava errado.

Ilusões 250

Interesse e desconfiança surgiram nos olhos de David.

— Como assim?

— O amor nublou meu discernimento. Eu sabia que ela dava valor à privacidade; então, mesmo que ela nem soubesse que estava sendo vigiada, eu reduzi a vigilância à cabana. A família dela se mudou enquanto eu estava distraído. Até ela voltar, fiquei com medo de ter falhado tanto com Avalon quanto com Laurel. Colocamos sentinelas aqui, e eu queria vir... mas queria ficar perto de Laurel tanto quanto queria protegê-la... talvez mais. Portanto, mantive-me à distância porque queria vir pelos motivos errados e convenci a mim mesmo de que um motivo ruim era a mesma coisa que uma escolha ruim. E agora estou aqui, e tenho de dizer: vê-la com você tem sido um tormento. Amá-la tanto me tornou um profissional muito ruim. Como naquela noite com os trolls. Eu deveria ter ido atrás deles. Mas não podia abandoná-la.

— E se houvesse trolls esperando ali por perto? E se o primeiro grupo tivesse aparecido somente para atrair você para longe dela?

Tamani balançou a cabeça.

— Eu deveria ter confiado nos meus reforços. Não me entenda mal, pretendo cumprir minha tarefa. Mas meus motivos para estar aqui são diferentes dos ideais pretensamente nobres que um dia eu tive. Eu morreria para mantê-la em segurança, e costumava pensar que isso me tornava especial. Mas a verdade é que qualquer das sentinelas faria o mesmo. E, às vezes, eu me pergunto se Laurel não estaria mais segura tendo outra pessoa como *Fear-gleidhidh*.

— Então, por que você não pede demissão? — perguntou David.

Tamani riu e balançou a cabeça.

— Não posso pedir demissão.

— Não, sério. Se você acha que ela estaria mais segura, não seria seu dever se demitir?

— Não funciona desse jeito. Fiz um juramento perpétuo que me vincula a Laurel. Essa é a minha tarefa até eu morrer.

— Para sempre?

Tamani assentiu.

— Se Laurel estiver fora de Avalon, a qualquer momento, ela é minha responsabilidade. Então, se ela decidir ficar com você, e vocês dois se mandarem para a faculdade, adivinha quem vai ter que ir junto? — Tamani apontou o dedo indicador para o teto, então o girou para apontar a si mesmo.

— O quê?

— De um jeito ou de outro. Eu a vigiarei a distância, discretamente e sem que ela saiba, se for preciso. E não importa quanto você viva... eu estarei por perto quando você partir. Posso passar minha vida inteira com Laurel ou observando-a enquanto ela estiver com outra pessoa. Felicidade ou tortura... não existe meio-termo.

— Me perdoe por dizer que espero que seja tortura — disse David ironicamente.

— Ah, eu entendo — disse Tamani. — E não me incomodo com os seus sentimentos. Mas, durante todo o tempo em que trabalhei para me tornar *Fear-gleidhidh* de Laurel, nunca imaginei que meus sentimentos por ela fizessem de mim um mau protetor. E, às vezes, é mais forte do que eu e acabo fazendo coisas que sei que não deveria. — Ele hesitou. — Como bater em espectadores inocentes só para me sentir melhor. Aquilo foi muita falta de profissionalismo da minha parte e peço desculpas.

David levantou uma sobrancelha.

— Falta de profissionalismo?

— Sim — respondeu Tamani.

David abafou uma risada, tossiu e, então, caiu na gargalhada.

— Falta de profissionalismo — resmungou ele.

Os humanos têm um senso de humor muito estranho.

— Bem, eu não me arrependo — disse David, mas seu sorriso foi sincero. — *Eu* queria bater em você, *você* queria que eu batesse em você... diria que ambos conseguimos o que queríamos.

— Isso eu não posso negar.

Os dois ficaram em silêncio, encarando-se por alguns segundos antes de começarem a rir.

— Olhe só para nós — disse David. — Somos tão patéticos. Nossa vida gira em torno dela. Eu... — Ele fez uma pausa e baixou os olhos para o chão, obviamente um pouco envergonhado. — Achei que fosse morrer quando ela terminou comigo.

Com sinceridade, Tamani assentiu.

— Sei bem como é.

— O negócio é que, mesmo quando você foi embora, você nunca realmente foi — disse David. — Ela sentia saudades de você o tempo todo. Às vezes, eu a flagrava com o olhar perdido e lhe perguntava no que ela estava pensando, e ela sorria e respondia "nada", mas eu sabia que estava pensando em você. — Ele se inclinou para a frente. — Quando você apareceu em setembro, acho que o odiei mais naquele momento do que qualquer outra coisa na minha vida inteira.

— Um pouco do seu próprio veneno, se você me pergunta — disse Tamani, tentando não demonstrar a satisfação que estava sentindo. — Laurel carregava uma foto sua no bolso... ela a trazia quando eu a vi em Avalon, dois verões atrás. E eu odiei o fato de que, mesmo naquelas poucas vezes em que a tinha para mim, só para mim, você também estivesse presente.

— Você acha que ela sabe que nós sabemos?

— Se ela não sabia antes, agora sabe — disse Tamani, novamente melancólico. — É por isso que ela não está com nenhum de nós. Já me perguntei se não é tanto para manter a paz entre nós dois quanto para dar a ela o espaço de que necessita. — Tamani hesitou, então acrescentou: — Você deveria ir fazer as pazes com ela.

— Está falando sério?

— Eu disse fazer as pazes, não voltar — disse Tamani, esforçando-se para evitar que a agressividade permeasse sua voz. — Ela ficaria feliz se vocês dois fossem amigos novamente. Eu quero que ela seja feliz. Vou sair para seguir algumas pistas com Shar depois da aula e vamos nos estender pela noite adentro... eu estarei longe, você vai lá e faz as pazes.

David ficou quieto por um minuto.

— O que você ganha com isso?

— Quero que você diga a ela que fui eu que o mandei.

— Ah, assim Laurel fica feliz *e* você ganha uns pontos por restabelecer a paz.

— Você até que é bem inteligente. Para um humano — disse Tamani, sem disfarçar o sorriso.

David apenas balançou a cabeça.

— Sabe o que eu detesto quase tanto quanto a ideia de perder Laurel para você? — perguntou David.

— O quê? — Tamani se preparou para o que quer que David tivesse a dizer.

— Que esta babaquice de "resolver as diferenças" realmente tenha funcionado.

Tamani riu, e o sinal de saída tocou.

— Eu não iria tão longe, cara — disse ele. — Ainda não gosto de você. — Mas não pôde evitar sorrir ao dizer aquilo.

Laurel abriu cautelosamente a porta da frente e se deparou com David segurando uma única zínia.

— Oi — disse ele, sem jeito. Então, estendeu a flor para ela. — Me desculpe — disse ele. — Fui um idiota e realmente perdi totalmente o controle, e foi tão impróprio que eu também teria terminado comigo.

Laurel ficou ali, olhando para a flor que ele oferecia por um longo momento antes de pegá-la, com um suspiro.

— Também peço desculpas — disse, baixinho.

— Você? Mas pelo quê? — perguntou David.

— Eu deveria ter escutado Chelsea. Ela me disse que você estava tendo muita dificuldade em lidar com Tamani e eu simplesmente achei

Ilusões 254

que você fosse dar conta. Devia tê-la levado a sério. Levado *você* a sério. Me desculpe por deixar ter chegado a este ponto.

David esfregou a nuca.

— Nunca foi tão sério assim. Chelsea me deixa desabafar com ela. E foi isso que eu fiz, na maior parte das vezes. Desabafar.

— Sim, mas você deveria ter tido a liberdade de desabafar comigo. Eu tolhi todo e qualquer tipo de comentário negativo, e deveria ter perguntado o que você realmente estava sentindo e ter dado atenção. É isso que uma boa namorada faz. — Laurel baixou os olhos para os pés. — Nem namorada; é isso que uma boa *amiga* faz.

— Não acho que você me deve nenhum pedido de desculpa, mas, mesmo assim, obrigado — disse David. — E, bem, espero que a gente consiga superar, colocar uma pedra sobre tudo isso. — Ele hesitou. — Juntos.

— David — disse Laurel e, então, ela viu a expressão de desalento em seu rosto, revelando que ele já sabia o que ela iria dizer. — Acho que não estou preparada para ficarmos "juntos" de novo.

— Então, você está com Tamani? — perguntou David, com os olhos baixos.

— Não estou com ninguém — disse Laurel, balançando a cabeça. — Nós temos dezessete anos, David. Eu gosto de você, e gosto de Tamani, e acho que talvez precise parar de me preocupar com o "para sempre" por algum tempo. Já estou tendo bastante dificuldade para decidir se vou fazer faculdade no ano que vem, que dirá saber com quem deveria ficar pelo resto da vida.

David tinha uma expressão estranha no rosto, mas Laurel continuou, rapidamente.

— Entre Yuki e Klea e os trolls e os exames finais e as faculdades e... — ela gemeu. — Simplesmente não consigo pensar nisso agora.

— Parece que você está precisando de um amigo — murmurou David, com os olhos fixos no capacho.

Laurel ficou surpresa com o alívio que a inundou. As lágrimas já escorriam por seu rosto antes mesmo que percebesse.

— Puxa vida — disse ela, tentando sutilmente enxugá-las —, preciso tanto de um amigo no momento.

David deu um passo à frente, passando os braços em volta dela, puxando-a e apenas abraçando-a, pressionando o rosto no alto de sua cabeça. Laurel sentiu todas as preocupações do dia se esvaírem ao absorver o calor do peito dele, ouvir seu coração batendo de forma regular, assustando-se por ter chegado tão perto de perder sua amizade.

— Obrigada — sussurrou ela.

— Quero que você saiba que tenho toda intenção do mundo de convencê-la a ser minha namorada de novo — disse David, soltando-a e dando um passo atrás. — Estou tentando ser honesto, sabe?

Laurel revirou os olhos e riu.

— Mas até lá — disse ele, agora mais sério —, serei seu amigo e esperarei.

— Estava começando a achar que você nunca mais iria falar comigo. — Ela observou, confusa, o rosto de David ficar vermelho.

— Eu... tive um certo estímulo. Tamani me mandou vir aqui — disse ele, finalmente.

— Tamani? — perguntou Laurel, certa de que não tinha ouvido direito.

— Na verdade, nós tivemos uma boa conversa hoje e ele disse que se afastaria para que eu viesse me desculpar.

Laurel considerou o que ele dizia.

— Por que ele faria isso?

— Por que mais? Para ganhar pontos com você — disse David, com uma fungada.

Laurel balançou a cabeça, mas tinha que reconhecer; havia funcionado.

— Eu liguei para você outro dia — admitiu Laurel.

— Eu vi. Você não deixou recado.

— Fiquei irritada com a sua mensagem da caixa postal.

David riu.

— Recebi os resultados do SAT.

Ele assentiu brevemente. Aquilo era quase tão importante para ele quanto para ela.

— Eu também. Ainda não superei a Chelsea. E você?

Laurel sorriu e contou a ele sobre seus resultados muito mais altos e as possibilidades que eles abriam. E, por alguns instantes, era como se nada houvesse mudado; mesmo porque, ela percebeu, David sempre fora primeiro seu amigo. E talvez essa fosse a maior diferença entre ele e Tamani. Com David a amizade viera primeiro; com Tamani, sempre fora a paixão. Não tinha certeza se poderia imaginar a vida sem cada um daqueles extremos. Será que escolher um significava deixar o outro para trás para sempre? Não era um pensamento que a alegrasse; portanto, por ora, ela o afastou da mente e curtiu o que estava ali, diante dela.

— Você quer entrar?

Vinte e Sete

TAMANI FICOU SENTADO, COMPLETAMENTE IMÓVEL, VARRENDO A FLORESTA com os olhos em busca de qualquer movimento, enquanto o sol desaparecia por trás do horizonte. Era a hora ideal para avistar trolls — quando o "dia" deles estava começando e as sombras compridas ofereciam vários lugares onde se esconder. Onde quer que estivessem se ocultando, tinha de ser por ali; os trolls que eles haviam ferido sempre pareciam ir naquela direção. Mas os poucos metros quadrados de floresta espremidos entre dois bairros residenciais humanos não rendera nada além de frustração. Tamani trincou os dentes. Havia prometido a Aaron que consertaria tudo e, pelo olho da Deusa, ele iria cumprir a promessa!

— Tenha dó, Tam, mesmo com todo o seu treinamento para ser furtivo, até um troll semimorto seria capaz de escutar esses dentes rangendo — veio uma voz monótona, quase entediada, de sob a conífera onde Tamani havia trepado para obter uma vista melhor.

Tamani suspirou.

— Você está se esforçando demais — acrescentou Shar, agora parecendo mais preocupado. — Três noites seguidas. Estou preocupado com você.

Ilusões 258

— Não trabalho sempre tantas horas seguidas assim — disse Tamani. — Só quero aproveitar enquanto vocês estão aqui. Normalmente eu trabalho uma noite sim, outra não.

— Isso ainda significa que você não dorme nem metade das noites.

— Eu durmo um pouco enquanto estou de guarda.

— Muito pouco, imagino. Você sabe que apanhar trolls não é o seu trabalho — continuou Shar, em voz tão baixa que Tamani mal podia ouvi-lo. Ele também tinha dito a mesma coisa nas duas noites anteriores.

— Que melhor forma de proteger Laurel? — perguntou Tamani, exaltado.

— Essa é uma excelente pergunta — disse Shar. Ele havia trepado na árvore quase até chegar a Tamani. — Você pretende se atormentar até a morte com isso?

— O que você quer dizer?

— Você teve uma escolha. Seguir os trolls ou ficar com Laurel. Você ficou com ela. Não sei se você fez a melhor escolha possível, mas fez uma escolha *defensável*, particularmente com Laurel inconsciente e incapaz de se defender. Se tivesse feito uma escolha diferente, talvez pudesse ter seguido aqueles trolls até seu covil. Ou talvez a perseguição tivesse sido inútil, como tem sido até agora. Sinto muito que Aaron tenha discordado da sua decisão, mas você não pode deixar que isso se enraíze em você desse jeito. Você tem de seguir adiante.

Tamani balançou a cabeça.

— Aaron já estava quase lá. Laurel teria chegado em casa bem. E eu poderia estar um passo mais perto de eliminar a ameaça suprema contra ela.

— É fácil pensar assim porque ela, *de fato,* chegou em casa bem. Mas quem pode garantir que não havia mais trolls esperando você deixar Laurel sozinha? Ou que Yuki ou Klea não estavam esperando pela mesma coisa?

— Isso parece extraordinariamente improvável — resmungou Tamani.

— Sim. Mas você é *Fear-gleidhidh*. Seu trabalho é prever até mesmo a ameaça mais improvável. Acima de tudo, seu trabalho é manter Laurel viva e ativa.

— Eu largaria tudo e me uniria à Árvore do Mundo amanhã mesmo se ela morresse — disse Tamani.

— Eu sei — sussurrou Shar em meio à escuridão.

Uma hora se passou, então duas, e os elfos não disseram nada enquanto esquadrinhavam a floresta. Tamani sentiu os olhos começarem a pesar, um cansaço que tomou conta dele, parecendo chegar a seu âmago. Ele já tinha passado duas noites em claro incontáveis vezes, mas três já era pedir demais. Shar tinha dormido durante o dia, mas à parte uma breve soneca na escola, enquanto o professor Robison havia saído da sala, e alguns minutos na árvore, Tamani não dormia desde a noite em que se forçara a sair da cama de Laurel — obedecendo ao pedido dela, mesmo sabendo que, desde que ele fosse embora antes do amanhecer, ela jamais saberia. Então, fechou os olhos, pensando na última visão dela, seus cabelos louros espalhados pela fronha como se fossem fios de seda, sua boca, mesmo durante o sono, com os cantos levemente levantados.

Seus olhos se abriram com o ruído de passos nas folhas secas. A princípio, pensou que fosse apenas outro veado. Mas o som se repetiu, e repetiu. Aqueles passos eram pesados demais para serem de um animal tão gracioso.

Tamani prendeu a respiração, querendo que acontecesse, quase duvidando de seus olhos quando dois trolls surgiram pesadamente em seu campo de visão, fedendo a sangue, um deles arrastando um gamo adulto. Se eles continuassem seguindo em frente, iriam passar bem embaixo da árvore onde ele e Shar estavam empoleirados.

Rápida e silenciosamente, Tamani e Shar desceram. Os trolls não pareciam estar com pressa; então, foi fácil mantê-los à vista. Tamani se

Ilusões 260

sentiu tentado a apanhá-los de emboscada, dar um fim neles, mas a missão daquela noite era muito mais importante do que simplesmente eliminar alguns trolls. Estava na hora de descobrir onde eles vinham se escondendo. *Todos* eles.

Ele e Shar os seguiram quase sem pressa, percorrendo o caminho pelas laterais em corridas curtas. Os trolls pararam e Tamani se agachou, sabendo que Shar estava fazendo a mesma coisa atrás dele. Sabia que eles não podiam sentir seu cheiro, pois não trazia consigo nem sangue nem enxofre para atiçar seu faro. Mas alguns trolls podiam sentir o perigo, ou, pelo menos, era o que Shar, às vezes, alegava.

O troll com a carcaça do gamo a ergueu do solo, como se examinasse a qualidade da carne. Então, ambos desapareceram.

Tamani suprimiu uma arfada. Eles haviam desaparecido bem diante de seus olhos! Obrigando-se a permanecer escondido, Tamani reteve a respiração, somente escutando. Ouviu um ruído distante de passos arrastados, um rangido, o som de madeira batendo em madeira. Então, silêncio. Um minuto passou. Dois. Três. Não se ouviram outros sons. Tamani se colocou em pé, cada fibra de seu corpo pronta para correr, para lutar.

— Você viu aquilo? — sussurrou Shar.

— Sim — disse Tamani, quase esperando que os trolls saltassem de trás de uma árvore. Mas a floresta continuou silenciosa e vazia. Ele olhou para o lugar onde os trolls tinham acabado de pisar. O mais desajeitado deles havia deixado vários pingos de sangue de seu troféu de caça espalhados nas folhas caídas. Tamani seguiu as gotas de sangue até onde os trolls haviam parado, na borda de uma pequena clareira. A trilha escarlate terminava onde eles haviam desaparecido.

Agachando-se para olhar melhor, Tamani analisou o sangue. Ele se levantou e caminhou em frente, com os olhos fixos na árvore adiante. Quando já estava a meio caminho da árvore, virou-se.

A gota de sangue não estava atrás dele. Estava à sua esquerda.

Mas ele caminhara em linha reta.

— O que você está fazendo? — perguntou Shar.

— Só um segundo — disse Tamani, confuso. Ele voltou até a gota de sangue e tentou de novo. Focalizou sua atenção em outra árvore e foi até a metade do caminho. Quando se virou, a gota estava atrás dele, à sua direita.

Tamani se agachou, estudando as árvores que pareciam estar à sua frente, mas que aparentemente, não estavam.

— Shar — disse Tamani, certificando-se de ficar em cima da gota de sangue, com as costas viradas para a trilha que tinha seguido. — Venha até aqui e fique na minha frente.

Conforme deu um passo à frente, os pés de Shar pareceram se realinhar num caminho diagonal. Ele deu mais dois passos; então, parou e se virou, de olhos arregalados.

— Entendeu agora? — perguntou Tamani, a confusão no rosto de seu mentor fazendo-o sorrir, a despeito da situação.

Enquanto Shar ficava parado olhando para o ponto em que estivera segundos antes, Tamani firmou os pés no chão e estendeu as mãos para a frente. Ele não sentiu nada, mas, quanto mais estendia as mãos para a frente, mais elas pareciam se afastar uma da outra. Quando tentou juntar as mãos, viu-se trazendo-as até seu peito.

— Shar! — sussurrou, sem fôlego. — Venha aqui e faça isso que eu estou fazendo.

Shar demorou alguns momentos, mas logo ele também estava parado com as mãos diante de si, traçando os contornos intangíveis da barreira que parecia dobrar o espaço ao redor deles. Era como se alguém houvesse cortado um círculo muito pequeno no universo. Um domo que não podiam perceber, quanto menos penetrar.

Mas era *possível* entrar, de alguma forma, disso Tamani tinha certeza. Devia ter sido por ali que os trolls haviam seguido.

— Se eu não tivesse visto os trolls desaparecerem, não saberia que algo estava errado — disse Tamani, deixando as mãos caírem ao lado do corpo.

Ilusões 262

— Mas não podemos ver nada, e eu só posso sentir indiretamente — disse Shar, com os braços cruzados sobre o peito enquanto fitava a escuridão. — Como rompemos uma parede na qual nem podemos tocar?

— Os trolls entraram direto — respondeu Tamani. — Portanto, não é realmente uma parede.

Shar se afastou de Tamani silenciosamente e apanhou uma pedra pequena. Ele se colocou a alguns passos de distância e a atirou num movimento baixo. Ela fez um arco na direção da barreira e, então, sem a menor interrupção, desapareceu.

Animado, Tamani se abaixou para pegar um graveto. Ele deu um passo à frente, só até o ponto em que se virou e estendeu a mão com o graveto. Não houve nenhuma sensação física, nada impedia seus movimentos, mas, enquanto ele achava que estava direcionando o graveto à frente, viu o graveto apontando de lado. Começou a puxá-lo de volta, confuso, quando uma nova ideia o atingiu.

Talvez esteja sintonizado com plantas.

Então, jogou o graveto na barreira, esperando que ricocheteasse. O graveto sumiu, exatamente como a pedra.

Acho que não.

— Bela proteção — bufou Tamani.

— Desde quando os trolls sabem produzir este tipo de magia? — perguntou Shar.

— Desde nunca — respondeu Tamani de cara fechada. — Portanto, deve ser fácil de superar.

— Ah, sim, claramente — disse Shar, num tom cheio de sarcasmo.

Tamani analisou o misterioso espaço vazio.

— Posso jogar coisas através dele, mas não posso cutucar com um graveto. Você acha que conseguiria *me* jogar através da barreira?

Shar o encarou por um longo tempo; então, levantou uma sobrancelha e assentiu.

— Certamente posso tentar. — Ele se ajoelhou com os dedos entrelaçados e Tamani apoiou um pé em suas mãos.

— *A haon, a dó, a trí!* — Shar empurrou e Tamani deu um salto no ar, na direção da barreira.

Ele estava no ar e, então, teve a impressão dolorosamente clara de que algo o virava no avesso. Mas a dor passou rápido e suas costas bateram no chão, fazendo com que todo o ar escapasse de seu peito. Havia estrelas demais no céu, pensou, tentando se concentrar. Shar o olhava de cima, com uma expressão vagamente divertida.

— O que aconteceu? — perguntou Tamani.

— Você... quicou.

Tamani se sentou e olhou para o espaço à sua frente.

— Deve estar especificamente sintonizado para fadas e elfos. Isso nem sequer deveria ser possível. — Ele olhou para o chão por um momento, enfurecido. — Talvez possamos cavar por baixo.

— Pode ser — disse Shar, mas não parecia muito confiante.

— Então, o que podemos fazer?

Shar não respondeu de imediato. Estava estudando a pequena clareira com uma expressão consternada, inclinando a cabeça para um lado e para outro, como se à procura de um ângulo que lhe permitisse ver qual era o segredo. Então, parou e se empertigou.

— Será que...? — Shar estendeu as mãos para a frente, arrastando a ponta do pé ao longo da barreira invisível, marcando o perímetro desta. De dentro de sua bolsa, ele tirou um saquinho fechado por cordões. — Afaste-se.

Automaticamente, Tamani deu alguns passos para trás, perguntando-se o que Shar estaria planejando.

Depois de afrouxar os cordões que o fechavam, Shar segurou uma das pontas inferiores do saquinho entre o polegar e o indicador. Então, agachou-se no chão, espalhando cuidadosamente seu conteúdo claro e granulado à sua volta, completando o círculo ao despejar um arco acima de sua cabeça que desapareceu ao passar pela parede invisível.

Tamani deu um pulo para trás, alarmado, conforme a pequena clareira onde estavam foi triplicando em tamanho num piscar de olhos.

Ilusões 264

Sua respiração ficou presa na garganta enquanto ele examinava a área que se materializara diante deles a partir da mais tênue das sombras. No centro da clareira havia uma cabana arruinada, com as janelas fechadas por tábuas. Ela praticamente brilhava à luz da lua cheia.

Percebendo imediatamente como estavam vulneráveis ali — como haviam estado vulneráveis o tempo todo — Tamani se atirou no chão de bruços e se arrastou para trás de um carvalho, escondendo-se. Como nada se moveu na clareira iluminada pela lua, Tamani saiu de lá vagarosamente, embora uma parte dele desconfiasse que não importava. Se alguém os estivesse observando durante os últimos quinze minutos, já não adiantaria mais se esconder. Ainda assim, seu treinamento não permitia que fizesse nada além de proceder com o máximo de cuidado possível.

Shar não tinha se movido. Estava parado no meio de seu círculo improvisado, olhando para o saquinho agora vazio que repousava na palma de sua mão. A expressão em seu rosto era uma mistura de espanto e fascinação. O que quer que tivesse feito, não esperara que funcionasse.

— O que era aquilo? — disse Tamani, com gratidão.

— Sal — respondeu Shar, a voz sem expressão. Ele não tirava os olhos do saquinho em sua mão. Tamani riu, mas Shar não.

— Espere aí, você está falando sério?

— Olhe ali.

Tamani olhou para o chão, para onde Shar estava apontando. A linha branca de sal que Shar fizera à sua volta se sobrepunha a um arco grosso de pó azul-escuro que parecia circundar a clareira toda.

— Isto é obra de Misturador — disse Shar, franzindo a testa.

— Parece ser, mas, na verdade, é um encantamento de nível de inverno. Eles ocultaram dois mil metros quadrados apenas desenhando um círculo em volta!

— Os Dobradores não usam pós — retrucou Shar. Tamani disfarçou uma careta; referir-se às fadas e elfos de inverno como *Dobradores* era vulgar até mesmo para os padrões das sentinelas. — O pó indica que é uma Mistura, com certeza.

— Ou talvez estejamos lidando com um novo tipo de troll. Laurel atingiu aqueles trolls com *caesafum* e eles nem sequer piscaram. Os soros de rastreamento também não funcionam com eles. E parece que Barnes era imune a tudo, exceto a chumbo. Mais especificamente, balas de chumbo na cabeça.

Shar ruminou sobre aquilo.

— Pode ser. Mas *existiram* alguns Misturadores muito, muito fortes na nossa história.

— Não fora de Avalon. Exceto aquela exilada, e ela queimou há... o quê, quarenta, cinquenta anos?

— De fato. Eu vi acontecer com meus próprios olhos. Mas talvez um aprendiz? — Shar hesitou. — Há a jovem fada.

— Não acho que seja possível. Mesmo com a remota possibilidade de que a Flor Silvestre seja de outono, ela é jovem demais. Um Misturador treinado na Academia precisaria ter, ao menos, uns cem anos de idade para conseguir fazer algo assim; agora, imagine uma fada selvagem.

— Tudo é possível.

— Estou vendo — disse Tamani, indicando o pó com um gesto. — Tanto este pó azul quanto isso aí que você fez — acrescentou. — Por que sal?

— Só estou testando uma teoria — disse Shar. — Até agora, estou animado com os resultados.

Sentindo que Shar não iria dizer mais nada a respeito daquele assunto, Tamani se ajoelhou e examinou o pó azul.

— Posso usar esse saquinho?

Sem dizer nada, Shar jogou o saquinho de aniagem na mão estendida de Tamani, que apanhou um pouco do pó com a lâmina de sua faca e o despejou no saco. Então, como se reconsiderando, usou a faca para riscar uma linha na terra, rompendo o círculo azul.

Ilusões 266

— O que você está fazendo? — perguntou Shar.

— Estou supondo que um círculo interrompido não vá funcionar — disse Tamani. — Se os trolls lá dentro não nos viram, pode ser que não saibam que o círculo se rompeu... mas podem encontrar seu sal. Se espalharmos o sal e cobrirmos essa interrupção, talvez eles não percebam que seu covil está exposto.

— Quero que este lugar seja vigiado dia e noite de agora em diante.

— Terei de chamar reforços — disse Tamani, o peso de seu cansaço caindo sobre ele, agora que a excitação da descoberta diminuíra. Ele se encolheu atrás de uma árvore frondosa e ligou seu iPhone, desejando que a luz da tela não fosse tão intensa. Esperando que Aaron se lembrasse de como usar o GPS, Tamani enviou sua localização para o telefone da sentinela.

Quando Tamani finalmente retornou, Shar já havia erradicado seu círculo de sal e espalhado folhas sobre a interrupção que Tamani fizera com a faca. Ainda não havia qualquer luz ou som vindo da cabana, o que parecia estranho; afinal, trolls não dormiam à noite.

— Talvez devêssemos simplesmente invadir o lugar e acabar logo com tudo — disse Tamani.

— Você não está em condições de lutar — disse Shar. — Além disso, quero mantê-los sob observação por um tempo, ter uma ideia de quantos são. Pelo que sabemos, pode haver trinta trolls ali dentro, somente esperando a gente bater na porta.

Não demorou muito para que Tamani ouvisse o revelador ruído de folhas à sua volta, anunciando a chegada de, pelo menos, dez sentinelas.

— Você pode ficar no comando a partir de agora? — perguntou a Shar.

— Se você quiser. Aonde você vai?

Tamani levantou o saquinho de aniagem; então, o guardou em sua bolsa. — Tenho que levar isto para Laurel. Pode ser que ela consiga desvendar o que é.

— Espero que sim — disse Shar, olhando fixamente para a cabana.

Com isso, Tamani se virou e saiu correndo, os pés descalços sussurrando pela manta de folhas de outono. Sentia-se capaz de percorrer o caminho de olhos fechados, como se todos os caminhos levassem a Laurel.

Tamani balançou a cabeça, sentindo que começava a divagar — sua visão estava começando a ficar enevoada. Ele piscou com força e se obrigou a correr mais depressa, tentando afastar o cansaço que ameaçava vencê-lo. Talvez Shar estivesse certo... talvez ele realmente estivesse se esforçando demais. *Depois disto*, disse a si mesmo. *Depois que eu entregar isto, poderei dormir.*

Apoiou-se na porta dos fundos da casa de Laurel e bateu, sentindo os olhos se fecharem mesmo quando ela apareceu. Laurel abriu a porta em muda surpresa e ele conseguiu apenas dar um passo para dentro da cozinha antes que o chão viesse a seu encontro.

Vinte e Oito

LAUREL COLOCARA O DESPERTADOR PARA TOCAR UMA HORA ANTES DO nascer do sol para que pudesse descer e dar uma olhada em Tamani, mas já estava acordada quando ele tocou. Sua noite tinha mais parecido um sonho agitado do que sono de verdade. Quando se convenceu de que ele estava bem, Laurel colocou um cobertor sobre Tamani e foi para a cama. Pensou em movê-lo — o chão da cozinha não parecia muito confortável — mas, no final, decidiu deixá-lo em paz. Ele provavelmente dormia em lugares piores, lá no terreno dela.

Depois de se olhar no espelho e pentear um pouco os cabelos com os dedos, Laurel desceu a escada de fininho. Ele ainda estava lá, nem sequer havia se movido. A luz da manhã era cinzenta e suave, e Laurel foi na ponta dos pés se sentar num lugar de onde pudesse ver o rosto de Tamani. Era estranho vê-lo dormindo — completamente relaxado, a expressão desprotegida. Em certos aspectos, era estranho pensar que ele sequer dormia. Ele era uma constante na vida dela, alguém que estava sempre presente quando ela precisava, dia ou noite. Nunca o tinha visto senão alerta e a postos.

Ela o observou enquanto a cozinha clareava, adquirindo um tom arroxeado, depois cor-de-rosa. Finalmente, um quadrado de luz amarela do sol começou a se mover pelo chão da cozinha. Os cílios de Tamani tremularam, apanhando a luz e lançando sombras finas em sua face bronzeada. Então, seus olhos se abriram de repente e se focalizaram em Laurel. Instantaneamente, ele rolou para longe dela, pondo-se em pé, com as mãos defensivamente à frente.

— Tam! — disse Laurel.

Ele olhou para ela, vendo-a claramente pela primeira vez, então se endireitou, abaixando as mãos.

— Desculpe — disse ele, a voz rouca e áspera. E olhou em volta da cozinha, confuso. — O que aconteceu?

— Você chegou aqui ontem à noite por volta das dez. E, então, apagou. Fui falar com Aaron lá no quintal. Ele só disse que eu estava em segurança e que ele não sabia por que você estava aqui. Está tudo bem?

Tamani se sentou cuidadosamente numa banqueta e esfregou os olhos.

— Sim, mais ou menos. Só andei me esforçando um pouquinho demais.

— Um *pouquinho*? — disse Laurel, censurando-o com um sorriso.

— Talvez mais que um pouquinho — admitiu Tamani, sorrindo com ironia. — Eu devia ter me recolhido em algum lugar e esperado até de manhã. Viu, posso roubar alguma coisa para comer, por favor?

— Claro — disse Laurel, indo até a geladeira. — O que você quer? Pêssego? Morango? Tem manga também.

— Você tem algum legume? Eu mataria por um pouco de bró-colis. Não — emendou ele. — Eu não deveria comer brócolis. Já como muita coisa verde... não quero que meus cabelos mudem de cor.

Laurel examinou a geladeira.

— Nabo mexicano? — perguntou. — É branco.

— Na verdade, parece ótimo, obrigado.

Laurel pegou um prato de nabo mexicano que sua mãe havia pi-cado na noite anterior e colocou tudo na frente de Tamani. Era mais do que ela teria comido, mas, depois da noite passada, Tamani poderia bem precisar daquilo tudo. Laurel o observou comer várias fatias.

— Então, o que aconteceu? — perguntou, pegando um pedaço do legume para si mesma.

Em vez de responder, Tamani tirou um saquinho de seu bolso e entregou a ela.

— Tome muito cuidado com isto — disse ele, fechando a mão dela em volta da bolsinha. — Não tenho certeza se poderia arrumar mais.

— O que é?

Com a luz do sol e a comida, Tamani estava se reanimando. Ele relatou suas aventuras da noite anterior.

— Este pó... é como se ele recortasse um pedaço do espaço e o dobrasse sobre si mesmo. Foi a coisa mais estranha que eu já vi na vida.

Laurel espiou dentro do saquinho, não muito segura de que saberia testar uma mistura tão incomum.

— Você acha que é alguma magia das fadas? — perguntou.

— Talvez. Pode ser também uma nova magia de troll. Ou uma antiga magia humana, sei lá. Mas parece que as evidências de que há um Misturador perigoso à solta andam se acumulando.

— Você ainda acha que pode ser a Yuki? — perguntou Laurel baixinho.

Tamani hesitou, com as sobrancelhas franzidas.

— Não tenho certeza. Eu nunca, jamais excluo uma possibilidade, mas ela é tão jovem... *Você* poderia fazer algo assim?

Laurel balançou a cabeça.

— Duvido muito. Parece incrivelmente complicado.

— Mas quem mais poderia ser?

Ambos ficaram em silêncio, Tamani mastigando e pensando, Laurel remexendo distraidamente o pó com a ponta dos dedos.

— Sabe, todo mundo parece achar que Yuki é uma enorme anomalia — disse Laurel. — Mas, se é possível que exista uma fada selvagem, por que não duas? Ou dez? Ou cem? E se Yuki é apenas uma espécie de... distração?

Tamani ponderou por um momento.

— É algo a se considerar — disse ele. — Mas não foram fadas que nós seguimos até aquela cabana. Só trolls. E nem sequer sabemos se eles estão atrás de você, ou de Yuki.

Laurel assentiu.

— Falando na Yuki, faz três dias que não a vejo e, já que teremos umas feriazinhas na semana que vem, é melhor eu tirar o atraso enquanto posso.

Laurel reprimiu uma onda de ciúme. Era o trabalho dele!

Tamani foi até a porta dos fundos e a abriu, respirando fundo o ar puro da manhã.

— Obrigado pelo conforto requintado do chão da sua cozinha — disse ele com uma risadinha, embora ela soubesse que ele devia estar bastante desgostoso por causa da experiência toda — e pelo excelente café da manhã. Fui.

Tamani correu até seu apartamento, tentando não ser visto. De calça feita à mão e descalço, ele provavelmente pareceria um homem selvagem aos olhos de qualquer humano que o visse. Depois de tomar um banho rápido — uma indulgência a que estava realmente se acostumando — e de colocar roupas novas, Tamani saiu rapidamente do apartamento e correu até a casa de Yuki, na esperança de interceptá-la a caminho da escola.

Ele chegou correndo à entrada da casa dela exatamente quando ela destrancava o cadeado de sua bicicleta, presa à grade da varanda.

— Olá — disse ele, acionando seu sorriso cativante.

Os olhos de Yuki se arregalaram, então brilharam.

Ilusões 272

— Oi, Tam — disse ela, com timidez.

Tamani sorriu de volta. Odiava ir da casa de Laurel para a casa de Yuki. Sentia como se estivesse traindo ambas. Estava começando a entender por que os Cintilantes evitavam o trabalho de sentinela a qualquer preço. Suas habilidades faziam deles excelentes espiões, e a corte de Marion os usava de forma extensiva no Reino Unido e no Egito, onde a proximidade humana fazia com que a espionagem e a compilação de informações fossem tão importantes quanto postar guardas nos portais. Mas fingir ser outra pessoa no palco não devia ser tão trabalhoso quanto fingir ser outra pessoa todos os dias.

Não obstante, Tamani tinha suas ordens. Yuki parecia ter se apegado bastante a ele, e, se ele simplesmente conseguisse fazê-la baixar a guarda, talvez pudesse descobrir o que precisava saber.

Ou, ainda melhor, descobrir que não havia nada a saber.

Infelizmente, isso parecia improvável. Era uma coincidência grande demais que Yuki aparecesse na escola de Laurel, principalmente quando a mulher que a colocara lá pertencia a uma organização que caçava não humanos. À exceção de quando fora buscar Yuki depois do ataque dos trolls, Klea não tinha dado as caras desde que aparecera com a fada selvagem na porta de Laurel. Ela *podia* estar longe, caçando, como havia alegado, mas, nas duas vezes em que as sentinelas foram enviadas para segui-la, acabaram voltando de mãos vazias, depois de perder seu rastro a quatro ou cinco quilômetros da casa de Laurel. Exatamente como acontecera com os trolls — outra "coincidência" que deixava Tamani de cabelo em pé. Qual era a conexão entre eles? Klea sempre usava óculos escuros, como se fosse sensível à luz ou estivesse escondendo olhos desiguais; mas, de resto, ela não se parecia com um troll. No entanto, já houvera notícias de clãs de trolls disputando território, o que explicaria ela ter matado Barnes. Mas Tamani não sabia explicar como Yuki fora parar com um grupo de humanos caçadores de trolls, e menos ainda um clã de trolls se fazendo passar por caçadores de trolls.

A sugestão de Laurel de que Yuki poderia não ser a única fada selvagem definitivamente tinha seus méritos, mas o que poderia motivar tais criaturas a se aliar com tipos como Klea ou Barnes?

Ainda havia perguntas demais, mas, quaisquer que fossem as respostas, Tamani não via outra possibilidade senão pensar que Klea constituía uma ameaça. Ela estava se escondendo. Tamani não sabia se dele ou de Laurel, mas, definitivamente, estava se escondendo.

Animais se escondem quando são culpados — *ou quando estão com medo.* Klea não parecia ser do tipo que se encolheria de medo; portanto, era culpada. Tamani só precisava descobrir *de quê.*

Não que ele não gostasse de Yuki; durante os últimos meses, conforme se aproximara cada vez mais dela, tinha achado sua companhia mais do que apenas tolerável. Ela era mais inteligente do que normalmente se deixava ver e tinha uma autoconfiança tranquila, que ele admirava. O que tornava seu engano ainda mais desafiador. Cada vez mais ele tinha certeza de que ela gostava dele de verdade, e o fato de estar usando isso contra ela o fazia sentir-se um vilão. Jamais superaria a culpa daquele momento se, no final, se concluísse que ela não sabia de nada. Porém, valeria totalmente a pena caso ela representasse qualquer tipo de perigo para Laurel.

— Achei que talvez pudesse acompanhar você até a escola hoje. O carro está na oficina — emendou ele, tentando arrumar uma desculpa. Na verdade, o carro estava estacionado no início da trilha que ele e Shar tinham seguido na noite anterior.

— Pensei que você "conhecesse um cara" — disse Yuki timidamente.

Tamani sorriu.

— Conheço; é por isso que ficará pronto hoje à tarde.

— Que bom — disse Yuki, fechando o cadeado e guardando as chaves no bolso da saia.

— Ah — disse ela, parando, depois dando outro passo à frente e parando de novo.

— O que foi? — perguntou Tamani, perplexo. Ela podia ser tão desajeitada, às vezes.

— É bobagem, eu... esqueci meu almoço — admitiu ela.

Como um membro do povo das fadas, Tamani sabia como era importante a nutrição do meio do dia para se sobreviver às horas de aula. Ele quase riu pensando na guerra mental que ela devia estar lutando entre não se envergonhar e tentar passar um dia inteiro sem comida.

—Vá em frente — disse Tamani com animação, indicando a casa com um gesto. — Eu espero.

—Você pode entrar um segundo — disse Yuki, sem olhar em seus olhos. — Será apenas um minuto.

Ele hesitou. Havia alguma coisa em entrar naquele refúgio desconhecido de fada que parecia muito a cair numa armadilha, mas a casinha minúscula era praticamente um modelo de inocuidade. Sem falar do fato que eles estavam rodeados de sentinelas. No entanto...

Yuki tinha aberto a porta completamente e o ar frio de outono flutuou agradavelmente pela sala de entrada. Havia uma pequena televisão sobre uma mesa de centro, ao lado de uma pilha de livros, e um sofá roxo aveludado decorando uma parede, mas o resto da sala estava tomado por plantas. Plantas em vasos cobriam o chão e o peitoril das janelas. Pelo menos, uma variedade de trepadeira havia se agarrado à parede de gesso e subia em volta da janela, emoldurando-a como se fosse uma cortina.

— Belas... plantas — disse Tamani inadequadamente, com todas as células de seu corpo em estado de alerta. Somando-se um pilão de bom tamanho, aquele podia ser arsenal de uma Misturadora; ou, simplesmente, a inclinação natural de uma fada selvagem, que ansiava por uma terra natal florescente da qual nunca tinha ouvido falar, e visto apenas em seus sonhos.

— Eu as uso para fazer *ikebana* — disse ela, antes de desaparecer nos fundos da casa.

Ela já havia mencionado antes a arte japonesa de fazer arranjos florais, embora ele não se lembrasse do contexto. No entanto, tinha achado que *ikebana* fosse algo mais sutil. Aquele lugar era praticamente uma selva. Ele pegou o celular no bolso e se apressou a tirar algumas fotos das paredes repletas de verde, esperando que Laurel pudesse lhe dizer um pouco mais a respeito dos tipos de plantas que Yuki estava cultivando ali. Ele mal havia colocado o celular de volta no bolso quando ela surgiu de seu quarto, com a mochila no ombro.

— Me desculpe; agora estou pronta.

Ele sorriu, obrigando-se a sair do estado pensativo e a entrar no estado espiativo.

— Ótimo!

Mas Yuki não se virou para ir. Ele a viu respirar fundo várias vezes antes de desembuchar:

— Você pode vir aqui sempre que quiser.

— Me lembrarei disso — disse Tamani, oferecendo-lhe um sorriso torto.

Yuki parecia estar prestes a dizer mais alguma coisa, mas perdeu a coragem e passou por ele, saindo na varanda e esperando que ele passasse pela porta antes de fechá-la.

— Espero que não tenha problema eu ter passado por aqui — disse Tamani enquanto se dirigiram despreocupadamente para a escola.

— Fico feliz que você tenha vindo — disse Yuki, baixando os olhos.

O silêncio estava se tornando cada vez mais incômodo, e Tamani procurava por alguma coisa não muito boba para dizer quando o telefone de Yuki começou a tocar. Ela o tirou do bolso e revirou os olhos, apertando o botão que enviaria a chamada para a caixa postal.

— Você precisa atender? — perguntou Tamani. — Eu não me importo.

Ilusões 276

— É só a Klea; nada importante.

— Ela não se importa se você não atender?

— Direi apenas que estava no banho. Ou andando de bicicleta... na verdade, é bem difícil pedalar e falar ao mesmo tempo. Desde que eu retorne a ligação para ela rapidamente, ela não se importa.

— E você não se importa mesmo de passar tanto tempo sozinha? Yuki jogou uma mecha de cabelo por cima do ombro.

— De jeito nenhum. — Ela sorriu. — Não tenho medo do escuro. — Tamani se encolheu por dentro diante de sua tentativa óbvia de impressioná-lo.

— E seus pais não se importam?

Ele viu algo diferente no rosto dela. Um ar desconfiado, depois decidido. Inclinando-se mais perto dela, tentou parecer interessado, em vez de ansioso.

— Meus pais já não estão por aqui — disse ela, apressadamente. — Somos só eu e Klea. E, na maior parte do tempo, só eu. Essa coisa toda de "intercâmbio" apenas... facilita a transição. — Seus olhos não paravam de se desviar até ele, claramente com nervosismo. — Eu meio que vim aqui para um novo começo.

— Um novo começo é bom. Meus... pais também já não estão mais aqui. Às vezes, eu gostaria que as pessoas não soubessem. Elas olham para você cheias de pena e tal, e é tão...

— Eu sei o que você quer dizer. Viu... — disse ela, tocando o braço dele. — Não conte para ninguém, está bem? Por favor?

Ele não insistiu em saber mais. Não naquele momento... não sobre aquele assunto.

— Claro que não — disse ele com um sorriso. Então, inclinou-se sobre ela e colocou a mão sobre a dela. — Você pode confiar em mim.

Ela lhe dirigiu um sorriso luminoso, mas havia algo cauteloso em seus olhos.

— Então, como vai a sua suspensão?

Olho de Hécate, quem é o desajeitado agora? Tamani deu de ombros, parecendo envergonhado.

— Foi uma estupidez. Fico feliz que tenha terminado.

— Todo mundo ainda está falando sobre a sua briga com David — disse Yuki, sua risada curta nem um pouco convincente. Ela hesitou por um momento. — Jun disse que ouviu dizer que vocês dois estavam brigando por causa de Laurel, ou coisa parecida.

— Laurel? — disse Tamani, esperando parecer confuso. — Laurel Sewell? Por que seria por causa dela?

— Escutei que ela apartou vocês dois e que disse alguma coisa sobre escolher.

— Oh, uau — disse ele, inclinando-se à frente de forma conspiratória. — Isso é loucura. Laurel é legal, ela me ajuda na aula de sistemas de Governo. Mesmo porque eu não tenho a menor noção, sabe? Acho que tanto ela quanto David tiveram a impressão errada. Se é que você me entende — disse ele, num tom insensível, quase sarcástico.

— Então você não gosta de Laurel?

— Não desse jeito — disse ele, odiando as palavras que saíam de sua boca. Parecia blasfêmia. — Ela é muito legal. Mas, sei lá. Não é meu tipo. Ela é... loura demais.

— Qual *é* o seu tipo? — perguntou Yuki, agora com um olhar tímido.

Tamani deu de ombros e sorriu um pouco.

— Saberei quando vir — disse ele, sustentando o olhar dela até que ela o desviou, encabulada, mas satisfeita.

Vinte e Nove

— Ação de Graças na casa do seu pai este ano? — perguntou Laurel a David. Eles estavam sentados a uma mesa, almoçando com Chelsea; seu lugar de costume virara um lamaçal, graças à tempestade da noite anterior, e Chelsea reclamou que estava frio demais. Fazia mesmo frio demais até para Laurel; então, estavam enfrentando o barulho e a agitação da cantina.

— Bem que eu queria — respondeu David. — Se fosse, nós iríamos pedir um monte de comida chinesa e ficar em casa assistindo ao futebol durante três dias seguidos. Ou, mais especificamente, ele assistiria e eu estudaria para os exames finais. Não, meus avós convocaram uma reunião de família em Eureka. Eles têm certeza de que vão morrer este ano e que têm que ver todo mundo antes de partir.

— Eles não usaram isso no Natal do ano passado? — perguntou Laurel.

— E no anterior. Eles nem são tão velhos assim. Eles são uns cinco anos mais velhos que os seus *pais*.

Era gostoso conversar novamente com David. Laurel tentou fazer tanto Tamani quanto David lhe contarem o que havia acontecido durante a suspensão deles, mas Tamani insistiu que era coisa de homens e que não iria falar a respeito, e David era muito competente em mudar de assunto. Eles pareciam ter chegado a um entendimento, uma trégua, alguma coisa — Laurel não sabia o quê —, mas já não olhavam feio um para o outro pelos corredores e até trocavam cumprimentos amistosos, às vezes. Também haviam parado de pressioná-la para escolher entre eles, mas Laurel duvidava que aquilo fosse durar muito.

— Mesmo assim, um feriado prolongado é um feriado prolongado, certo? — disse Laurel.

— Um zilhão de parentes na mesma casa? Não vou conseguir estudar nada.

—Acho que você não está captando o significado de feriado prolongado — insistiu Laurel.

— Está brincando? Estou muito atrasado.

—Ah, sei, sr. Nota Quatro.

— Quatro vírgula quatro — corrigiram David e Chelsea em uníssono antes de se encararem e rir. Quando Laurel ergueu a sobrancelha, ele explicou, encabulado: — Cursos avançados valem cinco pontos, lembra?

Laurel revirou os olhos.

—Você é tão perfeccionista.

— Sim, mas você me ama — disse David. Ele teve a decência de ficar ruborizado e envergonhado por ter recaído na antiga provocação entre eles.

Mas Laurel apenas sorriu e estendeu a mão para apertar o ombro dele.

— Sim — disse, alegre —, amo, sim.

Todo mundo ficou em silêncio por alguns segundos antes de Chelsea soltar uma fungada.

— Embaraçoso: sim ou certeza? — perguntou ela, com um sorriso amplo.

Ilusões 280

Por sorte, Tamani escolheu aquele momento para se sentar à mesa no lado oposto a Chelsea, olhando para Ryan, que esperava na fila para comprar tacos.

— Oi — disse ele em voz baixa.

— Cadê a Yuki? — perguntou Laurel, olhando em volta. — Não a vi hoje de manhã?

— Ela disse que Klea viria buscá-la mais cedo. Vai tirar uns dias a mais de folga perto do feriado.

— Nada ainda na cabana? — perguntou Laurel.

David e Chelsea olharam ao redor, verificando se alguém poderia ouvir; então, aproximaram a cabeça uns dos outros para poder ouvir o que Tamani tinha a dizer.

— Nem um pio, nem um movimento, absolutamente nada. Estou começando a achar que aqueles trolls só correram através do círculo e passaram pela cabana.

— Vocês ainda não entraram lá? — perguntou Chelsea, a voz repleta de descrença. — O que vocês estão esperando?

Só Chelsea mesmo para fazer a pergunta mais óbvia, pensou Laurel com um sorriso.

— Shar acha que é mais importante descobrir o que eles estão fazendo. Se invadirmos o lugar, lutarão até a morte, e não saberemos nada além do que já sabemos.

— Eles estão dentro de uma cabana — disse David. — As poções de sono de Laurel não deveriam funcionar?

— *Deveriam* — concordou Tamani. — Mas isso é parte do problema. Nada do que usamos contra esses caras nos últimos meses funcionou. Nada. E isso nos deixa mais do que um pouco nervosos em relação a invadir o lugar. Quem sabe o que mais está se escondendo ali?

— Oi, gente — Ryan os cumprimentou, sentando-se ao lado de Chelsea com seu almoço.

Chelsea dirigiu a ele um sorriso superficial e deu um tapinha em seu ombro.

— Então, quer dizer que vocês estavam falando sobre mim, não é? — disse ele com um sorriso, quando todos se calaram.

— Na verdade, estávamos falando sobre fadas — disse Chelsea com uma animação exagerada. Quando Tamani arregalou os olhos e olhou para Ryan, Chelsea deu um sorriso afetado. — Eu só estava perguntando a Tam sobre elas. Já que ele é da Irlanda...

— Escócia, na verdade...

— ... ele provavelmente sabe um monte de coisas a respeito de fadas e magia e tal. Muito mais do que nós, enfim.

A expressão de Tamani era uma batalha entre o choque e a admiração. Laurel cobriu a boca com a mão e se esforçou para não rir e soltar Sprite pelo nariz.

— Sabe, Chelsea, só porque alguém é da Escócia... — começou Ryan.

— Ah, fique quieto — repreendeu Chelsea. — Tam estava prestes a nos contar como os inimigos das fadas podem, de repente, se tornar imunes à magia que tem funcionado contra eles há séculos.

— Er... — disse Tamani. — Na verdade, eu não faço ideia.

— Excelente resposta! — disse Ryan, levantando a mão para um "toca aqui". Como Tamani ficou olhando sem entender, Ryan deixou a mão cair novamente sobre a mesa. — Falando sério, se você deixar que ela lhe puxe para esse mundo das fadas dela, jamais conseguirá escapar. Juro, às vezes até parece que ela acha que fadas são reais. Você devia ver o quarto dela.

Aquela observação lhe garantiu um olhar gelado de Chelsea.

— Adivinhe quem *não* vai ver meu quarto por algum tempo?

— Então — interrompeu Laurel, ansiosa em mudar de assunto. — O que vocês vão fazer no feriado de Ação de Graças?

Ilusões 282

— Casa dos avós — disse David.

— Casa da avó — disse Chelsea, assentindo. — Pelo menos, ela mora aqui na cidade.

— A família do meu pai vem para cá — disse Ryan.

Todos olharam para Tamani, e Laurel percebeu que o havia colocado em evidência.

Ui.

— Não é algo que nós comemoramos — disse Tamani tranquilamente. — Provavelmente, vou descansar em casa.

— Você quer vir passar o Dia de Ação de Graças na minha casa? — perguntou Laurel, alcançando Tamani antes que ele passasse pela porta de entrada. Ele a vinha evitando nos últimos dias e ela não sabia bem por quê.

Ele se enrijeceu.

— Sério?

— Sim, claro, por que não? — disse Laurel, tentando fazer com que o convite realmente parecesse casual. — Não vamos receber ninguém mais. Yuki viajou. Você vai ficar vagando pelo meu quintal, de qualquer maneira, suponho — disse ela, forçando uma risada.

Mas Tamani ainda parecia concentrado.

— Não sei. Seus pais estarão lá, certo?

— Sim, e daí? Eles sabem quem você é. — Ela se inclinou para a frente, levantando as sobrancelhas. — E eles sabem sobre o chão da cozinha.

Tamani gemeu.

— Obrigado por me lembrar.

— Sem problema — disse Laurel com um sorriso.

Ele mordeu o lábio inferior por um minuto antes de dizer:

— É que parece estranho. Sabe, seus pais, esses humanos que criaram você. É meio esquisito.

— Esquisito porque são meus pais, ou porque são humanos? — Tamani não respondeu de imediato e Laurel esticou a mão para cutucar seu braço. —Vamos — disse ela. — Confesse.

— Os dois. Está bem, porque eles são seus pais humanos. Só que você não deveria ter pais humanos. Não deveria ter pais em absoluto.

— Bem, é melhor você se acostumar, porque meus pais não vão a lugar algum.

— Não, mas... você vai — disse Tamani com hesitação. — Quero dizer, um dia. Certo?

— Certamente não serei uma dessas quarentonas que ainda vivem com os pais — disse Laurel, evitando a verdadeira pergunta de Tamani.

— Claro, mas... você *vai* voltar a Avalon, não vai?

Era um pouco mais difícil de evitar quando ele perguntava de forma tão direta. Ela baixou os olhos para as próprias mãos por alguns segundos.

— Por que você está me perguntando isso agora?

Tamani deu de ombros.

—Venho querendo perguntar há algum tempo. Parece que todas essas coisas humanas estão ficando cada vez mais importantes para você. Espero que não esteja se esquecendo de onde você... deve viver.

— Não sei se é lá que eu devo viver — disse ela, honestamente.

— Como assim, não sabe?

— Não sei — disse Laurel com firmeza. — Não me decidi ainda.

— E o que mais você faria?

—Acho que talvez queira ir para a faculdade. — Era estranho dizer aquilo em voz alta. Esperara que, sem David insistindo para que ficasse no mundo humano, fosse se sentir atraída por Avalon. Mas romper com David não a havia feito se decidir sobre a faculdade, o que a forçara a considerar que, talvez, quisesse ir não só por David ou por seus pais, mas por ela mesma.

Ilusões 284

— Mas, por quê? Eles não podem ensinar nada na faculdade que seja útil para você.

— Não — contrapôs Laurel —, eles não podem me ensinar nada na faculdade que você ache que seja útil para *você*. Eu não sou você, Tamani.

— Mas... sério? Mais escola? É isso que você *quer* fazer?

— Talvez.

— Porque, vou lhe dizer, ficar sentado assistindo a todas as minhas aulas é, de longe, a pior parte do meu dia. Não sei como você pode querer mais disso. Eu detesto.

— Isso é basicamente o que faço em Avalon também. Não importa aonde eu vá, há escola.

— Mas, em Avalon, você estaria aprendendo coisas úteis. Raiz quadrada de um cosseno? Que utilidade isso pode ter?

Laurel riu. — Tenho certeza de que é útil para *alguém*. — Ela fez uma pausa. — Mas eu não vou me formar em matemática nem nada parecido. Além disso, acho que tudo que se aprende pode ser útil.

— Sim, mas... — Ele fechou a boca de repente e Laurel ficou feliz por ele não arrastá-la naquela discussão circular. — Apenas não entendo. Essa obsessão humana em estudar, não me interessa. Quer dizer, os humanos me interessam. *Você* me interessa. Até mesmo a sua... — ele hesitou — *família* me interessa. Por mais estranhos que sejam — acrescentou ele, com um sorriso.

— Então — disse ela —, Ação de Graças? Você virá?

Ele sorriu.

— Você estará lá?

— É claro.

— Então, essa é também a minha resposta.

— Ótimo — disse Laurel, desviando deliberadamente o olhar. — Vai me dar a oportunidade de mostrar a você o que descobri a respeito do pó — acrescentou num sussurro.

285   APRILYNNE PIKE

—Você descobriu alguma coisa? — perguntou Tamani, tocando a mão dela.

— Não muito — disse Laurel, tentando não sentir a pressão tranquila de seus dedos. — Mas descobri algumas coisas. Com sorte, saberei mais até a quinta-feira. Estou trabalhando nisso todas as noites depois do dever de casa.

— Nunca duvidei de você, nem por um segundo — disse ele, sorrindo de leve e dando um apertão suave em sua mão.

Trinta

O FERIADO DE AÇÃO DE GRAÇAS sempre fora um dos favoritos de Laurel. Não sabia bem por quê — não podia comer peru, purê de batatas nem torta de abóbora; pelo menos, não os feitos de modo tradicional. Mas havia alguma coisa nas festividades e em reunir a família de que sempre havia gostado. Ainda que "família" significasse apenas eles três.

Este ano, sua mãe estava preparando dois galetos em vez de um peru.

— Nem sei por que me dou ao trabalho, já que apenas metade das pessoas aqui vai comer — ela havia brincado.

Laurel tinha achado uma boa ideia, no entanto, e o tempero de alecrim estava deixando a cozinha com um cheiro de dar água na boca. Desde que se pudesse ignorar o cheiro de carne cozida misturado a ele.

A mãe de Laurel preparava uma bandeja grande de vegetais enquanto esta dava os toques finais em sua bandeja de frutas. Ela olhou para a mãe para perguntar se deveria fatiar os morangos, mas sua mãe estava olhando fixamente pela janela dos fundos.

— Mãe? — disse Laurel, tocando-a no braço.

Sua mãe se assustou e olhou para ela.

— Deveríamos convidá-los para entrar? — perguntou.

— Quem?

— As sentinelas.

Cara, *isso* seria um desastre em potencial.

— Não. Sério, mãe. Eles estão bem. Quando terminarmos, levarei as bandejas de frutas e vegetais lá fora para ver se eles querem, mas não acho que eles entrariam aqui.

— Tem certeza? — perguntou ela, olhando para as árvores com preocupação maternal.

— Absoluta. — Laurel até podia ver: um bando de homens sérios, vestidos de verde, parados na cozinha, alertas ao perigo, sobressaltando-se a qualquer ruído. Superfestivo.

A campainha tocou e Laurel pulou da banqueta.

— Eu atendo.

— Não diga. — Mal ouviu sua mãe dizer, baixinho.

— Mãe! — ralhou ela, antes de sair da cozinha.

Laurel abriu a porta para Tamani, parado com a luz do sol às costas, dando a ele um brilho etéreo. Ela sentiu os joelhos amolecerem e se perguntou se convidá-lo tinha sido realmente uma boa ideia.

Ele sorriu e aproximou o rosto do dela; Laurel respirou rápido, e ele apenas sussurrou:

— De verdade, não sei o que estou fazendo. Eu deveria ter trazido alguma coisa especial ou algo assim?

— Ah, não — disse Laurel, sorrindo; era bom saber que, sob seu exterior sereno, ele, às vezes, também se preocupava. — Eu só queria que você trouxesse a si mesmo. — *Que idiota, idiota! Como se ele pudesse se deixar em casa.* Detestava o fato de ele ainda a deixar sem saber o que dizer.

Sua mãe estava inclinada sobre o forno, examinando os galetos, quando Laurel levou Tamani até a cozinha. Laurel desconfiava que os galetos nem precisassem ser verificados, mas era agradável entrar e não sentir que sua mãe estava esperando, cheia de expectativa. Era um

Ilusões 288

pouco estranha a forma como seus pais a apoiavam em tudo que se referia a Tamani; sua mãe, em particular, estava realmente se esforçando. Laurel só podia se perguntar por quê.

— Ei, mãe — disse Laurel. — Tamani chegou.

Sua mãe olhou para cima e sorriu, fechando o forno. Limpou as mãos no avental e as estendeu na direção de Tamani.

— Estamos muito felizes por você ter vindo.

— O prazer é inteiramente meu — disse Tamani, parecendo um perfeito cavalheiro. — E... — acrescentou ele, hesitante — eu queria me desculpar pela última vez que nos vimos. As circunstâncias foram... muito menos que ideais.

Mas sua mãe dispensou as palavras dele.

— Ah, imagine. — Ela passou o braço em volta de Laurel e sorriu para ela. — Quando você tem uma filha fada, aprende a lidar com essas coisas.

Tamani relaxou visivelmente.

— Posso ajudar? — perguntou ele.

— Não, não. Dia de Ação de Graças é dia de futebol. Você pode ir se sentar com Mark na sala de jogos — disse ela, apontando. — E o jantar ficará pronto dentro de uns quinze minutos.

— Se você tem certeza... — disse Tamani. — Sou excelente em picar frutas.

A mãe de Laurel riu.

— Tenho certeza de que é. Não, está tudo sob controle. Você pode ir.

Laurel queria protestar, mas Tamani já estava sorrindo e indo para a sala de jogos. Ela o seguiu e se demorou um pouco na porta, observando os dois homens. Não que houvesse muito para ver; eles se cumprimentaram com um aperto de mãos e alguns resmungos e, então, o pai de Laurel tentou explicar futebol a Tamani. Ainda assim, a mãe de Laurel teve de chamá-la duas vezes antes que ela fosse terminar a bandeja de frutas.

Quando a refeição estava pronta, eles se reuniram em volta da mesa da cozinha. Depois que todos se serviram, Tamani cumprimentou a mãe de Laurel pelo preparo dos galetos.

— Tudo parece fantástico, sra. Sewell. Carne, obviamente, não é para mim, mas o cheiro está incrível. Alecrim, certo?

A mãe de Laurel se iluminou com um sorriso.

— Obrigada. Estou impressionada que você tenha reconhecido o tempero. E, por favor, é Sarah e Mark. Nada dessa bobagem de senhor e senhora. — Ela estendeu o braço e apertou a mão do marido. — Faz com que a gente se sinta velho.

— Vocês *são* velhos — disse Laurel, abafando o riso.

Sua mãe levantou uma sobrancelha.

— Já basta, mocinha.

— Então, Tamani, me conte como é ser sentinela.

— Bem...

— Ah, Mark, não o atormente com trabalho num feriado.

— Não me importo, de verdade — disse Tamani. — Amo meu trabalho. E é basicamente a minha vida, no momento, feriado ou não.

O pai de Laurel bombardeou Tamani com perguntas, a maioria sobre a posição de Tamani como sentinela, depois passando a como tinha sido crescer em Avalon, que tipos de comidas eles comiam e várias perguntas sobre a economia no mundo das fadas, às quais Tamani não soube responder. Quando sua mãe finalmente serviu a torta, Laurel estava se sentindo muito sem jeito e Tamani só conseguira comer cerca de metade do que havia em seu prato — que nem estivera muito cheio, para começar. Laurel ansiou por uma oportunidade de roubá-lo dali antes que seu pai fizesse mais perguntas estranhas sobre o produto interno bruto de Avalon ou a hierarquia política.

— Deixe o menino comer — repreendeu a mãe de Laurel, calando seu marido com um pedaço enorme de torta de abóbora, coberta por creme chantilly. Para Laurel e Tamani ela serviu tigelinhas de *sorbet* feito com uma mistura doce de frutas.

Ilusões 290

— Normalmente assistimos a um filme depois da sobremesa — disse o pai de Laurel a Tamani. — Quer se juntar a nós?

— Na verdade, vou levar Tamani para dar uma caminhada — disse Laurel, aproveitando sua oportunidade antes que Tamani pudesse responder. — Mas devemos estar de volta a tempo de pegar o final.

— Se fosse eu — disse seu pai, esfregando a barriga —, iria rolando.

Laurel revirou os olhos e gemeu. *Pais*. Ela agarrou Tamani pelo braço e praticamente o arrastou até a porta da frente, querendo escapar antes que alguém dissesse mais alguma coisa.

— Ansiosa para ter a mim só para você? — murmurou Tamani com um sorriso quando a porta se fechou.

— Acho que não calculei direito como iria ser estranho.

— Estranho? — disse Tamani, parecendo sincero. — Não achei que foi estranho. Bem, talvez no começo — admitiu. — Mas conhecer pessoas novas é sempre assim. Pessoalmente, achei tudo bem menos estranho do que eu esperava. Eles são legais.

Caminharam a esmo por algum tempo antes que Laurel percebesse que seus pés a levavam pela rota familiar até a escola. Em vez de mudar de caminho, Laurel foi para o campo de futebol e subiu as arquibancadas. Quando chegou ao alto, olhou na direção oposta ao campo e se segurou no gradil, deixando que o vento acariciasse seu rosto e embaraçasse os cabelos. Tamani hesitou; então, veio se colocar ao lado dela.

— Sinto muito que você tenha que passar por tudo isso — disse ele, sem olhar para ela. — Sabe, quando comecei como sentinela, tinha expectativas bem baixas. Algumas sentinelas passam a vida inteira sem ver um troll. Sempre se supôs que você iria levar uma vida bem normal lá na cabana, voltar para Avalon quando houvesse herdado a propriedade e... depois disso meu trabalho seria fácil.

— Jamison disse a mesma coisa — disse Laurel, olhando por cima do ombro para Tamani. — Sobre eu levar uma vida humana normal até que fosse hora de voltar para Avalon. Acho que as coisas nunca são tão fáceis quanto esperamos. — Tampouco estava falando apenas sobre os trolls. Será que eles realmente tinham esperado que ela abandonasse sua vida humana sem nem olhar para trás?

— Não — concordou Tamani —, mas eu continuo querendo que sejam. — Ele se aproximou, aconchegando-se atrás dela. Colocou a mão direita sobre a grade ao lado dela e, após um momento de hesitação, pôs a esquerda sobre a dela, escorando-a com o peito.

Ela sabia que deveria afastar os braços dele, afastar-se, romper o contato, mas não podia. Não queria. E, pelo menos dessa vez, não se obrigou. Ficou ali, imóvel, sentindo-o tão próximo, e apenas curtiu o momento — sua presença era tão revigorante quanto a brisa em seu rosto.

Parecia tão natural que ela quase não notou o rosto dele pressionando seu pescoço, seu queixo se inclinando até que fossem seus lábios tocando sua pele. Mas não podia ignorar os beijos leves que subiram por seu pescoço e tocaram sua orelha; a sensação abrasadora que a percorreu, implorando-lhe que se virasse e o encarasse, para lhe dar a permissão que ele estava silenciosamente buscando. Ela mal podia respirar com o peso do desejo. Então, ele colocou a mão na cintura dela, virando-a gentilmente. Beijou o canto de sua boca e suspirou, antes de roçar os lábios levemente nos dela.

Reunindo cada grama de autocontrole que tinha, Laurel sussurrou:

— Não posso.

— Por quê? — perguntou Tamani, com a testa encostada à dela.

— Simplesmente não posso — disse Laurel, virando-se.

Mas ele segurou as mãos dela e a puxou de volta, olhando em seus olhos.

— Não me entenda mal — disse ele, com muita gentileza, muita suavidade. — Farei tudo que você pedir. Apenas quero saber por quê. Por que você se sente tão presa?

Ilusões 292

— Prometi a mim mesma. Eu... tenho que tomar uma decisão. E estar com você, beijar você, nubla meus pensamentos. Preciso estar com a cabeça no lugar.

— Não estou pedindo que tome uma decisão — disse Tamani. — Só quero beijar você. — Subindo a mão pelo pescoço de Laurel, segurou a lateral de seu rosto. —Você quer me beijar?

Ela assentiu, muito levemente.

— Mas...

— Então você pode — disse ele. — E amanhã não esperarei que você tenha tomado sua decisão. Às vezes — disse ele, tocando seu lábio inferior com a ponta do dedo —, um beijo é apenas um beijo.

— Não quero iludir você — disse Laurel, a voz fraca.

— Eu sei. E fico feliz. Mas, neste momento, não me importo se não significar nada... vamos viver o momento. — Os lábios dele voltaram à sua orelha; seu sussurro era leve e morno.

— Não quero machucar você — disse Laurel.

— Como isso poderia me machucar?

—Você sabe como é. Você vai me odiar amanhã.

— Jamais poderia odiar você.

— Não significa para sempre.

— Não estou pedindo para sempre — disse Tamani. — Ainda. Só estou pedindo por um momento.

Ela não tinha mais argumentos. Bem, havia alguns muito frágeis. Alguns que não importavam, não podiam importar quando as mãos de Tamani pressionavam suas costas com força, acariciando seus ombros, seus lábios a um milímetro dos dela.

Laurel se inclinou para a frente e cobriu a distância.

Trinta e Um

TUDO PARECEU MAIS DIVERTIDO, NOS DEZ MINUTOS DE CAMINHADA DE volta à sua casa. Infelizmente, o bom humor de Laurel não ajudava a melhorar a aparência de seus cabelos.

— Por que você não pode ser um cara normal e levar um pente no bolso? — perguntou ela, tentando desembaraçar os cabelos com os dedos.

— Quando é que já dei a mais ligeira das impressões de ser um "cara normal"?

— Ponto pra você — disse Laurel, cutucando-o no estômago.

Ele a agarrou, prendendo seus braços junto ao corpo e a girou, fazendo-a gritar. Ele estava diferente. Relaxado e tranquilo de uma forma que ela não via há semanas. Na verdade, desde aquela tarde na cabana em Orick. Era fácil pensar somente em si mesma e esquecer que tudo era, ao menos, tão estressante para Tamani quanto para ela. Mas naquele momento, durante aquela longa hora em que apenas se permitiram *ser*, ambos haviam encontrado um tipo de alívio de que necessitavam desesperadamente. Laurel estava esperando que o costumeiro sentimento de culpa se instalasse, mas não aconteceu.

— Isso não está ajudando com os meus cabelos — disse ela, ofegando em busca de ar.

Ilusões 294

— Acho que seus cabelos já são um caso perdido — disse Tamani, soltando-a.

— Infelizmente, acho que você tem razão — respondeu Laurel. — Talvez meus pais não percebam.

— Hã, sei, talvez — disse Tamani, com um sorriso afetado.

— Ah, droga.

— O que foi? — disse Tamani, imediatamente sério e alerta, colocando-se à frente dela.

— Está tudo bem — disse Laurel, afastando-o de lado e indicando o carro estacionado em frente à sua casa. — Chelsea está aqui.

— Isso é ruim? — perguntou Tamani, confuso. — Quer dizer, eu acho ela legal, você não?

— Não, ela é. Mas ela percebe tudo e não vai pensar duas vezes antes de *comentar* — disse ela, de forma significativa.

— Venha aqui — disse Tamani, puxando-a de costas até ele. — Posso arrumar isto.

Laurel ficou quieta enquanto Tamani alisava os cabelos dela, desembaraçando alguns nós que ela não podia ver, até que ficassem novamente em ordem.

— Uau — disse Laurel, correndo as mãos pelas mechas lisas. — Onde você aprendeu a fazer isso?

Ele deu de ombros.

— É só cabelo. Vamos. — Caminharam, não mais de mãos dadas, até a casa dela.

Chelsea estava sentada no bar com um prato de torta de abóbora, comendo primeiro o chantilly de cima.

— Aí estão vocês! — disse ela, virando-se quando Laurel entrou. — Faz meia hora que estou esperando. Que diabos vocês estavam fazendo, hein?

Laurel sorriu, sem jeito.

— Oi, Chelsea — disse, deliberadamente ignorando a pergunta.

— Me desculpe por não ter ligado antes — disse Chelsea, olhando feito boba para Tamani. — Mas eu tinha que sair de casa; meus irmãos são um pesadelo. Ele vai ficar aqui?

Laurel olhou para Tamani.

— Posso ir embora — disse Tamani. — Não quero atrapalhar.

— Não, não, fique! — disse Chelsea, batendo palmas. — Uma chance de interrogar você sozinha. Não perderia essa oportunidade por nada!

— Não tenho certeza se gosto dessa ideia — disse Tamani precavido. — E não estamos exatamente sozinhos.

— Ah, Laurel não conta.

— Obrigada — disse Laurel ironicamente.

— Não quis dizer isso. Quero dizer sem um bando de moleques chatos em volta. Você entende.

Infelizmente, Laurel entendia.

— Você pode ir, se quiser — murmurou para Tamani.

— Não tenho nenhum outro compromisso — disse Tamani, sorrindo.

— Não diga que eu não avisei. Mãe, nós vamos lá para cima.

— Deixe a porta aberta — gritou sua mãe, reflexivamente.

— Claro, como se fosse *esse* o problema — resmungou Laurel.

— Obrigada pelo voto de confiança, sra. Sewell — riu Chelsea, saltando pela escada na frente de Laurel.

Enquanto Chelsea bombardeava Tamani com perguntas sobre longevidade de fadas e elfos, mitologia das plantas e lendas folclóricas do mundo inteiro, a mente de Laurel divagava. Mais especificamente, pelo campo de futebol da escola. Por que ela nunca podia resistir? Por que não podia apenas ficar sozinha por um tempo? Estava apaixonada? Às vezes, tinha certeza de que a resposta era sim, mas, quase com a mesma frequência, tinha certeza de que era não. Não enquanto ainda sentisse o que sentia por David. Estava começando a sentir falta dele,

Ilusões 296

mesmo vendo-o quase todos os dias. Mas, se não estava apaixonada por Tamani, então o que era aquilo? Não pela primeira vez, Laurel cogitou se poderia estar apaixonada pelos dois. E, em caso afirmativo, se aquilo importava; não que qualquer dos dois estivesse disposto a dividir. Não que aquilo fosse resposta, tampouco.

Afastando os pensamentos sombrios, Laurel observou Chelsea interrogar Tamani com muitas perguntas iguais às que seu pai tinha feito, rindo ao ver Tamani se esforçar para dar respostas profundas o bastante para agradar Chelsea.

— Desisto! — disse Tamani com uma risada, depois de cerca de meia hora. — Sua curiosidade é insaciável e eu não estou à altura da tarefa. Além disso, o sol já está se pondo e eu tenho que visitar uma certa cabana e, antes de ir embora, Laurel prometeu me contar sobre suas pesquisas — disse Tamani, dirigindo-se a Laurel e suplicando por um resgate com o olhar.

— De fato, tenho algumas coisas para mostrar — disse Laurel, indo até a escrivaninha. Esperando que Tamani não comentasse sobre o béquer de líquido fosforescente que ela não tivera a menor vontade de tocar nas últimas semanas, Laurel acendeu o abajur de sua escrivaninha e puxou vários potinhos cintilantes que pareciam feitos de vidro cortado, mas que, na verdade, eram de diamante sólido.

— Separei em cinco amostras. Com sorte, será suficiente. — Ela indicou três dos recipientes enquanto Tamani e Chelsea espiavam por cima de seus ombros. — Vocês podem ver que tentei algumas coisas diferentes com estes daqui. Misturei este com água purificada para formar uma pasta que venho tocando e provando o sabor...

— Provando o sabor? Tem certeza de que é uma boa ideia? — perguntou Tamani. — Pode ser venenoso.

— Verifiquei isso antes. Não há nada de venenoso nele. *Isso* eu consigo detectar. Geralmente. — Quando ela viu sua expressão de alarme, prosseguiu, rapidamente: — Além disso, venho provando há três dias e ainda não aconteceu nada comigo. Não tive nem mesmo uma dor de cabeça. Confie em mim... está tudo bem.

Tamani assentiu, mas não parecia inteiramente convencido.

— Este aqui eu misturei com um óleo condutor... é um óleo neutro que não afeta a mistura — Laurel explicou diante dos olhares vagos de Tamani e Chelsea. — Usei óleo de amêndoas dessa vez, para se separar em duas partes. Pude descobrir dois ingredientes assim.

— Não sabia que você podia fazer isso — disse Chelsea, sua respiração próxima ao rosto de Laurel.

— Estou experimentando um pouco — admitiu Laurel. — Separar uma mistura em seus ingredientes individuais é difícil. Requer que eu desvende o potencial de cada componente e, então, relacione os efeitos à lista de plantas que conheço. Alguns são fáceis — disse ela, sentindo sua confiança aumentar conforme explicava os procedimentos que vinha seguindo. — Plantas com as quais eu trabalho regularmente, como, por exemplo, fícus e jasmim de Madagascar. Mas há tantos componentes nesta coisa.

— O que você está fazendo com aquela ali? — perguntou Chelsea, apontando para um recipiente com marcas de queimadura.

— Esse não contém nenhum aditivo. Estou simplesmente aquecendo-o sobre uma chama e deixando esfriar e observando que tipo de resíduo se forma. Infelizmente, isso destrói a eficácia do pó. Mas foi assim que descobri que contém mirtilo.

— Mirtilo? — perguntou Chelsea, inclinando a cabeça de lado. — É... de fato é azul.

— É só uma máscara. Não está produzindo nenhum efeito, na mistura. Na verdade, se houvesse muito mais, arruinaria a proteção.

— Então, por que colocaram? — perguntou Tamani.

Laurel deu de ombros.

— Não faço ideia. Já identifiquei onze componentes, e sei que existem mais alguns. Mas o principal é que ainda não identifiquei o

Ilusões 298

ingrediente dominante. Mais da metade da composição deste pó é um tipo de árvore florífera, e não consigo descobrir qual.

— Tipo uma macieira? — perguntou Chelsea, mas Laurel balançou a cabeça.

— Mais como uma catalpa — explicou Laurel. — Só flores, sem frutas. Mas também não é exatamente isso. — Ela apontou para uma pilha de livros ao lado de sua cama. — Venho pesquisando nestes livros página por página, tentando descobrir o que é. O mais enlouquecedor é que eu sei que já trabalhei com isso antes. Só que não consigo me lembrar. — Ela suspirou e olhou para Tamani. — Vou continuar tentando — prontificou-se.

— Sei que sim — disse Tamani, pousando a mão em seu ombro. — E vai desvendar tudo, no fim.

— Espero que sim — disse Laurel, virando de costas para ele e olhando pela janela.

Ela não deveria se sentir tão decepcionada consigo mesma. Não se podia esperar que fizesse o mesmo que os estudantes de nível superior da Academia. Ainda nem sequer alcançara o nível dos acólitos, mas, mesmo assim, sentia que era sua obrigação. Ela era o enxerto! Deveria ter mais habilidades!

Acho que venho lendo fantasia demais.

— Quer que eu traga mais pó? — perguntou Tamani.

— Ah, não — disse Laurel rapidamente. — O risco não vale a pena Principalmente porque tenho duas amostras que ainda nem usei.

— Me avise se precisar — disse Tamani baixinho. — Eu darei um jeito.

Laurel assentiu, querendo que eles estivessem a sós. Não necessariamente para fazer alguma coisa com ele, mas talvez para poder lhe dar um abraço de boa noite sem ter de enfrentar um interrogatório por parte de Chelsea. Por outro lado, aquilo poderia levar a lugares a que ela não queria ir... que já tinha ido uma vez, mais cedo.

— Bem — disse Tamani, antes que o constrangimento pudesse se instalar. — Vou embora. Chelsea, adorei ver você hoje. Se cuide.

Chelsea assentiu.

— E Laurel, eu vejo você... qualquer hora dessas. — Olhou para ela significativamente por um longo momento; então, saiu pela porta do quarto.

Chelsea só esperou meio segundo antes de se virar para Laurel, com olhos brilhantes:

— Que máximo! — disse ela, quase num gritinho. — Ele não é o David — acrescentou —, mas definitivamente tem um charme todo dele.

Tamani se desviou para a beira da estrada quando viu luzes piscando na casa de Yuki. Flagrara-a no instante em que ela chegava em casa. Com sorte, Klea poderia ainda estar com ela. Tamani desligou o carro e silenciou o celular, caminhando sem fazer ruído — mas não de forma tão suspeita que um vizinho pudesse chamar a polícia caso o visse. Conforme se aproximou, pôde ouvi-la pela janela aberta — parecia que ela estava falando ao telefone.

— Estou tentando — disse Yuki, a frustração evidente em sua voz. Tamani respirou fundo e ficou imóvel, aguçando os ouvidos. — Eu *venho* tentando. Mas ela pode perceber; tive que parar por algum tempo.

Tamani prendeu a respiração, tentando captar cada palavra. Ela estava obviamente irritada e, provavelmente, falando muito mais alto do que percebia.

— Eu sei que o velho consegue. Você *vive* me dizendo isso. Mas eu não consigo, e ele não está exatamente aqui para me ensinar, está?

Tamani ficou tenso. Quem era "ela"? Quem era "o velho"?

Houve um longo silêncio e Yuki suspirou.

Ilusões 300

— Eu sei. Eu sei, me desculpe — disse ela, a voz baixa novamente. Ela disse "sim" várias vezes e Tamani pôde ver que a conversa estava terminando. Deu alguns passos ruidosos e bateu na porta antes que ela pudesse flagrá-lo espionando.

Yuki fez uma pausa, então disse:

— Tenho que desligar; Tam está aqui.

Tamani esticou o pescoço até a janela. Ela o tinha visto? Mas, também, quem mais poderia estar batendo à sua porta aquela noite? Ainda assim, era mais do que estranho. Quando ela finalmente atendeu a porta, ele já havia estampado um sorriso amigável no rosto.

— Oi — disse Yuki, sorrindo com simpatia. — Eu não sabia que você viria, sabia? — Ela olhou reflexivamente para seu celular em busca de um sinal de mensagem.

— Não, eu só estava passando por aqui e vi as luzes acesas. Não achei que você já estivesse de volta.

— Klea foi chamada a trabalho. De novo. Ela me deixou aqui cedo e eu fiquei chateada e fui dar uma caminhada — disse ela, agora profundamente agitada. — Você quer entrar? — perguntou Yuki, segurando a porta aberta.

— Por que não sentamos aqui na varanda? — perguntou Tamani. — O clima está ótimo. — Ela estava perturbada com alguma coisa e já parecia descuidada. Tamani tinha toda intenção de usar aquilo a seu favor. Mas havia algo quase sensual nos olhos dela naquela noite e Tamani não queria que *ela* usasse aquilo.

— Se você quiser — disse Yuki após uma hesitação que confirmou as suspeitas de Tamani. Sentaram-se nos degraus da varanda, olhando para a rua.

— O que você fez hoje? — perguntou Yuki.

Mentira ou verdade?

— Nada — disse Tamani com um sorriso. — Não é exatamente algo que comemoremos na Escócia.

— Nós temos uma espécie de Ação de Graças no Japão — disse Yuki. — Mas o *kinro kansha no hi* não é comemorado da mesma forma Entretanto, a folga da escola é legal.

— Isso é verdade — disse Tamani, agora sorrindo, feliz que estivessem discutindo um assunto sobre o qual ele podia ser honesto. — Era a Klea ao telefone, quando eu cheguei?

— Era — disse Yuki, a amargura de volta à sua voz. — Prefiro não falar sobre isso.

— Sem problema — disse Tamani em tom confortador. Ela estaria começando a desconfiar dele? Ou só estava realmente irritada com Klea?

— Tam?

— Sim?

Ela respirou fundo, como se para se fortalecer para algo verdadeiramente doloroso.

— Eu sou sua namorada? — desabafou ela, numa tacada.

Tamani precisou apertar os dentes para impedir um sorriso de surgir em seu rosto. Ele inclinou a cabeça para trás e para frente, como se estivesse ponderando.

— Eu não sei — disse, finalmente. — Não gosto muito de colocar rótulos nas coisas. Acho que tudo se complica quando a gente faz isso. Prefiro simplesmente ver o que acontece.

Yuki assentiu.

— Certo — disse ela, claramente nervosa. — É só que, eu não tinha certeza e pensei... que precisava confirmar.

— Você pode confirmar à vontade — disse Tamani, sorrindo abertamente e reclinando-se sobre seus braços, apoiando um deles no degrau de cimento atrás das costas de Yuki. Ele sentiu como se houvesse cruzado uma linha invisível.

Guiou, então, a conversa para um terreno neutro — era fácil, só o que precisava fazer era perguntar se ela assistira a algum filme bom ultimamente — e eles conversaram por cerca de uma hora. Ainda

Ilusões 302

espantava Tamani como era fácil estar com Yuki, na maior parte das vezes. Ela era tranquila e até mesmo ria de suas piadas bobas. Sob circunstâncias diferentes, poderiam ter sido amigos, e ele ficou triste por saber que nunca seria assim — mesmo que ela fosse inocente, se um dia descobrisse quanto ele havia mentido e fingido, jamais falaria com ele de novo.

Tentou algumas vezes empurrar a conversa de volta a Yuki e sua vida, mas ela evitava as perguntas dele e mudava completamente de assunto, caso ele sequer tocasse no nome de Klea. Era frustrante, mas Tamani finalmente decidiu que poderia considerar aquela noite como uma oportunidade para aumentar os níveis de confiança. Com sorte, aquilo um dia compensaria.

— Melhor eu ir — disse Tamani, olhando para a lua que espiava por trás das nuvens. — Meu tio não sabe onde estou.

— Está bem — disse Yuki, levantando-se devagar.

Tamani ficou ao lado dela por um segundo, perguntando-se se teria de abraçá-la.

Ela respirou fundo; então, deu um passo na direção dele, que se preparou psicologicamente para retribuir um abraço. Mas ela não estava pensando num abraço. Ele se obrigou a não vacilar quando ela plantou um beijo em seus lábios. Foi um beijo nervoso, rápido e hesitante, e nem um pouco íntimo. Ele reprimiu a vontade de limpar a boca com o braço.

— Simplesmente... escapou — disse Yuki timidamente.

Trinta e Dois

—Você está bem? — Chelsea se juntou a Laurel no chão, onde esta estava sentada encostada em seu armário, vasculhando seu cérebro à procura de uma maneira de usar a última amostra. Decidira colocar uma das amostras em suspensão em cera no dia anterior e transformá-la numa vela para ver o que aconteceria quando ela a queimasse. Só tinha conseguido encher seu quarto de uma fumaça fedorenta, que empesteava suas cortinas e roupas de cama mesmo depois de ter deixado a janela aberta a noite toda.

Que tinha sido fria, aliás. O inverno ainda demoraria, tecnicamente, uma semana para começar, mas um frio úmido havia se abatido sobre Crescent City, e Laurel não tinha conseguido se aquecer durante todo aquele dia.

— Estou bem — disse Laurel, olhando para sua amiga. — Só um pouco cansada. E estou com dor de cabeça.

Depois de várias semanas sem dor, esta voltara com tudo após o feriado de Ação de Graças. Ela não tinha dores de cabeça por causa de estresse assim desde o ano anterior, quando as coisas tinham ficado difíceis com os trolls.

—Você precisa ir lá fora para almoçar? — perguntou Chelsea.

Ilusões 304

— Está chovendo bem forte. Não estou com vontade de sair. — Ela deu de ombros. — Eu deveria apenas comer alguma coisa.

Ela sempre ficava um pouco esgotada perto do final do semestre, mas lidar com David, Tamani e Yuki era duas vezes mais cansativo do que lutar contra trolls, o que — já que havia se tornado praticamente uma tradição de fim de ano — poderia ter sido preferível.

Mas Shar não iria deixar que isso acontecesse. Independentemente de quantas vezes ela ou Tamani sugerissem que eles simplesmente invadissem a cabana e acabassem logo com tudo, Shar continuava recusando. Depois de três semanas, parecia uma causa perdida para Laurel, mas Shar insistia que era perigoso demais invadir sem ter maiores informações e que, além disso, iria destruir suas chances de descobrirem algo novo. Portanto, continuavam vigiando e esperando e ficando cada vez mais tensos, a cada dia que passava.

Laurel tentou afastar seus pensamentos sombrios e sorriu para a amiga.

— Ficarei bem. É só o fim do semestre.

— Sim, os exames finais. Entendo completamente. — Chelsea suspirou. — Eu deveria simplesmente desistir. Quer dizer, a não ser que David dê perda total neste semestre, não existe nenhuma chance de que minha média seja mais alta que a dele. — Ela riu. — Claro, se eu realmente relaxar, aí será precisamente neste semestre que ele irá dar perda total e aí eu saberei que poderia ter conseguido superá-lo, mas fui preguiçosa. Portanto, é estudo na veia para mim — disse ela, dando a Laurel um "joia" sarcástico com o polegar.

Laurel sorriu e balançou a cabeça. Estava orgulhosa de suas notas altas, mas David e Chelsea levavam aquilo a um nível totalmente diferente.

Os corredores começavam a esvaziar. Laurel pensou em ir para a cantina, mas não queria se levantar. Ela não era muito adepta das sonecas, mas agora parecia ser o momento perfeito para abrir uma exceção.

— Posso fazer uma pergunta realmente estranha?

Laurel a encarou.

—Você acaba de fazer. Pelo menos para você.

Chelsea riu, nervosa.

— Eu só... estava pensando. Você já rompeu com David há algum tempo. Vocês terminaram de vez?

Laurel observou o chão.

— Não sei.

— Ainda?

Laurel deu de ombros.

— Então, se... hipoteticamente... eu o convidasse para o baile de gala de inverno da semana que vem, haveria algum problema?

Laurel ficou olhando boquiaberta para Chelsea, enquanto uma sensação estranha começou a surgir em seu estômago.

—Você terminou com Ryan?

Chelsea revirou os olhos.

— Não, não. Por isso eu disse hipoteticamente.

— É uma hipótese bastante extrema — disse Laurel. Sua mente estava à toda. Não que realmente esperasse que Chelsea fosse convidar David. Mas... e se convidasse?

Chelsea deu de ombros.

— Eu... eu... — Laurel não conseguia nem sequer pensar em nada para dizer. A ideia de David ir a qualquer espécie de baile de gala com qualquer pessoa que não ela estava além de sua compreensão. Laurel e David não perdiam um baile desde o segundo ano.

— Esqueça — disse Chelsea. — Posso ver que isso incomoda você. Me desculpe por ter dito alguma coisa. Por favor, não fique brava.

— Não — disse Laurel, pondo-se em pé e estendendo a mão para ajudar Chelsea a se levantar. — Tudo bem. Fico feliz por você ter dito.

Ilusões 306

Sério. As coisas estão assim tão ruins entre você e Ryan? Você não disse mais nada sobre as notas dele. Achei que tivessem resolvido tudo.

— Foi mais varrer para baixo do tapete — disse Chelsea, dando de ombros. — Seja como for, vamos alimentar você um pouco.

Mas, de repente, a comida não era sequer umas das coisas na lista de pensamentos de Laurel. Com o mistério da cabana dos trolls, o enigma não resolvido do pó azul e a presença constante de Yuki, Laurel não tivera tempo, muito menos energia, de pensar em algo como o baile de inverno. Mas agora que Chelsea havia tocado no assunto, de alguma maneira ele virara prioridade. Laurel não tinha muita certeza do que iria fazer, mas sua mente estava gritando para que fizesse *alguma coisa*.

O barulho da cantina agrediu seus ouvidos quando ela passou os olhos pelo alto da cabeça dos alunos, à procura de David. Foi fácil identificá-lo, sentado ao lado de Ryan, ambos cabeça e ombros acima da maioria dos demais alunos à sua volta. Chelsea entrou na fila da comida quente enquanto Laurel foi até eles e cutucou David no ombro.

— Oi! — disse ele, virando-se para ela com um sorriso. Tão *amigável*. David era um modelo de afeição platônica — exceto pela ânsia em seus olhos. Ela não sabia bem se queria perder aquilo. Jamais.

— Posso falar com você? Em algum lugar mais tranquilo? — perguntou.

— Claro — disse ele, levantando-se um pouco rápido demais.

Caminharam juntos até encontrarem um trecho do corredor um pouco mais isolado.

— Está tudo bem? — perguntou David, tocando no ombro dela.

— Eu... — Agora que estava com ele ali, não tinha certeza se iria conseguir dizer qualquer coisa que fosse. — Eu estava pensando... — Ela respirou fundo e soltou: — Você convidou alguém para o baile de gala de inverno? — Só quando as palavras escaparam de sua boca foi que ela percebeu que tinha tomado uma decisão.

A surpresa ficou evidente no rosto dele. Ela se perguntou se estaria espelhando sua própria surpresa.

— Eu só estava pensando... esperava que talvez pudéssemos ir. Me desculpe se parece estranho, só acho que não deveríamos deixar que essa... coisa... destrua totalmente nossa vida social e deduzi que, talvez... — Ela forçou sua boca a se fechar antes que continuasse tagarelando feito boba.

— O que é exatamente que você está me pedindo, Laurel? — perguntou David, estudando a parte de cima de seus sapatos.

E com aquelas poucas palavras, Laurel percebeu o que acabara de fazer. Tinha convidado David para um encontro. O que aquilo significava para eles? O que significava para Tamani? Sua cabeça girava e ela ficou novamente confusa. Olhou para baixo, evitando o olhar dele. Não que realmente importasse; ele tampouco estava olhando para ela.

— Só quero ir ao baile com você, David. Como... amigos — remendou, pensando em Tamani.

Ele hesitou e, por um momento, Laurel achou que ele fosse recusar.

— Está bem — disse ele, por fim, assentindo. — Seria ótimo. — Então, ele sorriu e seus olhos brilharam de esperança. Laurel se perguntou se havia cometido um erro enorme.

Mas parte dela apenas ficou feliz por ele ter dito sim.

— Que dia terminam seus exames finais? — perguntou Tamani, folheando preguiçosamente o livro de sistemas de Governo de Laurel, enquanto ela procurava alguma coisa para comer na geladeira.

— Sexta — disse Laurel, perguntando-se se Tamani alguma vez teria feito mais do que folhear aleatoriamente seus livros escolares. — Sexta de *manhã*. Depois, tenho o resto do dia livre.

—Você vai àquele baile no sábado... o baile de gala de inverno?

Laurel olhou para ele, com borboletas no estômago.

Ilusões 308

— O que é exatamente que você está me perguntando? — Ela sabia que eles não poderiam ir juntos, era perigoso demais; mas, de repente, sentia uma espécie de déjà-vu.

— Bem, Yuki meio que... espera que a gente vá junto. Nunca a convidei, mas ela praticamente já planejou tudo. Ela queria que eu perguntasse se poderíamos ir novamente em grupo. Acho que ela gostou da outra vez, apesar de como tudo terminou. Eu sei que você não está mais com David; então, tudo bem se...

— Não, tudo bem — disse Laurel. Ela refletiu sobre como devia ter sido difícil para Tamani sequer insinuar que ela poderia se unir a David para alguma coisa. — Na verdade, já falei com David a respeito. Nós vamos juntos. Como amigos — acrescentou, antes que Tamani tirasse muitas conclusões a partir da notícia. — Então, seria legal fazer alguma coisa em grupo. Mas não vamos convidar os trolls dessa vez.

— Não se preocupe — disse Tamani. — Já planejei tudo. Chega de emboscadas de trolls. Chega de resgates de última hora por pessoas de integridade questionável. Teremos dois esquadrões nos seguindo a noite toda, além das sentinelas atrás da sua casa, vigiando a cabana, fazendo rondas pela cidade, vistoriando o tráfego na rodovia 101 e na 199, mais as reservas de prontidão.

Laurel o encarava, boquiaberta, olhos arregalados.

— Quantas sentinelas estão aqui agora?

— Cerca de duzentas.

Duzentas!

— Já cansei de brincadeiras — disse Tamani de forma sombria. — Tínhamos dois esquadrões em Crescent City quando Barnes tentou pegar você e David no ano passado. Tínhamos três atrás da sua casa quando ele as enganou e capturou Chelsea. Havia quase cem sentinelas a postos dois meses atrás e ainda assim fomos emboscados por trolls a menos de dois quilômetros da sua casa. Qualquer troll que tentar invadir *esta* festa estará morto antes de pôr os olhos em você.

— Ou em Yuki — acrescentou Laurel.

— Ou em Yuki — concordou Tamani. — Ou em Chelsea, ou em quem quer que seja. Não importa de quem eles estão atrás. A única coisa que quero ver trolls fazendo em Crescent City é morrendo.

— Isso significa que Shar vai invadir a cabana? — Laurel não gostava de falar tão diretamente sobre matar, mesmo que fossem trolls, mas tinha de admitir que não andava se sentindo muito solidária ultimamente. Distraída, ela pegou uma pétala — uma das suas — de uma tigela de prata decorativa sobre a bancada. Sua mãe havia preservado várias com spray de cabelo e as colocado num lugar onde pegassem sol, para que exalassem um toque de seu delicioso perfume na cozinha.

— Ele continua dizendo que devemos esperar. Deteste esperar — disse Tamani —, mas duvido que ele espere muito mais. Já passou quase um mês e ainda não descobrimos nada.

— Talvez possamos formar um clube — disse Laurel, melancólica. —Também não descobri nada de útil sobre o pó.

— E quanto ao líquido fosforescente?

— Sinceramente? Não tentei nada de novo desde que misturei com a sua seiva. Acho que pode haver tanta diferença entre fadas e elfos de uma mesma estação quanto de estações diferentes. Eu provavelmente teria de testar metade de Avalon, antes de poder tirar conclusões úteis.

Percebendo que estava enterrando as unhas na pétala, Laurel se obrigou a relaxar um pouco. Tinha deixado quatro marcas em forma de meia-lua na impecável superfície azul. Colocando-a de volta na tigela, Laurel esfregou os dedos, limpando a minúscula gota de umidade da pétala preservada que ainda não havia secado.

Parou por um segundo; então, esfregou os dedos de novo.

— Não é possível — sussurrou, quase para si mesma, quase se esquecendo de que Tamani estava ali.

Ele começou a falar alguma coisa, mas ela levantou o dedo e se concentrou na essência que restava na ponta de seus dedos. Tinha de ser. Ficou espantada por não ter percebido aquilo antes.

Ilusões 310

Falando em respostas que estão bem embaixo do seu nariz...

Apanhando novamente a pétala da tigela, Laurel saiu aos pulos da cozinha e subiu a escada dois degraus de cada vez. Aproximou do nariz seu último recipiente de pó azul e se forçou a respirar devagar.

— Está tudo bem? — perguntou Tamani, aparecendo na porta do quarto.

— Estou bem — disse ela, tentando fazer suas mãos pararem de tremer. Ela lambeu o dedo e grudou nele alguns grãos do pó azul. Esfregou-os nos dedos da outra mão. A sensação era quase idêntica.

— O que...?

— O ingrediente principal do pó. O que eu venho procurando. A árvore florífera. Não *acredito* que não pensei nisso antes. Eu até já sabia que era possível — disse ela. — Eu soube, depois que você me beijou naquele dia, que fadas e elfos podiam ser usados como ingredientes, e jamais considerei...

— Laurel! — disse Tamani, colocando as mãos nos ombros dela. — O que *é*?

Laurel segurou a pétala comprida, azul-clara, que tinha tirado da tigela. — É isto — disse ela, mal acreditando nas palavras que saíam de sua própria boca. — É flor de fada.

— Mas... Yuki não floresceu... pelo menos desde que começamos a passar tempo juntos. Se ela tivesse... — Tamani remexeu seus dedos, onde o pólen revelador teria exposto o segredo de Yuki. — A não ser que ela seja de primavera ou de verão, a flor não pode ser dela, de jeito nenhum.

— Não sei — interrompeu Laurel. — Tem alguma coisa nesse pó. Acho... — Laurel se obrigou a relaxar, tentando confiar em sua intuição, a despeito de quanto aquilo a horrorizava. — Acho que as pétalas têm de ser frescas. Não secas nem murchas... Tamani, alguém cortou essas pétalas — disse ela, sentindo um calafrio na espinha com aquela declaração macabra. Cortar pedacinhos mínimos de sua própria flor já havia machucado; perder um quarto dela num ataque de troll tinha doído durante dias. Não podia imaginar como devia doer cortar uma flor inteira; no entanto, uma proteção grande o suficiente para esconder uma cabana na floresta exigiria tanto assim.

— Cortar a flor inteira ainda assim deixaria algum tipo de... textura. Tateei as costas de Yuki com muita atenção quando estávamos no baile de outono e não encontrei nada além de pele. Então, mesmo que ela seja a fada de outono que fez isso, a flor não poderia ter vindo dela.

Era esperança, aquilo que ela estava ouvindo em sua voz? Laurel tentou não pensar muito a respeito. Ela mesma não tinha, a certa altura, desejado que Yuki fosse inocente?

— Mas isso não faz nenhum sentido. Por que ela faria um esconderijo para trolls? Achei que eles estivessem atrás dela!

Tamani ficou quieto por um momento.

— O que sabemos a respeito de Klea? Com certeza, quero dizer.

— Ela gosta de armas — disse Laurel. — E tem aqueles óculos escuros idiotas, que nunca tira.

— Por que alguém usaria óculos escuros o tempo todo? — perguntou Tamani.

— Para esconder os olhos... — disse Laurel, caindo a ficha.

— E você disse que não seria possível esconder uma flor sob as roupas justas que ela usa, mas...

— Mas, se ela a *corta*, não tem nada a esconder. — Klea. Uma fada. A mente de Laurel estava agora em turbilhão. Veneno de fada tinha sido usado para adoentar seu pai. Sangue de fada tinha sido usado para atrair as sentinelas de Laurel para longe de sua casa, no ano anterior. E, agora, estavam aparecendo trolls que eram imunes à magia das fadas. Havia evidências de intervenção de alguém do povo das fadas em tudo que acontecera com ela nos últimos dois anos. O pensamento fez o estômago de Laurel revirar. As coisas tinham sido muito mais simples quando ela podia diferenciar amigo de inimigo só de olhar. Mas quando a face de seu inimigo podia ser a mesma que você via no espelho todos os dias...?

— Se ela está trabalhando com os trolls, por que matou Barnes? — perguntou Tamani, perguntando tanto a si mesmo quanto a ela.

— Barnes disse que tinha feito um pacto com o diabo — respondeu Laurel, lembrando das estranhas palavras do troll. — É exatamente como um troll veria o fato de trabalhar com uma fada. E se ele tentou voltar atrás no pacto?

Tamani assentiu.

— E se, por alguma razão, Klea queria que você ficasse viva... o que deve ser o caso, pois ela teve várias oportunidades de matar você...

— Ela teria que eliminá-lo para me proteger — disse Laurel, meio em choque. — E, se ela salvasse a minha vida, talvez eu ficasse mais propensa a... o quê? Ajudá-la em algo? Barnes estava tentando entrar em Avalon. Que tipo de fada iria querer ajudar um bando de trolls a entrar em Avalon?

— O tipo rancoroso — disse Tamani, sombrio, tirando seu iPhone do bolso. — Acho que precisamos considerar seriamente a possibilidade de que Yuki não passe de uma distração, que não há caçadores de trolls e que os trolls vêm trabalhando para Klea esse tempo todo.

— Mas... distração de *quê*? O que ela está querendo?

— Não sei — disse Tamani, levando o telefone ao ouvido. — Mas acho que já passou da hora de descobrirmos o que ela esconde naquela cabana.

Trinta e Três

LAUREL SE AJOELHOU NO CHÃO, ESFREGANDO O FUNDO DE SEU ARMÁRIO com um papel-toalha úmido — algo que todo aluno tinha de fazer antes de sair para as férias de inverno. Tecnicamente, ela deveria limpá-lo usando a lata de produto de limpeza, mas aquele troço não era exatamente benéfico para fadas. Além disso, os professores não olhavam com muita atenção. A bem da verdade, estavam mais ansiosos pelas férias de inverno do que os alunos.

— Ei, lerda, vamos embora! — disse Chelsea, provocando-a. — Você tem que vir me ajudar a escolher um vestido!

Laurel sorriu, desculpando-se.

— Estou quase terminando — disse, indicando o armário.

— Quer ajuda? — perguntou Chelsea, pegando um rolo de papel-toalha que fora deixado no corredor para os alunos pelos funcionários da limpeza.

— Claro, você pode limpar meu armário e eu escolho seu vestido, que tal essa troca?

— Ei, para mim, é justa — disse Chelsea. — Você vai usar aquele vestido lá?

— Acho que sim — disse Laurel. Chelsea se referia ao vestido que Laurel tinha trazido de Avalon e usado no festival de Samhain. Desde

Ilusões 314

que Laurel havia contado a Chelsea sobre o vestido, ela vinha amolando para usá-lo num baile. — Eu não...

Laurel mal conseguiu segurar um grito quando sua cabeça explodiu numa dor que literalmente a deixou cega. Um vento uivante, misterioso, encheu sua cabeça de som, pressão e escuridão.

E, então, sumiu.

— Laurel? Laurel, você está bem?

Laurel abriu os olhos e descobriu que tinha caído de costas e que estava esparramada no chão. Chelsea se encontrara ajoelhada ao lado dela, com o rosto cheio de preocupação. Laurel se sentou e olhou furtivamente à volta, envergonhada. Esperava que mais ninguém a tivesse visto cair de madura.

Seus olhos se encontraram com os de Yuki. Ela estava no meio da limpeza de seu armário, no outro lado do corredor, e desviou o olhar imediatamente, cobrindo o sorriso com a mão delicada.

Por um instante, Laurel se perguntou se seria Yuki a *causa* de suas dores de cabeça. Ela geralmente estava por perto quando as dores atacavam... e, também, ela praticamente invadira todos os aspectos da vida de Laurel; portanto estava *sempre* por perto. Além disso, "provocar dores de cabeça" não era um poder das fadas e, mesmo que fosse, havia formas mais fáceis de distrair Laurel do que quer que Yuki supostamente estivesse querendo distraí-la. Não que importasse. Se Yuki estivesse fazendo alguma coisa, iria terminar em questão de dias. Shar tinha chegado e estava, nesse exato minuto, planejando uma estratégia com Tamani.

—Vamos sair daqui — murmurou Laurel, encabulada.

Chelsea passou um braço de forma protetora em volta dela, e as duas foram caminhando até o carro de Laurel.

Dirigiram em silêncio, o que a princípio Laurel achou estranho, mas que logo percebeu ser relaxante. A semana toda estivera se sobressaltando a cada ruído, esperando que algo acontecesse. Que Yuki percebesse que eles tinham descoberto sobre Klea; que trolls destruíssem as paredes da escola; ela nem sequer sabia o quê. Mas algo! O mundo havia mudado e ninguém parecia sentir. Yuki ainda se apegava a Tamani, Ryan ainda perambulava por ali sem a menor noção do que estava acontecendo, Laurel e David e Chelsea tentavam conversar e rir normalmente. Sem falar de passar nos exames finais.

Na casa de Chelsea, Laurel fez o possível para deixar tudo aquilo de lado. Sempre gostara da casa de Chelsea. Independentemente do que acontecesse em sua própria vida, na casa de Chelsea os únicos monstros eram seus irmãos, a única confusão estava em seu quarto e a decisão mais difícil que Laurel teria de tomar seria a de escolher entre o vestido preto e o vermelho.

— O vermelho, eu acho — disse Laurel quando Chelsea o vestiu pela terceira vez.

— Por que vamos ao baile com ela, hein? — perguntou Chelsea, examinando-se no espelho de corpo inteiro que era também a porta de seu guarda-roupa. — Se sabemos que Yuki é uma distração ou sei-lá-o-quê, então por que é importante a mantermos ocupada? Eu queria tanto simplesmente dar um pé nela. E do que ela nos está distraindo mesmo?

— Da cabana — disse Laurel, embora especulasse o que podia haver na cabana que justificasse esconder deles. — Pelo que sabemos, Yuki nem sequer sabe o papel que ela está representando. Estou certa de que Klea é uma espécie de manipuladora de fantoches. Mas, somente por precaução, até que eles de fato ataquem a cabana, devemos agir como se nada tivesse mudado.

— Quando eles vão atacar?

Laurel deu de ombros. Shar vinha sendo caracteristicamente vago a respeito daquilo. A forma como ele vinha adiando estava deixando Tamani louco.

Ilusões 316

— Bem, o Tamani é quem manda. Ou será Shar? — Ela olhou no espelho quando Laurel deu de ombros novamente, torcendo seus cachos até o alto da cabeça. —Você não acha que briga com os meus cabelos?

— Na verdade, acho que ressalta o castanho-avermelhado — disse Laurel, grata por ter terminado de falar sobre Yuki. — Acho que você fica maravilhosa nesse vestido. Ryan vai desmaiar — disse ela com um sorriso.

O rosto de Chelsea murchou.

— O que foi? — disse Laurel. — É o lance da faculdade? Você ainda nem tem como saber ao certo, por alguns meses.

Chelsea balançou a cabeça.

— Então, o que é?

Chelsea se virou e sentou-se em silêncio na cama ao lado de Laurel.

— Me conte — disse Laurel, a voz gentil.

Laurel viu lágrimas se juntarem no canto dos olhos de Chelsea.

— Chelsea, o que foi?

—Venho pensando há dias em como contar e fazer você entender. E não perder você no processo.

— Ah, Chelsea — disse Laurel, sua mão imediatamente no ombro da amiga. — Você jamais poderia me perder. Você é minha melhor amiga neste mundo. Nada que você possa me contar vai mudar isso.

—Vou terminar com Ryan depois do baile.

Laurel empalideceu. Não tinha certeza do que estava esperando, mas não era aquilo.

— Por quê? Aconteceu alguma coisa?

Chelsea riu.

— Além de eu viver fugindo nos momentos mais inoportunos e manter metade da minha vida em segredo dele?

Mas Laurel não riu.

— Quero dizer, ele disse alguma coisa? *Você* disse alguma coisa? Chelsea balançou a cabeça.

— Não, ele está bem. *Nós* estamos bem. Quer dizer, ele não se candidatou a Harvard, mas e daí? Pode ser que eu nem entre lá. Só porque ele não quer estudar em Harvard não quer dizer que ele não se importe comigo — disse ela, com um tom de amargura na voz. — Só quer dizer que ele se importa mais em ficar na Califórnia. — Ela fez uma pausa, respirando lentamente. — Mas, sério, não posso esperar que ele jogue fora os sonhos dele por minha causa. É por sua causa, na verdade.

— Minha? — perguntou Laurel, chocada. — O que foi que eu fiz?

—Você terminou com David — disse Chelsea baixinho.

Laurel baixou os olhos para seu colo. Já sabia o que viria a seguir.

— Eu pensei que já o tivesse superado. Pensei mesmo. E estava feliz com Ryan. Muito feliz. Mas aí você terminou com David e ele ficou tão triste, e eu percebi que quando vocês dois começaram a ficar juntos, eu aceitei perdê-lo porque ele estava *feliz*. Agora que ele não está, eu... — Ela fez uma pausa, levando um momento para se recompor. — Se ele não está feliz, não consigo ser feliz também.

Laurel ficou em silêncio. Não conseguia nem mesmo sentir ciúmes. Só se sentia entorpecida.

— Não vou atrás dele — disse Chelsea, como se lesse os pensamentos de Laurel. — Não é justo e é desleal e *não* vou fazer isso com você. Mas... — disse ela, respirando fundo — se ele decidir de fato me notar, depois de todos esses anos, e eu o perder porque estou me obrigando a ficar com Ryan, eu... — ela piscou para afastar as lágrimas. — Eu me odiaria. Então, vou apenas... ficar por perto, se ele precisar de mim. E já que você é minha melhor amiga, achei que era mais do que justo lhe contar.

Laurel assentiu, mas não conseguiu olhar nos olhos de Chelsea. Ela estava certa; era justo. Na verdade, seria mais fácil. Se as coisas dessem certo entre David e Chelsea, então todo mundo teria alguém.

Ilusões 318

Então, por que aquilo a estava fazendo chorar por dentro?

Ficaram em silêncio por vários segundos antes que Laurel atirasse os braços em volta de Chelsea, abraçando-a com força.

— Use o vestido vermelho — sussurrou Laurel em seu ouvido. — Você fica mais bonita com ele.

Trinta e Quatro

LAUREL PAROU NA FRENTE DO ESPELHO, ANALISANDO SEU REFLEXO. A ironia de usar o mesmo vestido que usara para ir ao festival de Samhain com Tamani no ano anterior para um baile humano com David neste ano não lhe passou despercebida. Mas era seu vestido favorito; não tivera chance de usá-lo desde então, e não queria sair e comprar um vestido novo. Ela havia prendido os cabelos com uma fivela cintilante — também de Avalon — e os havia soltado novamente umas seis vezes. Não tinha muito tempo de sobra para se decidir.

Dentro de dez... não, sete minutos, todo mundo estaria lá embaixo, todos bem-arrumados e fingindo gostar uns dos outros, antes de irem para o baile. Em carros separados, desta vez. Tamani havia insistido Somente por precaução.

O outono frio e chuvoso tinha dado lugar a um inverno menos chuvoso, mas ainda mais frio, e Laurel esperou não parecer estranha demais só com um xale leve. Sem o sol para revigorá-la, não daria conta de usar uma jaqueta. Era fechada demais, cansativa demais.

Especulou sobre o que Tamani vestiria. Ele nunca tinha ido a um baile de gala humano, e ela se perguntou se deveria ter passado por seu apartamento para garantir que ele tivesse alguma coisa apropriada. O traje preto completo, com capa e tudo, que ele

Ilusões 320

usara para acompanhá-la a Avalon no ano anterior tinha sido maravilhoso, mas não era exatamente adequado para um baile escolar.

Concluindo que a fivela cintilante desviaria ao menos um pouco da atenção de seu rosto — e, por conseguinte, da expressão preocupada que não estava conseguindo apagar, por mais que tentasse suavizá-la com um sorriso —, Laurel prendeu a fivela novamente nos cabelos e se obrigou a sair da frente do espelho e descer a escada.

— Você está deslumbrante! — disse sua mãe, da cozinha.

— Obrigada, mãe — disse Laurel, sorrindo acima de seu estresse e passando os braços em volta do pescoço da mãe. — Estava realmente precisando ouvir isso.

— Está tudo bem? — perguntou a mãe, afastando-se e olhando para Laurel.

— Essa coisa toda com David e Tamani... lembre-se de que ele se chama Tam, na frente de Yuki... é tão estressante. Além de tudo o mais, digo. — Ela avisara os pais que Klea provavelmente era uma fada e que não deveriam confiar nela, mas não havia muito que eles pudessem fazer além de fingir, como todo mundo.

Virando Laurel gentilmente, sua mãe massageou suas costas de leve, do jeito que Laurel gostava.

— Como está a sua cabeça? — perguntou, agora massageando seu pescoço.

— Bem, por enquanto — disse Laurel. — Fiquei bem mal ontem, mas, com o término dos exames finais, tenho a esperança de poder curtir um bom descanso.

Sua mãe assentiu.

— Admito que fiquei um pouco surpresa por ser David quem virá buscá-la esta noite.

— Por que todo mundo está tão surpreso? — perguntou Laurel, exasperada.

— Bem, você terminou com ele, não?

Laurel não disse nada.

321 APRILYNNE PIKE

— Depois do Dia de Ação de Graças, eu tinha quase certeza de que você iria com Tamani.

— Ele tem que vigiar Yuki.

— E se não tivesse?

Laurel deu de ombros.

— Não sei.

— Olhe — disse sua mãe, virando Laurel para que a encarasse —, não há nada de errado em dar um tempo para ser apenas você mesma. Eu sou a última pessoa a dizer que você precisa de um cara para ser feliz. Mas, se você não está conseguindo seguir em frente com a sua vida por medo de magoar David, talvez precise se lembrar de que está magoando Tamani ao *não* fazê-lo, e que pode estar magoando David por não deixar que *ele* siga em frente. Se... e não estou dizendo que você deva escolher ele, mas se você realmente ama Tamani, e o está enrolando por causa de David, quando você finalmente estiver pronta para ficar com ele, pode ser que descubra que ele já está em outra. Só vou dizer isso — terminou sua mãe, sorrindo e se voltando para os doces que estava fazendo com a ajuda de um saco de confeitar, em forma de pequenas obras de arte comestíveis.

— Ninguém vai comer isso, mãe.

Sua mãe olhou para os lindos doces com preocupação. — Por que não?

— São bonitos demais.

— Exatamente como você — disse ela, inclinando-se para beijar a testa de Laurel.

Ouviram uma batida na porta e as borboletas voltaram a se agitar no estômago de Laurel, que ficou aborrecida por constatar que nem importava quem estivesse de fato à porta. Todos a deixavam nervosa.

Abriu a porta e se deparou com Tamani, esperando na varanda. Ele estava sozinho, usando um smoking preto com casaca, colete branco cintilante e gravata borboleta, e havia complementado o traje com sapatos pretos lustrosos e luvas brancas de gala, como se estivesse indo a um evento *white tie*. Apesar de ser chamado de baile de gala de inverno,

Ilusões 322

Laurel sabia que a maioria dos rapazes usaria, no máximo, terno e gravata. Tamani provavelmente não seria o único de smoking — David também parecia gostar de usá-los —, mas ainda seria a pessoa vestida mais formalmente no baile. Ao cogitar se ele usaria as roupas erradas, Laurel não havia considerado que ele pudesse se vestir bem *demais*.

Enquanto estudava sua aparência, Laurel percebeu que ele parecia quase tão nervoso quanto ela — o que era bastante incomum em Tamani.

—Você está bem?

Tamani se aproximou mais.

— Já chegou mais alguém?

Laurel balançou a cabeça.

— Ótimo. — Tamani entrou rapidamente no vestíbulo e fechou a porta. — Yuki me pediu que não fosse buscá-la.

— Ela cancelou? — perguntou Laurel, o estômago se apertando. Será que tinha descoberto alguma cosia?

— Não, ela disse que estava muito atrasada e que se encontraria comigo no baile. Mas tem alguma coisa errada.

— Ela sabe que eu planejei servir uma sobremesa. Talvez ela não queira atrair atenção a seus hábitos alimentares. Quer dizer, ela não faz ideia de que nós todos sabemos o que ela é. Bem, exceto Ryan. Sinceramente, parece ser algo que eu mesma faria — acrescentou ela, em voz baixa.

— Pode ser. Mas ela parecia... estranha. Ao telefone.

Laurel olhou quando a campainha tocou.

—Você colocou sentinelas vigiando a casa dela?

Tamani assentiu.

— Mas a casa dela está parecendo uma fortaleza esta noite: todas as cortinas estão fechadas, há um lençol pendurado na janela da frente. Não parece certo.

— Não há muito que possamos fazer até nos encontrarmos com ela no baile — sussurrou Laurel. Então, fez uma pausa e acrescentou, num sussurro ainda mais baixo: —Você está incrível.

323   APRILYNNE PIKE

Tamani pareceu espantado por um segundo, e sorriu.

— Obrigado. Você também está linda. Como é todos os dias.

A campainha — praticamente ao lado de seu ouvido — a assustou, e Laurel empurrou Tamani para a cozinha. Então, abriu a porta para David, Ryan e Chelsea.

— Olhe só para você! — disse Chelsea, correndo na frente para dar um abraço em Laurel. Ela estava usando o vestido vermelho que Laurel havia recomendado. Realçava sua pele à perfeição e destacava o tom de cinza em seus olhos. —Você está fantástica. Este é o... o vestido sobre o qual você me contou? — perguntou ela, os olhos dardejando até Ryan somente por um instante.

— Sim — disse Laurel, abrindo um pouco a saia. — Fiquei realmente feliz quando o encontrei. — *Encontrar. Rá!* Em Avalon você literalmente encontrava roupas no mercado e simplesmente as levava para casa.

— Bem, o baile vai começar em, uns quinze minutos, e me prometeram uma sobremesa — disse Chelsea, sorrindo alegremente. — Ryan não me deixou comer sobremesa depois do jantar, então é melhor que haja alguma aqui.

— Não deem ouvidos a ela — disse Ryan, empurrando-a gentilmente para a cozinha. — Eu disse a ela que poderia comer duas sobremesas... ela apenas não aceitou meu convite.

Chelsea sorriu para ele e ambos foram para a cozinha. Laurel olhou para ambos com tristeza. Tinha sido difícil até mesmo olhar para Ryan desde que conversara com Chelsea, sabendo o que estava por vir. Ele ainda parecia estar completamente apaixonado por ela. Uma voz mesquinha em sua cabeça a lembrou de que ele havia mentido para Chelsea sobre as inscrições nas faculdades, mas será que ele merecia ser pego de surpresa com um rompimento por causa disso?

Laurel se virou para David, que acabara de entrar no vestíbulo. Ele usava um smoking de corte excelente, sobre uma camisa preta de seda com gola mandarim fechada por um brilhante botão preto, em vez

Ilusões 324

de uma gravata borboleta. Ele estava diferente do garoto que ela havia conhecido dois anos antes. Naquela noite, elegante e bonito em negro, ele parecia capaz de enfrentar qualquer coisa.

— Oi — disse Laurel, sentindo-se estranhamente intimidada. Ele examinava o vestido dela, e ela podia praticamente vê-lo ligando os pontos em sua cabeça. Mas, quando seu olhar encontrou o dela, não podia saber o que ele estava pensando.

—Você está linda — foi tudo que ele disse.

Laurel estava com os nervos à flor da pele quando David entrou no estacionamento lotado da escola. A despeito de suas palavras tranquilizadoras para Tamani, era *realmente* estranho que Yuki estivesse tão atrasada. Principalmente agora, que a única tarefa deles era mantê-la fora do caminho até que pudessem descobrir o que fazer com relação a Klea. Mas não havia nada a fazer a não ser tomar o braço de David e tentar parecer calma enquanto ele a guiava até a porta de entrada.

Tamani passou por Laurel, aproximando-se das portas do ginásio em passos largos. Yuki estava lá, esperando, num vestido de gala prateado que devia ter sido feito sob medida. O vestido se cruzava em volta do corpo dela, lembrando um quimono tradicional, complementado por um decote em V que Laurel achou chocantemente profundo. Mas, em vez de brocado pesado, o vestido de Yuki era de cetim leve, com uma cobertura de chiffon que a leve brisa da noite fazia flutuar em volta de seus tornozelos. A parte de cima quase lhe pendia dos ombros, com manguinhas japonesas forradas com tecido cintilante e, em volta de sua cintura, um obi forrado de renda e amarrado num nó intricado que cobria a maior parte de suas costas, chegando até o ponto onde seus cabelos negros, caindo em cachos suaves, o tocava. Seus olhos verdes brilhantes estavam dramaticamente delineados em preto e seus lábios, pintados num tom vermelho voluptuoso. Ela estava sublime.

— Você está bem? — perguntou Tamani, correndo a mão pelo ombro dela de um jeito que fez Laurel apertar um pouco mais o braço de David.

Era óbvio que não havia nada de errado com Yuki. *Ela provavelmente não queria admitir que tinha demorado quatro horas para entrar nesta roupa*, pensou Laurel, agora frustrada por Yuki ter feito tanto ela quanto Tamani se preocuparem tanto, claramente sem motivo. Ela estava radiante à meia-luz, sem falar em seu ar de excitação pela atenção de Tamani. Seu rosto todo se iluminava quando ele olhava para ela, ou falava com ela, e Laurel sentiu vontade de arrancar o sorriso de seu rosto a tapas.

Laurel se obrigou a dar as costas para Yuki e Tamani e se concentrar em David. Afinal, *ele* era seu acompanhante naquela noite. Respirou fundo algumas vezes para se acalmar enquanto entrava no ginásio de braço dado com ele. O conselho estudantil havia definitivamente se superado. Do teto pendiam camadas de tule preto que se acumulavam em ondas acolchoadas no chão, com luzes minúsculas espalhadas a centímetros de distância umas das outras, de forma a produzir o efeito de um céu escuro resplandecente de estrelas. Em vez de cadeiras dobráveis normais, cada cadeira tinha sido encapada com tecido, do jeito que Laurel via às vezes em casamentos ou em restaurantes realmente finos, e havia uma seleção enorme de *petits-fours* no bufê de petiscos que pareciam deliciosos, ainda que Laurel não pudesse comê-los. Havia até mesmo dois ventiladores, cheios de fitas decorativas, para manter o ar circulando no ginásio cada vez mais cheio.

— Uau — disse David —, isto está muito melhor do que no ano passado.

Uma nova canção começou a tocar, David tomou a mão de Laurel que estava em seu braço e a puxou para a pista de dança.

— Venha dançar comigo — disse ele baixinho. Ele a guiou até a parte mais distante da pista, de onde já não se podia ver a entrada — algo que Laurel teve certeza de não ter sido acidental. Então, seus braços se apertaram em volta dela e eles começaram a se mover no ritmo da música.

—Você está realmente espetacular essa noite — sussurrou ele em seu ouvido.

Ilusões 326

Laurel baixou os olhos e sorriu.

— Obrigada. Você também. Você fica bem de preto.

— Se eu admitir que minha mãe me ajudou a escolher essa roupa, você vai rir?

Laurel sorriu.

— Não. Sua mãe sempre teve um gosto excelente. Mas é *você* quem está vestindo. Você merece receber todos os créditos.

— Ei, apenas fico feliz por você ter notado.

Trinta e Cinco

TAMANI TINHA DE ADMITIR: POR SER UMA FESTA EM RECINTO FECHADO E não contar com nenhuma das ilusões produzidas pelas fadas e elfos de verão, até que os humanos tinham feito um bom trabalho. Não pôde evitar sorrir diante do entusiasmo de planta recém-brotada de Yuki, que ofegava e sorria diante daquele esplendor todo. Agora era mais fácil estar com ela, sabendo que ela não era o perigo em si, apenas a distração, e que podia nem sequer estar ciente disso.

— Isto é incrível — disse ela, os olhos brilhando e refletindo a luz de uma centena de fios de luzinhas de Natal.

Sem dizer uma palavra, Tamani guiou Yuki até a pista de dança, bem na borda, onde a multidão era menor.

—Você está linda esta noite — disse ele.

Yuki ficou imediatamente tímida.

— Obrigada — disse ela, baixinho. — Eu... tinha esperanças de que você fosse gostar.

— Gostei muito — respondeu Tamani. Aquilo, pelo menos, não era mentira. O vestido dela era deslumbrante. Um estilo diferente de tudo que ele já vira antes, mas, por isso mesmo, ainda mais lindo. Tamani se obrigou a não pensar em como Laurel ficaria nele. Sacudiu um pouco a cabeça, num lembrete físico de que tinha outras coisas nas

Ilusões 328

quais se concentrar. — Fiquei chateado por não ter ido buscar você — disse Tamani, a voz baixa o bastante para que Yuki tivesse que se aproximar um pouco para ouvi-lo. Ele pousou a mão em sua cintura e desceu a outra por seu braço; então, tomou sua mão e a puxou para perto — numa postura tradicional de dança, melhor do que aquele abraço de urso esquisito que os humanos pareciam preferir — e se moveu suavemente com a música.

— Também fiquei chateada — disse Yuki. — Não... não tinha outro jeito. — Ela baixou os olhos, e Tamani achou que ela parecia constrangida. Então, em voz muito baixa, ela acrescentou: — Eu estava fazendo as malas.

Tamani sentiu seu corpo todo se enrijecer.

— Fazendo as malas? — *É lógico que ela não iria ficar aqui durante as férias de verão*, Tamani censurou a si mesmo. *Calma*. Com sorte, ela teria interpretado o aperto forte em sua mão como um sinal de afeto. Então, girou Yuki numa pirueta sob seu braço e puxou-a novamente para perto, onde ela retomou o passo com perfeição, acompanhando-o com uma graciosidade delicada que a marcava inequivocamente como uma fada.

— Klea virá me buscar amanhã — disse ela com tranquilidade, a voz tensa, mas controlada.

— Quando você voltará? — perguntou Tamani, a voz calma. Não era tão incomum assim.

— Eu... eu... — disse ela, mas baixou os olhos, evitando seu olhar.

Era para ela mentir, isso ele podia ver. Mas ele queria a verdade. Dentro de mais algumas horas poderia nem importar; mas pelo menos uma vez, ele queria saber a verdade. Inclinou o rosto mais perto e deixou sua face tocar no rosto dela, encostando de leve os lábios em sua orelha.

— Conte-me — sussurrou.

— Eu não devo voltar mais — disse ela, com a voz relutante.

Ele se afastou, nem precisando fingir o medo que se estampava em seu rosto.

— Nunca mais?

Ela balançou a cabeça, os olhos dardejando pelo salão como se tivesse medo que alguém a flagrasse revelando o segredo.

— Eu não quero ir. Klea... ela não ficou nem um pouco contente por eu ter vindo esta noite, mas eu *não* ia perder isto.

Então, aquilo era um ato de rebeldia — do qual Yuki estava claramente orgulhosa.

Tamani ficou em silêncio por um momento e Yuki ergueu os olhos para ele, esperando que ele dissesse alguma coisa, fizesse alguma coisa. Ele se deu mais um instante para pensar, puxando-a para perto e ouvindo sua respiração superficial de novo conforme tocava o lóbulo de sua orelha com os lábios.

—Você não pode ficar? — perguntou ele, forçando a barra. — Ela não ouviria a sua vontade?

— Klea não ouve *ninguém* — resmungou Yuki.

Então, ele parou; parou de dançar completamente, deixando que os outros casais à sua volta abrissem espaço para eles. E estendendo a mão enluvada, passou os dedos pela lateral do rosto dela, fazendo com que seus cílios pesados se fechassem com seu toque.

— Aonde você vai?

— Eu... não sei.

—Vai voltar para o Japão?

— Não, não, não tão longe. Tenho quase certeza de que vamos ficar no estado da Califórnia.

Ele olhou por cima do ombro quando alguém trombou com ele; em vez de puxar Yuki para mais perto, graciosamente a fez se afastar, e então estendeu a mão, convidando-a a se aproximar desta vez. Ela aproveitou a chance, aconchegando-se ao peito dele, erguendo o rosto conforme retomavam a dança.

Ilusões 330

— Ela não vai tirar seu celular, vai? — perguntou Tamani, sua boca a apenas milímetros da dela.

— Eu... eu acho que não.

— Então, posso ligar, certo? E eu tenho carro. Posso ir visitar você.

—Você faria isso?

Tamani se aproximou só mais um pouquinho, a testa tocando levemente na dela.

— Oh, com toda certeza.

— Então, vou pensar num jeito — prometeu Yuki.

— Por que agora? — perguntou Tamani, guiando Yuki para trás num círculo lento, como se fosse numa valsa, em volta dos dançarinos humanos. Mesmo com ele pressionando-a para arrancar segredos e revelações, ela acompanhava seus passos com facilidade, e ele descobriu que gostava de dançar com ela. — Você não pode ficar até o Natal? Faltam apenas alguns dias.

Yuki balançou a cabeça.

— Não posso. Não é... uma boa ideia.

— Por quê? — perguntou Tamani, inserindo um toque de desejo em sua voz, esperando não parecer insistente demais.

— Eu... — Seu olhar vacilou e ela baixou os olhos novamente. — Klea diz que é perigoso demais.

A música mudou e Tamani a conduziu um pouco mais rapidamente, numa série de passos mais complicados. *Distraia-a do que ela estiver falando*, pensou Tamani com seus botões.

— Não quero que você vá — sussurrou ele.

O rosto de Yuki se iluminou, seus olhos se suavizaram.

—Verdade?

Tamani fez força para não trincar os dentes.

—Tem alguma coisa de diferente em você.

A expressão dela ficou cautelosa por um instante, mas ela sorriu, como se afastando as palavras dele.

— Não sou diferente. Sou apenas uma pessoa comum.

Ela era boa. Mas Tamani vinha mentindo desde muito antes de ela sequer começar a brotar.

— Não — disse ele, com doçura, abraçando-a bem junto a seu corpo, sentindo a respiração dela falhar com aquilo. — Você é especial. Posso ver isso. Existe algo incrível em você. — E encostou o rosto ao dela, sentindo a mão de Yuki tremer na sua. — E eu mal posso esperar para descobrir mais.

Yuki sorriu e abriu a boca para dizer alguma coisa, mas Tamani sentiu o celular vibrar em seu bolso.

— Só um segundo — murmurou Tamani, tirando o telefone do bolso apenas o suficiente para ver a tela. Como era de se esperar, o número de Aaron estava ali. Tamani olhou para Yuki e se desculpou com os olhos. — É o meu tio. Volto logo. — Ele apertou a mão dela. — Por que você não vai buscar alguma coisa para beber? — Ele sorriu para ela por mais um segundo antes de sair rapidamente da pista de dança.

— Estou muito feliz de ter vindo com você — disse Laurel, olhando para David.

— Sério?

— Sim. Foi bom, para acertar as coisas. Eu... — ela fez uma pausa. — Você precisa saber que eu não tinha planejado terminar com você. Simplesmente aconteceu.

— Eu sei disso. Mas eu fiquei tão descontrolado... Você teve razão em terminar.

— Meio que tive, não é?

David revirou os olhos.

— Vou melhorar — disse ele. — Se você me der uma chance.

— David...

— Vou continuar tendo esperanças — disse David, levando a mão dela aos lábios e beijando o nó de seus dedos.

Ilusões 332

Laurel não pôde evitar sorrir. Por cima do ombro de David, notou Tamani saindo a passos largos do ginásio, com o celular no ouvido, o rosto ilegível.

— Aconteceu alguma coisa — disse Laurel. — Eu volto logo.

Tentando não atrair muita atenção a si mesma, Laurel seguiu Tamani até o vestíbulo.

—Você atacou sem mim? — sussurrou Tamani, os olhos dardejando de um lado a outro conforme ele recuava até um canto escuro, cruzando olhares com Laurel por um breve instante quando ela se aproximou. — Bem, fico feliz que você ainda esteja vivo. Só a deusa sabe o que poderia ter acontecido. O que havia lá?

— Nós atacamos porque eu sabia que você não iria poder vir conosco. — A voz de Shar soou no ouvido de Tamani. Através do telefone *de Aaron*. Aparentemente, Shar tinha esquecido seu iPhone na floresta. Sua *porcaria humana*. — Eu já disse, você vem se esforçando demais.

—Você não tinha o direito...

— Tinha todo direito. Eu estou no comando aqui, embora você prefira se esquecer disso, quando lhe convém.

Tamani trincou os dentes; quando se tratava de assuntos relativos a Laurel, a cadeia de comando não era a única coisa levada em conta, e Shar sabia muito bem disso.

— O que você descobriu? — perguntou, sem qualquer emoção.

— Estava vazia, Tamani.

David se aproximou e parou ao lado de Laurel.

— Vazia? — perguntou Tamani, sem acreditar. — Como assim, *vazia*?

— Bem, não *completamente* vazia. Os trolls que nós perseguimos ainda estão lá.

— Depois de um mês?

— Eu não disse que estavam vivos.

— Mortos?

— Um deles parece ter morrido de fome. Mas não antes de comer parte do outro. O fedor era... bem, digamos apenas que não vou poder sentir nenhum cheiro direito por um longo tempo.

— Por que eles simplesmente não foram embora de lá?

— Eles devem ter-nos visto, sabiam que estavam cercados. Seria a morte na certa, se eles saíssem, e eu fui mais paciente do que eles. — Ele tossiu. — Terra e céus, como eles fediam.

Tamani suspirou. Queria dizer um monte de coisas para Shar, mas aquele não era o momento.

— Bem, obrigado por me avisar, de qualquer forma. Se você me dá licença, tenho trabalho me esperando.

Sem se despedir, ele afastou o celular do ouvido e apertou o botão de desligar na tela uma, duas vezes. *Maldita luva!* Reprimindo um grunhido, mordeu o dedo do meio de sua luva e a arrancou, apertando o dedo com força no telefone para desligar. Olhou para Laurel e David.

— Por que vocês vieram atrás de mim? Estou conseguindo um pouco de avanço com Yuki e vocês dois ficam me rodeando, ameaçando estragar tudo. Vão dançar! — disse ele, gesticulando na direção da porta.

— Tam — disse Laurel, os olhos arregalados. — Sua mão. *Olhe para a sua mão!*

Tamani baixou os olhos para sua mão.

Estava coberta de pó cintilante.

Pó não. Pólen.

David levantou uma sobrancelha.

— Pensamentos felizes?

Tamani pôde ver o peito de Laurel se inflar quando ela prendeu nervosamente a respiração.

— Eu não estou em flor — sibilou ela.

— Não — disse Tamani, o terror crescendo em seu peito. — Não, não, não! Não é possível! — exclamou Tamani.

—Tamani — disse Laurel, a voz assustadoramente calma —, hoje é o primeiro dia do inverno.

— Não! —Tamani sentiu como se vinte engrenagens houvessem se concatenado em sua mente. Calçou a luva de novo, ocultando a evidência incriminatória. Estendeu a mão e agarrou o braço de Laurel, não com muita força, mas o suficiente para que ela reconhecesse sua seriedade. — Se Yuki é uma fada de inverno, então, todos nós estamos seriamente em perigo. Ela não apenas sabe que você é uma fada. Ela sabe que *eu* sou um elfo. Não tem como não saber. Cada palavra que saiu de sua boca desde que ela chegou foi mentira. Cada palavra. — Ele engoliu em seco. — E ela também sabe quanto eu venho mentindo para ela.

Ele pôs seu celular na mão de Laurel, fechando seus dedos em volta do aparelho.

— Ligue para Shar. Ele está no telefone de Aaron. Conte-lhe tudo. Vou manter Yuki no baile tanto quanto puder. Então, darei um jeito de levá-la para o meu apartamento. Você e Shar têm que pensar em alguma coisa até lá.

— Não podemos esperar até amanhã? — perguntou Laurel, a voz se enchendo de pânico. — Acho que não deveríamos nos afobar...

— Não há tempo — interrompeu Tamani. — Klea está vindo buscar Yuki e ela não vai voltar mais. Seja lá o que tenha vindo fazer aqui... já está feito. Tem que ser esta noite. — Ele hesitou, querendo ficar ali no vestíbulo com Laurel. Mas trincou os dentes e se empertigou. — Já fiquei tempo demais aqui fora... ela vai ficar desconfiada. Vocês dois precisam ir.

Laurel assentiu e se virou para David.

—Vou ligar para Shar do banheiro... Volto logo.

Tamani a viu se afastar. Então, agarrou o ombro de David, olhando-o nos olhos com intensidade.

— Mantenha-a a salvo, David.

— Pode deixar — respondeu ele, sério.

Não era o suficiente. Mas, também, no que dizia respeito a Laurel, nunca era. Era o melhor que podia ser. O garoto humano ainda não havia falhado nenhuma vez. Tamani só podia esperar que sua sorte continuasse.

Ele levou um momento para tentar se acalmar enquanto voltava para o ginásio. Yuki estava parada ao lado da tigela de ponche e ainda não o havia notado. Ele a observou com um novo olhar — vendo-a como a criatura perigosa que agora sabia que era. Ela parecia tão inocente em seu vestido cintilante. Só agora ele entendia completamente. O grande laço às suas costas era simplesmente perfeito para ocultar uma flor.

Tamani precisou juntar todas as suas forças para sorrir sedutoramente ao se aproximar dela. Não era possível que ela não soubesse que suas palavras eram falsas. Mas havia uma coisa — desde o início — em que ela sempre tinha acreditado. Ele a puxou de volta a seus braços de forma possessiva, e seu rosto se encostou ao dela, os lábios pressionando suavemente seu pescoço e sua orelha.

—Venha para a minha casa comigo esta noite — sussurrou ele.

Ela se afastou um pouco, olhando para ele com os olhos arregalados.

— É a nossa última noite — disse ele.

Um longo momento se passou, e Tamani pôde sentir uma única gota de condensação surgindo em sua nuca, enquanto ela continuava sem dizer nada — olhando nos olhos dele, em busca da verdade.

— Está bem — sussurrou ela.

Trinta e Seis

TAMANI ENFIOU A CHAVE NA FECHADURA E COMEÇOU A GIRAR A MAÇANETA quando Yuki cobriu a mão dele com a sua.

— Tam, espere — disse Yuki baixinho.

Tamani sentiu suas mãos enluvadas começarem a tremer e tentou não imaginar todo o dano que uma fada de inverno — principalmente uma que não estivesse restrita pelas leis e tradições de Avalon — poderia causar a ele. O tipo de dano que faria a morte parecer uma recompensa em comparação. Virou-se para ela e tocou seu braço da forma mais terna que podia.

— Você está bem?

Ela assentiu, trêmula.

— Sim, eu só... — Ela hesitou. — Preciso contar uma coisa.

Será que ela estava tentando abrir o jogo? Quanto ela iria confessar? Ela sabia que era uma fada. Tinha de saber; uma fada de inverno podia sentir qualquer espécie de vida vegetal, mesmo a distância, bem como controlá-la. Será que ela também sabia que ele era uma sentinela? Que ele era o guia, guarda e protetor de Laurel? Até que ponto ela desconfiava que ele soubesse a seu respeito?

Tamani sorriu casualmente e acariciou o rosto de Yuki. Era tarde demais para confissões.

— Entre primeiro... você deve estar congelando.

Ele quase pôde vê-la se aferrar àquela desculpa para ganhar mais alguns segundos antes de revelar seu segredo. Tamani girou a maçaneta e abriu a porta, perguntando-se o que Shar teria preparado ali dentro, esperando por eles. Será que Yuki estaria morta antes mesmo de sua próxima respiração? Matar uma fada de inverno, mesmo selvagem, parecia a Tamani um tipo de sacrilégio. Ele confiava em Shar — confiava sua vida a ele —, mas aquilo era maior do que qualquer coisa com que já houvessem se deparado, e Tamani não tinha vergonha de admitir que sentia um nó gelado de medo em seu estômago.

Ele estendeu a mão até o interruptor da luz e o acionou.

Nada aconteceu.

— Que estranho — disse Tamani em tom baixo, mas num volume suficiente para que tanto Yuki quanto qualquer um que estivesse à espreita na sala escura pudesse ouvir. — Entre. — Vou tentar a luz da cozinha, vamos ver se está funcionando. — Ele mais sentiu do que viu Yuki fazer uma pausa antes de entrar. Como se ela sentisse que havia perigo ali.

Tamani foi tateando até a cozinha, passando a mão pela parede e tentando encontrar o interruptor de luz. Uma mão quente — humana — cobria o interruptor. Sentiu alguém agarrar seu ombro e uma mão em concha ao redor de seu ouvido:

— Diga a ela para vir até você — sussurrou David, reposicionando-o cuidadosamente alguns passos à direita. — Diga a ela que a eletricidade deve ter sido interrompida.

—Venha por aqui — disse Tamani. — A eletricidade deve ter sido interrompida. — Ela ainda estava parada na porta, sua silhueta revelada pela fraca luz da rua que mal penetrava a escuridão.

— Não estou conseguindo enxergar nada. — A voz dela parecia estranha, como a de uma menininha. Havia algo dentro dela lhe dizendo que aquilo estava errado.

Ilusões 338

— Não se preocupe, eu a seguro se você cair — disse Tamani, fazendo sua voz ronronar.

Hesitante, ela deu alguns passos na direção dele.

— Estou bem aqui — disse Tamani, quando David o impeliu um pouco mais para a direita.

Ele ouviu um barulho, e Yuki soltou um gritinho assustado. Houve uma agitação repentina e David saiu de perto dele. Tamani ouviu alguns ruídos abafados, dois cliques e então mais gritos de Yuki.

A luz acima de sua cabeça se acendeu numa explosão de claridade, fazendo Tamani se encolher e apertar os olhos contra o impacto. Ele piscou e avaliou a cena, procurando Shar com os olhos.

Mas Shar não estava ali.

Era David, tirando um par de óculos de visão noturna. Chelsea também, parada ao lado dele, com um pedaço de corda nas mãos. Que senhor plano B. Era estranho vê-los ali, em seus trajes de gala, com ferramentas de captura nas mãos.

Yuki estava ofegando, enquanto tentava escapar de uma cadeira de metal que alguém havia parafusado no chão, as mãos algemadas às costas com uma algema em cada pulso e a outra extremidade presa ao encosto da cadeira. Com folga suficiente para que ela se jogasse contra eles com uma certa força, mas não o bastante para que avançasse mais que uns trinta centímetros.

Tamani ficou de queixo caído.

— O que foi que vocês fizeram? Ela vai nos matar! — sibilou Tamani.

Mas David não estava para conversas. Seu rosto havia empalidecido e ele encarava Yuki com pavor. Tamani desconfiava que ele nunca houvesse amarrado alguém antes.

Entretanto, agora não era momento para especulações. Ele se atirou na frente dos humanos, preparando-se para o que quer que estivesse a ponto de acontecer.

339 APRILYNNE PIKE

Yuki parou de se debater por um momento para olhar para ele, furiosa. Seus olhos se estreitaram perigosamente; então, ela inclinou a cabeça para trás e gritou — dessa vez não de raiva, mas de dor. E, então, olhou, embasbacada, para o chão à sua volta.

Era a primeira vez que Tamani notava o círculo de pó branco que rodeava a cadeira. Ele deu dois passos à frente e se inclinou para examiná-lo.

— Não toque nisto — a voz ofegante de Shar veio pela porta.

— O que é? — perguntou ele, retraindo a mão.

Shar parou, com o peito arfando — Tamani especulou desde onde ele tinha vindo correndo e pôde ver que ele hesitara por um segundo; algo que o atemorizava ainda mais que a fada de inverno aprisionada a centímetros dele.

— É exatamente o que você acha que é — sussurrou Shar finalmente.

Tamani olhou de novo para o círculo, agora reconhecendo os grãos de cristal como sal.

— É simples demais — disse ele, a voz baixa.

— Não é realmente infalível e é difícil de executar. Uma fada de inverno deve entrar no círculo por vontade própria, senão não funciona. Se você não conseguisse fazê-la vir sozinha, acho que estaríamos todos mortos.

— Me solte! — gritou Yuki, com o rosto duro, os ângulos de seus malares se ressaltando.

— Eu não faria tanto barulho se fosse você — disse Shar, a voz mortalmente calma. — Tenho um rolo de fita adesiva e nenhum problema em usá-lo. Mas posso lhe prometer uma coisa: dói para arrancar. E muito.

— Isso não vai importar quando os policiais chegarem — disse Yuki, e ela tomou fôlego para berrar.

— Ah, faça-me o favor — disse Shar, com uma risadinha. O humor na voz dele a espantou o bastante para interromper seu grito antes

Ilusões **340**

que começasse. —Vocês, Dobradores poderosos, sempre subestimam o poder da atração. Os policiais não vão passar da porta da frente, mesmo que você esteja morrendo de gritar a três metros de distância. Só estou lhe pedindo para não gritar, para não ter de desperdiçar elixires de memória com a população inteira deste condomínio de apartamentos, e não por medo de retaliação.

Yuki grunhiu e olhou furiosamente para Shar; então, sua cabeça se reclinou de novo e ela gritou em meio aos dentes trincados. Depois, tombou para a frente e seu corpo se sacudiu com os soluços.

— Por que isso a está machucando, Shar? — perguntou Tamani, sentindo-se estranhamente aflito para deter seu sofrimento. — Faça parar!

Tamani sabia bem o que era dor; na verdade, tinha passado grande parte da sua vida aprendendo a causá-la — mas nunca em alguém de seu povo, menos ainda em uma fada, e tão jovem ainda por cima. Ficou chocado ao perceber que tinha de reprimir a vontade de correr até ela, de confortá-la, mesmo sabendo que ela poderia matá-lo com um olhar.

— Qualquer magia usada dentro do círculo irá ricochetear. Assim que ela parar de atacar a *nós* — disse Shar, levantando a voz um pouco —, o círculo vai parar de atacar a *ela*.

Yuki lançou um olhar acusador a Shar, mas devia ter compreendido, pois não voltou a gritar. Tamani ficou contente. Virou-se para Shar e o empurrou contra a parede.

— Isto é magia negra, Shar. Provavelmente proibida.

— Mais do que proibida — disse Shar, desviando os olhos para o lado. — Está Esquecida.

Esquecida. Magia de antes da memória, perigosa demais para ser transmitida.

— Você aprendeu isso com a sua mãe, não foi? — Tamani não tentou esconder a acusação em sua voz.

— Os Unseelie sempre se lembraram de coisas que deviam ter sido esquecidas.

— Ela lhe contou isso no dia em que Laurel e eu fomos a Avalon.

— Achei que ela estivesse zombando de mim. Contei a ela sobre Yuki, e ela começou a tagarelar sobre matar todas as fadas e elfos de inverno. Achei que ela estivesse me dizendo para assassinar Marion — disse Shar, a voz ainda mortalmente calma. — Talvez minha mãe me ame, afinal.

— Shar, você não pode fazer isso. Não vou permitir que você vire Unseelie.

Shar riu, com um ruído rápido de desdém.

— Por favor, Tam, você sabe onde jaz a minha lealdade, e não é com os Seelie nem com os Unseelie. É com Avalon. Eu farei tudo que for preciso para mantê-la a salvo.

Tamani sabia que Shar não se referia a Laurel, e sim à sua companheira, Ariana, e também à muda deles.

— Irei protegê-las por quaisquer meios necessários. Pense nisso, Tamani. A única coisa que se interpõe entre ela e Avalon é o fato de o portal estar escondido. No momento em que ela souber onde ele está, não haverá *nada* que possamos fazer para impedi-la de entrar.

No que foi que eu me meti? Sentia como se alguém o estivesse estrangulando. Mas que opção eles tinham?

— Por Avalon — disse ele, baixinho. Então, olhou em volta. — Onde está Laurel?

— Em casa — disse Shar, a atenção fixa em Yuki novamente. — Se isso não desse certo, eu a quereria o mais longe possível. As sentinelas receberam ordem de fazer o que fosse preciso para não deixá-la sair. — Ele hesitou. — Ela deu trabalho.

Tamani engoliu em seco, tentando não pensar a respeito.

— Onde *você* estava? — perguntou Tamani.

Ilusões 342

—Você sabe tão bem quanto eu... melhor ainda, desconfio, dada sua amizade com Jamison, que uma fada de inverno poderia sentir se outra fada ou elfo estivesse esperando aqui no seu apartamento. Eu fiquei aguardando a menos de dois quilômetros daqui, apenas próximo o bastante para ver quando a luz se acendesse. — Ele balançou a cabeça. — Esse era um trabalho para mãos humanas, e tenho de admitir que eles atuaram admiravelmente bem.

Mas ambos os humanos pareciam surdos ao elogio de Shar. David ainda estava pálido e Chelsea parecia estar com medo, embora não tão horrorizada.

— Está bem — disse Shar, tirando uma faca do bolso. — Hora de descobrir de uma vez por todas.

Os olhos de Yuki se arregalaram e ela abriu a boca para gritar novamente, mas Shar entregou a faca a David.

—Vá cortar o vestido dela. Preciso ver a flor com meus próprios olhos.

— Deixe que eu faço isso — disse Tamani, esticando a mão. Mas Shar fechou os dedos em volta de seu pulso.

— Não pode — disse Shar simplesmente. — Se você entrar naquele círculo, ficará sob o poder dela. Nenhuma planta entra naquele círculo, ou todos morreremos.

Tamani relutantemente retraiu a mão.

David olhou para a faca em sua mão; então, apertou os lábios e balançou a cabeça.

— Não. É demais. Algemá-la à cadeira. Foi só isso que vocês me pediram para fazer. Cortar as roupas de uma garota indefesa? Vocês têm ideia do que isso parece? Não vou fazer. — Ele começou a ir em direção à porta ainda aberta. —V-vocês estão malucos. Ela não fez nada. E este círculo? — Olhou feio para Shar. —Você não m-me disse que iria machucá-la. Proteger Laurel é uma coisa, mas eu... eu não posso fazer parte disso. — David se virou e saiu porta afora feito um tufão.

Tamani deu um passo para segui-lo, para trazê-lo de volta, mas Shar o deteve com a mão em seu peito.

— Deixe-o ir. Ele teve uma noite difícil. — Então, virou-se para Chelsea e, depois de um momento de hesitação, ofereceu-lhe a faca. —Você poderia...?

— Homens — resmungou Chelsea com deboche, ignorando a faca. Com cuidado, e com surpreendentemente pouco medo, Chelsea deu um passo cruzando a linha branca. Assim que ela entrou no círculo, Yuki recomeçou a se agitar, mas Chelsea parou atrás dela, com as mãos na cintura, e disse: —Yuki, fique quieta.

Para a surpresa de Tamani, ela obedeceu. Talvez fosse o fato de se ver tão indefesa diante de um humano, mas algo nela se rompeu e ela ficou imóvel enquanto Chelsea começou a desamarrar cuidadosamente o obi prateado e baixou vários centímetros o zíper de seu vestido. Então, dobrou para baixo uma faixa ampla de bandagem que Yuki tinha enrolado em seu torso.

Todos ofegaram quando Chelsea tirou a bandagem de cima de quatro pétalas brancas largas. Ela se parecia com um bico-de-papagaio comum e não era muito maior que um deles.

Tamani tinha visto o pólen em suas mãos, mas ver aquela clássica flor branca de inverno aberta à sua frente o encheu de um terror que quase o fez cair de joelhos.

A blasfêmia sussurrada por Shar foi a mesma prece fervorosa de Tamani.

— Que a Deusa nos ajude.

Agradecimentos

Os agradecimentos sempre vão primeiro para minhas brilhantes editoras Tara Weikum e Erica Sussman, que me fazem parecer tão boa, e para Jodi Reamer, minha maravilhosa agente que, bem, também me faz parecer boa! Obrigada por serem uma constante na minha carreira. Há tantas pessoas na Harper cujo nome eu nem sei e que trabalharam incansavelmente neste livro — obrigada a cada um de vocês! E minha equipe de direitos estrangeiros, Maja, Cecilia, Chelsey, nem dá para descrever como vocês são o máximo! Alec Shane, o confiável assistente da minha agente, sua caligrafia no meu correio sempre significa coisa boa.

Sarah, Sarah, Sarah, Carrie, Saundra (agora também conhecida como Sarah) — eu enlouqueceria sem vocês. Obrigada por tudo! Principalmente os ninjas. Quero dizer... que ninjas?

À minha tia Klea, créditos e desculpas. Por alguma razão, você não entrou nos agradecimentos de Encantos! (Eu culpo a minha memória relapsa). Obrigada por me deixar roubar seu nome na cara dura. E não se preocupe, o nome é onde a semelhança começa e termina! Outros nomes que roubei: Sr. Robinson, meu conselheiro do colégio, que conseguiu me dar um diploma a despeito de... problemas... com meus históricos, obrigada! Sra. Cain — você me ensinou a amar todos os tipos de literatura. O uso do seu nome neste livro é um tributo; o tempo que passei em suas aulas ainda hoje é algo que valorizo muito. Aaron Melton, extraordinário corretor imobiliário, que me emprestou o nome e a aparência para o segundo-em-comando de Tamani. Eu te disse que iria fazer isso e você não acreditou! Rá! E para Elizabeth/LemonLight, a primeiríssima pessoa a me reconhecer numa livraria — só porque eu sei que ela vai notar.

Kenny — as palavras não são suficientes para descrever. Você é minha rocha. Audrey, Brennan, Gideon, Gwendolyn, vocês são minhas maiores realizações. Minha família e a família do meu marido: eu não poderia pedir uma torcida melhor.

Obrigada!

Impresso no Brasil pelo
Sistema Cameron da Divisão Gráfica da
DISTRIBUIDORA RECORD DE SERVIÇOS DE IMPRENSA S.A.
Rua Argentina 171 – Rio de Janeiro, RJ – 20921-380 – Tel.: 2585-2000